10,000 Lettres d'impression pour 1 centime.

BIBLIOTHÈQUE POUR TOUS

ILLUSTRÉE

ROMANS, HISTOIRE, VOYAGES, LITTÉRATURE, SCIENCES, ETC.

CHAQUE OUVRAGE COMPLET : 50 CENTIMES.

LA

MARQUISE SANGLANTE

PAR LA COMTESSE DASH

Prix : 50 centimes

60 CENTIMES POUR LES DÉPARTEMENTS ET L'ÉTRANGER.

PARIS

ÉCRIVAIN ET TOUBON, LIBRAIRES, RUE DU PONT-DE-LODI, 5

ET CHEZ TOUS LES LIBRAIRES DE PARIS, DES DÉPARTEMENTS ET DE L'ÉTRANGER.

N° 73. — Publié par J. Lermue.

BIBLIOTHÈQUE POUR TOUS

PUBLIÉE PAR J. LEMER

LA MARQUISE SANGLANTE

PAR Mᵐᵉ LA COMTESSE DASH.

A Mᵐᵉ LAMBERT DE SAINTE-CROIX

Vous avez bien voulu accepter la dédicace d'un livre, Madame, votre excellent esprit et votre gracieuse amabilité me donnent la confiance de vous offrir celui-ci, que depuis plusieurs mois j'hésite à écrire. L'expérience d'une longue vie, expérience acquise et payée chèrement, à mes dépens et à ceux des autres, m'a appris que nous sommes presque toujours nous-mêmes artisans de nos malheurs, surtout lorsqu'il s'agit de cette grande loterie du mariage, où il est si difficile de ne pas perdre.

La seule manière de se sauver peut-être est de penser d'abord aux joies de l'intérieur, à ce bien-être moral, plus indispensable encore que le bien-être matériel. Les mariages se font dans ce siècle avec une légèreté que le malheur rend souvent un crime. Autrefois on unissait aussi deux familles, deux fortunes, deux noms, plutôt que deux cœurs. Mais les mœurs étaient si différentes! A la cour et dans le haut monde on vivait presque séparés par les habitudes et les devoirs de société; et puis il existait à cette époque un respect de soi même, un respect de sa maison, que l'on n'a plus, que l'on ne soupçonne même pas. La corruption du dernier règne a pénétré partout, rien n'est sacré pour la génération présente.

Le désordre de la pensée a amené celui de la conduite. Que n'avons-nous pas vu passer devant nous, pendant l'année qui précéda la République! Et d'où viennent ces perturbations, ces scandales, ces ménages troublés? Presque toujours de l'éducation et du peu de soin qu'on apporte à choisir les caractères, les esprits, les âmes faites pour se convenir. Le récit que je vais faire d'un événement contemporain, est une preuve de plus à l'appui de cette vérité incontestable.

Hélas! au moment de prendre la plume, mon cœur défaille, mes yeux se voilent de larmes, car ce que je vais vous raconter est horrible. Je sens revenir avec plus de vivacité que jamais le scrupule qui m'avait éloigné jusqu'à présent de faire connaître une des tragiques, une des lamentables histoires de la vie privée actuelle. On m'accusera, je le crains, de ressusciter des souvenirs effacés, de jeter en pâture à la foule des cendres à peine refroidies, des larmes encore brûlantes. L'analogie incroyable des principaux détails de ce drame réel avec une catastrophe malheureusement trop célèbre dans les annales de la bonne compagnie parisienne m'a longtemps arrêtée; mais il est pour l'écrivain un devoir dont la gravité l'emporte sur les répugnances personnelles, sur les instincts délicats du cœur. Ce devoir commence le jour où il découvre le sens caché de ces péripéties pleines de troubles, le jour où il sent qu'il doit résulter de son récit pour la société tout entière, pour le gouvernement des familles, pour la tendre sollicitude et la responsabilité des mères surtout, un spectacle rempli de terribles et d'utiles avertissements.

Comment deux fois, à quelques mois de distance, un crime monstrueux a-t-il pu se reproduire, dans les rangs les plus élevés de la hiérarchie humaine? Il doit y avoir à cette dépravation une cause importante à découvrir, à faire connaître. Cette cause, je vous l'ai dit, elle est, je crois, dans l'éducation, dans les mœurs de la jeunesse. L'horrible dénoûment qui termine ce récit, s'est accompli au moment même de la révolution de Février, et, comme le fameux procès de Toulouse, il a passé inaperçu au milieu du tourbillon insensé où nous avait jetés cette grande crise politique. Ce qui aurait profondément remué Paris, la France, l'Europe entière, dans un autre moment, est demeuré ignoré de tous, excepté des amis intimes des deux familles.

Oh! qui m'eût prédit il y a cinquante ans que je vivrais assez pour voir les petits-fils des compagnons de ma jeunesse, traîner sur la claie de l'opinion, les noms si respectés alors, les noms que l'histoire a rendus illustres, et que leurs ancêtres portaient si dignement! Où nous ont conduits le scepticisme, l'esprit de dénigrement de la philosophie? Que sont devenues les croyances naïves et fortes d'autrefois? Pourquoi le progrès incontestable des idées et des lumières a-t-il amené, chez certaines natures, une absence complète de principes? Tâchons de le deviner, tâchons de couper le mal à sa source, éclairons les principes afin d'en montrer les dangers, et prions Dieu de veiller toujours sur cette France chérie, dont l'avenir ne peut être sauvé que par lui.

Le titre de ce livre est étrange. Je ne l'ai pas choisi, je ne l'aime pas, mais les circonstances et le récit me l'ont imposé, comme on le verra.

Recevez, Madame, ces deux volumes, en souvenir des bons moments que nous avons passés ensemble, de l'affection reconnaissante que je vous porte, et de tout ce qu'il y a de charmant dans vos éminentes qualités.

Comtesse DASH.

Courtiras, le 8 juin 1848.

<hr>

I

LA COURONNE DE MARQUISE.

Au mois d'octobre 1834, par une de ces belles matinées d'automne, si resplendissantes et si douces, dans un ancien et noble hôtel de la rue de Vendôme, un vieillard, à l'aspect vénérable, arriva au coup de neuf heures. Le concierge courut au devant de lui, un doigt sur la bouche, et le pria de ne point parler haut en traversant la cour.

— Mademoiselle n'est point encore éveillée, monsieur le président, et vous savez combien madame la vicomtesse tient à ce que l'on respecte son sommeil.

— Enfant gâté! murmura le président, en haussant les épaules. Trouverai-je néanmoins quelqu'un pour m'annoncer chez sa mère, ou les laquais dorment-ils comme leur jeune maîtresse?

— Les valets de pied doivent être à l'antichambre, monsieur, mais je n'ose pas sonner, madame me gronderait.

Le vieillard continua son chemin, monta les marches du perron et trouva dans le vestibule une femme de charge âgée, portant un gros paquet de linge et pliant presque sous le faix.

— Bonjour, madame Angèle, lui dit-il, vous voilà bien occupée, madame est-elle visible?

— Madame la vicomtesse fait ranger au salon le trousseau et la corbeille, afin que mademoiselle les trouve prêts en se réveillant. C'est ce soir la grande exposition; toutes les amies de mademoiselle, toutes les connaissances de madame viendront examiner nos belles choses. Monsieur le président comprend quel tracas cela nous donne. Si monsieur veut me suivre, je vais l'annoncer. Mais que monsieur marche bien doucement, mademoiselle a le sommeil si léger!

— En vérité, madame Angèle, vous êtes ici dans le palais de la Belle au bois dormant, et cette petite fille vous mène comme des niais, à commencer par sa mère, que Dieu me le pardonne!

Un coup de cloche violent retentit dans tout l'hôtel.

— Là! monsieur l'aura réveillée! elle aura entendu du bruit! que va dire madame?

— Ce n'est ni vous ni moi qui l'éveillons, soyez tranquille! C'est l'idée de son mariage, le désir d'admirer les beaux présents qui l'attendent. Ah! les jeunes filles! les révolutions ne changent rien ni à leur coquetterie ni à leurs caprices.

La femme de charge disparut; bientôt après, une femme de

chambre, leste et élégante, traversait l'antichambre, portant à la main un des plus beaux bouquets de madame Prévost; elle se dirigea vers un appartement donnant sur le jardin, et dont les vastes portes, recouvertes de velours, interceptaient à la fois l'air et le bruit du dehors. Elle entra avec précaution, s'approcha de la fenêtre à la lueur vacillante de la veilleuse, et ouvrit lentement les volets. Un rayon de soleil pénétra dans la chambre, une voix fraîche et argentine sortit des mousselines et des taffetas roses du lit, et demanda :

— Quelle heure est-il, Joséphine?

— Neuf heures, mademoiselle.

— A-t-on apporté mon bouquet? est-il beau?

— Il est magnifique, mademoiselle, et le voici.

Une jolie main effilée et blanche souleva les rideaux aussi frais, aussi blancs qu'elle, et saisit avec empressement la gerbe de camélias et de violettes.

— M. de Monza n'a-t-il rien fait dire? a-t-il écrit?

— Oui, mademoiselle, à madame la vicomtesse.

— Où est la lettre?

— Madame l'a gardée.

— Je la veux, allez me la chercher.

La camériste sortit précipitamment. A peine avait-elle fait quelques pas qu'un nouveau coup de sonnette la rappela; elle revint.

— A-t-on préparé le salon? ma corbeille est-elle arrivée?

— On l'a apportée ce matin, et tout est déjà disposé.

— Priez ma mère de venir me voir, je l'attends. Allez donc vite! vous me faites sécher d'impatience.

— Je demande pardon à mademoiselle, c'est que je suis un peu malade.

— Il fallait donc le dire. Soignez-vous, Joséphine, je le veux; mais appelez ma mère.

Quelques secondes après la vicomtesse de Chamarante entra dans l'appartement, et courut vers le lit de sa fille, dont elle écarta les rideaux.

— Chère enfant, dit-elle, as-tu bien dormi? Qui t'a réveillée? Ton tuteur arrive, c'est peut-être lui, il n'en fait jamais d'autres.

— Ce qui m'a réveillée, ma mère, répliqua Béatrix, en se roulant comme une chatte dans ses oreillers de dentelles, ce qui m'a réveillée, c'est l'envie de voir ma corbeille.

— Tout est prêt dans le salon : je me suis levée de très bonne heure, j'ai étalé le trousseau avec madame Angèle, et les cadeaux du marquis sont ici depuis quelques instants seulement.

— C'est beau?

— C'est royal! Viens avec moi, tu examineras tout avant le déjeuner.

— Je suis si bien dans mon lit! Néanmoins je voudrais tout voir!

— C'est difficile.

— Oh! mon Dieu! non, on peut apporter ici les paquets.

— Y songes-tu? J'ai passé deux heures à tout arranger!

— J'attendrai donc alors, répliqua l'enfant gâté, en faisant la moue.

— Joséphine, reprit la mère déjà inquiète, allez demander à Angèle s'il est possible de transporter la corbeille dans cette chambre.

— Et le trousseau, je veux tout!

— Prenez mes gens et ceux de ma fille, ils vous aideront.

— Béatrix retrouva sa sérénité et continua les questions auxquelles la vicomtesse satisfit sans se lasser jamais. Elles formaient ainsi un charmant tableau, entourées de ces taffetas légers, de ces gazes diaphanes. La mère, jeune encore, belle de tendresse et de joie; la fille à seize ans, blonde, mignonne, potelée, aussi fraîche que les roses de son bouquet, dans le désordre de la nuit, ses longs cheveux déroulés, sa chemise tombant sur son épaule; toutes deux riantes, gaies, pleines d'espoir et d'avenir. Oh! que la vie s'ouvrait superbe devant elles!

La corbeille, le trousseau arrivèrent; le lit fut couvert bientôt des inventions de la mode et de l'élégance; des perles de la mer du Sud, des diamants de Golconde, des tissus des plus précieux du Thibet, de la Chine et de l'Europe; un admirable cachemire frappa surtout les regards de Béatrix.

— Oh! que celui-là est beau, ma mère, ne trouvez-vous pas? Mais, mon Dieu! il est jaune, il est jaune! il ne peut pas être pour moi; le marquis ne m'aurait pas acheté un cachemire jaune, à moi qui suis blonde! Ma mère, envoyez chez lui, on s'est trompé sans doute; qu'on le change, qu'on en prenne un bleu...

— Il viendra, ma chère, ce n'est pas la peine.

— Il viendra trop tard, songez donc! c'est ce soir! Envoyez, envoyez vite!

L'ordre fut donné, et le messager expédié sur-le-champ.

La jeune fille se leva et passa à la hâte une robe de chambre, fit une de ces toilettes impr visées, qui, dans la première jeunesse, deviennent une parure. Le marquis arriva et fut accueilli avec toutes les séductions d'une fiancée de seize ans, qui veut obtenir une grâce de son futur, seigneur et maître.

Le marquis de Monza était un joli homme de vingt-six ans, d'une taille moyenne et élégante, dont le visage était animé par la fraîcheur que donne la santé. Sa vie s'était presque tout entière écoulée dans un château du centre de la France où son éducation, aussi bien que les soins qu'il donnait à ses propriétés, l'avait tenu éloigné des habitudes et des plaisirs de son âge. Froid, réfléchi, méthodique, son regard ferme, mais sans expression, et surtout les lignes de sa bouche légèrement pincée, a raient indiqué, à un observateur attentif, une de ces natures réservées et concentrées, que l'instinct de leur médiocrité tient en défiance de ce qui les approche, et chez qui l'explosion des passions est d'autant plus redoutable, qu'elles ont été couvées et comprimées plus longtemps. Mais ces lignes dis araissaient alors sous le double éclat de la jeunesse et de la satisfaction réelle d'une alliance où tous les avantages, beauté, rang, fortune, semblaient réaliser l'idéal que le marquis s'était formé. Fils d'un des plus braves maréchaux de l'Empire, il était maître de sa fortune, bien que son père vécût encore. De graves blessures à la tête lui avaient enlevé de bonne heure ses facultés intellectuelles; le prince de Monza était fou et interdit. Il habitait un de ses châteaux, sous la surveillance d'un ancien serviteur, et son fils le visitait souvent.

On pense que la grave question du châle jaune se régla à la satisfaction de Béatrix. Après avoir baisé tendrement le bout rose des jolis doigts qu'elle lui tendait, il prit congé d'elle et retourna au rendez-vous d'aff.ires qu'il avait interrompu.

Un nouveau message ne tarda pas à l'interrompre de nouveau.

Trois autres fois, dans la journée, et pour des motifs aussi graves que la couleur d'un cachemire, on le fit revenir de la même manière. Les deux premières, il arriva joyeux et satisfait. Les caprices d'une charmante fille ont tant de grâce ! Tant qu'on ne vit pas ensemble ces minauderies d'enfant gâté sont si délicieuses ! Le mariage entraîne avec lui des devoirs sérieux: il doit produire entre les époux une ample récolte d'égards, de procédés réciproques. Si le jeune arbuste ne porte que des fleurs stériles, aux riantes couleurs, aux doux parfums, à la saison des fruits, que reste t-il ?... Quelques branches séchées.

Cette réflexion vint-elle à l'esprit de M. de Monza quand, pour la dernière fois, il se vit appelé par un billet pressant à l'hôtel de la vicomtesse? C'est ce qu'il ne dit pas à Béatrix, seulement ses traits étaient contractés, inquiets. Il répondit avec une politesse exquise aux questions qui lui furent adressées, mais d'un air distrait, préoccupé. Il s'informa plusieurs foi s'il n'était rien venu, si personne ne l'avait demandé. Il recommanda de ne plus l'envoyer chercher, parce qu'il ne rentrerait probablement pas chez lui, et il quitta l'hôtel sans toucher la main que Béatrix, très occupée d'admirer une garniture de renard bleu, oublia cette fois de lui présenter.

Béatrix ne vit, dans les distractions et l'agitation de son prétendu, que l'impatience bien naturelle des derniers jours qui précèdent la signature d'un contrat de mariage, et elle conclut, des interrogations du marquis, qu'il lui réservait encore une surprise, qu'elle avait un nouveau cadeau à recevoir.

En effet, un peu avant le dîner, un commis de Fossin apporta un écrin gigantesque, avec l'ordre de le remettre à mademoiselle de Chamarante. Elle s'empressa de l'ouvrir, en questionnant e jeune homme, lequel n'en savait pas davantage, et resta stupéfaite devant le plus admirable ouvrage de bijouterie qu'on pût voir.

— Comment, encore cela ! s'écria le tuteur, M. de Monza fait des folies.

— Folles ! monsieur, une couronne de marquise, une vraie couron e de marquise ! N'est-ce pas mon droit ?

— Vous serez, ma cousine, comme les princesses d'Angleterre au sacre, la couronne de votre maison sur la tête, ajouta son cousin, le jeune comte Robert de Chamarante, qui venait d'entrer à l'instant.

Le comte Robert, orphelin dès son enfance, avait été élevé par madame de Chamarante comme l'enfant de la maison, et l'amitié fraternelle que lui et Béatrix se portaient s'était encore accrue par les confidences et les petits services qu'à l'occasion de la grande affaire du mariage ils avaient échangés entre eux.

— Il faut l'essayer, Béatrix, dit la vicomtesse, s'émerveillant de plus en plus de la grosseur des pierreries.

— Oh ! non, non, ma mère, je n'y toucherai pas, personne n'y touchera. Amédée seul doit me placer ce diadème. Pourquoi n'est il pas là ? Qu'on le fasse chercher ! Robert, mon petit cousin, courez et amenez-le vite !

— Encore, reprit le président avec humeur, en retenant le jeune comte qui se disposait à exécuter gaîment les ordres de sa cousine, M. de Monza ne peut venir que dans la soirée, il vous l'a dit en vous quittant. Vous l'avez dérangé quatre fois aujourd'hui, laissez-lui terminer ses affaires. Les affaires avant tout.

Robert remit son chapeau sur la console. Béatrix soupira bien fort et se tut. La volonté ferme de son tuteur lui imposait. Ainsi que tous les esprits faibles et légers, il lui fallait une domination facile, mais la moindre résistance la soumettait sur-le-champ, lorsqu'elle ne l'irritait pas jusqu'à la frénésie; feu de paille aussitôt éteint qu'allumé.

On dîna en causant de l'avenir. Existe-t-il un passé la veille d'un mariage? Ces visages souriants se mirant dans ce visage plus souriant que les autres, cette ravissante enfant, presque enivrée de ses seize ans, de ses espérances, de cette union où tout présageait un bonheur sans mélange, formaient un contraste singulier avec les traits pâles et sévères du président de Saint-Serve, reste vénérable du Parlement de Paris portant sur sa physionomie cette inflexibilité, cette intégrité de caractère, type presque général de l'ancienne magistrature. Une grande douleur, de cruelles épreuves n'avaient point abattu sa contenance, et, malgré ses soixante-seize ans, il se tenait droit et immobile comme jadis sur les fleurs de lis, ou à un lit de justice les jours de remontrance.

Lorsqu'on fut rentré au salon, le président examina d'un œil triste les colifichets placés autour de lui, et surtout cette couronne si inattendue. Sa pupille lui demanda d'un ton câlin :

— Le marquis viendra-t-il bientôt, mon bon tuteur?

— Je vous ai déjà dit, Béatrix, qu'il avait dû se rendre chez son notaire avec celui de madame de Chamarante. Voici du monde qui vous arrive, les salons se remplissent. Vous aurez ce soir tout Paris.

— Nos amis veulent examiner mes beaux présents, monsieur, et je les en remercie. Amédée tarde trop, ajouta-t-elle tout bas. Depuis quatre heures que cette couronne est ici, je ne sais pas encore si el e me va bien!

Le grand salon se remplit peu à peu de toilettes brillantes, plusieurs groupes se formèrent autour des prodiges de goût et de magnificence étalés avec art sur les meubles. Et pendant que la vicomtesse présentait à l'admi ation de tous la couronne de marquise qu'elle tira de son écrin, et posa sur un carreau de velours, Béatrix, entourée de ses jeunes amies, brûlant de la lui voir essayer, ré istait à leurs insistances, quoiqu'elle fût plus impatiente qu'elles encore de jouir de l'effet de sa parure. Elle s'était fait cette promesse enfantine de recevoir sa couronne de marquise des mains de celui qui lui en donnait le titre. Elle écoutait donc ses compagnes d'un air distrait, les regards tournés vers l'entrée principale, frappant du pied sur son coussin, et déchirant d'une de ses petites dents blanches les pétales des roses de son bouquet.

Tout à coup, la porte s'ouvrit avec fracas.

— C'est lui, s'écria-t-elle, Je l'entends! ma mère! la couronne! la couronne!

Et elle s'élança au devant de son prétendu ; il entra avec une précipitation et un certain trouble que l'attente dont il était l'objet suffisait pour expliquer.

— Je suis en retard, dit-il.

— Pas d'excuses! cette parure! que c'est beau, que c'est riche! Mais j'avais juré que mon front la recevrait d'abord de vos mains. Ainsi, soyez adroit! Voyons, monsieur, vite, vite! couronnez-moi!

Et se baissant avec un geste plein de grâce, elle présente au marquis sa jolie tête.

Ce geste et ce peu de mots prononcés avec la fougue de l'adolescence furent aussi rapides que l'éclair.

Le marquis, saisissant aussitôt le diadème que lui présentait la vicomtesse, le posa sur le front de sa fiancée. La foule s'était formée en cercle autour de ce groupe élégant, les jeunes filles dans une pose d'attente naïve tenant de l'extase, les femmes chuchotant derrière leurs éventails, les hommes au second rang, les regards captivés plutôt par le frais et gracieux visage de la future marquise que par les brillants de la couronne.

— Que de charmes, de gentillesse !... heureux couple! murmuraient-ils.

Et tout ce monde élégant, luxueux, coquet, parfumé, présentait le tableau complet de la gaîté et du bonheur.

Mais quand la fiancée se releva, fière du riche fardeau dont elle était parée, les sourires disparurent, un frisson indicible parcourut l'assemblée, qui à sa vue poussa un cri d'effroi et demeura immobile de surprise, de dégoût et d'horreur.

A ce cri, dont elle ne connaissait pas la cause, Béatrix se sentit frappée au cœur, ses genoux s'entre-choquèrent, elle avait devant elle le marquis les traits décomposés et plus pâle qu'un spectre. Elle l'avait vu porter son gant à ses yeux en s'écriant d'une voix étouffée :

— Oh! le malheureux !

Enfin elle sentait quelque chose de froid couler lentement sur son front comme s'il s'échappait des larmes de sa couronne. D'un bond elle fendit la foule, courut à une glace et vit son visage et sa couronne tout ensanglantés.

— Ah! dit-elle avec un accent déchirant, il est blessé! M. de Monza est blessé, ma mère, courez à lui !

Sa voix s'éteignit, ses membres se raidirent et elle tomba sans vie dans les bras de la vicomtesse.

Le cœur de Béatrix venait de donner une explication naturelle à cet étrange incident. Au milieu de la stupeur générale, Robert de Chamarante et quelques amis entourèrent le marquis et l'emmenèrent dans une pièce voisine.

— Vous êtes blessé! répétaient-ils à voix basse. Un duel, sans doute. Venez ! venez !

— Non! je n'ai rien! je ne sens rien ! répétait M. de Monza, en proie à un trouble inexprimable. Dans l'impossibilité où il se sentait de donner aucune explication, il se laissait entraîner machinalement.

Béatrix qu'on emportait évanouie, et le marquis que les jeunes gens conduisaient à un boudoir communiquant à l'office, avaient à peine quitté le salon, que la foule encore pâle et tremblante entourait un ami de la famille, arrivant en ce moment du dehors et dont les premières paroles redoublaient le saisissement et l'effroi des personnes les plus rapprochées de lui. Un cercle nombreux se forma, tout le monde l'interrogeait à la fois.

— Et c'est à l'instant que le crime a eu lieu?

— Il y a cinq minutes !

— Et c'est à côté.

— Dans l'hôtel même, à gauche de la porte cochère !

— Quoi? que dites-vous? qu'y a-t-il donc? répétèrent vingt voix.

— Il y a, messieurs, reprit le narrateur, que l'on vient de voler 300 000 fr. au changeur, dans la boutique qui occupe le devant de cet hôtel et que sa fille est assassinée!

II

LE SOUPÇON.

Il serait impossible de rendre la stupéfaction et l'horreur dont la réunion élégante qui remplissait les salons de l'hôtel de Chamarante fut saisie à la nouvelle du double crime dont il venait d'être le théâtre. Cette nouvelle arrivait un moment après le spectacle étrange qu'avait présenté cette jeune et souriante mariée, ensanglantée tout à coup par le contact du gant de son fiancé, lorsqu'il fixait sur son front son diadème de marquise.

Le sang qui tachait le gant du marquis de Monza était frais et liquide. Il venait donc d'être répandu. Or, on apprenait à l'instant qu'une jeune fille avait été assassinée dans la boutique du changeur dépendante de l'hôtel. M. de Monza, en retard, était arrivé précipitamment dans cette direction. Ce sang ne pouvait donc être que celui de la fille du changeur. Mais comment, dans quelles circonstances avait-il pu tacher le gant de M. de Monza?

Ces réflexions, ces rapprochements frappaient tous les esprits et serraient tous les cœurs. Nul n'osait communiquer à son voisin une pensée funeste, un soupçon involontaire. Inévitable ; il était au bord de toutes les lèvres, il se lisait dans tous les regards. On prenait congé les uns des autres en silence. Les femmes nouaient à la hâte leurs pelisses, les maris pressaient le service de leurs gens, qui du haut du perron appelaient les voitures; le bruit des roues, le piétinement des chevaux ne cessaient de se faire entendre dans la cour. En moins d'un quart d'heure l'hôtel fut vide.

Cependant M. de Monza, muet et absorbé, laissait détacher de sa main droite son gant ensanglanté.

Il avait encore répété à voix basse : le malheureux! Que signifiait ce mot? Était-ce un retour sur lui-même, était-ce le souvenir d'un spectacle dont il avait été témoin, mais auquel il restait étranger? Sa pâleur, son trouble donnaient lieu à plus d'une supposition et n'expliquaient rien.

Quand on eut lavé la main et découvert le bras de M. de

Monza, on vit qu'ils ne présentaient pas trace d'une seule égratignure. Ce sang n'était donc pas le sien. Lorsqu'il ne pouvait plus y avoir de doute à ce sujet, la nouvelle de l'assassinat d'une jeune fille dans une boutique de l'hôtel circulait déjà dans les salons, et vint jusqu'à l'oreille d'un des jeunes gens qui assistaient le marquis. L'effet fut électrique. Il fit un signe de l'œil à un de ceux qui l'accompagnaient, celui-ci fit signe à un autre. Ils échangèrent quelques mots à voix basse, et bientôt le marquis se trouva seul, avec le jeune comte de Chamarante.

— Comte, écoutez-moi, dit alors M. de Monza en rompant enfin le silence. Il y a ici un homme dont le regard scrutateur, dont l'esprit inquisitorial me poursuivrait... me fatiguerait de questions... Je ne voudrais... je ne pourrais pas lui répondre, je ne dois pas le voir. Mais quitter l'hôtel sans prendre congé de Béatrix et de sa mère ! non, oh ! non, je ne le puis!.. Quelle épreuve! quelle fatalité, mon Dieu! Allez près d'elles, dites-leur que jamais je n'ai eu plus besoin de leur parler, que je veux les voir à l'instant. Allez! allez!

— Ah! j'en étais bien sûr, s'écria Robert en se jetant à son cou. Oui, oui, vous expliquerez tout... J'espère que ma cousine est remise... Je reviens vous chercher. Et il s'éloigna en courant.

M. de Monza ne fit pas attention aux paroles que venait de prononcer le cousin de Béatrix, non plus qu'à ses regards... Il observait patiemment une à une toutes les parties de son habillement. Nulle part, pas même à la manche droite de son frac, il ne trouva de tache, et après avoir réparé sa toilette, il rentra dans le salon qu'il trouva désert.

— Le ciel soit loué! se dit-il, le président est parti !

Et le cœur à demi soulagé, il se dirigea vers l'appartement de la vicomtesse ; mais quelqu'un en sortit et referma la porte; c'était celui-là même qu'il espérait éviter, le président de Saint-Serve. A sa vue, le marquis recula d'un pas et resta immobile; cependant il se contint, et sans un léger tremblement imprimé à tout son corps, il eût été impossible de soupçonner l'émotion profonde qui l'agitait.

Madame de Chamarante et sa fille sont encore trop souffrantes pour vous recevoir, dit froidement le tuteur de Béatrix. En attendant qu'elles soient tout à fait remises de leur émotion, monsieur le marquis, elles m'ont chargé de me rendre près de vous.

— Mademoiselle de Chamarante sait-elle au moins l'impatience que j'éprouve?

— Elle le sait. Dans un instant, sans doute, vous pourrez la voir; mais expliquez-moi par quel concours de circonstances fatales cet horrible incident a pu avoir lieu.

— Hélas ! d'après l'affreux événement dont le bruit est arrivé tout à l'heure jusqu'à moi, rien de plus horrible et de plus naturel en même temps! J'arrivais!... je sentais que j'étais en retard... Pour éviter le détour des rues, j'avais laissé ma voiture sur le boulevard, à l'entrée du passage Vendôme ; je marchais précipitamment. Je n'étais plus qu'à deux pas de l'hôtel, lorsque je vis sortir de la boutique du changeur qui est à gauche de la porte cochère, une personne... à laquelle jusque-là j'avais donné le nom d'ami... un misérable! un monstre!... mais je l'ignorais... Il marchait aussi précipitamment que moi... Il me reconnut, me tendit la main, la serra convulsivement, ce fut l'affaire d'une seconde... Nous étions à la porte de l'hôtel. Un instant après, j'entrais dans le salon, mon gant m'empêchait de sentir l'empreinte que la main de cet homme y avait laissée... Vous savez le reste...

— Vous aviez quelque soupçon quand vous avez paru... J'ai remarqué que vous étiez pâle et troublé .. dit tranquillement M. de Saint-Serve, sans jeter ses regards vers le marquis.

— Connaissant la vivacité de mademoiselle de Chamarante, et préoccupé de mon retard involontaire, je n'avais pas eu, dans le court moment qui a séparé cette rencontre fatale de mon entrée au salon, le temps de réfléchir. Cependant, trois circonstances que je ne pouvais m'expliquer m'avaient frappé et se présentaient sans cesse à mon esprit... La rencontre elle-même, en pareil lieu, à pareille heure... la manière convulsive dont avait été serrée la main que j'avais tendue, enfin l'obscurité complète dans laquelle était plongée la boutique du changeur quand celles qui l'environnaient étaient éclairées, toutes ces circonstances m'impressionnaient péniblement ; je savais la personne que je venais de rencontrer gênée... Je l'avoue... Je ne pouvais douter qu'elle avait perdu avant-hier au jeu une somme très forte... Tout cela ne me faisait pas venir à la pensée le soupçon d'une catastrophe. Mais je ne puis nier qu'en paraissant ici, je ne fusse sous le coup d'un pressentiment vague et triste.

— Et vous êtes certain d'avoir reconnu la personne qui sortait de la boutique? En ce moment même, vous n'éprouvez aucun doute à ce sujet?

— Aucun, monsieur.

— Vous pourriez donc la nommer? dit avec fermeté le président, en fixant cette fois son regard sur celui de M. de Monza.

A cette question M. de Monza tressaillit, puis il reprit avec une lenteur et un calme qui n'étaient que le résultat d'une contraction violente sur lui-même :

— Au premier cri de surprise et d'horreur qui s'est échappé de ma bouche comme de toutes les autres, nos regards se sont rencontrés, vous vous le rappelez, monsieur; la question que vous venez de me faire devait m'être bientôt. adressée, je le compris, et, je l'avoue, cela me jeta d'abord dans une perplexité terrible... Mais la réflexion a dissipé tous mes doutes... ma résolution est prise, et je vous répondrai sans hésitation... Si le meurtrier devait subir seul la peine de son crime, je n'hésiterais pas à le nommer, mais l'infamie qu'il a méritée ternirait un nom illustre, un nom vénéré que d'autres portent dignement. Si ce nom échappe aux recherches de la justice, ai-je le droit de le prononcer; puis-je me résoudre, quand il suffit de mon silence pour l'éviter, à jeter volontairement le déshonneur et la désolation dans une famille que j'aime, que je respecte et qui est innocente du crime? Eh bien! non, je ne le puis pas; je refuse de répondre à l'interrogation que vous m'adressez, et je suis sûr qu'un jour madame de Chamarante me saura gré de mon silence.

En achevant ces mots, il se dirigea vers l'appartement de la vicomtesse.

— Un moment, monsieur de Monza; madame de Chamarante n'est pas seule intéressée dans cette affaire... Vous avez pris connaissance du testament de son mari... Mon consentement n'est pas moins nécessaire que le sien pour le mariage de sa fille... vous le savez.

— Grand Dieu! et que prétendez-vous donc, monsieur? s'écria le marquis en revenant près de M. de Saint-Serve.

— Écoutez-moi! dit le président; ce qui se passe entre nous est plus grave pour votre avenir que vous ne l'avez pensé peut-être. Au point de vue du monde où vous vivez, je comprends la fausse délicatesse, le point d'honneur banal. le scrupule très dangereux qui vous ont inspiré la réponse que vous venez de me faire. La société ne tombe en décomposition, croyez-le, que parce qu'on y éprouve de ces lâches complaisances! On veut avoir le privilége de l'honneur comme de l'éducation et de la richesse. L'esprit de caste y étouffe tout sentiment de justice... et l'on ne s'aperçoit pas que la gangrène que l'on n'ose extirper, que l'on garde près de soi, sur laquelle on ferme les yeux... gagne jusqu'aux membres les plus sains et menace de mort le corps entier...

— Vous êtes sévère, monsieur!

— J'en ai le droit, j'ai brisé mon cœur, j'ai chassé mon fils coupable, la sévérité est la source de toute justice et de toute bonté! Le devoir que j'ai rempli dans ma famille... que la noblesse, la nouvelle comme la vieille, puisqu'elles sont confondues, le remplisse vis-à-vis de chacun de ses membres, et elle pourra résister à l'esprit du temps : elle se sauvera, parce qu'elle ne cessera pas d'être respectée au point de vue des devoirs véritables que votre rang dans le monde vous impose. Je ne puis donc approuver votre résolution; et comme tuteur, comme second père de Béatrix, ayant une part considérable dans la responsabilité de son bonheur à venir, je dois vous informer du changement qu'opérerait dans mon esprit cette résolution au cas où vous y persisteriez.

Si M. de Saint-Serve avait pu observer le regard étrange de surprise et de pitié que M. de Monza tint fixe sur lui au moment où il parlait de son fils, sa conversation aurait peut-être pris un autre cours ; mais plus occupé de suivre sa pensée que de l'effet produit sur le visage de son interlocuteur, le président n'avait rien vu, et M. de Monza, menacé d'un obstacle sérieux à l'union qu'il avait rêvée de la part d'un homme qui pouvait en effet lui refuser la main de Béatrix, se garda bien de retarder l'explication que les dernières paroles du président lui annoncèrent.

— Parlez, monsieur, dit-il, parlez!

— Oui, mon cher monsieur de Monza, je connais Béatrix, je l'ai vue naître! Je sais ses défauts aussi bien que ses qualités. Capricieuse, volontaire, esprit charmant de naturel et de tendresse, mais borné et paresseux... De l'obstination qu'elle prend pour du caractère. Une insouciance invétérée, une ignorance complète des devoirs de maîtresse de maison ; la sollicitude aveugle de sa mère à lui éviter le moindre souci, la moindre peine... Je n'exagère rien.... Sa jeunesse, sa beauté jettent sur tout cela des grâces charmantes ; mais la beauté et la jeunesse passent... les défauts resteront... Eh bien! malgré ces défauts, qui sont ceux d'un enfant gâté, j'ai cru, je crois en-

core que Béatrix pourrait être heureuse... mais à une condition, c'est qu'elle inspirât à son mari une passion profonde, une affection supérieure à tout autre sentiment, comprenez-moi bien... une affection qui nous donnât la garantie que dans le cœur de l'homme son guide, son appui, elle trouvera toujours unie à la fermeté l'indulgence dont elle aura besoin un jour, et que donne seul un amour auquel on est prêt à tout sacrifier... J'ai espéré que tel était le sentiment que vous éprouviez pour elle et j'ai consenti à votre union. Me serais-je trompé? Y a-t-il au-dessus du prix que vous attachez à cette alliance quelque chose qui vous semble plus précieux? Eh bien! s'il en est ainsi, moi, tuteur de mademoiselle de Chamarante, responsable de son avenir, maître de sa destinée, il m'est impossible d'entrevoir dans cette union les chances de bonheur qui me l'avaient fait approuver, et je retire mon consentement.

— Une menace! dit M. de Monza en pâlissant.

— Non. c'est un *ultimatum!* Vous nommerez l'assassin de la fille du changeur, vous ferez le sacrifice de ce misérable à votre amour, ou bien vous me donnerez lieu de penser que cet amour n'a pas, dans vos affections, la place, le rang qu'il y doit tenir! Vous n'aimez pas mademoiselle de Chamarante; quelqu'un vous est plus cher... autrement vous auriez déjà parlé!

— Je n'aime pas mademoiselle de Chamarante! dit le marquis, dont les yeux se remplissaient de larmes... Ah! vous-même, avant peu, comprendrez que mon silence est ce moment la plus grande preuve d'amour que je puisse lui donner... Mais brisons là. Ce que vous appelez votre *ultimatum* n'en est pas un. C'est un retard de quelques jours, voilà tout. Vous me rendrez votre confiance... vous m'estimerez davantage... vous me *bénirez*... ajouta-t-il en appuyant sur ce mot, pour la conduite que je tiens en ce moment... En attendant le moment où je pourrai nommer le coupable... croyez-moi.. ne le cherchez pas, monsieur de Saint-Serve!... Le jugement le plus droit, l'esprit le plus expérimenté peut être dupe d'illusions.. Bien naturellement on croit... on imagine qu'un homme auquel nul n'a jamais eu le droit d'adresser un reproche peut tout à coup tomber dans la plus lâche perversité.. Et l'on croit à des retours aussi soudains... aussi merveilleux du vice à la vertu!... Le soupçon que l'on fait peser sans hésiter sur une vie sans tache... on n'imagine même pas qu'il puisse menacer une vie... déjà compromise...

— Monsieur! s'écria M. de Saint-Serve, dont mille impressions, mille souvenirs sommeillants dans son esprit, venaient d'être galvanisés par un coup de foudre.

— Eh bien! dit le marquis avec calme, je n'ai rien dit... je n'ai pas nommé le coupable!... Mais, je vous le répète encore en vous quittant, ne le cherchez pas!... ne le cherchez pas!...

A ces mots, prenant son chapeau sur la console, le marquis s'éloigna vivement, pendant que le président de Saint-Serve, le regard fixe, l'esprit absorbé par une préoccupation subite et terrible, saisissait en tremblant le bras d'un fauteuil et s'y affaissait lentement.

Nous verrons bientôt quel doute avaient soulevé dans l'âme du vieillard les dernières paroles de M. de Monza, et comment de ce doute jaillit la lumière qui lui fit découvrir le véritable assassin de la fille du changeur.

III

L'ASSASSIN.

Pour comprendre le trouble que les dernières paroles du marquis de Monza avaient jeté dans l'âme de M. de Saint-Serve, il faut expliquer dans quelle position se trouvait le vieillard vis-à-vis de son fils unique, Ernest de Saint-Serve, camarade d'études de M. de Monza, et comme lui membre du Jockey-club.

Privé de bonne heure des soins et de la tendresse de sa mère, Ernest avait grandi sous la domination froide, rigide d'un vieillard dont l'extérieur conservait les traditions d'un autre âge, et n'offrait aucune des séductions susceptibles d'attacher un jeune homme à la maison paternelle. Cette influence irrésistible de la douceur féminine sur les natures les plus âpres, Ernest ne l'avait pas connue. Plein de respect pour l'homme dont il portait le nom, jamais il n'avait éprouvé pour lui une affection expansive, jamais il ne s'était senti libre et à l'aise en sa présence. Le président le glaçait par son regard, par ses remontrances, par son aspect seul. Et le résultat de cette contrainte perpétuelle fut de développer l'orgueil et la résolution dans un caractère naturellement impérieux et concentré. Ernest avait du pen hant pour les arts, pour les aventures et les entre rises où brillent l'audace, la confiance en soi même, la séduction des manières, le charme, l'entraînement de la parole, la puissance des combinaisons de l'esprit. Il eût fait à volonté un industriel, un diplomate, un littérateur distingué.

Son père fut inflexible, et il dut suivre, malgré sa répugnance, le dégoût que la vie du palais lui inspirait, la carrière du barreau. Attiré dans les premiers cercles de Paris, où son élégance, sa supériorité, une beauté incontestable d'ange déchu, exerçaient sur les femmes à la mode une sorte de fascination, Ernest, dans cette vie dispendieuse, avait été bientôt entraîné à dépasser les ressources modestes que son père mettait à sa disposition Il fit des dettes Le président refusa de les payer. Ernest dévora sa honte, prit son père en haine, le monde et la vertu en mépris. Il joua: heureux d'abord, il ressentit plus tard amèrement les revers de la fortune. A bout d'expédients, trop fier pour affronter de nouveau les reproches et les refus paternels, un cœur sans foi, sans amour, sans enthousiasme, sans espoir, tomba bientôt de faute en faute jusqu'au dernier degré du vice. M. de Saint-Serve acquit la preuve que son fils avait fait un faux. Ernest était majeur: il lui rendit ses comptes, et, après avoir étouffé, par le sacrifice d'une notable portion de l'héritage maternel, une plainte dont la justice allait être saisie, le président bannit son fils de sa présence.

Ce dernier acte de sévérité, loin de corriger le jeune Saint-Serve, acheva de le perdre. Il comprit, à l'attendrissement douloureux qui éclata en torrents de larmes au milieu des imprécations du président, qu'il y avait dans ce caractère, en apparence inflexible, un côté faible, que cette âme d'acier avait un secret, au moyen duquel il lui serait possible d'en faire jouer tous les ressorts. Au bout de quelques mois, il reparut corrigé, repentant il fit solennellement acte de soumission; et subjugué par la satisfaction secrète que causait à son orgueil le triomphe de son autorité, M. de Saint-Serve, en rendant à son fils sa tendresse, crut l'attacher pour jamais à une vie régulière en le mettant en possession de la plus grande partie de sa fortune personnelle, qui était considérable.

Le retour d'Ernest avait eu lieu depuis dix-huit mois, et sa conduite en apparence irréprochable était l'objet continuel des louanges de son père, qui, dans sa joie, ne cessait de le citer en exemple à tout propos. Cette joie était mêlée d'une sorte d hommage rendu à lui même, ainsi qu'on l'a vu dans son entretien avec M. de Monza. Il s'applaudissait de la rigueur qu'il avait montrée, il voyait dans ce retour à la vertu et à l'honneur son propre ouvrage. Le malheureux vieillard ne se doutait pas que la soumission n'était que contrainte, que l'humilité n'était qu'hypocrisie.

Cependant, au milieu de son aveuglement, il avait remarqué depuis quelques jours que son fils, malgré ses efforts pour donner à ses discours et à son visage l'apparence de l'insouciance et de la gaîté, était sombre et affecté. Le matin même, le président avait ouvert par mégarde, au milieu d'un paquet de lettres, un billet qu'il avait bien vite reconnu être adressé à son fils. Il contenait seulement ce qui suit :

« Mon mari part pour la terre D****, je vous attends à cinq
« heures au bois, allée de Madrid Vous m'expliquerez votre
« présence, hier et avant-hier, à dix heures du soir, dans la
« boutique du changeur de l'hôtel de Chamarante, à l'heure où
« *le père est absent.* »

Ces derniers mots étaient soulignés. M. de Saint-Serve y avait fait à peine attention, en jetant au feu avec dédain ce billet, qui ne trahissait après tout qu'une intrigue galante. Mais, au moment du départ de M. de Monza, le souvenir lui était revenu à la mémoire, et avec la sûreté que donne une longue pratique des fonctions magistrales, il retrouva toutes les expressions, toutes les circonstances du billet comme s'il l'avait eu devant les yeux. Ainsi depuis plusieurs jours son fils était allé dans la boutique du changeur, le soir, à *l'heure où le père était absent...* le changeur avait une fille... dont l'auteur du billet... une maîtresse d'Ernest, pouvait être jalouse... Cette jeune fille venait d'être assassinée... Le marquis avait ensanglanté son gant en serrant la main d'un ami... Et M. de Monza s'éloignait sans vouloir nommer le coupable... et en s'écriant : « Ne le cherchez pas! ne le cherchez pas! »

Ces souvenirs, ces réflexions s'étaient présentés à l'esprit du président, à la fois, confusément et avec la rapidité de la foudre, et l'on comprend que, cédant à l'angoisse poignante qu'il éprouvait il se laissât aller sans force sur le premier siège qui se présenta sous sa main.

— Grand Dieu ! dit-il en se parlant à lui-même à haute voix, Ernest... assassiner lâchement une jeune fille... et dans quel but... déshonorer son nom... perdre son avenir, sa vie, son

âme... lui, un Saint-Serve! lui mon fils... à qui j'avais rendu ma tendresse!... lui que je croyais pour jamais revenu à des sentiments d'honneur... lui... l'espo r... l'orgueil... la consolation de mes derniers jours! lui assass..... allons, c'est impossible ! s'écria le vieillard en se levant brusquement. Ces paroles ambiguës de M. de Monza ne sont qu'une défaite... son trouble a une autre cause. Il s'est bien pressé de partir... au moment de son mariage... une intrigue à rompre... la crainte d'un éclat peut-être... dont on le menaçait... oui , il aura été entraîné... sur lui!

Oubliant dans son trouble les circonstances du billet qu'il avait déchiré le matin, M. de Saint-Serve se rattachait donc à cette unique chance d'espoir, chance horrible et fragile, puisqu'elle faisait porter le soupçon sur un homme dont la vie avait été jusque là sans tache. Mais le saint orgueil de son nom, le respect de sa vie, son amour pour son fils, conspiraient en ce moment contre les premières inductions de son intelligence si précise et si ferme. A demi rassuré, il se levait, résolu à se rendre immédiatement chez M. de Monza, lorsque la porte du salon s'ouvrit.

— Monsieur le président, dit le valet de chambre, M. le juge d'instruction et M. le commissaire de police désirent vous parler.

M. de Saint-Serve sentit tout son sang refluer à son cœur... un pressentiment douloureux traversa son esprit; il se contint cependant, et dit d'une voix ferme :

— Faites entrer ces messieurs.

<h2 style="text-align:center">IV</h2>

L'INTERROGATOIRE.

Le valet de chambre introduisit les deux magistrats. Il y eut quelques minutes d'intervalle, pendant lesquelles l'âme d'acier du président, de cet homme des anciens jours, put se retremper en elle-même. Il composa son visage, en imposant un effort suprême à sa volonté, et, lorsque les magistrats entrèrent dans le salon, il alla au devant d'eux, plus calme qu'eux mêmes. Ils se saluèrent en silence, on avança des sièges, et le domestique les laissa seuls.

Le juge d'instruction prit la parole :

— Ce n'est pas à vous, monsieur le président, dit-il, en s'inclinant avec respect, ce n'est pas à vous que j'ai besoin d'apprendre combien les devoirs de notre profession sont souvent pénibles à remplir.

— Je sais, monsieur, tout ce qu'on doit à la justice de son pays ; soixante-seize ans d'une vie irréprochable, j'ose le dire, sont là pour attester ma soumission entière aux lois et aux exigences de mon état. J'attends que vous vouliez bien vous expliquer.

— Il s'agit du crime qui vient d'être commis chez le changeur. Vous étiez dans l'hôtel où madame de Chamarante avait une réception nombreuse. Il paraît qu'à l'arrivée du futur de sa fille, eut lieu un incident étrange qui se rattache à l'assassinat... Vous en avez été témoin, sans doute, et nous avons espéré trouver auprès de vous des renseignements qui confirmeront, nous le craignons du moins, les indices très graves qui mettent en ce moment la justice sur les traces du coupable.

— L'incident dont vous parlez est étrange, en effet. M. de Monza était attendu avec grande impatience par mademoiselle de Chamarante qui, ayant reçu de lui dans la journée un magnifique diadème, ne voulait en être parée pour la première fois que de la main de son fiancé Le salon était plein d'une foule brillante, quand M. de Monza arriva ; il prit la couronne de pierreries, et la posa sur le front de sa fiancée; mais son gant était ensanglanté. Vous comprenez l'horreur inexprimable dont la foule fut saisie... Voilà le fait!... Avez-vous quelque chose de plus à me demander?

— Un pareil événement n'a pu avoir lieu sans des explications.

— M. de Monza a raconté qu'à la porte de l'hôtel il avait serré la main d'une personne à laquelle il avait donné jusque-là le nom d'ami et qui sortait de la boutique du changeur.

— A-t-il nommé cette personne, monsieur le président?

— Il s'y est refusé, malgré mes instances.

Ici le juge d'instruction parut éprouver un certain embarras et faire un effort sur lui-même. Il ajouta :

— M. de Monza a-t-il dit au moins si la personne qu'il venait de rencontrer à la porte du changeur était de la société de madame de Chamarante? A-t-il exprimé sa surprise de l'avoir rencontrée dans la rue, s'éloignant de l'hôtel dans un moment où il était naturel au contraire de supposer qu'elle y entrerait, pour se joindre aux amis de la famille et la complimenter?

— Non, monsieur, dit le vieillard.

Il se fit encore un silence que le juge d'instruction comprit en baissant la voix, et disant d'un ton ému :

— Vous avez un fils, monsieur le président?

— Oui, monsieur.

— Il habite votre hôtel ?

— Depuis son enfance.

— Quand l'avez-vous quitté?

— Il est sorti de bonne heure, dit M. de Saint-Serve en hésitant. Je ne l'ai pas vu avant son départ.. j'ignore s'il est rentré.

— Il n'a donc pas paru à la soirée de madame de Chamarante?

Cette dernière question fut un trait de lumière pour M. de Saint-Serve. Jusque là, le magistrat, l'homme inflexible, avaient seuls paru ; il imposait silence à ses craintes, à son horrible anxiété, mais enfin le père l'emporta, il ne fut plus maître de se contenir; prévoyant le plus terrible des malheurs, il se leva vivement, et demanda :

— Mais pourquoi ces questions, monsieur? qu'a de commun mon fils avec l'assassinat du passage Vendôme?

Les deux magistrats se regardèrent sans répondre. M. de Saint-Serve, dans ses habits noirs, le visage aussi blanc que la poudre de ses cheveux, la voix éteinte, la main tremblante, les bras étendus vers eux, cherchant à conserver la dignité de son âge et de sa position, malgré ce déchirement affreux, leur imposait un respect ou une pitié involontaire.

— Vous vous taisez, messieurs, reprit il; vous craignez de me trouver faible, vous craignez de m'irriter peut-être ; vous vous trompez, je suis calme, je suis fort, je puis tout entendre! Parlez ! parlez donc !

Il se laissa retomber sur son fauteuil, hors d'état de se soutenir davantage, et néanmoins, majestueux encore dans son abaissement.

— Monsieur le président, reprit le procureur du roi jamais je ne sentis davantage le poids de ma charge. Veuillez nous donner tous les renseignements qui sont en votre pouvoir sur monsieur votre fils... sur ses habitudes. .

— Habitudes régulières... conduite irréprochable depuis dix-huit mois, je l'ai cru du moins....

— Et depuis cette époque il n'a cessé de vivre près de vous?... il n'a fait aucun voyage?

— Aucun.

— Alors, monsieur le président, il nous reste à vous prier de vouloir bien nous faire conduire à votre hôtel. Il nous est enjoint de le visiter.

En prononçant ces derniers mots d'une voix éteinte, le procureur du roi baissa la tête, et ajouta lentement :

— Armez-vous de courage, monsieur le président ! c'est une épreuve bien terrible!... nous avons, malheureusement, les plus légitimes raisons de croire M. Ernest coupable de l'assassinat commis ce soir sur la personne de mademoiselle Sophie Hervé, au passage Vendôme.

M. de Saint-Serve ne répliqua pas un mot, ne fit pas un geste, ne changea pas d'attitude; seulement, une pâleur cadavéreuse s'étendit sur ses traits, et, après quelques instants de silence, ses yeux immobiles brillèrent du feu de la fièvre, et deux larmes coulèrent lentement sur ce marbre, aussi froid, aussi inanimé en apparence que la statue du désespoir.

Les magistrats se consultèrent du regard ; ils respectèrent les premiers moments de cette douleur antique, et attendirent que le malheureux père eût repris assez de présence d'esprit pour les comprendre. Mais les minutes s'écoulèrent et le silence de mort continua. Le commissaire de police hasarda une question, l'infortuné ne sembla pas l'entendre, et resta quelques instants encore dans le même anéantissement; et tout à coup se levant d'une pièce, il dit :

— Marchons, messieurs !

Il tira le cordon de la sonnette, le valet de chambre entra.

— Offrez mes respects à madame la vicomtesse, et prévenez-la que je ne la reverrai pas ce soir; je suis obligé de quitter sur-le-champ l'hôtel. Messieurs, mon carrosse vous attend.

Jamais peut-être le courage paternel, l'orgueil d'un noble sang, le souvenir d'une vie sans tache ne furent mis à une plus rude épreuve ; jamais homme ne souffrit davantage que ce stoïque vieillard, honteux de montrer ce qu'il appelait sa faiblesse. Il fit les honneurs de sa voiture, mais sans prononcer un mot pendant le trajet fort court qu'ils eurent à parcourir. Arrivé chez lui, lorsque l'on eut refermé la porte cochère, au moment d'entrer sous le vestibule, le président appela son concierge, et, en lui donnant l'ordre précis de ne laisser sortir personne, jusqu'au départ des gens du roi, sa voix ne tremblait pas, sa main restait ferme; une grande résolution était prise sans doute.

Une vieille femme de charge, portant le bonnet monté, le tablier de taffetas noir garni de dentelles, avec un gros trousseau de clefs suspendu à sa ceinture par une chaîne, vint au devant de son maître et attendit qu'il lui plût de s'expliquer.

— Babet, lui dit-il, vous allez conduire ces messieurs dans *toute* la maison vous leur ouvrirez *toutes* les portes et *toutes* les armoires, vous obéirez sans restriction à *tout* ce qu'ils vous commanderont, et vous leur laisserez emporter *tout* ce qu'ils jugeront convenable de prendre.

— Mon Dieu ! monsieur le président, s'écria la vieille femme alarmée, je ne demande pas mieux que de me soumettre aux commandements de monsieur, mais j'assure bien qu'on ne trouvera rien de suspect ici, les gens de monsieur sont honnêtes, j'en répondrais comme de moi-même.

— Il ne s'agit point de mes gens, Babet, ne craignez rien pour eux, et tenez-vous prête à suivre M. le procureur du roi.

M. de Saint Serve précédait les magistrats.

Ils entrèrent dans une grande pièce sombre et sévère, au rez-de-chaussée de l'hôtel; de vastes bibliothèques de chêne, renfermant des livres de droit, une tenture en tapisserie représentant le jugement de Salomon, d'un côté, et celui de Brutus de l'autre, lui donnaient un aspect plus lugubre encore. Au milieu, un immense bureau d'ébène, chargé de papiers épars, de notes commencées, de dossiers poudreux, indiquait que, malgré sa retraite, M. de Saint-Serve n'avait pas abandonné l'étude de sa profession.

Un domestique alluma les bougies des candélabres et se retira.

— Avant que vous commenciez vos recherches, messieurs, dit M. de Saint-Serve aux deux magistrats, veuillez me donner tous les détails parvenus à votre connaissance .. Comment vos soupçons se sont-ils dirigés vers... il hésita un instant, comme si ce nom lui coûtait horriblement à prononcer .. vers mon fils ?

Des témoins l'ont vu entrer dans la boutique, monsieur le président, le gaz a été éteint pendant sa visite ; il a été rencontré au moment où il en sortait. Enfin, près de la chaise sur laquelle la victime a été trouvée affaissée et mourante, nous avons ramassé la gaîne d'un poignard. Voyez les armes! monsieur le président.

M. de Saint-Serve y jeta un regard, et tressaillit.

— Cette jeune fille, ajouta le procureur du roi, était la maîtresse de M. Ernest; cette lettre qu'elle portait dans la poche de sa robe ne laisse aucun doute sur ce fait.

— Il était jaloux, peut être, dit le vieillard désireux de trouver une excuse à cet abominable crime.

— Hélas! ce n'est pas la passion qui l'a égaré... La caisse du changeur dont la porte était ouverte présente un déficit de plus de trois cent mille francs de valeurs.

Le président fit un mouvement de dégoût, mais il domina sur-le-champ l'horreur qu'il ressentait.

— M. Ernest faisait au jeu, depuis quelque temps, des pertes considérables; la nuit dernière entre autres, M. le marquis de Monza lui gagna au club deux mille louis; vous savez mieux que personne, monsieur le président, qu'il n'était pas en état d'acquitter cette somme...

— Il suffit, messieurs, faites votre devoir. Je vais vous conduire moi-même...

Des hommes de police étaient arrivés depuis quelque temps, et attendaient dans l'antichambre.

Le procureur du roi fit signe, et bientôt commença, sous les yeux du père, cette chasse, dont son fils unique était le but. Il y assista en silence, sans mêler une phrase au peu de mots officiels prononcés par les gens du roi. On ne trouva personne au rez-de-chaussée. Il restait à visiter le premier, où se trouvaient les appartements d'honneur, et le second, inhabité.

M. de Saint-Serve, que ses forces trahissaient et qui s'était assis, sonna et dit au laquais de faire venir la femme de charge pour qu'elle ouvrît toutes les portes, toutes les armoires dans la visite que les magistrats allaient faire. La vieille Babet se fit longtemps attendre. Enfin, elle arriva, pâle, bouleversée, hors d'état de prononcer une parole.

— Babet, lui dit sévèrement son maître, sans remarquer sa fraeur, pourquoi n'êtes vous pas prête à accompagner ces messieurs, suivant mes ordres ?

— Je venais .. j'allais... Pardon, monsieur le président, me voici.

— Cette bonne femme est effrayée, poursuivit le procureur

du roi, elle est si peu habituée à de pareilles scènes! Calmez-vous, madame, il ne vous sera fait aucun mal. Introduisez-nous seulement.

En plaçant les clefs, la main de Babet tremblait ; elle entra d'un pas incertain dans l'immense salon, où son maître n'avait pas paru depuis la mort de sa femme, puis, restant à la porte, elle laissa passer les gens de justice ; le président marchait le dernier, elle l'arrêta, et, joignant les mains dans l'attitude d'une supplication ardente :

— Monsieur le président, au nom de sa mère, ne le livrez pas, il est dans le pavillon du jardin !

Le président recula de deux pas en arrière.

V

PÈRE ET FILS.

La révélation inattendue de la présence d'Ernest de Saint-Serve dans l'hôtel, faite à voix basse par la femme de charge, pâle et tremblante, saisit d'une angoisse indicible le vieillard. Il jeta autour de lui un regard inquiet, comme pour s'assurer qu'ils étaient bien seuls. Babet et lui, et, lui prenant le bras, il le serra fortement en murmurant à son oreille :

— Malheureuse ! tu veux donc me forcer de conduire mon fils à l'échafaud ?

Ces mots révélèrent toute la rigide fermeté que conservait cette âme de bronze, au milieu des angoisses de l'amour paternel.

— Monsieur ! monsieur ! reprit Babet en étouffant sa voix, vous ne ferez pas cela, ou la sainte qui est là-haut vous maudirait au ciel, et moi je vous maudirais sur la terre.

M. de Saint-Serve se sentit gagner par la compassion, par l'affreuse idée de livrer au bourreau ce fils unique, seul espoir naguère de sa race ; puis il songea à l'inflexible devoir que sa qualité de magistrat lui imposait, il songea aux paroles imprudentes prononcées quelques instants auparavant, à l'engagement pris de n'écouter ni la tendresse paternelle, ni la pitié, et un horrible combat s'engagea en lui-même, entre les deux grands sentiments de sa vie, le devoir et l'amour de sa maison. Faisant un signe à la femme de charge, il eut à peine la force de lui indiquer la pièce suivante où les magistrats verbalisaient déjà, puis il rentra dans son cabinet, et s'assit en face du portrait de sa femme.

Il resta ainsi quelques minutes, anéanti, absorbé, ses idées confondues dans un chaos tel, qu'il voyait presque sa raison lui échapper ; puis, tout à coup, il se leva, marcha vers la porte du salon qu'il ferma à clef, ainsi que celle de l'antichambre, ouvrit les grandes fenêtres à ras du sol, donnant sur le jardin, et descendit les marches du perron ; il avait accompli toutes ces choses très vite, là il s'arrêta.

— Il le faut, mon Dieu ! murmura-t-il.

Alors il acheva de descendre, s'élança comme un jeune homme à travers une allée tortueuse et courut vers un pavillon dont les colonnes blanches se détachaient sur le feuillage sombre. Arrivé là, il fut obligé de s'arrêter de nouveau, son cœur battait si fort qu'il se sentit mourir ; il remerciait déjà le ciel de lui épargner une vieillesse si misérable ; mais l'instinct impérieux auquel il obéissait lui rendit une force surhumaine ; il frappa doucement d'abord, puis plus fort, et ne reçut pas de réponse.

— N'y serait-il plus, pensa-t-il, ou craindrait-il d'être découvert ?

— Il essaya d'ouvrir la porte, elle était fermée en dedans, il tenta un effort suprême.

— Monsieur, dit-il, ouvrez, c'est moi.

La porte s'ouvrit aussitôt.

L'obscurité déroba au fils l'horrible pâleur de son père, comme elle déroba au père l'insouciante tranquillité de son fils.

— Que me voulez-vous, monsieur? demanda-t-il, je suis prêt à tout, je vous en préviens.

— Suivez-moi, répondit le président respirant à peine, et, sur votre vie, taisez-vous !

Tous les deux reprirent le chemin que le président venait de parcourir, tous les deux entrèrent dans le cabinet, dont le vieillard referma les fenêtres avec une agitation fébrile.

— Passez quelques instants derrière ma bibliothèque, monsieur, et attendez-moi sans que le moindre bruit trahisse votre présence ici, vous ne m'attendrez pas longtemps.

Il ouvrit la porte du salon, la referma en dehors, emporta la clef et retourna vers les magistrats, qui terminaient leur visite.

— Messieurs, leur dit-il, vous n'avez plus besoin de moi, ma femme de charge vous conduira dans les autres pièces et au jardin, si vous le désirez ; permettez que je me retire, j'ai besoin de solitude et de recueillement ; vous pouvez le comprendre, et souffrez que je ne sois troublé par personne.

La douleur avait fait en peu d'heures, sur les traits du vieillard, de tels ravages, que son aspect inspirait la pitié.

— Vous n'avez aucun trouble à prendre, monsieur le président, reposez en paix, madame suffira pour ce qui nous reste à faire.

Ils s'inclinèrent respectueusement, et le président prit congé d'eux.

A peine rentré chez lui, il ferma la porte à double tour, et se dirigeant brusquement vers le cabinet noir, où était enfermé son fils, il lui fit signe de sortir.

Ce moment, le plus solennel de toute leur vie, exalta d'une manière bien différente leurs dispositions mutuelles : le père, incapable de se soutenir davantage, tomba sur un siège, et, cachant sa tête, étouffa des sanglots convulsifs. Le fils, debout de l'autre côté de la table, l'œil sec, le regard fixe et presque indifférent, un pistolet dans chaque main, les bras croisés, semblait assister à une scène étrangère.

M. de Saint-Serve, avec ses cheveux blancs, d'ordinaire si bien rangés, si éclatants de poudre odorante, tombant en longues mèches sur ses habits souillés ; Ernest, vêtu élégamment, portant des gants jaunes et des bottes vernies, ses beaux traits aussi sereins qu'en un jour de plaisir, sa noble taille droite et svelte, aussi imposante que de coutume ; le vieillard et le jeune homme semblaient avoir changé de rôle ; le père avait la posture d'un accusé, le fils celle d'un juge.

Le président, après quelques instants donnés à cette faiblesse, qu'il se reprochait, releva la tête, et rencontra le regard assuré, impassible, glacial du jeune homme. Ce regard s'enfonça comme un dard dans ce cœur brisé, et lui rendit l'énergie par la colère. De la main il fit un signe impérieux.

— Monsieur, dit-il, déposez ces armes, et gardez-vous d'élever la voix ! si elle était entendue, vous seriez forcé de commettre un nouveau meurtre ! Répondez ! un mot... un mot seulement ! Avez-vous volé les trois cent mille francs ?

Ernest fronça légèrement le sourcil au mot *volé*, et répondit après un peu d'hésitation :

— J'ai *pris* les trois cent mille francs dans la caisse de son père.

— Où sont-ils ?

Il hésita encore, enfin il dit :

— Là, sur ma poitrine !

Le président se leva, alla vers son bureau, l'ouvrit en silence, en tira une liasse de billets de banque qui paraissait considérable, et les posa à côté de lui.

— Voilà, monsieur, qui suffira et au-delà pour votre fuite ! Rendez-moi sur-le-champ l'argent volé par vous, rendez-le-moi, je vous l'ordonne !

Ernest ne fit aucune réponse, il recula de deux pas et porta instinctivement la main sur son habit, et secoua la tête sans rien dire.

— Vous ne voulez pas me le rendre, monsieur ?

— Non ! dit-il avec un sourire infernal, je ne les ai pas pris pour cela !

— Honte ! horreur ! s'écria le vieillard. Mon Dieu !... qu'ai-je donc fait pour m'attirer un pareil supplice? tout est fini... Un pareil monstre qui peut envisager un crime de sang-froid, sans un regret, sans un remords, sans une larme pour les victimes qu'il va faire... un pareil monstre n'a pas de famille! Il raillerait devant la malédiction d'un père, devant son cercueil!... Pourquoi aurais-je pitié de lui?... Non! comme lui, je serai inflexible. Comprenez-moi bien ! la justice n'a pas encore quitté l'hôtel... vous allez rendre ces trois cent mille francs, ou j'appelle, et je vous livre !

En parlant ainsi, le vieillard s'était échauffé par degré, méconnaissant la prudence qu'il recommandait à Ernest, sa voix s'élevait insensiblement.

— Prenez garde, répondit froidement celui-ci, vous vous emportez ! Si vous continuez de la sorte, il deviendra inutile d'appeler !... Ces messieurs vont accourir d'eux-mêmes.

Cet excès d'impudence exaspéra le vieillard, mais Ernest ne lui laissa pas le temps de parler, il reprit :

— Permettez, monsieur ! je crois qu'une explication entre nous est nécessaire ; depuis longtemps, je la désire. Les habitudes de votre vie, la contrainte que vous m'avez imposée, s'y sont opposées jusqu'à ce jour. Si elle avait eu lieu plus tôt, tous ces accidents d'aujourd'hui ne seraient peut-être pas arrivés. Je respecte votre caractère... J'honore en vous...

— Silence !.. dit le vieillard d'une voix étouffée. Il ne s'agit point d'explication ! Il s'agit de rendre, à l'instant même, l'argent que vous avez volé! Il s'agit de réparer au moins ce qui est réparable, puisque nous ne pouvons, hélas! donner la vie aux morts Cet argent! rendez le!

— C'e t justement la seule chose à laquelle je ne souscrirai pas. Cette somme m'est nécessaire, je la garde.

— Vous la gardez! vous!... un Saint-Serve! s'écria le vieillard, pourpre d'indignation ; et vous croyez me connaître! Vous croyez que ma conscience faiblira devant l'idée de voir ma race s'éteindre sur l'échafaud !

— Il faut bien finir d'une manière ou d'une autre, interrompit son fils avec un rire convulsif

— Misérable!... Cet argent!... Rends-moi cet argent!... ou je sonne!

— Ft bien!... sonnez!...

Le président furieux s'élança vers la cheminée, et allait saisir le cordon de sonnette, quand on frappa à la porte. Il s'arrêta pétrifié. La présence du danger, que lui-même allait provoquer, glaça son courage, et dissipa tout à co p son emportement. Ernest sauta sur ses pistolets, et se retrancha derrière la table. Le président, plus pâle que la mort, s'élança vers lui en le couvrant de son corps, et en plaçant une de ses mains sur sa bouche, dans la crainte que son souffle ne fût entendu, puis il demanda d'une voix tremblante :

— Que me veut-on?

— Monsieur le président, répliqua le commissaire de police, on a oublié de vous faire signer le procès-verbal.

M. de Saint-Serve montra d'un geste, à son fils, le cabinet où il avait trouvé un refuge; puis, lorsqu'il l'y vit en sûreté, il ouvrit aux magistrats.

VI

LE CHATIMENT.

Le trouble affreux auquel était en proie M. de Saint-Serve ne parut pas éveiller l'attention des deux magistrats, ou plutôt ils l'attribuèrent sans doute aux angoisses de cette soirée fatale, et quand les dernières formalités du procès-verbal eurent été remplies, ils se retirèrent en félicitant le vieillard du non succès de leurs recherches.

Le président écouta le bruit des pas qui s'éloignaient, immobile et retenant son haleine, jusqu'à ce que la porte cochère, retombant bruyamment, annonça que l'hôtel était délivré de ses dangereux hôtes, puis il alla vers le cabinet, et appela de nouveau son fils.

— Le temps presse!... Chaque minute est un danger de mort! Pour la dernière fois... cédez à ma prière... rendez ces billets... et partez!

— Je ne demande pas mieux que de partir, monsieur, mais j'entends partir libre... et maître de mon sort. Eh bien! oui!... je brise la glace!... je jette le masque! La contrainte me lasse enfin... Je vous étonne? mais à qui la faute?... Vous m'avez élevé d'une manière antipathique à mes goûts, vous avez voulu faire de moi un magistrat intègre, sévère et grave comme vous; mais, si je descends des présidents de Saint-Serve, je descends aussi, par ma mère, du comte de Marinville, le roué le plus audacieux de la Régence, et j'ai malheureusement beaucoup plus pris de ce côté-là que de l'autre. A dix-huit ans, je vous ai supplié de me laisser entrer au service, de me laisser jouir de la vie, de me permettre d'abandonner ces affreux dossiers, cet ignoble tripot de mauvaises paroles, et ce costume de mascarade dont la laideur et la tristesse seules m'inspiraient le dégoût. Vous ne l'avez pas voulu, vous avez comprimé la séve exubérante de ma jeunesse et de mon imagination sous votre joug despotique, cette séve s'est aigrie et a grangréné. Que pouvais-je y faire? Vous me forciez d'être impassible, mon sang brûlait mes veines; vous me forciez à la retraite, le plaisir était mon dieu, mon idole, mon premier besoin, la nécessité de ma vie. Il en résulta ce que vous savez. J'ai failli... vous avez été sans pitié, et vous avez étouffé en moi tout remords, tout scrupule. Mes passions et mes habitudes se sont tellement identifiées à ma nature, que je mourrais, je crois, en les perdant! Ceci vous explique bien des points obscurs de ma conduite, et notamment le malheur de cette soirée... malheur inattendu! Je ne voulais pas la tuer... elle m'y a forcé par sa résistance... Cela vous explique mon refus très net de céder à vos instances!... Non!... ce trésor me coûte assez cher... Je vous déclare que tant que j'aurai un souffle de vie il ne sortira pas de mes mains.

Le président écoutait ce récit, fait en mots entrecoupés, en phrases saccadées, il écoutait avec un mélange de surprise et d'horreur, comme un ange écouterait un damné. Il comprit pour la première fois l'immense perversité de son fils, il comprit que désormais tout espoir de repentir devait s'éteindre; et en le regarda t si beau, si élégant, malgré sa dépravation, en rencontrant ce regard fascinateur, plein tout à la fois d'entraînement et de fatalité, il se demanda si le roi des ténèbres n'avait point pris possession de ce corps mortel, et s'il était possible de lui résister. Lui, vieux juge, vieux praticien, il n'avait jamais rencontré dans sa longue carrière un scélérat plus endurci, plus effroyablement dangereux que ce fils, le dernier héritier de son nom sans tache. Absorbé par ces pensées, il gardait le silence.

— Monsieur, si vous n'avez plus d'ordre à me donner, poursuivit Ernest, après quelques instants d'attente, je vais partir.

— Pourquoi êtes-vous venu ici? pourquoi n'êtes-vous pas parti déjà? dit d'une voix éteinte le vieillard.

— Parce que j'étais traqué de tous côtés, et que j'ai cru trouver près de Babet un gîte sûr; parce que parmi les lieux de ce monde votre maison était la dernière où l'on devait me supposer caché

M. de Saint-Serve baissait la tête, et réfléchissait.

— Où allez-vous?

— En Angleterre.

— Quels sont vos moyens de fuite ?

— Je n'en ai pas, mais j'en trouverai.

— N'y a-t-il donc aucune possibilité de vous faire redevenir honnête homme?... Quoi! plus de ressources! plus d'espoir!...

Il y eut un moment solennel. Le malheureux père attendit avec anxiété, mais Ernest garda le silence. Alors le président se leva, son visage présentait les signes d'une décision irrévocable. Sa démarche imposante agit même sur Ernest.

— Exécutez la dernière prière que je vous adresserai dans ce monde! dit-il lentement. Approchez!... Jetez les yeux sur ce portrait!...

Ernest le regarda surpris.

— Le portrait de ma mère?

— Oui, le portrait de votre mère !

Leurs regards s'étaient dirigés vers une toile de Gérard, représentant une admirable jeune femme, dont les traits offraient une ressemblance frappante avec ceux d'Ernest. Le président les examina tous les deux; prenant la main de son fils, il le conduisit tout à fait au pied du tableau ; un attendrissement vrai, une tendresse ineffable animaient sa physionomie.

— Ernest, dit-il, en ce moment douloureux et décisif, je ne veux pas prendre la résolution irrévocable que me dicte l'honneur, sans avoir essayé encore de toucher votre âme. Quand vous paraîtrez devant *elle* et devant Dieu, je veux être déchargé de l'accusation terrible et injuste que vous avez portée contre moi. Je veux pouvoir me rendre ce témoignage, que j'ai épuisé tous les moyens de faire naître en vous le repentir. Ernest! je vous en supplie, au nom de votre mère, au nom de son amour, restituez cet or indignement volé ; laissez-moi le soin de votre fuite, j'oublierai pour vous mes devoirs de magistrat, je vous abandonnerai les derniers débris de ma fortune, je vivrai de privations... je vivrai! oui, j'aurai la force de vivre. . je quitterai la France, s'il le faut, je m'expatrierai!

— Il est trop tard! si vous m'eussiez parlé ainsi au lieu de me chasser, j'aurais cédé à vos instances peut-être... mais aujourd'hui...

— Il n'est jamais trop tard, Ernest, écoutez-moi! interrompit le vieillard, dont l'agitation croissait de minute en minute.

— Je ne le puis! l'heure avance !

— Oui! l'heure avance! l'heure du châtiment! Vous êtes bien décidé?

— Parfaitement.

— Eh bien! que votre sort et le mien s'accomplissent.

Il prit une plume et écrivit quelques lignes qu'il cacheta avec soin, et déposa dans le secret de son bureau à cylindre.

Ensuite, plus prompt que la pensée, il s'empara des deux pistolets Ernest recula involontairement vers la porte.

— Pas un mouvement, monsieur, ou vous êtes mort; j'ai encore la main assez ferme, le coup d'œil assez sûr pour arriver jusqu'à votre poitrine. Un dernier mot!... Vous avez cru que des crimes aussi horribles que les vôtres resteraient sans châtiment .. Vous vous êtes trompé.

— Allez-vous donc me tuer, mon père? demanda Ernest d'une voix ferme, mais qui trahissait pour la première fois une légère émotion.

— Je vais faire un acte de suprême justice, je vais faire ce que je dois à tous ceux qui sont ici (montrant du geste les portraits), et que Dieu me pardonne, lui qui voit le fond de mon cœur, lui qui me pousse à vous châtier, par un nouveau crime, par le plus grand de tous peut-être. Que Dieu vous pardonne aussi, exécrable instrument de mon malheur et du vôtre, vous que je n'ai plus la force de maudire, au moment où je me sépare de vous... Que Dieu vous pardonne, malheureux!

Avant qu'Ernest ait pu s'apercevoir de son dessein, le pistolet était appuyé sur la tête du vieillard, le coup partait, et le malheureux père tombait sanglant aux pieds du parricide.

VII

UN CAPRICE D'ENFANT GATÉ.

Tandis que s'accomplissait chez M. de Saint-Serve, entre le père et le fils, cette lutte qui eut une fin si tragique et si inattendue, on dormait eu à l'hôtel de Chamarante La vicomtesse, restée longtemps près de sa fille, n'apprit que vers le milieu de la nuit l'arrivée des gens de justice ch z elle, et l'accusation portée contre Ernest Elle recommanda expressément à ses domestiques de cacher ces événements à Béatrix qui s'en effraierait outre mesure, et dont les nerfs, déjà si ébranlés, ne résisteraient pas à un nouvel assaut.

Ces précautions prises, elle retourna près de son enfant qu'elle trouva à moitié endormie, et gardée par sa jeune femme de chambre.

— Qu'ai je donc entendu, ma mère? on ferme et on ouvre sans cesse la porte cochère ce soir; M. de Monza est-il revenu?

— Non, ma fille, il est parti avec ton tuteur; ce sont nos gens sans doute qui sortent pour les affaires de la maison; ils auront préféré ne pas se coucher, il est si tard. Comment te sens-tu?

— Beaucoup mieux, ma mère, je suis fatiguée seulement.

— Pauvre enfant! J'espère que tu vas reposer, Joséphine te veillera. Si tu étais plus souffrante, qu'on m'appelle.

Elle embrassa tendrement Béatrix à plusieurs reprises, et rentra chez elle.

La femme de chambre avait un air visiblement consterné en se plaçant sur un siége au pied du lit; lorsque les regards de sa maîtresse tombèrent sur elle, elle ne put s'empêcher de le remarquer.

— Qu'avez-vous donc, Joséphine? demanda Béatrix.

— Rien, mademoiselle. Et elle tremblait de tout son corps.

— Vous êtes souffrante, ma pauvre fille, vous avez été aussi effrayée. Je ne veux pas que vous passiez cette nuit, allez vous coucher.

— Oh! non, mademoiselle, je ne laisserais pas mademoiselle seule dans un pareil moment

— Un moment fort tranquille, ce me semble!

— Oh! mademoiselle!!.. La femme de chambre mit sa tête dans ses mains en murmurant : Oh! c'est horrible!... Je la vois toujours!...

— Vous avez quelque chose d'extraordinaire, Joséphine; on se cache de moi, je veux tout savoir. M. de Monza! pourquoi n'a-t-il pas reparu? Ma mère m'aurait-elle trompée? Est-ce bien vrai que le sang qui tachait son gant provenait d'une égratignure à la main? Serait-il sérieusement blessé? Ah! te seul souvenir de cette scène affreuse me fait frissonner. J'ai eu si peur! et quel présage!! Mais parlez donc! parlez donc!

— Non! non! mademoiselle! je ne le puis!...

— Et pourquoi ne le pouvez-vous pas? Vous m'impatientez, ma chère, je vous ordonne de parler

— Madame la vicomtesse me chassera, elle l'a expressément défendu!

— Elle l'a défendu! Il y a donc quelque chose, quelque chose de bien grave! Joséphine je vous en prie, dites-le-moi! Si vous me refusez, vous allez me donner des attaques de nerfs! Vous me ferez mourir!

— Mademoiselle me promet de ne point me trahir auprès de madame?

— Sotte! N'ayez aucune crainte, je vous défendrai contre tout le monde Ne vais-je pas me marier? Parlez! parlez donc!

— Eh bien! mademoiselle... Mais je ne pourrai jamais.

— Joséphine, je vous mets à la porte sur-le-champ, si vous ne vous expliquez pas.

— Puisque mademoiselle l'exige absolument.. Ce n'est pas ma faute... Eh bien! la fille de M. Hervé, le changeur, qui habite une des boutiques de l'hôtel; cette bonne petite Sophie, si gentille, qui a si magnifiquement brodé les derniers mouchoirs de mademoiselle, elle a été assassinée ce soir.

Béatrix jeta un cri étouffé, et bondit dans son lit.

— Assassinée! par qui? et pourquoi?

— Oh! mademoiselle, c'est là ce qui est horrible, continua la cameriste en baissant la voix; assassinée, à ce qu'on assure, par M. Ernest, le fils de M. le président, et pour la voler! Et il était son amant encore!

— Oh! mon Dieu! mon Dieu! mais cela n'est pas possible, Joséphine, vous vous trompez. Ce:te pauvre Sophie! assassinée par le fils de mon tuteur!... Oh! mon tuteur! mon bon tuteur! il en mourra!

Un torrent de larmes inonda le visage de Béatrix. Elle se leva sur son séant en ramassant autour d'elle ses couvertures de satin, ses draps de batiste, garnis de dentelles, car elle avait froid. Comme le matin, ses cheveux ruisselaient sur ses épaules, sa chemise s'entr'ouvrait en désordre; mais ce n'était plus cet enfant mutin, bouleversant une maison sur un de ses caprices, c'était une jeune fille éplorée, frémissante, donnant tous les soupirs, toutes les larmes de son cœur à une infortune qui ne lui était pas personnelle, pâle et belle comme la pitié.

— Ah! mademoiselle, continua Joséphine, en baissant la voix si vous saviez, quel spectacle affreux! Je l'ai vue, la pauvre Sophie! Nous y avons couru avec madame Angèle. Elle est étendue sur un petit lit blanc, dans sa chambre si propre et si bien rangée d'ordinaire. L'image de la Vierge et son joli bénitier au-dessus de sa tête, la branche de buis que je lui ai donnée aux derniers Rameaux était là aussi, avec le portrait de sa mère; et elle si jolie, mais si pâle, ses grands cils tombant sur ses joues, on aurait dit qu'elle dormait, sans cette blessure que j'ai voulu voir.. Son sang coulait lentement et rougissait ses draps! Ah! je crois que j'aurai toujours ce spectacle devant les yeux!

— Pauvre martyre! Vous l'avez vue, Joséphine? Et cela est bien effrayant?

— Non, cela fend le cœur!

— Mon Dieu! mon Dieu! s'écria Béatrix en sanglotant, hier encore elle était là, rapportant ses mouchoirs, ses chefs-d'œuvre; comme elle me paraissait jolie en me répétant : Oh! mademoiselle, vous êtes bien heureuse de vous marier! Elle pensait à lui.. à ce monstre!.. un gentilhomme... Oh! je ne m'étonne pas de l'antipathie, de l'horreur que sa vue m'a toujours inspirée!...

— C'est un deuil dans tout le quartier! Si on tenait l'assassin, on le mettrait en pièces.

— Vous vous en souvenez, Joséphine, je lui ai donné hier mon bouquet? Elle l'a pris pour mettre à sa petite chapelle, cette chapelle dont vous parlez, sans doute. Et c'est aujourd'hui le jour où nos amis se réunissent pour mon mariage, qu'un pareil malheur arrive!... Et ce sang qui a couvert ma couronne et mon front! Ce sang n'était pas celui de M. de Monza?... Ma mère m'a trompée?

— C'était le sang de cette pauvre jeune fille. M. de Monza, ignorant ce qui venait d'avoir lieu, avait rencontré le meurtrier sortant de la boutique et lui avait serré la main...

— Ah! c'est horrible!... Son sang!... le sang du meurtre sur mon front!... Joséphine, il existe une liaison mystérieuse, fatale, entre la destinée de Sophie et la mienne. Vous le verrez! C'est un avertissement!... Joséphine, je veux aller la visiter à l'instant!

— Mademoiselle, y pensez-vous?

— J'y pense, et je le veux, je le dois Je ne sais quel instinct me pousse... c'est irrésistible! Oui, je veux voir une dernière fois cette jeune fille. Un pressentiment indéfinissable m'entraîne vers elle. Je lui porterai mon bouquet d'aujourd'hui, et j'emporterai l'autre, je le conserverai toute ma vie. Vous allez m'habiller sur-le-champ et m'y conduire.

— Mais, mademoiselle, je ne puis faire cela, madame la vicomtesse ne me le pardonnera jamais.

— Ma mère ne le saura pas, elle dort!

— Et le concierge?

— Je lui dirai de se taire, et il se taira.

— Mademoiselle se rendra malade.

— Oui, si vous me refusez. D'ailleurs j'irai seule.

— Mademoiselle veut me perdre, continua Joséphine en pleurant; je n'ai pas mérité cela de sa part.

— Je veux si peu vous perdre que je vous augmenterai vos gages de cent francs pour vous récompenser; et vous savez bien que ma mère ne vous renverra pas pour m'avoir obéi.

— Puisqu'il le faut, répliqua la cameriste en soupirant, mademoiselle va mettre une douillette et une pelisse au moins.

— Certainement.

— Heureusement les gens de justice sont allés chez M. le président. Nous ne courrons pas risque de les rencontrer.

— Quoi! M le président a eu la visite des gens de justice! et il est seul, et ma mère n'est pas près de lui!

— Madame ne l'a su qu'après, mademoiselle, et elle a donné ordre qu'on l'éveillât de très bonne heure, afin de pouvoir se rendre chez M. de Saint-Serve.

— Hâtons-nous donc alors, et qu'elle ne s'aperçoive pas de ma sortie ; elle craindrait pour moi cette émotion. Oh ! demain, moi, aussi, j'irai voir mon pauvre tuteur.

Joséphine habilla sa maîtresse à la hâte, cacha son visage sous un voile, et toutes deux marchant à pas de loup sortirent de l'appartement par le cabinet où couchait d'ordinaire la camériste.

VIII

LA VISITE A LA MORTE.

La boutique du changeur communiquait avec la cour de l'hôtel par une porte bâtarde. Joséphine y frappa ; après quelques moments d'attente on ouvrit.

Elle exprima à la servante du changeur le désir de sa maîtresse, celle-ci ne fit aucune difficulté pour la laisser monter

— Tout le monde est debout, dit cette pauvre femme tout en larmes, le père ne veut pas quitter le corps, mais il est comme foudroyé par ce malheur, il ne voit, n'entend rien. Il y a aussi un prêtre et une sœur avec lui.

Les deux jeunes filles montèrent à l'entre-sol le cœur bien ému, surtout Béatrix dont l'imagination bâtissait mille chimères ; elles trouvèrent facilement la porte, encore envahie par les commères de la maison, sous prétexte d'apporter leurs soins à la triste famille. On leur fit place, bien que personne ne reconnût mademoiselle de Chamarante.

Elles entrèrent dans la chambre où reposait de son dernier sommeil la belle créature qu'elles avaient vue la veille si pleine de vie et d'avenir.

Béatrix se prosterna dévotement sur le seuil, n'osant lever les y ux encore, dans la crainte de ce qu'elle allait voir. Enfin elle s'enhardit après une prière, et son regard se porta vers le lit.

Un prêtre en surplis, assis à côté d'une table chargée de cierges, de missels, entourant un crucifix, lisait les prières des morts ; une sœur de cha ité, à genoux près de lui, donnait les répons ; le père, l'œil sec et fixe, le visage cadavérique, contemplait son enfant qui semblait endormie. Au-dessus de la tête de la morte, sur une petite console, le bouquet d Béatrix s'épanouissait encore dans un vase de cristal, devant l'image de la Vierge. Par un singulier hasard, ce bouquet, composé de camélias blancs, avait au milieu une rose de la Chine, panachée de rouge, d'une façon si singulière, qu'on l'aurait crue tachée de sang.

— Mon Dieu ! pensa Béatrix, dont les regards étaient d'abord tombés sur le bouquet, depuis hier, toujours du sang ! jusque sur les fleurs !

Joséphine s'approcha de M. Hervé et lui demanda pour sa compagne, dont Sophie était bien connue, la permission de la voir une dernière fois. Absorbé dans la douleur, il fit un sign de tête machinal, sans se rendre bien compte de ce qu'on lui disait : Béatrix s'avança, le prêtre recula un peu et continua sa prière.

— Unissez-vous à nous, dit-il, et puisez près de ce lit funèbre de salutaires enseignements ! suppliez le Dieu qui peut tout, de vous accorder une fin plus heureu e, et surtout rappelez-vous comb en est fragile la vie qu'il nous a donnée, pour en fai e un bon usage.

Béatrix se tenait encore à quelque distance, elle s'accoutumait peu à peu à cette angoisse pénétrante, et cherchait à dominer la répulsion involontaire que nous ressentons toujours devant la mort.

Sophie lui parut p us belle encore que de coutume ; son père l'avait couchée lui même en défendant qu'on réunît ses cheveux, dont les longues natt s brunes tombaient sur ses épaule ; une robe de nuit, d'un blanc éclatant, garnie d'une fine dentelle et brodée par la pauvre enfant, l'enveloppait. Ses yeux étaient fermés, ses mains de marbre reposaient négligem ment sur le lit, comme celles d'une personne endormie ; rien n'annonçait une mort violente, rien n'annonçait les angoisses qu'elle avait dû éprouver, un sourire errait presque encore.

Béatrix s'agenouilla prè d'elle et la contempla d'abord quelques instants, sans frayeur, mais saisie d'une sympathie étrange et l'esprit frappé du lien imaginaire qu'elle supposait entre sa destinée et celle de cette malheureuse jeune fille dont le sang l'avait tachée ; elle écarta un peu le drap qui voilait sa poitrine.

— Je veux voir sa blessure, dit-elle en tremblant de tous ses membres, cela ne peut être hideux ! elle a l'air si calme !

Sa main avança timidement, entr'ouvrit la chemise, et découvrit, a -dessous du sein gauche, une étroite plaie triangulaire, dont les bords étaient rejoints, et qui ne présentait qu'un filet de pourpre sur la peau satinée de la jeune fille.

— Q oi ! se dit Béatrix, voilà ce qui l'a tuée ! Si peu que cela ! Il faut une si petite blessure pour cesser de vivre. C'est effrayant ! Un seul coup et l'on est morte !... On n'a pas d'agonie, sans doute !.. mais mourir d'une main aimée ! Oh ! si la malheureuse l'a compris !.. Quel saisissement ! Quelle horrible douleur !... Quel désespoir, mon Dieu ! .. Pauvre, pauvre Sophie !

En ce moment la voix du prêtre s'éleva dans le silence, il disait ces paroles :

— Tout sur la terre arrive par la volonté de Dieu, il tient notre existence entre ses mains ! Dieu ne regarde ni la beauté, ni la jeunesse ; la mort fauche indistinctement les fleurs des champs et les fleurs des jardins ; la tombe nous appelle tous, et tous nous deviendrons poussière.

La sœur répondit :

— Oh ! Seigneur ! faites-nous la grâce de mourir pieusement, accordez-nous la miséricorde, appelez nos âmes vers vous et détachez-nous de la terre ! Les affections, les joies de ce monde sont des vanités, vous seul êtes grand, vous seul êtes vrai, vous seul êtes véritablement bon !

Béatrix se sentit mordre au cœur par une douleur dont elle ne put se rendre compte, ses larmes coulèrent presque à son insu sur ses mains jointes ; elle aussi, elle pria. Ce fut un élan de son âme vers l'âme arrachée violemment à ce corps toujours si beau et qui allait devenir poussière, selon les paroles du psalmiste.

— Ma sœur, disait-elle, entendez ma prière ! Vous qui avez connu ma tendresse, vous qui avez envié mon bonheur ! Oh ! demandez pour moi à Dieu qui vous écoute, demandez-lui de me faire ainsi mourir jeune, si je suis destinée à de trop rudes épreuves ; demandez lui de m'appeler près de vous, près de lui, si je dois cesser d'être aimée. Et vous, chère bienheureuse, veillez sur moi, n'est-ce pas ! Ne me quittez point, couvrez moi de vos ailes, protégez-moi, vous qui êtes maintenant un ange, afin que je vous rejoigne plus tard et que je jouisse aussi du bonheur des anges près de vous.

Elle se leva ensuite, prit le bouquet de la veille, l'enleva respectueusement, comme une relique, et le remplaça par celui qu'elle venait d'apporter.

Je voudrais bien que ces fleurs fussent placées près d'elle, dit Béatrix, tout bas à la religieuse ; elle les aimait, et je crois que cela lui eût fait plaisir.

— Il sera ainsi que vous le désirez, mademoiselle, répliqua la sœur ; le pauvre père est incapable de donner aucun ordre, e d'ailleurs il ne s'y opposerait pas.

— Maintenant, adieu, continua mademoiselle de Chamarante, adieu pour toujours ici-bas, nous nous retrouverons là-haut ; mais vous ne m'oublierez pas, ma sœur ; bien qu'éloignée, moi, je penserai à vous tous les jours de ma vie. Adieu !

Elle posa ses lèvres sur le front glacé de la victime, et lorsqu'elle sentit le froid sans nom de la mort, elle recula épouvantée.

— Oh ! murmura-t-elle, qu'est-ce que j'éprouve ? cette impression me pénètre ! mon sang se glace ! Joséphine, sortons d'ici. C'est horrible, c'est repoussant, la mort ! Serai-je donc jamais ainsi !

— Oh ! non, mademoiselle, vous n'avez pas à craindre d'être assassinée, vous ! M. le marquis vous adore, et il est aussi riche que vous !

Cette réflexion presque niaise de la femme de chambre frappa Béatrix, et lui donna à rêver ;

— Amédée m'adore, pensa-t-elle, oui, j'ai devant moi une belle et longue vie, une mort douce et honorée, près de lui, dans ses bras peut-être, entourée de mes enfants, et sûre de ne point me séparer de lui, même dans l'éternité. Oh ! je suis une heureuse créature !

Elles passaient d vant la loge, le concierge courut au devant d'elles, le jour commençait à poindre :

— Mademoiselle, rentrez vite ! mada e la vicomtesse est éveillée, et il est arrivé un grand malheur pendant votre absence.

IX

DEUIL ET JOIE.

— Un malheur ! s'écria la jeune fille ; un malheur à ma mère ?

— Non, mademoiselle, non; rassurez-vous, ce n'est pas madame la vicomtesse; grâce à Dieu, elle se porte bien.

— M. de Monza? poursuivit-elle plus pâle encore.

— Nous n'avons pas entendu parler de M. le marquis depuis hier au soir, se hâta de dire le concierge, comprenant que dans son empressé bavardage il se mêlait des affaires de ses maîtres; madame la vicomtesse instruira sans doute mademoiselle.

Au lieu de rentrer chez elle, Béatrix courut chez sa mère, sans s'inquiéter des questions qu'on allait lui faire, et toute à l'incertitude à laquelle les paroles ambiguës du suisse l'avaient livrée.

Elle trouva madame de Charamante s'habillant, tout en larmes et si préoccupée qu'elle ne la vit pas même entrer.

— Ma mère! et elle se jeta dans ses bras, pleurant de la voir pleurer, et sans savoir encore le sujet de sa douleur. Ma mère, qu'avez-vous au nom du ciel!

— Ma fille! ma pauvre enfant! répondit la vicomtesse, la couvrant de baisers, quelle noce mon Dieu!

— Mais, ma mère, qu'y a-t-il? Amédée...

— Tranquillise-toi, ma Béatrix, Amédée est un bon et noble cœur, lui seul nous consolera des coups qui nous frappent. Mais, cousin...

— Oh! oui, je sais tout, chère mère. Pauvre tuteur! vous alliez le voir, n'est-ce pas? je vous accompagnerai.

— Hélas! mon enfant, notre visite est inutile à présent, la tienne du moins, car moi je dois au respect que je portais au président de me rendre chez lui.

— *Que vous portiez*, ma mère, mon tuteur, mon cher tuteur, j'ai peur de comprendre... Il est malade peut-être... Il n'a pu résister à cette horrible catastrophe, dites, dites-moi, je vous en conjure.

— Le président de Saint-Serve, le gentilhomme accompli, l'homme d'honneur par excellence, pouvait-il voir son fils coupable d'un meurtre et d'un vol, sans mourir?

— Mourir! mourir! ma mère, ne dites pas cela. Dieu m'avait pris mon père, il ne m'a pas pris celui qui m'en tenait lieu, c'est impossible!

— Ma fille, il faut malheureusement que vous le sachiez; le président de Saint-Serve est mort ce matin; il ne vous reste plus au monde que votre mère, en attendant le jour où je vous remettrai à votre mari.

La jeune fille éclata en sanglots, madame de Charamante et elle se tinrent longtemps embrassées. Dans leur trouble commun, elles oublièrent l'une de demander à sa fille la cause de sa sortie inusitée, l'autre qu'on pourrait même le lui demander.

La matinée se passa en pourparlers, on plaça les scellés à l'hôtel Saint-Serve; madame de Charamante, comme parente et comme amie, assista à ces tristes détails, pendant que Béatrix s'était remise au lit, en pleurant dans la solitude l'excellent protecteur qu'elle venait de perdre.

Nul ne soupçonna l'entretien suprême du président et de son fils, nul, si ce n'est Babet, à qui son dévoûment aveugle pour l'enfant qu'elle avait élevé fermait la bouche vis-à-vis de tous. Lorsque le bruit du pistolet fit accourir les domestiques, on dut d'abord enfoncer les portes fermées au verrou, et l'on trouva enfin le président mort au pied du portrait de sa femme, tenant encore en main l'arme fatale. La fenêtre était ouverte, et il ne restait pas trace des billets de banque sortis de son portefeuille.

On n'entendit plus parler d'Ernest, et l'on ne put découvrir le lieu de sa retraite.

Quand Amédée revit sa fiancée, ce fut avec un bonheur immense qu'il la trouva si remplie de la perte qu'elle venait de faire. Jamais le cœur tendre et bon de Béatrix ne se montra plus à découvert, jamais ses défauts d'enfant gâté ne trouvèrent une meilleure excuse. Le marquis se sentit fier de la compagne à laquelle il allait tenir lieu de tout en ce monde, il pressa de ses vœux ardents leur mariage, mais les convenances et la volonté de madame de Charamante durent le faire retarder de quelques mois.

Béatrix conserva le même souvenir à la malheureuse Sophie; il ne se passait pas un jour sans qu'elle en parlât. Elle mit soigneusement à l'écart les mouchoirs brodés par elle, son dernier ouvrage, et déclara qu'elle ne les porterait jamais, et qu'elle les garderait religieusement, ainsi que le bouquet fané.

— D'où vient, chère Béatrix, l'intérêt si grand, si constant surtout que vous portez à cette jeune victime, comment continuez-vous le culte de ce souvenir? Il me semble, au contraire, qu'il devrait vous rappeler des choses trop pénibles pour que vous ne l'écartiez pas, demandait le marquis à sa fiancée.

— Depuis le malheureux jour, j'ai eu le pressentiment qu'il existait entre elle et moi un lien mystérieux, je ne sais quelle étrange sympathie. Son sang a couvert ma couronne de mariage, et nous a, pour ainsi dire, unies l'une à l'autre; il me semble qu'elle me protège au ciel, qu'elle y tient ma place près de mon tuteur. Dans mes rêves, je les vois toujours ensemble, ils me sourient, ils me bénissent. Souvent je me réveille croyant les apercevoir à côté de mon lit, veillant sur moi, et, vous me traiterez de superstitieuse et de visionnaire, mais ils me paraissent tristes, ils me regardent avec des yeux pleins de larmes, et quelquefois ils me montrent leurs blessures, en répétant: « — Pauvre Béatrix! »

— Vous frappez votre imagination et ce n'est pas bien, mademoiselle, ce n'est, surtout, pas généreux pour moi. De quel malheur vous croyez-vous donc menacée dans notre union?

— Pardonnez-moi, Amédée, ce sont des folies, des folies excusables après les affreux événements dont nous avons été témoins. Je ne saurais vous le cacher, l'incident de ma couronne ensanglantée ne peut sortir de ma mémoire, et me frappe de terreur. Un crêpe de deuil me semble envelopper ma vie; je crois aux présages, j'y ai toujours cru, et ma mère aussi.

Cette conversation se renouvela bien des fois jusqu'au jour fixé pour le mariage. Amédée employait tous les moyens pour dissiper ces idées funestes, il y parvenait toujours tant qu'il était là, mais une fois seule, la mélancolie reprenait le dessus, et, malgré les efforts de tous, la noce se passa tristement. On n'osait se livrer à la joie: l'image du président, de ce noble vieillard, dont la place vide ne pouvait être occupée par personne, sembla s'asseoir à cette fête comme le spectre de Banquo. Une sorte de malaise dominait la gaîté, et chacun se demandait pourquoi on avait tant de peine à sourire.

Le matin, à la messe, parmi les nombreux spectateurs que la curiosité attirait, se trouvaient, dans une chapelle écartée, une femme âgée et un enfant de douze ans. La première, vêtue de noir, portait sur tous ses traits une vulgarité nulle. Elle remarqua à peine le cortège élégant lorsqu'il défila devant elle, mais la petite fille semblait le dévorer du regard. Grande, pour son âge, élancée, pâle, blanche, avec des cheveux d'ébène, la nature l'avait douée d'une beauté fascinatrice, d'une de ces beautés fatales qui dévastent souvent plusieurs existences. Ses yeux, d'un bleu d'azur, surmontés de deux sourcils noirs, garnis de cils plus noirs encore, brillaient d'un éclat impossible à soutenir. Il régnait déjà, dans cette physionomie d'enfant, une fierté indomptable, une résolution énergique; malgré ses vêtements, plus que simples, elle semblait une reine, et plusieurs des jeunes gens de la brillante assemblée se la montrèrent en passant.

Elle s'avança près de la balustrade, et de là, dominant l'autel, elle ne perdit pas un geste de la mariée. Elle examina sa magnifique toilette, les attentions dont elle était l'objet, le luxe dont on l'entourait; elle compta les fleurs de sa coiffure, les broderies de sa robe, les dentelles de son corsage; elle vit son mari la regarder avec amour, avec enivrement; elle entendit les serments échangés, puis elle fit un retour sur elle-même, et l'envie la mordit au cœur. Elle se sentit presque de la haine pour la jeune inconnue à qui tant de bonheur était destiné; tandis qu'elle, pauvre enfant sans mère, sans fortune, sans naissance, sans avenir, elle mangeait le pain de la pitié, arrosé par ses larmes. Cette intelligence supérieure, développée outre mesure par la solitude et le malheur, avait acquis une puissance de raisonnement bien rare dans un âge aussi tendre; mais, en même temps, les mauvaises passions, attachées souvent aux grandes capacités, s'emparaient peu à peu des places qu'une éducation bien entendue eût données aux vertus. Il y avait de tout dans cet être singulier, les principes les plus opposés se combattaient en elle; il ne fallait qu'une direction bienfaisante pour la conduire au bien, ou une influence mauvaise pour la jeter dans le vice.

Ce jour-là elle comprit, avec plus d'amertume qu'à l'ordinaire, combien sa part de la vie était douloureuse et humiliante. Elle regarda ses habits usés, trop courts pour sa taille; elle compara sa seule amie, sa gardienne, avec la cour parfumée dont mademoiselle de Chamarante s'entourait; elle compara sa misère à cette richesse, son isolement à cette réunion de famille, et elle se demanda pourquoi Dieu avait tant fait pour celle-ci, et si peu pour elle. Puis, se rappelant ses propres traits, sa luxuriante chevelure, ses jolies mains et sa taille ronde:

— Quand j'aurai seize ans comme cette mariée, je serai mieux qu'elle; et pourtant on ne me donnera pas de belles robes et de beaux diamants. Je lisais hier que la beauté est une couronne, pourquoi ne la porterais-je pas tout aussi bien que cette marquise? Oh ! je veux être riche aussi; je veux être grande dame; et je le serai.

Une voix aigre, l'appelant pour quitter l'église, la réveilla de ses rêves; elle suivit sa conductrice de mauvaise grâce, retournant sans cesse la tête pour voir la fin de la cérémonie en portant son regard profond sur tous ces visages inconnus. De ce moment data une ère nouvelle et bien importante dans la vie de Christine Orthez.

Le lendemain de son mariage, Béatrix, timide encore avec M. de Monza, lui demanda pourtant avec instance de faire atteler leurs chevaux, et de sortir seuls ensemble.

— Où irons-nous, chère amie? il en sera comme il vous plaira.

— Je vous le dirai quand nous serons en voiture, Amédée; je désire surtout que ma mère ne le sache pas aujourd'hui.

Les ordres furent donnés; le jeune couple sortit sous prétexte d'une promenade; madame de Chamarante n'osa témoigner le désir de les accompagner. Dès qu'ils furent seuls :

— Menez-moi au Père-Lachaise, mon ami, je dois aujourd'hui une visite à mon tuteur; il eût été si heureux de ma joie. Au lieu de la lui faire à l'hôtel de Saint-Serve, nous la lui rendrons à sa demeure suprême.

— Bonne et chère Béatrix! j'aime à vous voir cette reconnaissance, cette affection filiale. Vous avez raison, allons demander à cet excellent vieillard qu'il nous bénisse.

— Ensuite, si vous le voulez, nous irons jusqu'à *chez* la pauvre Sophie; je désire lui porter une couronne.

— Vous êtes la maîtresse, ma bien-aimée; mais ces stations ne sont-elles pas bien douloureuses par ce beau soleil et dans cette chère matinée?

— Nous reprendrons après notre gaîté, monsieur, le bonheur console de tout.

Puis ils se dirent de ces choses que les amoureux trouvent et redisent sans cesse sans ennui, ni fatigue, de ces choses où l'esprit a si peu de part et que le cœur regrette tant, lorsqu'il ne les entend plus, ou qu'il ne sait plus où les prendre. Le trajet se fit sans qu'ils s'en aperçussent, ils descendirent pieusement et commencèrent leur funèbre pèlerinage.

La tombe du président leur était connue, plusieurs fois déjà ils y étaient venus ensemble; ils s'en approchèrent cependant avec plus de recueillement qu'à l'ordinaire, et s'agenouillèrent tous deux sur le marbre qui couvrait cet homme d'un honneur si pur, d'un caractère si noble. Leur prière fut fervente, elle fut presque affectueuse. Tous les deux s'unissaient, tous les deux demandaient l'avenir comme le présent. Des larmes tombèrent des yeux de Béatrix, au souvenir des jours de son enfance, tendrement adoptée par M. de Saint-Serve. Elle se rappela cette bonté, toujours la même pour elle, et pour elle seule; cette sévérité qu'elle seule savait adoucir, ce regard paternel quand elle jouait sur le gazon, puis cette sublime figure sur laquelle le sourire ne reparut plus depuis qu'il avait exilé son fils, cette figure tout à la fois résignée, triste et grave; elle se rappela tout cela, elle sentit plus que jamais l'énormité de sa perte, et ne put s'empêcher de murmurer en pleurant :

— Mon père! qui êtes dans les cieux.

Amédée lui prit la main. et chercha à arrêter ses sanglots.

— Chère amie, lui dit-il, je conçois votre douleur, je conçois vos regrets, mais, je vous en supplie, songez à notre mère, songez à moi, à moi qui vous aime tant, dont toute la vie sera employée à vous rendre heureuse Oh ! oui, j'en renouvelle ici, sur cette tombe, l'engagement sacré. Puissé-je être puni si jamais je manque à ce serment, si jamais une seule de mes actions fait regretter à cette ombre vénérée de m'avoir confié sa fille adoptive! Je serai pour vous ce qu'il était, un guide et un ami, en même temps que le mari le plus tendre, l'amant le plus dévoué; dites, ne voulez-vous pas voir en moi tout cela?

Béatrix retrouva un sourire au milieu de ses larmes, ses lèvres s'épanouissaient comme la fleur sous la rosée. Elle leva ses beaux yeux vers le marquis, et répondit en montrant la tombe :

— Il vous entend, mon ami, il vous bénit, et moi je vous aime.

Hélas! qu'ils sont beaux ces premiers jours d'union, ces jours où le devoir se cache sous les traits de l'amour, ces jours où nos défauts se font si petits devant l'immensité du bonheur, qu'ils deviennent imperceptibles !

A travers le prisme de la jeunesse, l'avenir apparaît revêtu des plus charmantes couleurs, l'horizon sans bornes s'aplanit; on ne songe pas même qu'il existe des douleurs et des déceptions; le masque de la passion est si riant, si enchanteur ! On croit si bien et on est si heureux de croire! oh ! ces jours-là se paient cher, mais aussi ils passent toutes les joies de la vie, rien ne les remplace et rien ne console de les avoir perdus.

— Voulez-vous maintenant venir visiter Sophie Hervé, chère Béatrix ? Vous en savez sans doute le chemin?

— Oh ! oui, j'y suis allée tant de fois !

En marchant devant son mari, elle le conduisit vers la modeste croix qui marquait la place de la pauvre victime; mais elle la chercha en vain, la croix avait disparu

— Mon Dieu ! s'écria-t-elle tout effrayée, qu'est-ce que cela signifie? Ce terrain était pourtant acheté, et je comptais y faire élever un monument.

— Regardez bien, peut-être vous vous trompez, peut-être ne sommes-nous pas encore arrivés.

— Je ne puis m'y tromper, je vous assure, la croix était à la place où se trouve maintenant cette colonne de marbre blanc de si bon goût, d'un si charmant style; c'est justement une chose de ce genre que j'avais rêvée. Mais qu'est-ce que je vois?... Sophie Hervé ! et ces mots parfaitement véridiques, parfaitement sentis, dictés avec le cœur! Qui a fait cela? son pauvre père peut-être ! Grâce aux lignes écrites par mon tuteur, avant sa funeste mort, il a retrouvé sa fortune, mais cela me paraît bien distingué pour un homme de son éducation.

En parlant, ses yeux rencontrèrent ceux de son mari, elle n'eut plus de doute, elle devina tout.

— C'est vous , Amédée , dit elle , c'est vous ! vous avez été au devant de mes vœux , oh ! je vous remercie! Jusqu'à mes fleurs favorites, vous n'oubliez rien! La rose panachée audessus de sa tête, comme dans son pauvre lit, l'affreuse nuit où je l'ai vue ! Dieu vous bénisse pour ce que vous faites !... Prions maintenant.

Cette prière d'une âme pure, cet encens qui monte vers le ciel devaient être agréables au Créateur; sans doute il la recueillit dans sa miséricorde, il marqua cette âme parmi ses élues, et il lui envoya la douleur pour compagne de route, afin qu'elle la conduisît vers lui, source de toute paix et de toute consolation.

Ces visites impressionnèrent diversement le jeune couple. Béatrix revint tout émue, toute rêveuse, sa mélancolie prenait de son amour un reflet plein de douceur. Elle s'appuyait sur le bras de son mari, en silence, et se répétait avec ivresse qu'il était là, près d'elle, et qu'il lui tiendrait désormais lieu de tout. Amédée entre les deux victimes d'Ernest ne put s'empêcher de songer à lui :

— Quoi! se disait-il, il est possible qu'un homme du nom et de l'éducation de Saint-Serve devienne un assassin, et l'assassin d'une femme encore! quoi! parmi ceux qui m'entourent, parmi ceux à qui je donne la main chaque jour, il peut s'en trouver un qui, pour satisfaire une passion quelconque, soit capable d'un crime aussi odieux! je ne le croirais pas, si je ne l'avais vu.

La possibilité d'une chose, une fois admise, se glisse, chez certaines natures, ainsi qu'un ver dans une fleur. Il y reste inaperçu, il ronge le cœur, sans que rien annonce sa présence, jusqu'au jour où la tige se ploie, où le parfum s'envole, où l'éclat se ternit, et la pauvre fleur se fane, pendant que l'affreux insecte rampe encore près de sa victime.

Amédée n'oubliait pas plus Ernest que Béatrix n'oubliait Sophie, et ce souvenir devait rester ineffaçable chez l'un et chez l'autre.

Le temps passe et s'enfuit, emportant avec lui nos regrets, nos espérances et nos joies. Nous changeons quelquefois d'une manière brusque, quelquefois d'une manière sensible, mais nous changeons toujours. Si, après quelques années, un miroir fidèle nous représentait nos impressions effacées, nous trouverions nos cœurs, nos idées, nos sentiments plus vieillis que nos traits. Cependant, certaines sensations survivent aux motifs qui les firent naître, elles s'établissent en conquérants dans notre âme, et rien ne les en déloge. Ce sont ordinairement des tristesses. Le bonheur n'est pas si triomphant, il s'envole vite, et souvent il ne revient pas.

Six mois après son mariage, nul n'aurait reconnu dans la jeune femme si gaie, si confiante en l'avenir, la fiancée craintive, l'épouse mélancolique que nous avons vue. Prête à devenir mère, tout occupée de ses projets d'intérieur, madame de Monza ne se souvenait plus des présages terribles qui l'avaient tant effrayée. Assise près d'une table, dans sa chambre à coucher, ayant devant elle un livre de comptes, dont les nombreuses colonnes de chiffres présentaient un total redoutable, nous la retrouvons au milieu d'une de ses colères d'enfant gâté, charmantes au temps de la lune de miel, mais qui portent en elles le germe de tant de chagrins.

Tout à coup elle se leva, en jetant sa plume par la chambre.

— Mon très cher Amédée, j'en suis fâchée, mais vous ferez ces additions-là, cela me donne la migraine, je ne veux pas me tourmenter pour si peu de chose.

— Ma chère Béatrix, vous n'avez pas la moindre patience.

— J'ai fait ce que vous avez désiré, monsieur je me suis mise à la tête de ma maison, je me suis ennuyée deux heures par jour, avec la femme de charge et le maître-d'hôtel. Qu'y avons-nous gagné? A-t-on dépensé quelques milliers de francs de moins? Mon Dieu non! Seulement je sais le prix du vin de Bordeaux, ou de la toile à torchons, encore je l'ai parfaitement oublié. Ah! je ne suis pas née pour le ménage, moi!

En parlant ainsi, la marquise, vêtue d'un charmant peignoir de cachemire de l'Inde, doublé de rose, avec un bonnet en valenciennes, ses beaux cheveux tombant en touffes sur son cou de cygne, s'appuyant sur le fauteuil de son mari, posait mignardement sa tête près de la sienne, prenait enfin cet air de chatte en conquête, qui sied si bien à un joli visage et aux premières années de la jeunesse. Son regard caressait en ordonnant, ses mains effilées se promenaient dans les boucles brunes de M. de Monza et lui apportaient ce magnétisme invincible qui suit l'amour, auquel on ne peut résister longtemps.

— Oui, pour vous plaire j'ai laissé mes douces habitudes de paresse, j'ai consenti à bâiller devant ces chiffres stupides, j'ai étudié des comptes de cuisinière! Et vous, qu'avez-vous fait pour moi? Rien du tout, vous voulez être votre maître, sans que j'aie même le droit d'observation. Ainsi votre abonnement au club...

Et la main passait toujours, comme la patte de velours de ces mignonnes chattes blanches, sous laquelle la griffe se cache, en se tenant prête à frapper.

— Mon abonnement au club! interrompit le marquis, avec une nuance d'humeur; vous m'avez tellement obsédé que je ne l'ai pas renouvelé cette année.

La jeune femme sourit, il ne la voyait pas.

— Mais cela est ridicule, tout le monde me le dit, et je ne puis rester ainsi en dehors de mes amis, de mes habitudes, j'y retournerai.

— Vraiment!

Les griffes étaient alors bien près de se montrer.

— Oui, ma chère amie, vous me poussez à des excentricités qui se remarquent : on m'appelle le *mari spécimen*, et les sobriquets sont fort désagréables; ils vous restent, rien ne vous en délivre, quoi qu'on fasse pour les perdre.

— Oh! mon cher, en reprenant la vie des clubs, en vous laissant conduire par ces messieurs où il leur plaira de vous mener, vous perdrez bien vite ce sobriquet qui vous blesse tant, vous n'avez point à vous en tourmenter.

— Tu te fâches, Béatrix, tu vas bouder, prendre ta mine désespérée; je t'en conjure, chère enfant, ne te préoccupes pas ainsi de bagatelles.

— Bagatelles? la destruction de notre ménage · vous feriez bien mieux de vous mettre à votre comptabilité, car je n'en veux plus · ma mère me le disait hier, c'est odieux, avec notre fortune, de descendre à ces détails-là.

— Votre mère, pardonnez-le-moi, Béatrix, vous a donné là-dessus des principes erronés; il n'est point de fortune qui résiste au désordre.

— Nous pouvons payer des surveillants.

— Oui, quelque dame de compagnie, elle nous ennuiera ou nous volera!

— Il est certain que si M. le marquis passe son temps au cercle ou aux courses, il peut voir par lui-même ce qui se fait chez lui.

— Et si madame la marquise va les matins au bois de Boulogne, les soirs au bal, elle ne peut même savoir comment ses enfants seront soignés.

— Mais toutes les femmes de la société en font autant, et cependant leurs enfants s'élèvent.

— Mais tous les hommes du monde en font autant, et cependant leur maison marche.

— Eh bien?

— Eh bien?

— S'ensuit-il de là qu'il faille absolument retourner au club ?

— S'ensuit-il de là qu'il faille absolument courir les bals?

— Amédée! reprit la jeune folle après un instant de silence, et en avançant sa jolie main pour relever la tête de son mari, regarde-moi.

— Je vous regarde! répondit-il à moitié vaincu.

— Comment me trouvez-vous?

— Ravissante, vous le savez bien.

— Irez-vous au club, monsieur?

Et quel sourire accompagnait cette question!

— J'irai... si vous voulez!

— Et moi, je laisserai un peu Angèle s'occuper des menus détails, n'est-ce pas?

Elle lui parlait alors tout à fait à l'oreille, entre deux baisers.

— Béatrix! vous avez tort, vous vous en repentirez plus tard, il faudrait prendre de bonnes habitudes, soyez donc maîtresse chez vous.

— J'aime mieux être ta maîtresse, à toi, c'est plus difficile. Mes gens m'obéiront toujours plus ou moins, ils me voleront toujours plus ou moins ; s'ils n'y mettent pas de formes, je les changerai, je les chasserai ; mais toi, je ne puis, je ne veux, ni te changer, ni te chasser, je préfère te soumettre tout de suite.

Le marquis poussa un gros soupir.

— Veux-tu?

Il ne répondit pas.

— Prends garde! je ne me donnerai plus la peine de commander, si tu m'en dégoûtes.

— Tu es bien despote.

— Non, je t'aime, et je veux te garder, voilà tout, murmura-t-elle en se jetant dans ses bras.

— Hélas! pensa le marquis, malgré l'étreinte passionnée qu'il rendit, c'était pourtant si bon d'être libre!

Béatrix tira vivement la sonnette, sa femme de chambre parut.

— Joséphine, ordonna-t-elle, portez ces livres à madame Angèle, dites-lui de les mettre en ordre et de m'envoyer seulement les totaux. Ah! vous avez préparé ma toilette pour ce soir!

— Oui, madame la marquise.

— Ma robe de damas blanc, mes rubis; je ne danse pas, grâce à votre futur héritier. monsieur.

— Tout est prêt, madame.

La femme de chambre sortit.

— Nous ne reviendrons pas tard, j'espère, chère amie.

— Nous reviendrons quand tu voudras.

— Partons-nous toujours demain?

— Plus que jamais.

— Malgré les bals?

— Des bals où je fais tapisserie! Un peu plus tard je ne pourrai pas voyager, et je tiens à ce que le futur prince de Monza vienne au monde dans le château donné à son aïeul pour prix de sa valeur. J'ai des fantaisies, tu le sais. J'ai hérité de l'esprit chevaleresque et féodal de mes ancêtres, cela me sourit, cela me plaît. Et puis, ajouta-t-elle en se rapprochant de lui, là, je t'aurai pour moi toute seule, là, je vivrai tranquille, là, tu ne verras que ma mère, moi, notre enfant; tu seras bien forcé de m'aimer tout à fait, sans distractions; là, je n'aurai ni rivale ni rivaux à craindre; là, je te verrai toujours, sans cesse, du matin au soir. Oh! ce sera bien doux, bien bon, va!

— Chère enfant, s'écria le mari, qui ne t'aimerait pas!

Ainsi finissait chaque scène, mais à chaque scène, quelque modérée qu'elle fût, Amédée sentait davantage les épines de ces liens de fleurs, à chaque scène aussi, la marquise perdait quelque chose de son autorité de femme, de maîtresse de maison, en croyant gagner sur son mari un empire imaginaire, dangereux même. Ainsi se creusait lentement l'abîme qui devait plus tard engloutir tant de bonheur et tant d'espérance. La goutte d'eau tombe sur une pierre et n'y laisse d'abord pas de trace, mais peu à peu, la pierre se ronge et les rochers se percent, comme l'ouvrage du temps, comme celui de la persévérance; on ne comprend pas qu'une si petite cause puisse produire un si grand effet.

Le jeune couple alla au bal. Béatrix s'y montra heureuse, heureuse comme une femme aimée, heureuse comme la plus heureuse de la terre. Elle raconta à tout le monde son projet de retraite, annonça qu'elle ne reviendrait que l'hiver prochain, distribua ses adieux et ses souhaits à la ronde.

— Oui, disait-elle au comte Robert, en lui donnant le bras pour visiter la galerie, oui, mon cousin, vous viendrez nous voir dans ce vieux château en Bavière, où je me fais ermite. Vous chasserez avec Amédée, vous irez à Munich admirer les tableaux, vous vous amuserez beaucoup.

— Mais, madame, demanda un autre jeune homme, qui marchait à côté d'eux, comment le prince de Monza a-t-il conservé sa dotation à l'étranger?

— Le roi Max a voulu lui laisser cette terre dans son royaume parce qu'ils se sont battus souvent près l'un de l'autre, et que mon beau-père lui a sauvé la vie; c'est une grande faveur!

— Et vous vous enterrerez là?

— Enterrée avec M. de Monza et ma mère! Je ne crains point cette solitude.

— Ma cousine, rentrez-vous au bal?

— Non, voyez-vous là-bas Amédée qui me fait signe? Nous

comptons retourner chez nous de bonne heure. Conduisez-moi jusqu'au salon d'attente, et faites-moi le plaisir de chercher mon domestique et ma voiture.

Beaucoup de personnes se préparaient aussi à partir, les femmes mettaient leurs pelisses, en échangeant les derniers compliments, les dernières plaisanteries, les derniers aveux peut-être! Béatrix se trouvait le centre d'un groupe fort animé; el'e riait avec l'insouciance, la folle gaîté de son âge et de son bonheur. Ces mots, échangés derrière elle, entre deux jeunes gens, frappèrent son oreille :

— Quelle est donc cette jeune femme si jolie, si fraîche, si contente de vivre, portant une si belle parure de rubis?

— Tu ne la connais pas?

— Non.

— Mais d'où sors-tu, mon cher? C'est la *marquise sanglante*.

A l'instant, gaîté, bonheur, folie, tout disparut; la jeune femme revit en un clin d'œil les terribles scènes de son mariage.

— Ah! murmura-t-elle, c'est donc là mon nom à moi!

Et elle tomba sans connaissance dans les bras d'Amédée.

XI

L'INTÉRIEUR DU MÉNAGE.

Nous l'avons dit, en commençant le précédent chapitre, le temps passe pour tout le monde; son vol égal emporte avec la même vitesse les jours du pauvre et ceux du riche, les jours heureux et les jours misérables. Nous arrivons tous au même but, seulement les routes sont différentes, et c'est à nous de les rendre aussi bonnes que le comporte notre imparfaite humanité. Notre sort est un peu dans nos mains, la destinée est souvent ce qu'on la fait, quelquefois aussi la fatalité nous dirige. Cependant, si nous cherchions bien derrière cette fatalité aveugle, nous y trouverions presque toujours un point de départ que nous eussions pu changer, ou tout au moins modifier très positivement.

Nous allons reprendre M. et madame de Monza, après six ans de mariage, dans un élégant et magnifique château en Normandie, au commencement de l'été. Ils arrivent de Paris, où ils ont mené pendant l'hiver la vie à la mode, où la marquise a été citée parmi les femmes les plus brillantes de la fashion, et son mari parmi les sportmen et les clubistes les plus irréprochablement ridicules, ce qui est le suprême bon ton d'aujourd'hui, comme chacun sait.

Ils n'avaient d'autre enfant qu'une petite fille née au bout de la première année, et qu'ils appelaient Flavie, seul nom de madame de Chamarante. Cette enfant, belle comme sa mère, avait reçu de la nature tous les dons qui contribuent au bonheur des autres, en compromettant le nôtre. Elle était bonne, douce, affectueuse; elle s'oubliait sans cesse pour s'occuper de ceux qui l'entouraient; son intelligence précoce donnait à son cœur si noble une séduction plus grande encore. Elle avait de ces mots qui vont à l'âme et qui font rêver, venant d'un être aussi jeune. On ne pouvait l'approcher sans l'aimer, aussi Flavie était-elle l'idole de la famille tout entière. On s'occupait déjà de son éducation, et elle promettait de devenir une personne fort remarquable, avec l'aide d'un guide éclairé.

Au moment où nous rentrons dans la vie du jeune ménage, une gouvernante venait d'être choisie et devait commencer ses fonctions au château de Neuillé. On la prit d'un âge respectable et avec les meilleurs certificats. Le marquis et la marquise se confièrent donc entièrement à elle, pour ce qui regardait leur unique héritière, se réservant néanmoins la surveillance, bien entendu.

Ils s'aimaient toujours. On ne reprochait, ni à l'un, ni à l'autre, aucun de ces écarts de conduite que le monde couvre souvent du nom de légèreté. La marquise connaissait ses devoirs et les remplissait tous exactement. M. de Monza se montrait assidûment aux courses, aux réunions du jockey-club, alors nouvellement créé, mais il s'abstenait des parties légères et ne paraissait au spectacle, ou dans le monde, qu'avec sa femme. On le citait encore comme le *mari spécimen*, on citait Béatrix comme la femme la plus régulière de la société, et cependant, il faut le dire, cet intérieur n'était point tranquille, es éléments de malheur jetés entre ces deux existences grandissaient chaque jour. On voyait poindre à l'horizon l'épouvantable orage qui devait atteindre plus tard ces jeunes époux, liés avec tant d'avantages et de chances de bonheur.

Béatrix, enfant gâté par tous, s'obstinait à ne prendre ni la vie, ni sa position au sérieux. Nature bonne et généreuse, elle devait à l'indulgence outrée de sa mère de capricieuses volontés, impossibles à satisfaire, et un besoin de domination qui prenait souvent la teinte de l'égoïsme. Elle ne s'occupait nullement de sa maison, laissant à la femme de charge tous les privilèges de l'autorité; à peine contrôlait-elle quelquefois ses dépenses. Pourvu qu'elle pût écrire ses billets du matin, faire ou recevoir ses visites, aller au bal le soir et y danser à sa fantaisie, pourvu que son mari ne la quittât pas et se soumît à ses exigences, elle n'en demandait pas davantage. Sa toilette même l'occupait fort peu, il fallait qu'on la lui donnât toute prête; sa femme de chambre dirigeait sa garde-robe, comme la femme de charge dirigeait la maison. Insouciante à ce qui n'était pas son amour ou son plaisir, elle suivait le travers habituel aux gens de ce caractère, c'est-à-dire qu'elle accélérait par tous les moyens possibles, et sans s'en apercevoir, la destruction de ce sentiment unique. Jalouse jusqu'à l'obsession, elle tourmentait incessamment son mari de ses espionnages. Il ne se plaignait pas encore, mais il souffrait déjà depuis longtemps.

Dans ses rapports avec sa fille, la marquise apportait les mêmes dispositions. Bien qu'elle l'aimât passionnément, elle laissa aux étrangères les soins impérieux réclamés par cet âge. Elle la vit seulement pour s'en jouer, comme une poupée, elle la fit conduire près d'elle lorsqu'on l'avait parée, la montrant à tout le monde, fière de sa beauté, de sa gentillesse, mais arrêtant ses joies enfantines, lui recommandant sans cesse de ne pas chiffonner sa robe, de ne pas tacher ses souliers, ses rubans; il en résulta entre la mère et la fille une contrainte inévitable. Flavie craignit, honora sa mère, mais elle l'aima moins que son père, je dirai plus, moins que ses bonnes et ses gouvernantes.

Un peu plus tard, lorsqu'elle eut quatre à cinq ans, Béatrix annonça très haut son intention de se consacrer tout entière à l'instruction de la chère petite... elle lui donna cinq ou six leçons de lecture, et en resta là.

Le marquis, au contraire, aussitôt son réveil, faisait venir l'enfant chez lui, dans son sarreau du matin, ordonnant qu'on apportât en même temps ses joujoux, puis il s'établissait à côté d'elle et les jeux commençaient. La plus entère confiance, l'abandon le plus absolu régnait dans cette *association* quotidienne. Flavie riait, chantait, sautait à son aise, et tant qu'elle voulait, elle déchirait ses vêtements, et renversait sur ses mains l'encrier de son père, en faisant des *bonhommes*. On apportait alors d'autres habits, on lavait les jolis bras ronds, et il n'y paraissait plus.

Cette vie double et contradictoire eût apporté dans toute autre nature une perturbation invincible, eût rendu impraticable l'éducation sérieuse Flavie n'en souffrit point. Elle sut se plier aux exigences maternelles, en goûtant dans toute sa plénitude la tendresse de son père. Egalement charmante avec l'un et avec l'autre, elle remerciait son père par un baiser, et désarmait sa mère par une caresse.

Cependant les querelles se renouvelaient fréquemment dans le ménage. Béatrix avait de l'humeur, et Amédée en prenait aussi; on se boudait plusieurs heures. D'abord on se raccommoda toujours avant d'aller dans le monde la jeune femme n'aurait pas dansé joyeusement si l'œil de son mari ne l'avait pas suivie aux quadrilles, ou au cotillon. Amédée n'eût pas été sûr de lui même dans un pari ou au steeple-chase, si la marquise n'avait pas battu des mains, les yeux encore mouillés d'inquiétude pour sa témérité.

Ensuite les cœurs s'ulcérèrent davantage, on prit le bal ou la course comme une distraction, comme un moyen d'échapper aux tracasseries intestines on en vint même à *oublier* en se retrouvant, qu'on était sorti ensemble. Ceci est presque le point culminant de cette première période, de cette pierre d'attente du malheur, auquel il devient très difficile d'échapper, lorsqu'on s'en approche de si près.

Une conversation entre les époux, un mois après leur arrivée à Neuillé, donnera une idée précise de leurs dispositions réciproques. Ils sont à déjeuner, on vient d'apporter les lettres et les journaux, chacun déploie sa correspondance en buvant sa tasse de thé. Je n'ai pas besoin de faire observer que les catastrophes passées ne revenaient que très rarement au souvenir du jeune couple. Ils ne manquaient pas deux visites par an aux tombes du président et de Sophie, le jour des morts, et l'anniversaire de l'épouvantable évènement; ces deux jours on en parlait encore; le terrible surnom donné à Béatrix se représentait à son imagination, elle s'en effrayait quelque peu au bout d'une semaine elle n'y pensait plus.

Ce matin-là donc, la marquise comptait monter à cheval

avec Amédée, pour aller ensemble à un château voisin ; il tomba quelques gouttes d'eau.

— Ma chère, il pleut ! dit le marquis, en interrompant la lecture d'une lettre.

— Il pleut ? Eh bien, nous ne sortirons pas ; je continuerai ma tapisserie, et tu me feras la lecture.

Le jeune homme ne répondit rien.

— Ah ! reprit-il quelques instants après, les d'Argelles nous arriveront dans quinze jours.

— Tant mieux ! Ma mère m'annonce aussi sa visite, elle amène Robert et toute une tribu de Chamarante ; nous serons au moins trente au château.

— Il y a des chambres à leur donner, des voitures pour les promener, des domestiques pour les servir, ainsi ne nous en tourmentons pas.

— Et puis, j'adore cette grande vie de château, je trouve qu'on s'amuse plus ainsi qu'à Paris, on s'amuse du moins plus longtemps.

— C'est une chose fort chère, Béatrix ; je sais que nous sommes riches, mais tout irait mieux, et nous dépenserions moins si tu t'en occupais davantage. On nous vole, je t'assure.

— Que veux-tu qu'on nous vole ? quelques morceaux de sucre, quelques bouteilles de vin ? Puis-je en empêcher, ai-je le temps d'être toujours derrière les gens à voir ce qu'ils font ? D'ailleurs, il m'est venu une idée superbe, et que tu approuveras certainement.

— Laquelle ?

— C'est de charger la gouvernante de tout cela ; elle s'y entend à merveille ; c'est une personne très sûre ; de cette manière ma maison ne sera pas entre les mains des domestiques, comme tu me le reproches toujours.

— Ma chère amie, la gouvernante a ta fille à diriger, il me semble que cela suffit.

— Une enfant de six ans ne donne pas encore de grandes occupations à la gouvernante, elle peut réunir les deux emplois.

— Béatrix, je te le répète sans cesse, tu as une funeste disposition, celle d'abdiquer pour une étrangère le gouvernement de ton intérieur. Déjà tu es fort peu de chose chez toi, si tu continues, tu n'y seras plus rien du tout.

— En vérité, mon ami, répondit-elle d'un ton aigre, vous n'avez que des choses désagréables à me dire.

Le marquis leva légèrement les épaules, et reprit sa lecture, en ajoutant :

— Comme vous voudrez !

Béatrix le regarda un instant, pour attendre ce qu'il allait ajouter ; comme il se tut, elle se remit également à sa correspondance.

— Ah ! ma chère, voici qui vous fera plaisir, la duchesse d'Alagny a accepté notre invitation.

— Notre invitation ? reprit la marquise, en devenant rouge comme une cerise, dites la vôtre.

— Il me semble, cependant, que vous-même vous avez insisté auprès d'elle...

— Oui, cet hiver.

— Eh bien ?

— Eh bien ! j'ignorais alors ce que je sais aujourd'hui, et je ne veux pas que *cette femme* vienne ici !

— *Cette femme !* la duchesse d'Alagny ?

— Oui, *cette femme !* Le titre n'y fait rien, la conduite fait tout.

— Mais il me semble que jamais on n'a parlé d'elle.

— C'est possible ; on en parle à présent.

— Et qu'en dit-on ?

— Ce que l'on en dit ?

— Oui.

— Vous le savez mieux que moi.

— Je vous donne ma parole que je l'ignore.

— Vraiment ? Alors, apprenez donc qu'elle est votre... comment dirai-je ? votre... lumière, et que, pauvre papillon, elle vous attire à elle pour vous brûler.

— En vérité, ma chère amie, vous êtes folle ! Cependant je vous prierai d'observer qu'on ne peut pas jouer de cette manière avec une femme aussi considérable que la duchesse d'Alagny, et que lorsqu'elle nous fera l'honneur de venir chez nous, elle doit y être reçue selon son rang et son mérite.

— Amédée, vous voulez me pousser à bout.

— Chère enfant, reprit le marquis en s'approchant d'elle et en l'embrassant, vous nous rendez malheureux, vous et moi.

Elle leva sur lui ses grands yeux humides de larmes.

— Amédée, demanda-t-elle, m'aimes-tu ?

— Mon Dieu ! si je t'aime ! comme je t'ai toujours aimée.

— Alors je ferai tout ce que tu voudras !

Cet excellent cœur répondait toujours dès qu'on le touchait,

le marquis crut avoir coupé cette scène dès sa racine, le moyen lui avait souvent réussi ; une circonstance nouvelle amena une nouvelle discussion.

— Tu ne sors pas, mon amie ? dit Amédée.

— Non, le temps est trop mauvais.

— Alors, j'irai seul.

— Tu iras seul chez madame de Manières, et à quoi bon ?

— Je veux parler à M. de Manières, j'ai reçu une lettre que je dois lui communiquer.

— Une lettre de qui ?

— Une lettre d'affaires, répliqua-t-il avec un mouvement d'impatience.

— Montre-la-moi.

— C'est inutile, tu n'y comprendras rien.

— Enfin, je veux la voir.

— Encore, Béatrix !

— Vous n'avez donc nulle confiance en moi, vous êtes donc décidé à me traiter toujours comme une enfant ?

— Ma chère, vous vous faites vous-même cette position-là, je vous le dis à chaque instant.

Et ouvrant la fenêtre, le marquis appela un palefrenier qui passait dans la cour et demanda ses chevaux.

— Qu'on selle le mien ! s'écria la marquise en s'élançant à côté de lui.

— Quoi ! vous venez, malgré la pluie, vous ne craignez pas ?...

— M. de Manières sera peut-être plus aimable que vous, il me révèlera, je pense, cette grande affaire que je devine.

— Vous la devinez ?

— Sans doute. Je vois très bien qu'il s'agit de votre projet d'ambassade.

— Et quand cela serait ?

— Oh ! vous savez à merveille pourquoi vous vous cachez de moi. Vous savez trop que je n'y consentirai jamais.

— Pourquoi ?

— Pour mille raisons.

— J'en demande une.

— D'abord, vous n'avez pas besoin de cette place. Votre fortune n'a que faire de s'augmenter, ou de se déranger par une dépense de ce genre, et puis...

— Et puis ?

— Nous sommes si heureux ensemble ! Sans nous quitter jamais, toujours près l'un de l'autre. Si vous êtes ambassadeur, vos occupations, vos devoirs, vos plaisirs peut-être, vous éloigneront de moi.

— Pas plus qu'aujourd'hui.

— Vous verrez ! cela est impossible autrement.

— Un homme à mon âge doit être occupé.

— Ne l'es-tu pas ? N'as-tu pas ta maison, tes terres, tes élèves ? N'as-tu pas moi, ta fille, ton pauvre père ?

— Tout cela n'est pas une occupation.

— Tu es donc ambitieux ?

— Pourquoi pas ? Le fils du prince de Monza a un nom à porter dignement.

— Ne peux-tu le porter dignement en restant au milieu de ta famille, en remplissant tes devoirs de père ? Est-il donc nécessaire de voir son nom imprimé dans les journaux pour être un homme de cœur et d'honneur ? Non, tu renonceras à ce projet, n'est-ce pas, Amédée ? ajouta-t-elle, en jetant ses bras autour de son cou, tu feras mon bonheur et celui de Flavie ; tu oublieras pour nous les grandeurs et l'ambition, tu rendras heureux ce beau pays, que tu vois là, et qui est à nous, et chacun te bénira, et moi je t'aimerai, et ta fille grandira près de toi, en esprit, en beauté, en grâces, en tendresse, et tu seras le roi de mon âme et celui de tous ceux qui nous entourent ; tu seras grand, tu seras riche, tu seras heureux, tu seras aimé, que veux-tu de plus ?

Le moyen de résister à une pareille logique ? Le marquis attira Béatrix sur ses genoux, et, après l'avoir embrassée, il lui dit, passant la main dans ses longs cheveux :

— Tu ne feras pas triste mine à la duchesse d'Alagny ?

— J'irai au devant d'elle jusqu'à la première poste.

— Tu me permettras de courir à Manières ?

— Oui, à condition que je t'y accompagnerai, et que je dirai moi-même à notre ami tes résolutions par rapport à l'ambassade.

— Je te répondrai comme toi tout à l'heure, à propos de la duchesse, *mes* résolutions.. c'est-à-dire les *tiennes !*

— Oh ! répliqua-t-elle, en reprenant ses manières de chatte, mes idées sont devenues les tiennes, et j'espère que les tiennes...

— Feront le même chemin... Puisque tu le veux !

— Oh ! je ne veux rien, je demande. — C'est égal, je le tiens, pensa-t-elle.

— Un désir de toi est un ordre, Béatrix. — Hélas ! je suis dominé, se dit-il à lui-même, et je ne me sens pas le maître de mon avenir.

— Je ne serai pas plus d'un quart d'heure à ma toilette, sois tranquille.

— Et moi je vais veiller à ce que l'on selle convenablement nos chevaux. Ce nouvel homme d'écurie ne s'occupe pas assez de ta sûreté. Il est accoutumé aux casse-cou. Je n'entends pas ces manières-là chez moi.

— Adieu, mon ange, à tout à l'heure

Et la marquise remonta chez elle, plus légère et plus gaie, on lui avait cédé!

Le marquis, au contraire, se promena longtemps, triste et les yeux baissés, dans la cour des écuries, sans donner aucun ordre. Pendant ce temps une voiture à quatre chevaux entrait dans l'avenue, au grand galop, et au bruit retentissant du fouet des postillons.

XII

LA VIE DU MONDE

Le marquis aperçut la berline passant dans un tourbillon de poussière, il courut vers la cour d'honneur.

— Bon, se dit-il, une visite, nous ne serons plus seuls.

Au moment où il franchissait la grille, il vit descendre sa belle-mère et Robert de Chamarante, avec deux ou trois personnes de la famille.

On ne les attendait pas si tôt, c'était une surprise. M. de Monza n'aimait pas beaucoup la vicomtesse, il attribuait avec raison à son système d'éducation vicieux les défauts qui gâtaient la bonne nature de Béatrix. Cependant, en cette circonstance, son arrivée lui fit plaisir, il la bénissait comme une diversion, aussi s'avança-t-il au devant d'elle le sourire sur les lèvres, et le compliment le plus affectueux à la bouche. La marquise sauta l'escalier en entendant la voix de sa mère, et se jeta dans ses bras avec toute la joie d'une fille bien-aimée.

— Chère mère, s'écria t-elle, Robert, vous tous, que je vous remercie, que vous êtes aimables! je suis heureuse au-delà de l'expression, et je ne vous laisse plus partir.

— Nous ne pensons pas à nous en aller, ma fille, répliqua la vicomtesse entre deux baisers, et nous nous installons pour longtemps.

— A la bonne heure ! et comme nous allons nous amuser! quelle journée! quelles promenades! quelles chasses ! Maman, vous en serez.

— Je serai de tout ce que tu voudras, mon enfant ; mais d'abord mène-moi à ma chambre, car je suis très fatiguée. Et vous, Robert ?

— Moi, ma tante, me voilà prêt à accompagner ma cousine partout où elle le désirera.

— *Des chevaliers français, tel est le caractère!* s'écria un vieux baron de Chelles, ancien beau du Directoire, et qui, à force d'avoir fréquenté dans sa jeunesse les coulisses de l'Opéra-Comique et de la Comédie-Française, ne parlait plus qu'en vers et en chansons.

— Bravo, mon bon cousin, interrompit la marquise, joyeuse et battant des mains, bravo ! Nous passerons en revue tout le répertoire.

— Vous tenez madame de Chamarante, debout, au pied de cet escalier, ma chère, conduisez-la donc à son appartement, puisqu'elle le demande, vous l'embrasserez à votre aise au moins.

— Amédée a raison, chère enfant, viens m'installer dans mon grand fauteuil et me conter ce que tu as fait depuis que nous ne nous sommes vues ; viens me montrer Flavie, que je baise ses bonnes joues roses, et que j'entende son petit babil, il me tarde de me retrouver entre vous deux.

— Flavie est à la promenade, ma mère, avec sa gouvernante, nous vous attendions si peu ! votre lettre de ce matin vous annonçait pour le mois prochain seulement.

— Nous sommes partis deux heures après elle, et je me réjouissais fort de tomber ici impromptu.

Pendant cette conversation on arrivait à la chambre de la vicomtesse ; ses gens transportèrent ses coffres ; elle regardait sa fille, elle la couvrait de caresses ; elle admirait sa beauté, son humeur joyeuse, et ne pouvait se lasser de lui demander :

— Tu es donc heureuse, chère enfant ?

— Heureuse, ma mère ! au-delà de tout. Amédée fait ce que je veux ; aujourd'hui, tout à l'heure encore, il m'a promis de renoncer à son ambassade. Je ne lui ai pas dit mon véritable motif, mais je ne me consolerais jamais de le voir servir ce régime-ci.

— Ni moi non plus.

— Ne lui laissez pas deviner vos idées, ma mère, il s'en blesserait peut-être, à cause de ses antécédents ; il se désole déjà de ce que je ne vais point au château.

— Ah ! par exemple, il savait bien que je ne le permettrais pas. Es-tu sûre, très sûre qu'il n'y ait plus rien à craindre pour cette ambassade ?

— Parfaitement, je vous assure. Il a vu combien j'en étais affectée, il ne me fera pas ce chagrin-là. Une ambassade ! et à Munich encore ! Il me ferait passer les étés dans cet effroyable château, où je suis allée accoucher, où on a peur du bruit qu'on fait soi-même, tant il se prolonge indéfiniment ; on le prendrait presque pour un revenant, je vous assure. Vous savez ce que je vous en ai raconté.

— Tu te montes la tête au sujet de cette terre, Béatrix, tu l'as prise en horreur, et c'est un tort. Ne va pas exciter ton mari à la vendre, c'est le plus beau titre de sa maison !

— Oh ! soyez tranquille, nous ne la vendrons pas. Je ne m'en inquiète guère, à condition qu'on ne m'y fera pas retourner. J'en ai rapporté une tristesse qui m'a guérie des traditions de famille.

— Et ici, attendez-vous beaucoup de monde ?

— Beaucoup.

— Qui cela ?

— Nos cousins de Sermage, les d'Argelles, la duchesse d'Alagny...

— La duchesse d'Alagny ? répéta la vicomtesse étonnée.

— Amédée me l'a demandé en grâce, et je n'ai pas voulu le refuser.

— Après ce qu'on t'a dit !

— Eh ! mon Dieu, ce n'est pas vrai, mon mari ne pense point à elle.

— Chère petite, embrasse-moi, tu es le modèle des femmes. Et que fera-t-on ? On ne peut pas chasser dans cette saison.

— On dansera, on chantera, on se promènera, on jouera la comédie. Le baron de Chelles remplira tous les rôles.

— Ce sera fort amusant. Et ta gouvernante, qu'en penses-tu ?

— Elle me paraît bonne, mais elle m'impatiente, elle est trop sérieuse.

— Beau défaut pour une gouvernante ! Flavie l'aime t-elle ?

— Flavie est un ange qui aime tout ce qu'elle doit aimer. Vous verrez, ma mère, elle embellit encore.

— Et que lui apprend-on ?

— Je ne sais... c'est son père qui s'occupe de ses leçons ; moi, je n'ai pas le temps.

— Je le crois bien, les journées passent si vite !

— Cependant, je veux prendre une demi-heure pour examiner les études de ma fille, pour l'interroger, il faudra que je la trouve.

— Tu comprends maintenant la tendresse d'une mère ?

— Si je la comprends ! Ah ! je vous aime mille fois davantage depuis que j'adore ma Flavie. Je sais vos inquiétudes, vos agitations, que je ne concevais pas. Je sais pourquoi je vous trouvais souvent assise auprès de mon lit, à mon réveil ; je sais tout cela, bonne mère, et je suis plus heureuse que vous, car jamais je n'ai été, moi, une perfection semblable à Flavie ; aussi ma reconnaissance est devenue un culte, je vous assure.

— Chère, chère Béatrix ! balbutiait madame de Chamarante, en pleurant de joie.

Hélas ! ces deux cœurs si excellents, si pleins d'affection mutuelle, de bienveillance pour tous, ces deux cœurs obéissaient à ce même principe faux des éducations de ce siècle, trop éclairé pour ses habitudes, et trop attaché à ses vieilles traditions pour profiter des lumières qu'il possède. Il est à la fois enfant et vieillard, il pose un pied dans l'avenir pendant que l'autre appartient au passé. Les époques de transition sont les plus terribles et les plus difficiles, il y règne un malaise que rien ne soulage. Ainsi que les adolescents, elles souffrent d'un mal qu'elles ignorent, elles interrogent le remède et ne le comprennent pas. La jeunesse des nations a ses mystères comme celle de tous les êtres créés. Dieu seul les sait et les gouverne, les hommes les subissent.

Les premiers jours de l'arrivée de leurs hôtes, M. et madame de Monza se virent seulement aux heures de réunion et quelques minutes dans la journée ; on se retrouvait le soir, fatigués tous les deux, le sommeil supprima les longues causeries, les confidences de cœur, la confiance intime enfin. Ils se levaient fort tard, et se séparaient pour leur toilette. Béatrix descendait chaque matin avec un négligé nouveau et plus recherché que la veille, préparé par sa femme de chambre. On déjeunait à midi, on restait au salon quelques instants après, puis on s'occupait des plaisirs de la journée. On restait libre de les choisir à sa convenance ; des voitures attelées, des chevaux sellés, se tenaient à la disposition des promeneurs ; des guides attendaient les ordres pour conduire à la pêche ou à la découverte d'un point de vue curieux, d'une ruine, d'une fabrique quelconque aux environs. Tous les journaux du jour, tous les livres de semaine, toutes les gravures du moment, garnissaient les tables. Des corbeilles pleines d'ouvrages commencés, des métiers à tapisseries disposés, des encriers, des papiers de toutes les tailles, offraient aux hôtes sédentaires des occupations diverses. Le billard, la table de whist, la bouillotte, demandaient les amateurs. Des rafraîchissements servis dans la salle à manger se renouvelaient toutes les demi-heures, afin de se conserver agréables ; des fleurs parfumaient l'air ; le piano, chargé de musique nouvelle, s'ouvrait à côté d'une table à peinture garnie de couleurs. La vaste bibliothèque et son catalogue très en règle, appelaient les élus de la science et de la littérature. Les maîtres du logis proposaient une partie, à laquelle prenaient part ceux qui n'en préféraient pas une autre ; enfin, la liberté la plus absolue régnait dans cette maison élégante, où le plaisir formait la seule règle.

A six heures on sonnait le couvert, chacun rentrait chez soi, on s'habillait presque comme pour un bal, aux souliers blancs et aux robes de satin près. Un assaut de toilette et de coquetterie s'établissait plus sérieusement encore qu'à Paris Le champ de bataille était plus resserré, et les combattants moins nombreux, plus face à face ; on ne se passait pas un cordon de soulier froissé.

Béatrix observait avec beaucoup de tact l'art si difficile du savoir-vivre et de la suprême élégance. Sa qualité de maîtresse de maison lui imposait une simplicité absolue, mais quelle simplicité ! celle qui fait le désespoir de la magnificence, qui éclipse le luxe, et annihile l'éclat des diamants. Joséphine avait pris de bonnes leçons de la vicomtesse !

On faisait de la musique après dîner, on écoutait peu ; la musique est une mode et une contenance dans le monde, et jamais un morceau de piano n'a amusé personne, si ce n'est celui qui le joue. On se taisait pour entendre deux couplets de romance ; au troisième, les conversations reprenaient à voix basse ; un instant après, on ne se gênait plus du tout.

La danse commençait vers onze heures, s'interrompait pour le thé, et durait ensuite jusqu'à deux heures du matin. Chacun prenait son bougeoir, on montait en riant, en chantant encore, le vaste escalier de pierre, avec ses rampes de fer aux grilles contournées et blasonnées en or. Cette procession joyeuse se séparait au premier étage, se dispersait dans les corridors, et l'on rentrait chez soi.

La pauvre gouvernante, mademoiselle Louise Perrin, se mêlait à ce beau monde, lorsque son élève ne réclamait pas ses soins. On les servait dans leur gynécée. Flavie ne descendant qu'au dessert, parée, rubannée presque comme sa mère. Elle faisait le tour de la table, distribuait ses baisers et ses gentillesses, en échange de quelques friandises. On lui permettait d'entrer au salon, d'y jouer une demi-heure, après laquelle mademoiselle Perrin la menait coucher. Une fois dans son lit, sa femme de chambre la gardait, et l'institutrice descendait tenir le piano. Elle devait accompagner les voix fausses et les musiciens ignorants, jouer à quatre mains, souffler la partie à celui qui oubliait ses notes, jouer les contredanses, des valses, des mazourques et des cotillons au bon plaisir de la noble assemblée.

Madame de Chamarante, la marquise, lui lançaient des mots d'encouragement et de reconnaissance, auxquels la pauvre fille se prenait. Quelques-uns des convives causaient avec elle, mais M. de Monza seul la traitait réellement ainsi qu'elle désirait de l'être. Il respectait en elle le guide, l'amie de sa fille adorée ; il voulait qu'elle fût contente de lui, afin qu'elle adressât un sourire plus tendre et plus maternel encore le lendemain au premier réveil de son enfant. Mademoiselle Perrin, brave et parfaite nature, sans charmes extérieurs, mais douée d'un esprit juste et d'une délicatesse exquise, comprit et apprécia bien vite ceux qui l'entouraient à leur juste valeur. Elle se tint en arrière, ne hasarda pas une parole sans l'avoir pesée, et obtint ainsi la sympathie d'une réunion composée d'éléments si étranges et si différents les uns des autres.

Huit jours après le commencement de cette cour plénière, au moment où le marquis entra dans la chambre de sa femme, il la trouva en conversation avec mademoiselle Perrin. Elle s'interrompit à son aspect et rougit légèrement ; Louise fit un mouvement pour se retirer.

— Restez, mademoiselle, dit Béatrix, je n'ai pas fini ; le marquis m'attendra.

— De quoi s'agit-il, ma chère ?

— Mon Dieu, mon ami, d'une chose bien simple ; je suis tellement fatiguée, j'ai tant à faire, qu'il m'est impossible de m'occuper, comme je le voudrais, des détails de la maison.

M. de Monza fronça le sourcil, Béatrix s'en aperçut, elle reprit vivement :

— J'ai fait tout ce que j'ai pu, plus que je n'ai pu, je vous assure, je tiens tant à vous être agréable ! mais vous ne voulez pas que je tombe malade ; cela m'arriverait infailliblement, car, en vérité, c'est au-dessus de mes forces. J'ai donc pensé que mademoiselle Louise, avec sa bonté ordinaire, aurait l'obligeance de me remplacer. Je vais lui remettre mes livres, elle réglera, elle donnera l'argent, elle surveillera, et bien mieux que moi, sous ma direction toutefois ; elle me rendra compte, tout marchera à merveille et je ne me fatiguerai pas.

— Je suis aux ordres de madame la marquise.

— Ma chère Béatrix, vous ne vous fatiguerez pas, mais mademoiselle se fatiguera beaucoup. Réfléchissez : comment est-il possible qu'avec les soins à donner à l'éducation de Flavie, avec le métier d'orchestre que vous lui imposez chaque soir, elle trouve le loisir de faire ce que, vous, vous n'avez pas la possibilité de continuer. Vous ne vous occupez que de vos chiffons, d'amuser vos convives, vous vous lèverez à dix heures et demie, et mademoiselle sera hors du lit à six, elle préparera les leçons, elle veillera à la toilette de votre fille, la conduira à la promenade, la fera étudier. Croyez-vous donc les jours plus élastiques pour elle que pour vous ?

— Seigneur, dans cet aveu dépouillé d'artifice, j'aime à voir que du moins vous me rendez justice, comme dirait M. de Chelles. Vous me reprochez ma paresse, ma flânerie ; vous avez raison, mais je n'y puis rien faire : c'est une si vieille habitude ! Mademoiselle Louise élèvera Flavie autrement que moi, grâce à Dieu ! Elle sera, j'espère, une vraie femme de ménage N'y a-t-il pas moyen de tout concilier, voyons ? Ne pouvez-vous me permettre de déposer mon sceptre, pour quelques jours, entre les mains de mademoiselle ? Elle le tiendra bien, n'en doutez point, nos intérêts n'ont rien à y perdre, et moi j'ai tout à y gagner.

— Le croyez-vous, Béatrix ?

— A moins, toutefois, que cela ne vous déplaise, poursuivit-elle, avec un sourire irrésistible ; si vous ne deviez pas me pardonner, je préférerais mourir à la peine.

— Toujours des exagérations, Béatrix ; cependant, puisque vous y tenez absolument, il faut trouver la possibilité d'arranger les choses à votre convenance et à celle de tous Je vais écrire à Paris que l'on m'envoie un accompagnateur ; mademoiselle Louise aura ses soirées libres.

— Oh ! oui, faites cela, mon ami, la pauvre fille pourra dormir à son aise

— Vous êtes trop bon, monsieur le marquis, dit la gouvernante.

— Je suis juste, mademoiselle, et je n'exige de chacun que ce qu'il peut. Dans quatre jours vous serez soulagée de la corvée du soir et vous aurez ainsi le temps de régler les affaires, puisque la marquise tient essentiellement à vous donner cette peine.

— Je suis fière et heureuse d'une pareille confiance, monsieur.

— Merci, chère demoiselle, vous êtes la perle des gouvernantes, vous êtes mon véritable bras droit ; sans vous il me faudrait renoncer à recevoir, je suis vraiment hors de combat. Bonne nuit, et veuillez m'envoyer ma femme de chambre, je vous prie.

Lorsque mademoiselle Perrin fut sortie, la marquise s'approcha de son mari et lui jeta les bras autour du cou.

— Tu m'en veux, méchant ! dit elle.

— Je ne saurais t'en vouloir, Béatrix ; seulement, je suis triste d'avoir aussi peu de crédit sur ton cœur.

— Ingrat !

— Non pas ingrat, très affectionné, très clairvoyant, très triste de l'avenir.

— Vous êtes bien maussade, Amédée.

— Je suis vrai, Béatrix.

— Oh ! c'est de mieux en mieux ! Nous ne nous comprendrons pas davantage, parlons d'autre chose.

— De ce que tu voudras.

— Donnerons-nous un bal ?

— Pourquoi faire ?

— Pour réunir tout le pays, pour nous y établir sur un pied convenable.

— Nous y sommes tout établis, et dès que j'aurai l'âge, on

me nommera député, je n'en doute pas.

— Il ne manquerait que cela, député! Député, vous! Prêter serment à Louis-Philippe! Ma mère et ma famille ne vous le pardonneraient jamais.

Amédée sourit sans répondre.

— Oh! voilà pourquoi vous causiez tant avec M. de Manières. Depuis qu'il m'a ralliée, il cherche des prosélytes. Madame de Manières est un auxiliaire puissant, elle vous a tenu une heure près de la fenêtre; que disait-elle? Parliez-vous politique?

— Non.

— Littérature?

— Non.

— Chasse, propos, comédie, médisance? continua-t-elle très vite.

— Pas davantage.

— Et quoi donc alors? Parlait-elle d'amour?

Le marquis ne répondit rien.

— J'ai deviné juste, il me semble, puisque vous vous taisez. Oh! Amédée, Amédée, vous me ferez mourir! Toujours craindre, toujours trembler de vous perdre, toujours soupçonner, et ce n'est pas ma faute, vous êtes cousu de mystère.

— Vous voulez absolument savoir ce que me dit madame de Manières, vous y tenez?

— N'est-ce pas tout simple?

— Vous l'exigez?

— Oui.

— Eh bien! elle me demandait de faire vendre à son jardinier le fumier de mes écuries, pour mettre sur ses bâches de melon, parce que mon régisseur le lui a refusé.

Béatrix ne trouva pas un mot à répondre et fit semblant de dormir. Lorsqu'elle sonna le lendemain matin, sa femme de chambre lui dit en lui remettant ses lettres:

— Le courrier de madame la duchesse d'Alagny est arrivé depuis une demi-heure; madame la duchesse sera ici à midi.

XIII

LA DUCHESSE D'ALAGNY

Cette nouvelle frappa la marquise comme d'un coup de foudre; malgré sa soumission apparente, elle conservait un secret espoir d'éloigner la duchesse, par un de ces prétextes de femme, auxquels rien ne manque, pas même la vraisemblance. L'idée lui vint que son mari la devinait, qu'il se hâtait d'avancer le voyage de sa *rivale*, et qu'il lui imposait enfin une intimité aussi cruelle qu'inconvenante. Elle se tourna vers lui, toute rouge de colère, et lui demanda s'il avait entendu.

— Parfaitement, répondit-il.

— Et vous ne vous pressez pas de descendre, de donner des ordres, afin que madame la duchesse trouve tout disposé à son arrivée.

La manière dont ces mots: madame la duchesse! furent prononcés, renfermait des tempêtes; Amédée le comprit sans en avoir l'air, et répondit tranquillement:

— La chambre de madame d'Alagny est prête, le déjeuner sera servi comme de coutume, je ne vois pas pourquoi je me dérangerais.

— Ah! sa chambre est prête, vous saviez donc qu'elle arrivait?

— Chère Béatrix, rappelez votre mémoire, personne n'occupe l'appartement d'en bas, vous le réservez d'ordinaire pour les grandes visites, et alors...

— Oh! oui, c'est juste! madame d'Alagny est une grande visite, pour moi du moins, car je ne la connais pas.

— Béatrix, vous m'aviez promis autre chose.

— J'ai promis de recevoir poliment, gracieusement même, la personne que *vous attendez*, je tiendrai ma promesse, il me semble que je commence déjà.

— Ma chère enfant, reprit Amédée, après un instant de silence, écoutez-moi bien, et tâchez de profiter de ce que je vais vous dire. Je ne sais qui a pu se plaire à vous répéter de nouveau des propos stupides et à exciter votre susceptibilité jalouse; mais, sachez-le, la duchesse est une femme de beaucoup d'esprit, une femme d'un grand poids dans le monde. Vos petites comédies d'enfant gâté, charmantes pour moi, qui vous aime, pour votre mère, qui vous les a apprises, pour votre intimité, qui les apprécie, lui sembleraient à elle parfaitement ridicules. Vous l'avez engagée vous-même cet hiver à venir ici, vous étiez enthousiasmée de sa supériorité, de ses grandes manières, et maintenant, sur je ne sais quel commérage, vous allez essayer de la traiter du haut en bas. Prenez-y garde! vous perdrez la partie; la duchesse a dix ans de plus que vous,

des habitudes de cour, un aplomb imperturbable, vous vous ferez une ennemie d'autant plus puissante qu'elle dédaignera d'empoisonner ses armes. Elle rira et fera rire de vous, voilà tout ce que vous pouvez en attendre. Cela vous convient-il?

Pendant que son mari parlait, Béatrix devenait alternativement pâle ou rouge. Une colère sourde grondait dans son cœur, et menaçait d'une explosion terrible. Incapable de se contenir, elle éclata:

— Je vous remercie, monsieur, dit-elle les yeux flamboyants, je profiterai de vos conseils, et *votre maîtresse* ne rira pas de moi, je vous le jure. Ma famille est à peu près réunie ici, heureusement, nous allons voir qui l'emportera d'elle ou de moi.

— Votre famille n'a rien à voir dans tout ceci, je pense. Vous abusez de ma patience, Béatrix, de ma tendresse, vous me tourmentez cruellement. Je ne vous trompe pas, je ne vous ai jamais trompée, mais vous me donneriez envie de le faire lorsque vous parlez ainsi.

— Vous l'avouez!

— J'avoue que la tête me tourne, que vos perpétuels caprices, votre caractère mobile me laissent sans défense devant vous. Je sens dans quelle pente vous m'entraînez, je sens que je devrais montrer une volonté ferme, pour dominer la vôtre. Eh bien! le désir de vous éviter des chagrins, le besoin impérieux de la paix m'entraînent à des concessions déplorables pour notre avenir. Béatrix, vous nous perdrez tous les deux!

La jeune femme se mit à pleurer, la tête cachée dans ses mains, de grosses larmes coulaient sur ses cheveux épars, entre ses doigts écartés: sa chemise de nuit détachée laissait voir ses épaules splendides; elle était fort belle, fort touchante ainsi. Amédée l'aimait encore passionnément, il ne résista point à cette douleur, à cette beauté; trop jeune pour dominer une situation difficile et pour en calculer entièrement les suites, il prit sa femme dans ses bras et lui parla à l'oreille, au milieu de ses baisers.

Béatrix ne fit d'abord pas semblant de l'entendre, puis ses larmes cessèrent de couler, puis ses doigts s'ouvrirent davantage, puis une de ses mains tomba sur sa poitrine, l'autre la suivit bientôt, un sourire erra sur ses lèvres; d'un charmant mouvement de tête elle rejeta ses nattes en arrière, et tout à coup par un autre mouvement plus charmant encore, elle appuya sa tête sur le sein de son mari en lui disant:

— Si tu m'aimes ainsi, Amédée, je ne me mêlerai plus de *nos* affaires, je ferai tout ce que tu voudras.

Il l'embrassa avec passion.

— Est-ce sûr au moins aujourd'hui? N'est-ce pas comme l'autre jour, une promesse vaine? Tu me le répètes sans cesse et tu ne l'exécutes jamais. Méchante! nous serions si heureux, si tu voulais!

— Oui, si je voulais faire toutes tes volontés!

— Ou moi les tiennes, répéta-t-il en souriant à son tour.

— Pour nous mettre d'accord, faisons la nôtre; n'en ayons qu'une.

— Chère enfant! oh! nous nous aimons bien, et tant qu'il en sera ainsi, nous n'avons rien à craindre.

Le jeune ménage descendit au salon à l'heure ordinaire, mais je ne sais quel parfum de bonheur s'exhalait autour d'eux; la grâce et le charme très réel de Béatrix semblaient plus resplendissants encore qu'à l'ordinaire; chacun en fut frappé.

— Vous avez l'air heureux comme un ange, ce matin, ma cousine, est-il indiscret de vous demander pourquoi? dit Robert en lui baisant la main.

— C'est que le temps est beau, les oiseaux chantent, les fleurs s'ouvrent, tout est ravissant autour de moi, et puis, reprit elle, comme par réflexion, j'attends la duchesse d'Alagny.

— Ah! cette charmante duchesse! s'écria le baron de Chelles:

> Une grâce la suit, une autre la précède,
> Un charme est effacé par celui qui succède.

— Mon cher cousin, vous avez conservé là une singulière habitude de parler en vers. C'était donc une mode bien obstinée de votre jeunesse?

— Oui, ma chère cousine, c'était la mode au temps où j'étais jeune et beau, et vous verrez combien on a de peine à se défaire de ces modes-là. J'ai dû mes plus divins succès à mes chansons, à l'à-propos avec lequel je les appliquais, ce sont des souvenirs que j'évoque à défaut d'autre chose. Hélas! à votre âge on ne comprend pas cela, mais

> Laissez, laissez venir le temps!

Béatrix éclata de rire. Le temps! Dans la jeunesse on ne

croit qu'au présent et à l'avenir, non pas l'avenir tel que le présente l'expérience, mais l'avenir des songes dorés, l'avenir sans regrets, sans blessures, l'avenir de l'amour, de l'éternelle beauté. Pas une d'entre nous n'a cru à vingt ans qu'elle aurait des cheveux blancs comme sa grand'mère. Il y a si loin avant d'en arriver là.

A midi précis, la berline de la duchesse entrait dans la cour. M. et madame de Monza, madame de Chamarante, tous les habitants du château se groupèrent sur le perron pour la recevoir; Amédée ouvrit la portière et lui donna la main, Béatrix s'avança au devant d'elle.

— Comme vous êtes aimable, madame la duchesse, dit la jeune femme, de ne pas nous avoir oubliés.

— Je me saurais trop mauvais gré de ne pas penser à vous, madame; j'aime les jolies pensées.

Elle salua à la ronde, avec ce tact inimitable des nuances que notre éducation nouvelle nous ôte chaque jour, et qui disparaîtra bientôt de la société, comme le véritable bon goût, l'élégance réelle, enfin tout ce qui formait les grandes dames. La duchesse savait son monde sur le bout du doigt, elle savait qu'elle arriverait au moment du déjeuner ; elle savait que les habitantes du château sortiraient fraîches et pimpantes de leur toilette, et que les habits froissés par un voyage de dix ou douze heures lui donneraient un désavantage fort important dans un début. Chaque nouvel arrivant au milieu d'un cercle, à la campagne surtout, où la vie commune met les défauts en relief, chaque nouvel arrivant donc doit avoir ses armes prêtes. On l'observe, on l'épluche des pieds à la tête, on le désigne pour ami, ou ennemi, il a des frais à faire envers les autres possesseurs du terrain avant lui. La position élevée de la duchesse, sa fortune, son esprit, la dispensaient du noviciat, elle était sûre d'avance de primer la réunion tout entière, mais elle voulut la dominer justement.

Elle fit donc arrêter au dernier relais, entra dans une auberge, y étala les bouchons en or de son nécessaire de voyage, en composa une savante toilette, juste assez préparée pour n'avoir pas l'air de l'être. Ses cheveux lisses en bandeaux d'ébène éclataient de symétrie, et ses petites bottines grises laissaient deviner le plus joli pied du monde. Lorsque la marquise lui offrit de visiter son appartement avant le déjeuner, elle répondit qu'elle ne voulait faire attendre personne et qu'elle était toute prête à se mettre à table. Les gens des anciennes traditions ont cet admirable talent d'être toujours disposés à suivre les autres, de ne gêner qui que ce soit et de paraître s'oublier eux-mêmes, lorsque souvent ils pensent beaucoup à eux.

Béatrix fut charmante pour la duchesse, elle y mit presque de la coquetterie. Celle-ci, tout en répondant gracieusement à ses avances, parlait peu et observait beaucoup. Elle regardait successivement ses convives, tous connus d'elle, mais avec lesquels l'intimité de la vie de château allait lui faire faire plus ample connaissance. Le peu de mots qu'elle accorda frappa juste, on se les répéta autour de la table; un murmure flatteur les accompagna.

— Mon Dieu! dit le baron de Chelles, elle a trop d'esprit pour une duchesse.

Elle en avait en effet un fort remarquable; un de ces esprits justes, droits, fins, incisifs, qui voient et comprennent aussi vite ce qu'on leur cache que ce qu'on leur dit. Après deux jours passés à Neuillé, elle en savait par cœur tous les habitants, elle leur eût presque raconté leur histoire, à tous, et divulgué leurs faiblesses. Sans être ce que l'on appelle une bonne femme, madame d'Alagny ne manquait pas d'un certain cœur. Elle le mettait à la disposition de ses amis lorsqu'ils suivaient ses conseils et ses exemples ; mais s'ils lui résistaient, s'ils ne se laissaient pas entièrement dominer par elle, alors le mauvais côté de son caractère prenait le dessus. Fière, impérieuse, orgueilleuse surtout, il y avait en elle l'étoffe d'une Catherine II ou d'une Elisabeth. Elle pouvait gouverner un Etat, suivre sans sourciller une armée à la guerre; courageuse, infatigable dans la lutte, elle devenait cruelle après la victoire, sacrifiait les vaincus à son amour-propre; elle les forçait de tomber dans le piège annoncé par elle, et l'adresse qu'elle déployait en pareil cas défraierait une diplomatie tout entière.

En cette occasion elle prit en pitié le ménage d'Amédée, elle devina les dispositions dangereuses de Béatrix, l'influence déplorable de sa mère sur elle, et elle se donna la tâche de guérir les chagrins, de prévenir les catastrophes, et d'empêcher les malheurs. En conséquence, au moment de la promenade, elle prit le bras de la marquise, et, sans affectation, l'éloigna de la conversation générale.

— Vous êtes une heureuse femme, lui dit-elle brusquement, n'ai-je pas raison, madame?

— Sans doute, madame la duchesse, répondit madame de Monza, légèrement troublée de cette entrée en matière.

— Et rien ne trouble votre bonheur?

— Non, rien.

— Jamais?

— Jamais.

Béatrix rougit et fut contrariée de rougir, le souvenir de ses discussions presque quotidiennes la troubla malgré elle.

— Eh bien, voulez-vous que je vous le dise, je ne crois pas tout à fait à ce bonheur-là.

— Vous, madame la duchesse?

— Oh! ne vous gendarmez pas si vite, je vais m'expliquer, et mon intérêt pour vous me servira d'excuse et de guide en tout ceci. Vous êtes heureuse, j'y consens, mais vous êtes en train de gâter à jamais ce bonheur, et vous n'en avez pas pour longtemps, si vous continuez.

— Comment cela, mon Dieu!

— Ecoutez: je n'ai rien à faire dans ce monde, et le ciel m'a donné une activité dévorante, à laquelle il faut un aliment. Je me prends donc, à droite et à gauche, quelquefois sans savoir pourquoi, je me prends, dis-je, à l'idée de me faire ange gardien. Je veux donner aux autres le fruit de ce que j'ai gagné si péniblement jusqu'à présent, je l'avoue dans l'amertume de mon âme, cela m'a fort mal réussi. Je ne me décourage pas cependant, j'essaie encore avec vous, si vous voulez.

— Je ne vous comprends pas bien, madame.

— Oh! je le vois de reste, et c'est ce qui m'inquiète davantage! Vous ne comprenez pas même votre mal. Votre jolie petite tête vous emporte, elle vous crée une société, un intérieur à sa guise, elle se drape dans sa domination, et lorsqu'elle a imposé sa volonté, elle se croit toute-puissante. N'est-il pas vrai?

— Mais, madame...

— Mais, ma chère, vous n'avez pas le sens commun. Pourquoi donc ces airs de matamore, ces *je le veux*, ces levées de boucliers effrayantes? Pourquoi forcer ces beaux yeux à verser des larmes, ces lèvres vermeilles à intimer des ordres? Pourquoi surtout ennuyer votre mari qui vous aime tant, pauvre homme, qui vous est fidèle, qui ne demande qu'à obéir, pourvu qu'on lui laisse croire qu'il commande?

— Il n'est pas si docile que vous supposez, madame.

— Je vois à votre air composé combien vous me trouvez étrange, combien je vous semble douairière et *tripoteuse*. Vous vous trompez, je ne suis ni l'un ni l'autre. J'éprouve pour vous le même sentiment que m'inspirerait une personne suivant les bords d'un précipice sans les voir. Je me mettrais au devant d'elle, je lui crierais : « Quelques pas de plus et vous allez tomber, et vous êtes perdue! » Elle me traiterait peut-être de Cassandre, je n'en irais pas moins à l'encontre, à moins qu'elle ne me repoussât. Voilà justement votre position, ma belle petite.

— Moi!

— Vous! Si vous ne vous arrêtez pas, l'esclave se révoltera, il deviendra maître, tyran, il deviendra peut-être pis encore, il deviendra indifférent, et si jamais il en arrive là, vous n'aurez plus qu'à vous en consoler, le mal serait incurable.

— Oh! vous me faites peur, madame la duchesse.

— Tant mieux! ayez peur, vous ne tomberez pas.

— J'aime tant Amédée!

— Vous l'aimez mal.

— Mais je l'aime de toute mon âme.

— Ce n'est pas assez, il faut encore l'aimer de tout votre esprit.

— Je ne calcule rien, je vous assure.

— Cela se voit à merveille.

— Je fais tout ce qu'il veut.

— En lui laissant croire que vous lui résistez, juste le contraire de ce qui est bien.

— Vous croyez?

— Si je le crois! Vous êtes jalouse, n'est-ce pas? vous ne répondez rien, vous l'êtes plus que je ne le croyais. Je vais vous étonner davantage! on vous a répété de sottes lâchetés sur mon compte, et vous avez été jalouse de moi.

— Il vous l'a dit! s'écria la jeune femme, devenant pourpre et ôtant son bras de celui de la duchesse.

— Hermione Roxane, que sais-je? répliqua la duchesse en souriant, et sans se troubler le moins du monde. Ma chère madame, réfléchissez donc; s'il me l'avait dit, je ne vous le répéterais pas.

Béatrix baissa la tête.

— Personne ne m'a rien dit, j'ai deviné. J'ai deviné à votre empressement, à sa retenue, aux airs superbes de madame votre mère. C'était écrit sur votre front à tous.

La marquise ne put s'empêcher de sourire.

— Souriez, riez même, si vous voulez, moquez-vous de ma science, mais profitez-en. D'abord, soyez tranquille, votre mari n'a jamais été amoureux de moi, je ne le serai jamais de lui, et nous resterons toujours l'un pour l'autre ce que nous sommes.

— Merci, madame la duchesse.

— Folle, d'avoir peur de moi! non pas parce que j'ai dix ans de plus que vous, et que je suis moins belle, ce serait quelquefois, souvent même, une raison de trembler; mais moi je ne m'amuse point à prendre les maris des autres, je suis trop fière pour cela.

— Et vous êtes aussi trop généreuse, sans doute, autrement il n'en resterait pas un.

— Flatteuse, vous voulez séduire votre juge.

— Oh! madame, la vérité est peut-être la plus adroite des flatteries.

— N'importe! croyez-moi, c'est l'essentiel. Je veux rester un mois avec vous, afin de vous donner une leçon complète, je compte faire de vous une élève distinguée. Si je pouvais vous amener où je suis parvenue moi-même!

On interrompit la conversation, au grand regret de Béatrix. La pauvre enfant se sentait transporter dans une sphère, dans un autre ordre d'idées, et le destin, qui la poursuivait, ne pouvait rien lui envoyer de plus fatal. Cette nouvelle influence, si différente des autres, mais tout aussi éloignée du bon chemin, lui apportait des difficultés nouvelles.

Madame d'Alagny voyait tout au point de vue du monde. Les grandes et belles idées de la famille, de l'union d'un ménage, ne lui arrivaient point à l'esprit; elle voulait imposer un système et non pas persuader le cœur, elle composait un rôle, elle arrangeait un masque, et non pas la nature et la vérité. Sa théorie fort bonne pour la société, fort utile même dans l'intérieur, reposait sur des bases trop fragiles, et perdait ainsi son efficacité. Au lieu de la raison, du devoir, de la tendresse, elle invoquait la coquetterie, la ruse, la dissimulation. Son but était le même que celui de Béatrix, ou, pour parler plus juste, Béatrix n'en avait pas. Elle marchait à l'aventure, elle s'égarait sans savoir pourquoi, et le réveil devait arriver trop vite.

Quoi qu'il en soit, madame de Monza pensa toute la nuit à ce qu'elle avait entendu, et lorsque le matin on la pria de passer chez sa fille, prière fort inaccoutumée, elle ne put s'empêcher de trembler malgré elle.

XIV

FLAVIE

Flavie se réveilla avec la fièvre, ses joues enflammées, sa peau brûlante donnèrent une inquiétude réelle à mademoiselle Perrin, et elle s'empressa de prévenir la marquise, qui se hâta d'accourir, à moitié vêtue, car elle aimait sa fille, ainsi qu'elle aimait tout, avec passion, mais sans discernement. Elle s'approcha du lit de l'enfant, l'interrogea sur sa souffrance, elle répondit qu'elle avait mal à la tête et de fortes courbatures.

— Qu'on fasse monter un homme d'écurie à cheval et qu'on aille chercher le médecin! s'écria la jeune femme. Amédée, ajouta-t-elle tout bas, si Flavie devenait réellement malade, on enverrait un exprès à Paris, à notre bon docteur; il viendrait, j'en suis sûre, et je n'ai confiance qu'en lui.

— Je partage ta sollicitude, mon amie, tu le comprends, et tout ce qu'il faudra faire sera fait.

On avait projeté la veille une partie à quelques lieues de Neuillé, pour visiter un monastère en ruines, le déjeuner devait y être préparé et les dames se réjouissaient de ce déplacement. Béatrix déclara qu'elle n'irait point. Amédée combattit cette résolution, Flavie n'était pas assez malade pour cela, et d'ailleurs madame de Chamarante offrait de rester près d'elle.

— Je serai trop inquiète, mon ami, je n'aurai pas un instant de tranquillité.

— Ce n'est pas poli pour ces dames, Béatrix, il nous faut, toi et moi, nous sacrifier à nos devoirs de maîtres de maison. Si notre enfant devenait plus malade, on nous préviendrait sur-le-champ, je laisserai des ordres en conséquence.

— Madame veut-elle permettre, dit mademoiselle Perrin, que je profite de sa présence ici pour surveiller les derniers apprêts du départ, pour veiller à ce qu'il ne manque rien? Les provisions doivent être parties d'avance et, si l'on oubliait quelque chose, on ne trouverait pas à le remplacer là-bas.

— Allez, allez, chère mademoiselle Louise, je vous remplacerai près de notre ange.

M. de Monza se tenait debout à côté du lit de sa fille, l'enfant le regardait, essayant de sourire; madame de Chama-

rante, assise de l'autre côté, feuilletait un livre de médecine. Béatrix soutenait la tête de la malade, couvrant de baisers ses mains et son visage. Flavie poussa un cri.

— Qu'as tu, chère petite? demanda la mère effrayée.

— J'ai bien mal, bien mal partout; je voudrais boire. Béatrix se précipita vers une tasse placée sur la table, l'enfant y porta ses lèvres et se détourna.

— Ce n'est pas cela, dit-elle.

On chercha encore.

— Je veux ma bonne Perrin, reprit Flavie, en pleurant tout bas, elle me soigne bien, elle me donne à boire ce que j'aime. Maman, appelez ma bonne Perrin.

— Elle va venir, chère enfant; calme-toi, un peu de patience.

— Oh! vous, papa, vous savez aussi me conter de si belles histoires pour m'endormir, et j'ai tant envie de dormir, dites-m'en une, en attendant ma bonne Perrin.

— Je vais t'en raconter une, moi, Flavie.

— En savez-vous, maman?

— Sans doute.

— Alors, pourquoi ne m'en racontez-vous jamais?

Béatrix sentit une larme rouler sur sa joue.

— Ne pleurez pas, maman, continua Flavie, qui s'en aperçut, ne me grondez pas, je resterai bien sage dans mon lit et je boirai tout ce que vous voudrez. Mais où est donc ma bonne Perrin?

Et, dans la crainte de fâcher sa mère, le pauvre ange se mit à sangloter tout bas, étranglant ses soupirs, ravalant ses pleurs, murmurant seulement :

— Où est ma bonne Perrin?

La marquise suffoquait de jalousie, elle serrait sa fille sur son cœur, avec des transports frénétiques qui l'effrayaient horriblement. M. de Monza comprit la leçon, et il espéra qu'elle porterait ses fruits.

— Rappelez donc mademoiselle Perrin, disait madame de Chamarante, rappelez-la, c'est tout simple, cette enfant a l'habitude de la voir, elle la soignera mieux que nous.

— Oh! ma mère, dit Béatrix en pleurant, ne comprenez-vous pas ce que je souffre, en voyant ma fille me préférer une étrangère?

— Je ne le comprends pas, mais je le devine, car je ne l'ai jamais éprouvé. Dans ton enfance, tu ne me quittais pas, et tu n'aimais que moi au monde.

Amédée regarda sa femme qui pleurait toujours.

— Il faut dire aussi, ajouta la vicomtesse, empressée de guérir la plaie involontaire qu'elle agrandissait, il faut dire que je suis bien plus forte que toi, que tu n'aurais pu veiller, comme je l'ai fait, des nuits entières auprès de ce petit être; tu y succomberais, Béatrix, ton mari et moi ne saurions te le permettre.

La gouvernante entra, Flavie se souleva et lui jeta ses bras autour du cou.

— Mademoiselle, dit séchement la marquise, avant d'aller donner vos ordres, vous eussiez bien dû préparer la tisane de cette enfant, nous n'avons pas su la trouver. Elle a soif, donnez-lui à boire.

Madame de Monza prononça ces mots avec la suprême impertinence de la jalousie, la plus souveraine de toutes. Elle regardait en même temps la pauvre fille d'un œil si courroucé, qu'elle ne put soutenir ce regard, et se troubla entièrement.

— Maman, interrompit la malade, maman, je vous en conjure, ne grondez pas ma bonne Perrin, elle va tout de suite me donner à boire.

Et la jeune fille embrassait sa gouvernante avec une affection dont chaque témoignage ajoutait encore aux griefs de sa mère, et augmentait sa mauvaise humeur.

— Vous n'avez que le temps de vous habiller, ma chère, dit le marquis, craignant une nouvelle explosion; allez vite, vous ne pouvez vous faire attendre.

— Oh! que c'est ennuyeux d'être ainsi aux ordres de tout le monde, dans un pareil moment. Je voudrais voir ces gens-là aux antipodes. Adieu, chère enfant, chère enfant, chère trésor, je reviens tout de suite.

— Oh! ne vous gênez pas, chère mère, amusez-vous, je ne suis pas bien malade, et j'ai ma bonne Perrin. Papa, ajouta-t-elle, en baissant la voix, vous ne serez pas longtemps, n'est-ce pas? Dépêchez-vous vite, et vous me ferez un beau village sur mon lit.

Heureusement la marquise n'entendit pas ces dernières paroles, les premières déjà lui avaient fait une blessure si douloureuse! A onze heures et demie les voitures partaient. La duchesse et madame de Monza, placées à côté l'une de l'autre, essayèrent de reprendre leur conversation de la veille, mais la jeune femme, distraite par son inquiétude, ne prêtait plus la même attention.

L'indisposition de votre fille vous tourmente, dit madame d'Alagny ; pourquoi ne pas être restée près d'elle ? Vous n'aviez pas besoin de vous gêner. Est-elle bien soignée au moins ?

— Oh ! sa gouvernante est fort bonne !

— Oui ; mais rien ne vaut une mère, je le sais, bien que je ne l'aie jamais été.

Béatrix rougit.

— Vous dirigez son éducation, n'est-ce pas ? Vous vous occupez d'elle beaucoup ?

— Sans doute, madame la duchesse.

On arrivait alors à la ruine. La table était dressée, le déjeuner tout prêt, les convives bien disposés : pourtant, ma gré tous ses efforts, la marquise ne put reprendre sa gaîté ordinaire. La souffrance de son enfant, la jalousie qui l'avait mordue au cœur, ne lui laissaient pas sa liberté d'esprit. Elle vivait en imagination près de ce berceau, dans cette petite chambre où une autre tenait sa place. M. de Monza, tout aussi agité qu'elle, savait néanmoins prendre sur lui-même, et s'occuper exclusivement de ses hôtes. Il tressaillait au moindre bruit, croyait toujours entendre le galop d'un cheval, et il ne commença à respirer qu'en reprenant la route du château.

— Dieu soit loué ! se disait-il, elle n'est pas plus malade, puisqu'on ne nous a rien fait dire.

En descendant de voiture, en interrogeant les domestiques, les parents apprirent néanmoins une triste nouvelle, Flavie avait la petite-vérole.

Ce fut une douleur affreuse pour Béatrix, elle se mit à jeter les hauts cris. Cette maladie, si terrible dans ses effets et dans ses conséquences, la frappait comme un pressentiment.

— Je perdrai ma fille, répétait-elle incessamment, ou bien elle sera défigurée.

Elle eut, à la suite de cette douleur, une crise de nerfs qui dura plusieurs heures. Quand elle revint à elle, le médecin avait déclaré la maladie de l'enfant de l'espèce la plus maligne et la plus contagieuse. On avait envoyé à Paris chercher le docteur de la famille, et, la plupart des étrangers, sous prétexte de ne pas gêner la marquise, mais, en réalité, par crainte de l'épidémie, faisaient déjà leurs paquets.

Madame d'Alagny, incapable d'une futile terreur, fit demander le marquis, et lui tendant la main, elle lui dit :

— Mon cher monsieur de Monza, ils sont tous saisis d'une frayeur panique, moi je ne crains absolument rien du tout. Vous allez donc m'avouer franchement si ma présence vous est agréable, si elle n'apporte pas dans votre maison le moindre dérangement, et, dans ce cas, je reste. Je ne suis pas de ceux qui fuient le malheur et l'inquiétude, au contraire, je les cherche de préférence, je veux que vous n'en doutiez pas.

— Je ne saurais vous exprimer ma reconnaissance, madame la duchesse ; bien loin de nous gêner, vous nous serez la plus agréable du monde. Madame de Monza a grand besoin d'être soutenue par un esprit ferme comme le vôtre ; elle s'abandonne au désespoir, je ne veux pas qu'elle reste trop auprès de sa fille, car la contagion peut la gagner plus qu'une autre, dans la disposition où elle est. Je vous prierai donc de la prêcher beaucoup, de la consoler, de lui rendre un peu de courage. Madame de Chamarante et moi nous ne quittons pas Flavie, ma belle-mère est admirable dans les soins qu'elle lui donne.

— Je ferai tout ce qui dépendra de moi, comptez-y, monsieur, et ne m'épargnez pas surtout.

La marquise se trouva donc après cela entre le lit de douleur d'une enfant bien-aimée et les conseils, fort judicieux sans doute, de la duchesse. Ces conseils portaient en eux-mêmes un danger immense, un danger sans remède, surtout avec une imagination aussi impressionnable que celle de Béatrix. La duchesse ne le sentit pas, malgré toute sa finesse. Aveuglée par son désir de faire école, elle ne s'aperçut point qu'elle semait sur un terrain antipathique à ses principes. Ce n'était point de mesquines théories qu'il fallait à une âme telle que celle de Béatrix, c'étaient les paroles sacrées du devoir et de la religion, c'étaient les principes invariables qui seuls peuvent nous appuyer solidement et inébranlablement dans les circonstances difficiles. Il fallait persuader le cœur, et non pas éblouir l'esprit, il fallait enfin un guide chrétien, un guide croyant, à celle qu'une éducation insuffisante avait laissée sans croyance arrêtée. Ce guide, elle ne le trouva pas autour d'elle.

Le médecin de Paris arriva, il confirma pleinement les ordonnances et les prévisions de son confrère. L'enfant était fort dangereusement atteinte, elle avait besoin des soins les plus minutieux et de tous les secours de la science.

— Mais vous la sauverez, docteur ! répondit la pauvre mère à toutes ces prescriptions.

— Je l'espère, madame, cependant Dieu seul peut vous répondre oui. Seulement, je ferai observer à madame de Chamarante que la tâche est au-dessus de ses forces et qu'il faut la faire coucher cette nuit.

— Docteur, je ne quitterai pas ma petite-fille. Si je n'étais pas là la mère voudrait y être, et vous savez qu'elle n'est pas en état de supporter ce spectacle.

— Je n'en dois pas moins vous prévenir, madame ; M. le marquis et mademoiselle Perrin ne suffiraient-ils pas ?

— Je veillerai aussi, docteur, si vous voulez me le permettre, interrompit la duchesse.

— Non, madame la duchesse, je ne puis permettre ces choses-là. On n'approche de la petite-vérole qu'à ses risques et périls. Vous ne me pardonneriez peut-être pas plus tard d'avoir exposé votre beauté.

— Ma beauté est bien près de sa fin, monsieur, et je n'en regretterais pas les restes. Elle m'a joué de bien vilains tours en sa vie.

— Et aux autres, donc !

Robert et M. de Chelles n'avaient point abandonné la famille affligée. Robert aimait sa cousine comme une sœur. Elevés presque ensemble, bien qu'il eût quelques années de moins, ils ne s'étaient jamais séparés. Il n'eût donc voulu pour rien au monde quitter le château dans un pareil moment. M. de Chelles s'en allait par les corridors, récitant :

> Un mal qui répand la terreur,
> Mal que le ciel dans sa fureur,
> Inventa pour punir les crimes de la terre.

— Si je mets la petite-vérole, le vers sera un peu long, n'est-ce pas. mon cousin ? Je ne puis pourtant pas l'appeler la peste, que diable ! Ce serait faire à notre séjour ici bien plus d'honneur qu'il n'en mérite.

— Mon cher baron, vous êtes un puits de science, et un miracle d'esprit. Je voudrais votre recette, afin d'arriver aux mêmes résultats. Je ne vous cache pas que je suis un peu amoureux en ce moment, et que votre séduction ne serait pas de trop pour me conduire au triomphe.

— Amoureux, et de qui, Robert ?

— D'une belle fille que j'ai rencontrée il y a deux mois aux eaux de Spa, avec une famille anglaise. Je n'y pensais plus très souvent, et voici une lettre qui me réveille ma passion endormie.

— Que vous annonce-t-elle ?

— Elle m'annonce que la chaste fille vient de refuser les offres d'un souverain, épris de ses charmes, lequel la voulait faire comtesse avec cent mille livres de rentes. Elle a préféré son médiocre état de gouvernante aux richesses et aux honneurs illégitimes.

— Cela vous laisse peu d'espoir.

— J'en conviens. Cependant le souverain est vieux et laid, ce qui peut être une explication de la vertu. Je puis me faire aimer, moi !

— Oui, par devant notaire.

— Oh ! quant à cela, cousin, n'en parlons pas, je vous prie.

— Ce que j'ai à vous conseiller alors, mon jeune ami, c'est de jeter de côté ces pensées, à quoi bon perdre son temps à des chimères ? A votre âge, je n'aurais pas laissé passer l'occasion que vous trouvez ici.

— Et laquelle ?

— La duchesse, parbleu.

— La duchesse ?

— Je le crois bien, vous êtes jeune, vous êtes beau, vous êtes brave.

> Rien ne plaît tant aux yeux des belles
> Que le courage des guerriers.

— Mon cher cousin, je ne suis pas guerrier, et, à mon avis, la duchesse n'est pas belle.

— Profane !

— C'est comme cela.

— Alors j'ai bien mauvaise idée de votre déesse de là-bas, avec un goût semblable.

— Il n'en est pas moins vrai que si je pouvais la revoir...

— Qui sait ? les montagnes seules ne se rencontrent pas !

Après une semaine d'attente, d'espoir, de crainte, et d'inquiétudes successives, le médecin déclara enfin la petite fille hors de danger, il fit même espérer qu'aucunes marques ne défigureraient son joli visage. L'on prenait soin qu'elle n'y portât pas les mains. Béatrix faillit devenir folle de joie.

Quelques jours après, madame de Chamarante, justifiant les

prévisions du docteur, vaincue par la fatigue, imprégnée du mauvais air, se mit au lit, prise d'une forte fièvre ; sa maladie offrit les mêmes symptômes que ceux de sa petite-fille, et presque tout de suite on la déclara dans le plus grand danger.

XV

MADAME DE CHAMARANTE

Ces deux coups successifs étaient trop lourds pour la pauvre Béatrix ; peu s'en fallut qu'elle n'y succombât. A peine elle quittait le lit de sa fille qu'elle dut s'établir au chevet de sa mère, de sa mère, si bonne, si dévouée, si idolâtre de son bonheur.

Le jour même où la maladie fut *baptisée*, la marquise se rendit chez madame d'Alagny :

— Mon amie, lui dit-elle, j'ai accepté votre dévoûment tant que mon enfant seule a été attaquée. Malgré ma tendresse passionnée, je reconnais à M. de Monza, à ma mère, le droit de la veiller. Mais maintenant l'épidémie fait des progrès réels ; personne ne doit approcher de ma mère, si ce n'est moi je ne pourrai plus vous voir ; mon mari vous fera les honneurs de notre logis, et, je vous le dis franchement, vous êtes trop belle, trop charmante, pour que je sois sans inquiétude. Cette préoccupation, cette souffrance me suivraient même dans ma douleur. Je vous en supplie, je vous en conjure, partez, laissez-moi soigner celle qui m'a aimée au-dessus de toutes créatures en ce monde, nous nous reverrons lorsque je serai tranquille. Je vous donne la plus grande preuve de confiance que je puisse donner à une sœur, j'avoue mes faiblesses, j'avoue ma défiance de moi-même ; je suis jalouse, je le suis avant toutes choses, et...

— Oh ! ma chère, quelle *infirmité* vous avez là.

— *Infirmité* dont je mourrai peut-être, madame la duchesse. Mais elle domine chez moi tous les autres sentiments. J'aime ma mère, parce qu'elle a été la providence de ma vie ; j'aime ma mère, parce qu'elle m'adore, parce qu'à moins d'être un monstre, la reconnaissance que je lui porte doit passer avant ma propre existence ; mais mon mari, oh ! mon mari, je ne vous dirai jamais ce que je sens pour lui. Cet amour tient aux dernières fibres de mon cœur ; cet amour, c'est moi : cet amour, c'est mon avenir, c'est ma destinée. J'aime ma fille parce qu'elle est la sienne, et, faut-il vous le dire, je crois que je préférerais l'enfant d'une autre femme, qui serait à lui, à un enfant à moi qui ne lui appartiendrait pas. C'est de la folie, madame, n'est ce pas ? Je n'y puis rien faire, je l'éprouve ainsi. Il me serait impossible de penser un instant à un autre ; un mot, un regard, un sourire d'Amédée me font pleurer ou sourire pendant des heures entières. Vous le voyez, un pareil amour est respectable, surtout lorsque le ciel et ses ministres l'ont sanctifié. Vous ne voulez pas ma perte, ma mort, ma désolation, partez donc, chère duchesse, afin que si Dieu m'enlève ma mère, il me laisse au moins mon mari.

La duchesse la regarda, saisie d'un étonnement et d'une pitié profonde. Cette femme d'un grand esprit, connaissant le monde et le cœur humain, comprit quel avenir de malheur il y avait dans un pareil amour, avec le caractère du marquis et celui de sa jeune compagne.

— Je vous remercie de me juger assez bien pour me croire digne d'une semblable confidence, je ne tromperai pas votre espoir. Puisque mon départ est nécessaire à votre repos, je partirai, mais permettez-moi de vous dire auparavant ce que je pense. Cachez à votre mari la violence de votre passion et de votre jalousie, cachez-la-lui comme un crime ; ou il en abuserait, ou vous l'ennuieriez ; de toute manière votre bonheur et votre repos sont compromis. Si vous ne pouvez vous empêcher de l'aimer ainsi, qu'il n'en sache rien, souffrez-en seule ; je dis *souffrez*, car une affection aussi déraisonnable ne peut engendrer que de la souffrance. Laissez-lui ignorer cette conversation, elle présente une légère teinte de ridicule, dont son amour-propre se blesserait. Un homme gardé ainsi, à la façon de la chaste Suzanne, c'est drôle ; beaucoup de gens pourraient en rire, et ces messieurs n'acceptent pas volontiers les rires des gens. Je suis aussi franche que vous, vous le voyez, ma chère petite, je vous en demande pardon, et je pars. Je vais afficher une peur effroyable de la petite-vérole, que je n'ai point, et me faire atteler mes chevaux. On se moquera de moi, on m'appellera ingrate, femmelette, je brave tout, c'est de l'héroïsme ; heureusement vous savez la vérité, et vous me rendrez justice, je l'espère.

— Vous êtes bonne, madame la duchesse !

— Mon Dieu, non, mais je comprends tout, le bien comme le mal. Quand on a beaucoup vu, on en arrive là, avec un peu de sens commun. Ne vous inquiétez pas trop de madame votre mère, ne vous obstinez pas à rester près de son lit aux dépens de votre santé. On la sauvera ; n'a-t-on pas sauvé Flavie ? Adieu, embrassez-moi et au revoir ! vous serez plus tranquille alor, sans doute.

Béatrix conduisit la duchesse jusqu'à sa voiture, pendant que son mari, occupé d'affaires indispensables, s'était rendu à une de ses principales fermes, brûlée la nuit précédente. La séparation des deux *amis* fut très touchante, elles se firent mille promesses, mille protestations, lesquelles se résumèrent ainsi :

La duchesse, au moment où ses chevaux tournaient la grille, pensait, en envoyant un baiser à Béatrix :

— La pauvre créature est stupide. Elle va lasser le marquis, et c'est un ménage perdu, avant un an d'ici. Peut-on gâter ainsi sa vie ! Je suis bien aise d'en être loin, je ne m'en mêle plus. J'ai là une trop sotte élève.

Au même instant madame de Monza, renvoyant le même baiser, se disait à elle-même :

— Elle peut regarder ce beau Nehillé, ainsi qu'elle l'appelait tout à l'heure, car elle n'y rentrera plus ; cette duchesse est trop dangereuse. Amédée me la cite sans cesse pour modèle, cela irait trop loin.

Et tout cela dans un baiser ! Ainsi est le monde. En rentrant, le marquis apprit avec contrariété le départ de madame d'Alagny. Elle l'amusait, et c'est une chose si essentielle dans la vie que d'amuser les gens ! Combien de ruptures, combien de cruautés, combien de crimes même l'ennui a-t-il causés ! Les femmes ne se persuadent pas assez de cette vérité incontestable. Elles se drapent fièrement dans leurs vertus et dans leur amour, s'étonnant ensuite que leurs maris les fuient pour des riva es sans amour et sans vertu. Le secret est dans ces mots : Les rivales les amusent, et vous les ennuyez. Certes, il serait bien plus beau, bien plus digne, de retenir ces infidèles par les seules joies, les seuls devoirs du foyer domestique ; si les hommes étaient parfaits, on n'aurait pas à lutter avec des séductions étrangères. Les hommes sont malheureusement plus imparfaits que nous encore, parce qu'ils ont l'orgueil de leur force et de leur puissance.

Prenons donc les moyens de les vaincre, et ces moyens sont en nous, si nous savons en faire usage. Mettons en pratique pour le charme de notre intérieur, ce que de dangereuses Circé prodiguent pour le détruire. Dieu est juste, la sainte cause doit triompher. Là est l'émancipation des femmes bien plutôt que dans les théories absurdes qu'on leur prêche. Elles peuvent être reines chez elles, elles peuvent tenir à la fois le sceptre de leur maison et celui de la société. Laissons à l'autre sexe les préoccupations de la politique et des affaires ; employons notre intelligence à diriger adroitement et heureusement notre existence et celle de ceux qui nous sont chers, et puis laissons voguer la nacelle publique. Simples passagères, occupons-nous d'en embellir le voyage. Tressons des couronnes pour les vainqueurs, et préparons des consolations aux vaincus ; soyons femmes, enfin, dans toute l'acception de ce mot qui dit à la fois fille, épouse, amante et mère, jetons loin de nous les rivalités et les folles espérances. Réunissons autour de nous ceux qui s'égarent. Nous pouvons beaucoup pour l'avenir du monde ; ne dissipons pas en querelles et en orages ce que Dieu nous a donné de séductions et d'entraînements ; montrons nous dignes de la place qu'il nous a faite, et on ne nous la disputera plus.

La pauvre Béatrix retourna près de madame de Chamarante, et malgré les prières instantes de celle-ci, malgré les supplications, les ordres même de son mari, elle s'installa à son chevet sans consentir à la quitter une minute. La maladie faisait des progrès effrayants, les médecins s'étonnaient qu'une personne aussi délicate pût supporter si longtemps une fièvre et des souffrances si terribles. Ils ne cachaient pas au marquis leur inquiétude, pourtant madame de Monza se flattait encore, et ou ne voulait détruire ses illusions que le plus tard possible.

Une nuit elle veillait avec sa femme de chambre auprès de la vicomtesse, dormant d'un sommeil agité, et appelant sans cesse sa fille chérie. Béatrix pleurait, elle comprenait quel appui, quelles consolations lui enlèverait la mort de sa mère. Et elle n'osait envisager en face un pareil malheur.

— N'est-ce pas, Joséphine, ma mère ne mourra pas, le docteur ne l'a-t-il pas dit ce matin ?

— Je ne sais, madame ; je n'étais pas présente à la visite, répondit la jeune fille embarrassée.

— Je la trouve mieux qu'hier : sa maladie suit exactement le même cours que celle de Flavie, elle aura le même résultat.

— Probablement, madame.

— Vous avez l'air de ne pas penser ce que vous dites, Joséphine. Est-ce que vous me cachez quelque chose? Est-ce que le médecin vous aurait dit?...

— Rien, madame, je vous assure.

— Et à monsieur? reprit-elle, inquiète, l'œil fixé sur sa femme de chambre.

— Je... ne sais pas, madame.

— Vous le savez, je vous jure que vous le savez, et que vous allez me le répéter à l'instant. Quoi! vous, une étrangère, vous seriez plus instruite que moi sur le véritable état de ma mère? Quoi! ma mère me serait enlevée, je n'aurais plus que quelques heures peut-être à passer auprès d'elle, et on ne m'en aurait pas prévenue?

— Mais, madame, si cela était, on aurait voulu épargner à madame la marquise de tristes moments.

— M'épargner lorsque ma mère va mourir! car elle va mourir, je le vois bien maintenant. Et M. de Monza me laisse seule, et il n'est pas là pour me soutenir de sa présence, de son amour. Oh! si son père pouvait le comprendre, si son père était à l'agonie, je ne l'abandonnerais pas, moi! Allez éveiller monsieur, Joséphine, dites-lui qu'il vienne sur-le-champ.

— Mais, madame, monsieur dort, M. le marquis est fatigué, il ne sera pas content; j'assure à madame qu'il me recevra fort mal. D'ailleurs, madame la vicomtesse n'est pas plus malade.

— Elle râle, ne l'entendez-vous pas? Appelez le marquis, vous dis-je, et ne vous avisez pas de raisonner davantage.

Et, se précipitant vers madame de Chamarante, elle se jeta à genoux près de son lit, éclatant en sanglots, sans calculer qu'elle pouvait éveiller la malade, seulement parce que son imagination l'emportait, suite indispensable de ce caractère, voyant tout à travers la passion, s'exaltant, s'emportant à la moindre idée, ne jugeant, ne comprenant rien avec calme, avec réflexion; ce caractère déplorable, malheureux entre tous; malheureux pour lui-même, car il n'existe ainsi ni paix ni repos sur la terre; malheureux pour ceux qui l'entourent, car s'il rencontre de nobles natures, il les désole; s'il rencontre des natures médiocres, il les repousse; s'il rencontre des natures perverses, il les excite au mal, par la contradiction perpétuelle.

Amédée arriva à moitié vêtu, les yeux gros de sommeil, et l'inquiétude peinte sur le visage.

— Qu'y a-t-il, chère amie, qu'as-tu? demanda le marquis.

— Ma mère se meurt, Amédée, et je ne veux pas rester seule dans un pareil moment.

— Ta mère se meurt! Comment? Est-elle plus souffrante? Mais non, elle repose, elle ne se plaint pas davantage. Qui a pu te donner de nouvelles inquiétudes?

— Vous le savez fort bien, Amédée, le médecin vous en a prévenu, Joséphine me l'a avoué.

— Joséphine a eu tort de vous tourmenter, ma chère, nous n'en savons pas plus que vous. Votre mère est fort malade, j'en conviens, cependant le danger n'est pas immédiat, on peut...

— Il y a donc un affreux danger, tu l'avoues, et tu veux me quitter!

— Béatrix, toujours des reproches! Crois-tu donc que mon affection te manquera! Mais j'ai vu ta mère tranquille, j'étais harassé, je viens de passer trois nuits de suite, j'ai couru ce matin à cheval pendant plus de six heures, j'ai cru pouvoir me reposer quelques instants. Si tu accuses mon cœur et non mes forces, je vais rester ici.

— Oh! non, non, s'écria-t-elle en se jetant dans ses bras; non, va te recoucher. C'est moi qui suis une folle, une injuste créature. Je ne veux pas que tu te fatigues davantage; va!

— Et si tu m'en croyais, tu ferais comme moi, Béatrix. Joséphine éveillera Angèle, elles resteront toutes deux; madame de Chamarante n'a pas besoin de toi.

— Je ne laisserai pas ma mère un seul instant.

— Pas même si je t'en priais? insista-t-il en l'embrassant.

— Pas même si tu m'en pries. Je suis très bien, moi, et l'inquiétude m'empêcherait de dormir. Va!

— Tu ne m'en veux pas, au moins?

— Non. Va, va; je t'en prie.

— Je t'obéis, à condition qu'on m'éveillera si tu as le moins du monde besoin de moi.

Elle le regarda sortir, disant, en branlant la tête:

— Oh! s'il m'avait bien aimée, il n'eût pas cédé si vite! Est-ce que je songe à dormir, moi!

Et selon la coutume des êtres passionnés, c'est-à-dire exceptionnels, elle jugeait les autres d'après la passion, le plus faux, le plus préjudiciable de tous les jugements, car il exclut l'indulgence. Tout est relatif: pourquoi donc exiger d'un arbrisseau la même vigueur que d'un chêne? Pourquoi deman-

der à une âme froide des dévouments impossibles, je dis plus, incompréhensibles pour elle? De là viennent nécessairement une injustice, une inconséquence très simple. Le cœur cède, mais la passion combat.

Le lendemain, la vicomtesse se trouva plus mal encore, son état empirait à chaque instant. L'inquiétude et la douleur de sa fille ne connurent plus de bornes. Elle fut bientôt presque aussi malade que sa mère. Son mari employa les ruses de l'affection la plus vraie pour tromper ce désespoir, et pour lui offrir, dans cette affection même, une consolation efficace. Installés près l'un de l'autre, à ce lit de mort, s'appuyant l'un sur l'autre, ils offraient un tableau touchant de l'avenir, en face du passé prêt à disparaître.

Madame de Chamarante conservait sa connaissance. Se sentant près de sa fin, elle appela son gendre, sa fille et Robert, lorsqu'elle eut reçu les sacrements de l'Eglise.

— Béatrix, dit-elle d'une voix ferme, je te laisse heureuse, je meurs tranquille, et rappelle-toi bien ceci : Si le bonheur te quitte, ce sera ta faute, non celle de ton cœur, mais de ta tête, qu'il te faut régler toi-même. Hélas! je t'ai trop aimée, je n'ai pas besoin de te parler de ta fille, tu l'élèveras bien, je l'espère. Vous, Amédée, je vous lègue mon bien le plus cher, l'affection unique de mon âme, mon enfant! Soyez toujours bon pour elle, rendez-lui l'amour qu'elle vous porte, ménagez cet amour si susceptible et si facile à blesser, enfin conduisez-vous de manière à ce que, lorsque vous viendrez me rejoindre où je vais aller, je vous y reçoive avec la bénédiction d'une mère reconnaissante. Robert, vous êtes le seul parent, le seul protecteur de l'orpheline, si Dieu lui enlève celui auquel je l'ai unie. Je vous en conjure, ne l'abandonnez jamais, veillez sur elle, soyez son ami ou son frère, faites pour elle ce que j'ai fait pour vous, lorsque la mort de vos parents vous ôta leurs soins dévoués. Vous me le promettez, n'est-ce pas? Restez unis tous les trois, vivez les uns près des autres, le plus que vous le pourrez. Les meilleurs amis sont la famille, croyez-moi. Je mourrai tranquille à l'abri de vos promesses, sans inquiétude pour ma Béatrix, pour ma petite-fille ; vous serez là, Amédée, vous serez là, Robert, vous les préserverez de tous les maux, de tous les dangers, j'y compte, j'y compte, mes fils!

Les jeunes gens sanglotaient, Béatrix était mourante, elle couvrait sa mère de baisers, au risque de se communiquer l'infection mortelle. Elle ne pleurait plus, ses larmes étaient taries, mais sa poitrine semblait prête à se fendre sous ses efforts déchirants. L'agonie dura ainsi plusieurs heures ; enfin, sur le soir, madame de Chamarante mourut.

Une voiture tout attelée attendait la marquise pour la conduire au château de Manières, où Flavie était déjà. On la transporta inanimée; son mari se plaça à côté d'elle. Un domestique lui remit des lettres arrivées par le courrier, il allait les serrer indifféremment dans sa poche, lorsque l'écriture d'une d'elles le frappa comme d'un coup douloureux. Il en rompit vivement le cachet, et, après avoir regardé la signature, il poussa un cri étouffé, en jetant un regard d'effroi sur la marquise encore anéantie.

XVI

RETOUR VERS LE PASSÉ

La comtesse de Manières reçut madame de Monza avec le respect et la délicatesse de cœur que méritait une grande affliction; elle l'installa dans le meilleur appartement du château, où on lui prodigua tous les soins d'une sympathie intelligente. Amédée, toujours préoccupé, toujours rêveur, répondait sans entendre : une distraction profonde s'emparait de lui, il avait évidemment reçu des nouvelles étranges. Il resta quelques heures près de sa femme, puis il retourna à Neuillé, afin d'aider Robert dans les préparatifs et les dispositions funèbres. Le baron de Chelles s'était bien à Manières, pleurant la perte de sa cousine sur toutes les lyres du Consulat et du Directoire, et se répétant sans cesse, au milieu de ses larmes :

— La vicomtesse avait huit ans et trois mois de moins que moi. C'est effrayant de mourir ainsi. Pourvu que Béatrix n'ait pas pris la petite-vérole et ne nous la passe pas à tous ici. J'ai grande envie de m'en aller !

L'égoïsme est au fond de presque toutes les douleurs de ce monde.

A peine seul dans sa voiture, le marquis sortit la lettre de sa poche et la relut deux fois attentivement. Nous pouvons en connaître le contenu, en notre qualité d'historien autocrate, et nous allons le faire savoir au lecteur.

La lettre était signée Ernest. Elle venait de Londres, et voici ce qu'elle renfermait :

« Vous allez être fort surpris de ma hardiesse, *mon cher
« cousin*, car, malgré ce que cela peut apporter de contrarié-
« tés dans votre orgueil, vous êtes, ou pour mieux dire, tu es
« mon cousin, mon neveu à la mode de Bretagne même, si je
« ne me trompe. Ta conscience aristocratique se révoltera en
« songeant que moi, pauvre paria, j'ose m'adresser à toi pour
« te demander un service, un service que tu me rendras, j'en
« suis sûr, car il s'agit d'une dette sacrée, et je ne crois pas
« parler en vain à ton souvenir en invoquant le nom de mon
« père. Quelque singulier que cela te paraisse, je suis ici reçu
« dans la meilleure compagnie, j'ai des succès de salon et de
« club, voire même de sport, je tiens le haut du pavé, et tu
« peux demander à n'importe quel membre de la fashion, s'il
« connaît le comte de Jausselière, gentilhomme poitevin, il
« n'en est pas un qui ne s'en fasse honneur. Le comte de
« Jausselière a beaucoup d'esprit, beaucoup d'élégance, beau-
« coup d'effronterie, si tu veux, mais il a souvent la bourse
« vide, et, comme Figaro, je te dirai que vous autres élus de la
« Providence, vous ne vous doutez pas de ce qu'il faut de génie
« pour vivre ainsi que je le fais, je conduirais plutôt toute la
« diplomatie européenne. Je me trouve dans un embarras im-
« mense : j'ai joué, j'ai perdu *noblement* deux mille louis,
« juste comme avec toi, tu sais? Tu sais aussi que je suis
« beau joueur, que je suis incapable d'une mesquine bassesse.
« Je n'ai donc pas la plus petite réclamation à faire à mes ad-
« versaires, tout s'est passé dans les règles. Mais *mes ren-
« trées* ne s'effectuent pas dans ce moment-ci ; j'ai signé un
« billet, ce billet va échoir ; les lois sur les étrangers sont
« fort sévères, si je ne m'exécute pas, on me mettra en prison,
« la police se mêlera de mes affaires, on découvrira les mystè-
« res cachés, et notre famille se trouvera de nouveau exposée
« au désagrément d'une publicité stupide et impertinente. Ma-
« dame de Monza, a eu, m'a-t-on dit, un legs considérable de
« son tuteur ; mes amis pourraient bien glisser dans le monde
« que je me suis adressé à elle, afin d'obtenir le moyen de
« préserver la mémoire de mon père d'une nouvelle offense,
« et que je n'en ai rien obtenu. Tu comprends, Amédée, que
« des esprits chagrins préven s verraient là une manière un
« peu brutale de vénérer l'honnête homme qui n'est plus. Je te
« vois sourire à ce mot : *mes amis*; tu m'en crois dépourvu,
« tu supposes, avec l'innocence de ton âme, que ce que vous
« appelez mon crime, et ce que je nomme, moi, une fatalité
« heureuse et nécessaire, m'a privé de tout intérêt ici-bas.
« Pauvre fou ! tu oublies ceux qui me craignent, ceux qui ont,
« ou qui ont eu, ou qui auront besoin de moi ; tu oublies la
« grande classe des indifférents et des égoïstes, jouissant de
« mon esprit, de ma gaîté, de mon argent sans s'inquiéter de
« mes antécédents inconnus ; tu oublies les femmes à qui mon
« caractère et ma figure imposent une sympathie presque gé-
« nérale ; tu oublies enfin ces esprits exaltés qui se passion-
« nent pour les criminels énergiques, pour les Jean Hogar,
« les Fra-Diavolo, les Zampa ! Tout être qui sort de la ligne
« commune, soit en bien, soit en mal, est certain d'éveiller
« l'attention, la curiosité, souvent plus encore, et il faut le
« dire à la louange de l'humanité, ce m l a généralement un
« succès plus positif. Mon énergie, ma volonté immuable
« m'ont valu dernièrement une conquête sans prix, celle d'une
« femme aussi énergique, aussi volontaire que moi. Je l'ai
« subjuguée de force, cette jeune fille, la plus pure et la plus
« sévère que je sache. Elle m'a aimé en dépit d'elle-même, elle
« a cédé à mon omnipotence, à ma fascination, et il est très
« possible que, pour braver les préjugés, j'en fasse bientôt
« une comtesse de Jausselière. Je t'en ferai part en temps utile.
« Tu vois que je ne te cache rien, tu lis dans mon âme et dans
« mes projets. Je te connais de longue date, Amédée, je sais
« ta faiblesse, ton irrésolution, et permets-moi de te le dire,
« les mauvais instincts qui dorment chez toi. Tu es honnête
« par éducation et par vergogne; pourtant vienne l'occasion,
« vienne la nécessité, et qui sait? — Ne va pas croire que je
« t'injurie, au moins, je pense tout haut, nous sommes bons
« amis, bons parents, et je te promets de n'en rien dire à personne.
« J'attends les deux mille louis par le retour du courrier.
« Pour toi, c'est une bague au doigt, tu vendras quelques ren-
« tes et il n'y paraîtra pas. Si je ne reçois rien, je m'adresse-
« rai à madame de Chamarante et à madame de Monza, elles me
« comprendront peut-être mieux que toi. Et, en désespoir de
« cause, si je ne suis pas mieux reçu par elles, eh bien, ma
« foi ! je dirai : mon rôle est fini, jouons la dernière scène ! Je
« me laisserai prendre, je me nommerai, je confesserai le
« passé et le présent, l'avenir, pour le peu qu'on m'en prie ;
« on obtiendra l'extradition, on me conduira à Paris; vous
« aurez la joie de voir instruire mon procès, de paraître
« comme témoins, de m'entendre condamner, de lire chaque

« matin dans les journaux huit colonnes de mes faits et gestes,
« et de pouvoir m'accompagner en place de Grève, pour ap-
« prendre du dernier de ma race comment on monte sur l'é-
« chafaud. C'est à toi de choisir : quant à moi, je t'assure que
« je n'y tiens guère, et que, sans la petite fille dont je t'ai
« parlé et qui m'occupe plus que de raison, je ne serais pas
« fâché de terminer ce roman d'une façon éclatante. Ce n'est
« peut-être qu'une partie remise, et quand je m'ennuierai trop, je
« puis toujours en arriver là : adieu, mon bon cousin, parle
« de moi à ta femme, si tu veux, à ta belle-mère, si tu peux.
« Mon père, le pauvre homme ! est bien cause de tous mes
« malheurs. Je le lui ai dit; s'il eût consenti à me faire officier
« et à me donner Béatrix, je serais aujourd'hui colonel et père
« de famille estimé et aimé comme toi.
« A propos, on dit que ta femme t'aime trop; prends-y garde,
« les excès mènent loin !

« Tout à toi,
« ERNEST, comte de JAUSSELIÈRE. »

M. de Monza replia cette lettre étrange et se mit à réfléchir.
Il ne comprenait pas cette audace, cette verve de scélératesse
et de parti pris de honte éclatant à chaque ligne. Il ne comprenait pas surtout cet homme vivant, joyeux, sans remords,
presque honoré, recherché du moins, après l'infamie, après le
meurtre. Ses notions du bien et du mal se confondaient, il ne
savait plus lequel croire de ses principes ou de ce qu'il avait
sous les yeux.

— Mon Dieu ! se dit-il, comment donc est-il possible de
supporter gaîment une pareille vie? Quoi ! les spectres ne tourmentent pas le sommeil du coupable ! Quoi ! sa conscience ne
le poursuit pas sans relâche ! Quoi ! la société tout entière ne
se lève pas pour le repousser ! J'avais toujours cru un gentilhomme, un homme de la société incapable d'un crime ; l'exemple d'Ernest m'a forcé à accepter cette vérité horrible ; je supposais au moins qu'après ce moment d'aberration, de folie il
ne restait plus qu'à se brûler la cervelle. Et on existe cependant !

Arrivé à Neuilly, le marquis communiqua à Robert la demande d'Ernest. Tous les deux convinrent qu'il fallait la cacher
soigneusement à la triste Béatrix, mais qu'il était nécessaire
d'y faire droit sur-le-champ.

— Hélas ! dit Robert, quel dommage ! Ernest était né avec
une intelligence si remarquable, un caractère si énergique !
Mon oncle s'est trompé, je le crois dans la direction qu'il lui
a donnée. Je ne connais pas un homme plus séduisant, plus
irrésistible, mais je plains la pauvre fille qu'il a subjuguée. Si
son intérêt s'y trouve, il la traitera comme Sophie.

Le convoi de madame de Chamarante se fit avec toute la
pompe, toute la richesse que nécessitaient sa fortune et sa position. Le marquis, Robert et M. de Chelles conduisirent le
corps à Paris, dans la sépulture de famille, puis ils revinrent
chercher Béatrix, qui désirait quitter la campagne, où sa douleur prenait chaque jour une nouvelle violence.

Après avoir remercié madame de Manières de son hospitalité
bienveillante, l'orpheline monta en voiture, avec son mari et ses
cousins, et retourna à l'hôtel de la rue de Vendôme.

Elle n'y rentrait jamais sans émotion, mais cette fois ce fut
une douleur réelle. Depuis qu'elle était née, sa mère l'avait
aimée par-dessus toute chose : elle trouvait en elle cette adorable bonté, cette indulgence inépuisable qu'un cœur maternel
peut seul renfermer ; elle n'était jamais venue *chez elle* sans sa
mère, ou du moins sans y être attendue par elle ; aussi lorsqu'en approchant du grand perron, au lieu de ses bras ouverts
pour la recevoir, au lieu de cet accueil si tendre, de ce sourire de joie auxquels elle était accoutumée, elle n'aperçut qu'un
groupe de serviteurs en larmes, elle se jeta sur le sein d'A-
médée en sanglotant et s'écriant incessamment :

— Je n'ai plus que toi ! je n'ai plus que toi !

— Sois raisonnable, Béatrix, pense à la fille, ne l'effraie pas
par ces éclats immodérés ; vois, la pauvre enfant ne sait plus
ce que cela signifie.

La vieille femme de charge, tous les gens de madame de Chamarante entouraient le marche-pied et se précipitèrent à la fois
pour soutenir leur maîtresse.

— Soyez tranquilles, mes amis, dit le marquis, madame de
Monza vous garde tous. Vous habiterez l'hôtel comme si notre
mère vivait encore, et vos bons services seront reconnus.

Un murmure de satisfaction respectueuse se fit entendre, et
madame Angèle répondit au nom de tous à travers ses pleurs :

— Merci, monsieur le marquis, merci, madame la marquise.

— C'est la volonté de ma mère, reprit Béatrix d'une voix
mourante, vous devez la remercier, et non pas nous.

La marquise s'établit dans l'appartement de madame de Chamarante, malgré les supplications d'Amédée, et y resta presque seule les deux premiers jours. Elle n'y supportait que son mari, et refusa même d'y recevoir Robert et Flavie. L'enfant resta confiée entièrement aux soins de sa gouvernante, sous la surveillance de son père. Madame de Monza demandait simplement de ses nouvelles, et puis elle se remettait à pleurer dans les bras du marquis.

Cet état de choses dura quelques semaines : la porte resta strictement fermée ; pas un parent, pas un ami n'approcha de la chambre de deuil. Enfin, Amédée, tremblant pour la santé de sa femme, exigea qu'elle recevrait Robert.

— Tu le dois, mon amie, lui dit-il, tu as à remplir envers lui la volonté de ta mère, et je m'étonne que tu n'y aies pas encore songé.

— La volonté de ma mère ! et laquelle ?

— Le testament dit expressément que le comte Robert de Chamarante voudra bien accepter un appartement dans notre hôtel, et même notre table, si cela lui est agréable.

— C'est vrai, je l'avais oublié. Je n'ai plus une idée, je souffre tant. Appelle mon cousin, je te prie.

Robert se sentit fort ému en face de Béatrix, qu'il trouva très changée ; en lui baisant la main, il y laissa tomber une larme.

— Ma mère désire que vous demeuriez ici, Robert, le voulez-vous ?

— La volonté de ma chère tante s'accorde avec mon cœur, Béatrix, je serai heureux de ne pas vous quitter.

— Et vous resterez mon frère, n'est ce pas ? comme en notre enfance ; vous aimerez Amédée autant que moi, et Flavie autant qu'Amédée ?

— Chère cousine, ne sommes-nous pas à nous deux toute notre famille ? Hors vous et moi, qui donc porte le nom de Chamarante ?

— Je compte aller aujourd'hui *voir ma mère*, je suis assez forte pour cette visite à laquelle M. de Monza s'est opposé jusqu'à présent ; vous viendrez, je l'espère.

— Ce n'est pas la première, chère cousine, et je puis vous servir de guide.

Nous y conduirons Flavie, je veux l'accoutumer de bonne heure à ses devoirs. Sonnez, Robert, afin qu'on prévienne la gouvernante.

— La gouvernante et Flavie sont sorties depuis ce matin, ma chère, je les ai envoyées à Auteuil chez la duchesse d'Alagny, répliqua Amédée.

Béatrix devint très rouge.

— Vous avez envoyé ma fille chez madame d'Alagny sans mon autorisation ! On dispose ainsi de ma fille, et je l'ignore ! On va faire courir un domestique et la rappeler sur-le-champ. Mademoiselle Perrin me semble un peu hardie de prendre sur elle de pareilles libertés.

— Mademoiselle Perrin n'a rien pris sur elle, mon amie, c'est moi qui, trouvant Flavie pâle, et pensant que l'air lui ferait du bien, l'ai envoyée à la duchesse, qui me la demandait.

— Ah ! vous avez vu la duchesse ! et quand cela ? et où cela ?

— Je n'ai point vu la duchesse, elle m'a écrit.

— Où est la lettre ?

— Je l'ai perdue.

— Amédée !

— Ma petite cousine, interrompit Robert en lui prenant les mains avec un sourire, ne vous fâchez pas, j'irai chercher Flavie.

— Bien vrai, Robert ?

— Tout de suite.

— Allez donc, et revenez vite. Je vous remercie, mon cousin ; vous êtes bon et attentif, vous ! Allez, je vous attends.

Le comte s'échappa, satisfait peut-être d'éviter une scène de ménage.

Dès qu'il eut fermé la porte, la marquise regarda son mari, appuyé contre la cheminée.

— Vous avez donc perdu cette lettre, Amédée ? C'est fort extraordinaire.

— C'est, au contraire, très simple ; je n'y ai attaché aucune importance, et je ne sais ce qu'elle est devenue.

— Très bien ! Vous comprenez, je suppose, que tout ceci ne passera pas inaperçu. Il vous convient de faire conduire ma fille chez une étrangère, sans mon autorisation ; vous êtes son père, je ne puis vous en empêcher ; mais quant à la demoiselle que j'ai placée, moi, auprès de mon enfant, qui n'a d'ordres à recevoir que de moi, elle ne couchera pas ici ce soir, je vous le certifie. Nous verrons qui est la maîtresse de moi ou d'elle.

— Renvoyer mademoiselle Perrin pour cela ! Béatrix, vous n'y pensez pas sans doute.

— J'y pense, et cela sera.

— Je m'y oppose formellement.

— Vous !

— Oui, je m'y oppose. C'est injuste, c'est stupide, cela ne sera pas.

— Ah ! vraiment ! votre femme, la marquise de Monza n'aura pas le droit de renvoyer une gouvernante qui lui a désobéi. Prétendez-vous donc me tenir en tutelle ?

— Hélas ! ma chère, je ne cesse de vous prêcher au contraire, pour que vous soyez souveraine absolue. C'est vous qui me refusez.

— Et lorsque je manifeste ma volonté, vous y *opposez* la vôtre.

— Vous êtes déraisonnable.

— Je suis mère et je suis votre femme. La gouvernante partira.

— Non.

— Elle partira, vous dis-je !

— Non.

— Et quelles raisons avez-vous d'en empêcher ? Si elle n'était pas si laide... Et encore, ce n'est pas un obstacle. Les hommes !

— Oh ! Béatrix ! la gouvernante de ma fille !

— Qu'est-ce que cela fait pour vous, messieurs ?

— Vous ne pensez pas ce que vous dites.

— Je le pense. Et si vous vous refusez encore à son renvoi, je n'en douterai plus.

— Mon Dieu ! pensa Amédée, il n'y a pas moyen de vivre avec cette femme-là. Mais, reprit-il tout haut, mais...

— Mais, le voulez-vous oui ou non ?

— C'est absurde, je vous le répète.

— Songez-y ! Elle ou moi. Obstinez-vous à la garder, j'emmène ma fille, et je me retire à l'Abbaye-aux-Bois.

— Vous êtes folle, Béatrix.

Et la discussion dura de la sorte plus de deux heures, jusqu'à ce qu'enfin le marquis fatigué se laissa arracher cette parole, dont les femmes ne se méfient pas assez et qui est si menaçante de tempête :

— Faites ce que vous voudrez, et laissez-moi tranquille.

Béatrix se contenta de ce consentement forcé, et lorsque Flavie revint accompagnée de Robert et de la gouvernante, elle renvoya l'enfant dans sa chambre, et retenant mademoiselle Perrin :

— Mademoiselle, lui dit-elle, vous allez passer chez M. Gaucher, vous lui rendrez les comptes de la maison, et vous lui demanderez les vôtres. Il vous paiera trois mois de gratification de la part de M. le marquis, et vous voudrez bien quitter l'hôtel ce soir même.

— Mais, madame la marquise, comment ai-je mérité...

— Votre système d'éducation ne me convient pas, mademoiselle, et la gouvernante de ma fille doit avant tout et uniquement obéir à sa mère. Je vous souhaite plus de succès ailleurs. Adieu.

XVII

LE VER DANS LA FLEUR

Quelques années se passèrent dans cette alternative et dans ces discussions, qui, semblables à la rouille sur le fer, rongèrent peu à peu la chaîne imposée à Amédée par Béatrix. Il serait inutile et fastidieux de raconter jour par jour l'histoire de cette décrépitude du bonheur, qui finit par s'éteindre et par faire place à une existence troublée, sans charme et sans union. Le marquis céda d'abord à sa femme par amour, puis il céda par faiblesse, puis il céda par habitude, ensuite par lassitude de combattre, jusqu'à ce que l'occasion se présenta de secouer ce joug insupportable et de conquérir sa liberté.

La duchesse d'Alagny se reprit d'une affection et d'une pitié réelle pour Béatrix, elle essaya de se remettre dans sa confiance, elle voulut de nouveau diriger sa vie ; Béatrix se refusa à toute liaison ; son aveugle jalousie la poussa à méconnaître l'intérêt véritable de cette femme, une des colonnes de la société parisienne, et elle réussit à s'en faire une ennemie, d'autant plus dangereuse, qu'elle avait été plus froissée.

La duchesse dit tout haut un jour dans son salon où l'on parlait de la jalousie proverbiale de la marquise :

— Elle ferait naître l'envie de lui donner raison.

Ce propos fut répété aux intéressés. Madame de Monza redoubla de haine, de soupçons, d'impertinences voilées avec celle qu'elle appelait sa rivale. Amédée pensa combien la duchesse avait d'esprit, combien sa conversation l'amusait, combien ses yeux pétillaient de flammes ; les quelques années dont elle dépassait la première jeunesse disparurent devant tout cela, et il lui fit sérieusement la cour.

Madame d'Alagny ne l'aimait pas : d'une nature droite et franche, elle ne lui laissa pas l'espoir de la toucher, mais elle n'était pas assez bonne pour se refuser le plaisir de tourmenter Béatrix, en échange de ses injustes suppositions. Tout ce que la coquetterie a de plus savant fut mis en œuvre pour tenir M. de Monza juste au point où il devait être, afin d'inquiéter sa femme, sans compromettre absolument son idole. Peu à peu l'existence du jeune ménage, si unie jusqu'alors, se divisa : peu à peu le marquis eut ses invitations et ses sociétés en dehors de la marquise. Celle-ci s'en plaignait avec toute la fougue et toute la maladresse de son caractère; son mari s'enfuit encore davantage, et en arriva d'abord à faire lit à part, ensuite à prendre un appartement au premier, à côté de celui de Robert, enfin à mettre son verrou lorsqu'il lui convenait de rester seul.

Chaque empiétement nouveau amena une scène nouvelle ; mais Amédée, en brave soldat, aguerri désormais au feu, se fortifiait tranquillement dans ses positions et songeait à une autre conquête. On essaya sept ou huit gouvernantes, toutes déplurent à Béatrix, les unes par trop d'empressement, les autres par trop de négligence ; il fallait en changer sans cesse; l'éducation et le caractère de l'élève s'en ressentirent, et il fallut cette nature exceptionnelle de Flavie pour sortir saine et sauve de semblables épreuves.

Au moment où nous sommes parvenus, l'enfant atteignait sa treizième année ; la désunion de ses parents était consommée, et le triste système suivi envers elle depuis sa naissance restait toujours le même. Son père l'adorait et s'occupait assidûment d'elle, lorsque ses distractions du dehors le lui permettaient. Sa mère, uniquement dominée par sa passion, ne la voyait que par boutades et avec la même exaltation qu'autrefois. Lorsqu'elle ne pleurait pas dans sa chambre, ou qu'elle ne faisait point de scène à son mari, elle courait le monde, les bals, les visites, on la rencontrait partout. Toujours belle, toujours d'une réputation inattaquable et inattaquée, elle vivait au milieu de la foule dans une sphère à part, où nul ne pouvait la suivre, où nul ne comprenait sa pensée.

Les différentes gouvernantes dirigèrent successivement la maison, d'accord avec le marquis, et en dehors de Béatrix, établie chez elle en véritable étrangère. Cette sorte d'anarchie intérieure laissa après elle un certain désordre inévitable, et dont la marquise ne se doutait même pas. Son amour, sa jalousie, éteignaient ses facultés brillantes. Son esprit perdait ses saillies, ses talents s'oubliaient, sa volonté même courbait la tête ; ce n'était plus le charmant enfant gâté dont les grâces et la gentillesse cachaient les défauts derrière un sourire ; c'était une femme inutile, triste, souvent désagréable, incapable de s'occuper ni de ses affaires, ni de ses devoirs, plaçant sa vie intime dans un amour sans réciprocité; éloignant d'elle, par ses maladresses, ceux que son bon cœur, ses qualités charmantes auraient retenus à jamais, et, par-dessus tout, malheureuse d'un de ces malheurs incurables, un cœur blessé mortellement.

Madame d'Alagny recevait toujours Amédée, bien que leur intimité factice fût terminée, et que madame de Monza eût hautement déclaré qu'elle ne la verrait plus. Un soir, à un de ses *petits jours*, elle appela le marquis, causant avec le baron de Chelles, et l'interpella de cette manière, qui impose silence à un cercle tout entier :

— Est-il vrai, monsieur de Monza, que mademoiselle Bedson a quitté Flavie ?

— Oui, madame la duchesse.

— Cette enfant est comme feu M. le régent, elle ne peut pas élever de gouvernante.

— Nous n'en avons encore eu que sept, répondit le marquis d'un air innocent.

— Eh bien, marquis, si vous avez confiance en moi, je vous donnerai la huitième... pourtant à une petite condition, ajouta-t-elle, en baissant la voix.

— Laquelle ?

— C'est que ma gouvernante, laquelle est le phénix des gouvernantes, ne sera point renvoyée sans qu'on sache pourquoi ; c'est que vous la défendrez, comme vous défendez les verrous de votre chambre, et que vous me répondrez de sa position près de votre fille.

— Quels titres a-t-elle à une si immense faveur ?

— D'abord je la protège, et puis voici son histoire ; si vous ne la trouvez pas admirable, je vous défends de me le dire. Mademoiselle Christine Orthez est une fille du peuple, oui, marquis, du peuple : nous ne nous en faisons pas accroire sur notre origine, nous sommes trop fières et nous avons trop d'esprit pour cela. Elle a été élevée par charité, ses parents la laissèrent orpheline à cinq ans, et le vieux propriétaire du château voisin se prit de compassion pour elle, et, la sachant si abandonnée, il la fit venir au château, la confia à sa femme de charge, la vit chaque jour, découvrit chez elle des dispositions singulières, et, comme il mourut l'année d'après, il la légua à cette femme de charge, comme un chien ou un chat favori, avec une pension sous la condition seulement de lui donner une éducation brillante et remarquable. Des inspecteurs étaient nommés, et la brave dame devait perdre sa pension si Christine n'était pas une madame de Staël, ou une madame Sand. Cela se fit ainsi qu'il était ordonné, on amena la jeune fille ici, elle apprit tout ce qu'on peut apprendre, elle devint excellente musicienne et peintre distingué, elle sut toutes les langues connues, elle écrivit comme Voltaire et parla comme Massillon, après quoi sa protectrice la plaça en qualité de sous-maîtresse et chercha à lui persuader de prendre le voile dans une communauté religieuse. Au lieu de cela, mademoiselle Orthez suivit une de ses élèves en Angleterre, aux eaux du Rhin, je ne sais où encore ; elle termina son éducation et ne la quitta qu'à l'autel ; encore ne l'eût-elle pas quittée, si un parent de la dame, son beau-frère, je crois, ne se fût mis en tête de la séduire. Christine déclara ce dessein à la famille, et demanda à rentrer en France : jamais vertu ne fut plus éclatante, vous le voyez. On la supplia en vain de rester, on lui offrit des palais et des calèches, elle refusa tout, et arriva ici comblée de la munificence de ses anciens maîtres, et cherchant une nouvelle famille à qui elle pût offrir ses soins. Ma belle-mère l'a connue à Ems, avec son élève, et me l'a recommandée. J'ai pensé à vous sur-le-champ. Je vous dirais de la prendre les yeux fermés, si elle n'avait pas un terrible défaut.

— Ne peut-on la connaître ?

— Un défaut que beaucoup de femmes lui envieront, et que, pour ma part, je lui prendrais très volontiers.

— Mais enfin ?

— Elle est trop belle.

— Vous avez raison, c'est un immense défaut dans une gouvernante.

— Sa beauté est fort originale, ce qui la sauve : les sots, et il y en a beaucoup, ne la comprennent pas. C'est quelque chose de sauvage, d'inusité, un regard de panthère de tigresse. Concevez-vous ? la grâce de la chatte et la férocité de la lionne. Ces yeux-là changent de couleur à volonté, ils éclairent la nuit; lorsqu'on les a rencontrés une fois, on ne les oublie plus ; au moyen âge, on l'aurait brûlée comme sorcière.

— Comment pouvez-vous, duchesse, me proposer une pareille femme ?

— C'est la seule qui vous convienne.

— La marquise ne me laissera plus un instant de repos.

— Vous vous trompez.

— Quel âge a-t-elle ?

— Vingt-sept ou vingt-huit ans.

— Plus jeune que Béatrix ! c'est impossible.

— Au contraire. Cette fille-là exerce une telle fascination sur tout ce qui l'entoure, que rien ne peut lui résister ; Béatrix l'adorera.

— Et moi, si je viens à l'adorer aussi ?

— Alors elle prendra sa volée : on ne peut l'adorer que par devant notaire, c'est chose arrêtée chez elle.

— Je ne m'y risquerai pas alors.

— Vous marquis ! amoureux fou de votre femme, vous ne risquez rien.

Amédée ne répondit pas à cette raillerie. Il y eut un instant de silence.

— Revenons-en à la gouvernante. Croyez-vous sérieusement qu'elle convienne à Flavie ?

— Très sérieusement.

— M'en répondez vous ?

— Comme de moi même.

— Me garantissez-vous contre l'amour ?

— Je vous garantis qu'elle ne vous aimera pas.

— Et moi ?

— Vous l'aimerez.

— Bien obligé.

— Et vous n'en direz rien à personne, pas même à elle, qui vous regardera du haut en bas.

— Vous me promettez là une jolie condition.

— Acceptez-la, croyez-moi. Cela occupera votre femme, Flavie y gagnera d'excellentes leçons, et vous une délicieuse créature à regarder.

— Voulez-vous l'envoyer demain matin à la marquise ?

— Pas en mon nom, elle la ferait chasser par ses valets, mais au nom de ma belle-mère. N'oubliez pas surtout le mot *douairière*, car sans cela nous serions rejetés aux calendes grecques.

— Je me souviendrai de tout, et je vous remercie, madame la duchesse.

— A propos : dites à la marquise que je déteste Christine, si vous avez envie de la lui faire accepter; cela ne fera pas mal, croyez-moi.

La duchesse continua ses plaisanteries toute la soirée, elle ne quitta M. de Monza qu'après l'avoir amené au point de révolte désirable. Sûre désormais du succès de sa protégée, elle se réjouissait d'avance des scènes de ménage dont on pourrait être amusé encore.

— Au moins, disait-elle, Béatrix criera pour quelque chose!

Sans être une méchante personne, madame d'Alagny, d'un amour-propre irritable, ne pouvait pardonner à la marquise son manque de confiance en elle, et surtout le peu de cas qu'elle avait fait de ses conseils, et elle regardait les petites vengeances comme de très bonne guerre, sans chercher à en prévoir les conséquences.

Le lendemain, monsieur et madame de Monza déjeunaient, lorsque la cloche du concierge annonça une visite et bientôt un valet de pied apporta une lettre de madame la duchesse *douairière* d'Alagny.

— Faites entrer la personne qui a remis cette lettre, dit vivement la marquise. Mon ami, madame d'Alagny, la duchesse *douairière*, et elle insista vivement sur ce titre, me recommande une gouvernante, un parangon de vertu, dit-elle. Je serai bien heureuse de la tenir de sa main.

— Ah! oui, répliqua nonchalamment le marquis, sa belle-fille en parlait hier; une espèce de virago, dont sa belle-mère s'est engouée; d'après ce que j'en sais, elle ne vous conviendra pas.

— C'est ce que nous verrons; je me sens, au contraire, toute prévenue en sa faveur.

Le maître-d'hôtel introduisit en ce moment l'objet de la discussion; le marquis et la marquise la regardèrent tous deux en même temps, tous deux restèrent frappés d'une impression différente. Christine salua avec une dignité modeste, et elle tressaillit en reconnaissant Béatrix. Pour celle-ci, elle l'engagea gracieusement à s'asseoir, et commença son interrogatoire.

Il est impossible de mettre plus de mesure et plus d'esprit que mademoiselle Orthez n'en plaça dans ses réponses. Elle trouva juste le mot qui convenait, l'inflexion de voix nécessaire, si bien qu'après une demi-heure d'examen, la marquise lui dit en se levant :

— Ma chère demoiselle, vous m'agréez tout à fait, je vais vous mener voir votre élève.

Amédée n'avait pas dit un seul mot, il lisait le journal, regardant par-dessus la feuille cette singulière créature, dont on lui avait tant parlé la veille, et son attention ne pouvait être plus légitimement expliquée.

Christine Orthez était grande, d'une taille à porter la cuirasse ou le bavolet, suivant la circonstance. Souple comme un gant, forte comme une héroïne, il y avait en elle de la couleuvre et de la panthère, de la colombe et de la lionne. La duchesse ne se trompait pas, sa beauté, si puissante qu'elle ressemblait à de la fascination, sa beauté, dis-je, passait inaperçue pour le vulgaire. Ses yeux bleus brillaient ou pâlissaient, caressaient, déchiraient, portaient dans l'âme une flamme brûlante ou un froid glacial; ils changeaient ainsi qu'un caméléon. Sa peau d'une blancheur mate, sans une seule nuance rosée; ses cheveux ruisselant en boucles d'ébène autour de son visage, d'un ovale parfait, constituaient surtout la singularité de sa figure. Elle avait la bouche grande, quoique admirablement meublée, quoique d'un incarnat sans pareil.

Ses manières, comme son regard, subissaient la conséquence de ses impressions. Tantôt nobles et même guindées, tantôt familières, tantôt brusques, tantôt attrayantes, elle ne quittait jamais pourtant une dignité inexplicable, avec le rang qu'elle tenait dans le monde, mais toute puisée dans la conscience d'elle-même et de sa propre valeur.

Elle semblait partout la reine; lorsqu'elle rendait un hommage à une personne haut placée, elle avait l'air de le recevoir elle-même. Un sourire dédaigneux se fixait souvent sur ses lèvres, donnait à sa physionomie cette sorte de répulsion dont avait parlé la duchesse.

En ce moment, où elle entrait dans une nouvelle famille, elle ne chercha ni détours ni déguisement, elle se montra telle qu'elle était en effet. Elle plut à la marquise, parce qu'elle lui parut peu dangereuse; elle étonna le marquis, tant il la trouvait supérieure à ce qu'il attendait d'elle.

En entrant dans la chambre de Flavie :

— Ah! se dit Christine, c'est la dame que j'ai vu marier. Je sens bien que je ne l'aimerai jamais. Comme elle a l'air heureux.

<hr>

XVIII

CE QUI EST NOUVEAU EST BEAU

A dater de ce jour, Christine Orthez fut établie à l'hôtel. Elle prit, aussitôt son arrivée, une attitude si digne vis-à-vis du marquis et des domestiques, si respectueusement soumise vis-à-vis de madame de Monza, qu'elle plut sur-le-champ à tous, et que la semaine suivante, elle se trouva dans la maison souveraine maîtresse, sans avoir même l'air de s'en douter.

Robert était absent depuis plusieurs mois, on parlait de son retour; Béatrix, redevenue gaie depuis que son intérieur lui paraissait plus soumis, se réjouissait de le revoir; on parlait d'un voyage aux eaux pour le mois de juillet.

Le marquis sortait moins, il s'occupait plus que jamais de sa fille, il avait avec la jeune gouvernante de longues conversations, dans lesquelles il découvrait de plus en plus son profond savoir et sa haute intelligence.

— Ma chère, dit-il un matin à sa femme, je crois que Flavie a enfin trouvé une institutrice digne d'elle. Mademoiselle Orthez est un puits de science et un des esprits les plus supérieurs que j'aie rencontrés.

— Et quel charmant caractère! combien elle est bonne et gracieuse! Du reste, j'en étais sûre, recommandée par la duchesse *douairière* d'Alagny et détestée par sa belle-fille, cette fille-là ne pouvait être qu'un chef-d'œuvre.

— Combien vous êtes injuste envers la jeune duchesse, Béatrix!

— Jeune duchesse! de quarante-cinq ans, Amédée.

— Ma chère amie, vous lui donnez en sus toutes les années que vous vous ôtez à vous-même, lorsque vous *avouez* votre âge.

La conversation tournait à l'aigre, Béatrix ne le voulait pas, elle la replaça sur son terrain précédent par un sourire de bonne humeur.

— Chacun a ses faiblesses, répliqua-t-elle, je voudrais me persuader que je suis plus jeune, afin de vous plaire davantage, et pour cela je tâche de le persuader aux autres.

— Ce n'est pas un si mauvais moyen!

— Revenons à la gouvernante, vous en êtes satisfait?

— On ne peut plus.

— Moi de même. Ce qui m'en plaît surtout, ajouta-t-elle, après un instant de silence, c'est qu'elle n'est pas jolie.

Le marquis la regarda étonné.

— Oui, ajouta-t-elle, de grands yeux, on ne sait de quelle couleur et presque égarés, une pâleur de spectre, une taille de soldat aux gardes, on n'en médira pas de celle-là au moins.

Amédée ne répondit point.

— N'êtes-vous pas de mon avis? demanda-t-elle.

— Parfaitement.

— Flavie l'adore, elle ne veut plus entendre parler que d'elle; ainsi, mademoiselle Perrin, dont elle me rompait la tête, et que personne ne pouvait lui faire oublier, elle n'y songe plus.

— Tant mieux!

— J'attends mademoiselle Christine pour établir avec elle un plan d'éducation. Celle-là le suivra, j'en suis sûre; ce n'est pas comme les autres, qui m'écoutaient une fois et que je ne pouvais plus revoir après.

M. de Monza sourit.

— Les faisiez-vous chercher plus d'une fois, Béatrix?

— Toujours le même, Amédée, toujours disposé envers moi à la raillerie, à l'injustice.

— Vous vous trompez, mon amie, mon respect pour vous égale mon affection et mon estime.

— Oui, je crois que vous avez au même degré les uns et les autres.

— A ce soir, ma chère, dit le marquis en lui baisant la main.

— A ce soir, soit. Voulez-vous dire en sortant qu'on prévienne la gouvernante? je l'attends.

Quelques minutes après Christine entra, un cahier à la main. Son regard de feu embrassa la marquise et devina la disposition de son esprit. Elle salua, prit le siège que Béatrix lui offrait du geste, et attendit en silence qu'on lui adressât la parole.

— Causons, mademoiselle, dit enfin madame de Monza.

— Je suis aux ordres de madame la marquise.

— Nous avons à nous occuper de cette chère Flavie, à tracer ensemble un plan d'éducation.

— Oui, madame.

— Que comptez-vous lui apprendre?

— Tout ce que je sais, madame.

— D'abord, où en est-elle?

— Assez peu avancée, madame, et c'est vraiment dommage, avec les moyens dont la nature l'a douée.

— N'est-ce pas qu'elle est charmante, ma fille ?

— Oui, madame, répondit Christine avec émotion.

— Vous l'aimerez ?

— Je l'aime déjà, et je sens que je l'aimerai comme je n'ai rien aimé en ce monde.

— Merci, mademoiselle; et moi, je vous le rendrai avec Flavie et pour Flavie.

— J'espère, Dieu aidant, faire de mademoiselle de Monza une des personnes les plus remarquables de la société. Cependant, madame la marquise me pardonnera ma franchise, pour en arriver à ce but, j'ai besoin d'une promesse de sa part, j'ai besoin que cette promesse soit rigoureusement tenue.

— Laquelle ?

— Si madame me trouve trop hardie, si elle n'a pas assez de confiance en moi pour me l'accorder, alors, et ce sera un regret déchirant pour moi, alors, je serai contrainte de demander mon congé à madame la marquise.

— Ah ! mon Dieu, parlez, ma chère demoiselle, vous me faites peur. Votre congé ! vraiment non, si je puis l'empêcher.

— Eh bien ! madame, pour que je puisse vous répondre de mademoiselle votre fille; pour que le jour où je la remettrai entre vos mains je puisse vous dire : La voilà ! telle que votre amour maternel l'a rêvée, il faut que je sois maîtresse absolue de mon élève, il faut que je la dirige d'après mes plans, d'après mes idées; il faut qu'aucune autre volonté ne se place entre elle et moi.

— Mais, mademoiselle, c'est l'abandon de mes droits maternels que vous sollicitez là ?

— Oui, madame; et si je les implore, c'est que je me sens à la hauteur de cette tâche: c'est que je suis capable de la remplir tout entière. Je n'ai pas l'honneur d'être connue de vous, madame: mais avec le temps, vous comprendrez mon caractère, exceptionnel peut-être. Mon Dieu, mon culte en ce monde, c'est le devoir. Pour le devoir, je sacrifierais tout, mes affections, mon bonheur, ma vie. Je puis briser mon cœur sous ma volonté, parce que je le dois; je puis renoncer à tout ce qui me ferait la vie belle, parce que je le dois. J'entreprends l'éducation de mademoiselle Flavie, cette éducation deviendra mon unique affaire; il n'y a plus pour moi ni plaisirs, ni souffrances, ni fatigues; il y a un enfant dont je suis responsable à vous et à Dieu, que je dois vous rendre telle que je l'ai reçue, et à qui je dois inspirer les principes, les idées de son rang, de son sexe, de son siècle aussi, je pense. Pour en arriver là, rien ne me coûtera, rien, je vous le jure: je vous le jure à vous, sa mère, sur la mémoire de la mienne et sur mon salut éternel.

La marquise écoutait la jeune enthousiaste, elle l'écoutait stupéfaite et étonnée; car, à mesure que cet enthousiasme se faisait jour, cette beauté, inaperçue d'abord, grandissait, prenait des proportions surhumaines; ce n'était plus une femme, c'était une de ces divinités inflexibles du paganisme, faisant tout ployer sous leur sceptre d'airain; c'était une pythonisse inspirée, une martyre chrétienne, c'était tout, excepté Christine Orthez, *le soldat aux gardes*, selon l'expression de Béatrix elle-même; elle n'en revenait pas.

— Oh ! se disait-elle, et moi qui la croyais laide !

C'est souvent la première pensée d'une femme, en face des choses les plus sérieuses, la beauté est, quoi qu'on en dise, un des dons les plus nécessaires, les plus enviés, celui peut-être qui nous occupe le plus, celui que nous regrettons davantage, celui qui nous est le plus indispensable. La raison repousse cette vérité, la morale la nie; mais la raison et la morale n'empêchent pas le vice d'exister et les hommes de s'arrêter aux choses futiles de préférence aux choses sérieuses.

La marquise réfléchit après cette observation profonde. Malgré elle une attraction puissante la dirigeait vers mademoiselle Orthez, elle devinait d'instinct les qualités éminentes, la nature supérieure de Christine. Elle la regarda de nouveau et trouva dans ses yeux une expression si franche, si généreuse qu'elle lui tendit la main en lui disant :

— Je consens à tout, mademoiselle, je ne sais qui m'assure que je trouverai en vous une amie. Vous avez toute ma confiance, vous l'avez entière, sans bornes, vous n'en abuserez pas, j'en suis sûre.

— Merci, madame la marquise, merci, je n'ai rien à ajouter à ce que vous savez déjà, je ne suis point de ces gens à protestation, à phrases, mais ce que je promets, je le tiens, mais ce que je dis est sûr. Dès-à présent votre enfant est mon enfant, toutes mes espérances d'avenir : toutes mes affections, toutes mes pensées se reposent sur elle. Je suis seule au monde, je l'aimerai de toute la tendresse qui dort au fond de mon cœur, je ferai pour elle tous les sacrifices, je me dé-

vouerai à son bonheur, comme ma mère se fût dévouée au mien, et rien ne me coûtera pour l'assurer.

— Merci à mon tour, ma chère Christine, merci de ce que vous me dites, interrompit la marquise les larmes aux yeux, vous êtes un grand et noble cœur, vous êtes bien la femme qu'il me fallait. Mais puisque vous chérissez autant la fille, n'aimerez-vous pas aussi la mère ?

— Madame la marquise, mon respect...

— Ce n'est pas de respect qu'il s'agit, c'est d'amitié. Voyez-vous, mademoiselle, moi aussi je suis seule au monde; depuis que j'ai perdu ma mère, personne ne m'aime plus. Je passe ma vie dans les larmes, dans les regrets.

— Vous, madame ?

— Cela vous semble étrange, n'est-ce pas ? Moi qui suis jeune, riche, belle, dit-on, je suis malheureuse; vous croyiez que le malheur n'approchait pas des lambris dorés. Détrompez-vous, et le mien est tout dans cette phrase: Mon mari ne m'aime pas !

— C'est impossible, madame.

— Cela est, mademoiselle. Et si je laisse échapper cette plainte, la première qui sorte de mes lèvres, c'est que je suis au bout de mes forces, c'est qu'un pressentiment involontaire m'assure que Dieu vous a placée près de moi pour m'apporter enfin la consolation que j'attends, pour pouvoir rester à mes côtés dans mes heures de désespoir, et me montrer le ciel, où je voudrais aller tout à l'heure, comme la fin de mes maux.

— Je crois, madame, que vous exagérez beaucoup vos craintes; M. le marquis vous aime, et ..

— Il m'aime d'amitié, oui, fraternellement; mais son amour s'est retiré de moi... son amour, ma vie et mon bonheur ! oh ! je vous le répète, je suis bien malheureuse!

Et la pauvre femme se mit à sangloter.

— D'où vient cet épanchement dont je ne puis me rendre compte ? continua la marquise. Je l'ignore ; il est involontaire, instantané, une puissance irrésistible m'attire vers vous, je n'ai jamais rien éprouvé de semblable, peut-être est-ce une âme trop pleine et qui s'épanche ? peut-être ce que vous m'avez dit de si tendre, de si consolant pour ma fille, semblable à la goutte d'eau, a-t-il fait déborder le vase ? Vous allez assister à ma vie, je ne vous apprends rien; je vous avoue ce que les autres ont seulement deviné.

Christine se sentit embarrassée; cet attrait dont parlait la marquise, elle ne le partageait pas; sa nature décidée, inflexible, reculait devant la nature faible et sans puissance de Béatrix. Cette confiance lui semblait volée; elle y répondit gauchement, par des monosyllabes, par des consolations banales; mais peu importait à l'affligée, comme tous les affligés, elle désirait surtout qu'on l'écoutât.

Après une conversation, ou plutôt presque un monologue de plus de deux heures, Christine connaissait la vie de madame de Monza comme elle-même. Avec son esprit juste, profond, pénétrant, elle avait sondé cette âme, elle la savait par cœur et devinait combien les plaies qui la couvraient étaient inguérissables.

Béatrix, après avoir confié sa fille et ses secrets à la nouvelle gouvernante, voulut encore se démettre entièrement sur elle du soin de la maison; non-seulement comme aux autres, elle lui donna ses livres, ses comptes à tenir, mais encore elle lui remit ses clefs, l'argent nécessaire, enfin elle abdiqua complétement entre ses mains l'autorité déjà tant diminuée sous les précédentes gouvernantes. Christine reçut tout avec reconnaissance, s'engagea à remplir ses nouveaux devoirs aussi régulièrement que les premiers, et au moment où elle allait sortir, la porte s'ouvrit derrière elle.

Elle se retourna vivement, et une exclamation de surprise lui échappa à moitié.

— Ah ! Robert, s'écria la marquise, vous voilà donc de retour ? Soyez le bienvenu, je vous attendais impatiemment.

— Chère cousine, vous savez combien je suis heureux de me retrouver près de vous.

Il baisa la main de Béatrix.

— Permettez-moi de vous présenter une nouvelle commensale, la gouvernante de Flavie, mademoiselle Christine Orthez ! vous l'aimerez autant que nous, quand...

— Mademoiselle Christine Orthez, interrompit vivement Robert. Oh ! mon Dieu est-il bien possible que ce soit elle ?

XIX

ROBERT DE CHAMARANTE

— Vous vous connaissez donc, mon cousin ? demanda promptement Béatrix.

— J'ai rencontré mademoiselle à Spa, il y a quelques années; elle était alors avec une famille anglaise, dans laquelle j'avais l'honneur d'être souvent admis.

— La famille Packett ?

— Justement, mais mademoiselle m'a oublié sans doute ?

— Vous ne le pensez pas, monsieur le comte, répondit la jeune fille, avec une modestie fort noble.

— Ah ! je suis charmée de ce que j'apprends, mon cher Robert. Mademoiselle me semble faite pour vivre tout à fait dans l'intimité avec nous; vos anciennes relations deviendront un charme de plus.

Robert et Christine échangèrent quelques renseignements sur miss Packett et ses parents, puis Christine, avec une mesure parfaite, comprit que le moment de se retirer était venu, et, demandant à la marquise si elle n'avait pas d'ordres à lui donner, elle salua le comte et sortit.

— Vite, vite, Robert, parlez-moi de mademoiselle Orthez, il me tardait qu'elle nous quittât pour vous interroger. Qu'en savez-vous, voyons ?

— Je sais que c'est une fort belle personne.

— Vous trouvez ?

— Je sais que c'est une gouvernante d'un mérite transcendant.

— Moi aussi, après ?

— Je sais encore que c'est une fille d'une honnêteté fabuleuse, ridicule.

— Vraiment ?

— Nous en étions tous amoureux à Spa; je connais des gens qui ont fait des folies pour elle, sans pouvoir obtenir un regard. Enfin, Sa Majesté le roi de…. lui a offert des châteaux, des titres, elle a tout refusé.

— Vous me comblez de joie; c'est un trésor que l'on m'a donné là.

— Pour ma part, j'en ai eu la tête tournée ; mais il a bien fallu en prendre mon parti: elle veut se marier !

— J'espère, mon cousin, que vous ne vous souvenez plus de ces extravagances, et que chez moi mademoiselle Christine vous sera sacrée ?

— Oh ! ma cousine, pouvez-vous croire !…

— Que trouvez-vous donc de si beau dans cette demoiselle ? demanda-t-elle après un instant de silence. J'en parlais ce matin avec Amédée, il est convenu qu'elle n'a rien de remarquable.

Robert sourit dans sa moustache.

— Ce sont de ces beautés que les femmes ne comprennent pas, Béatrix.

— Cela doit être ainsi, car en vérité elle ne me semble pas jolie.

— Elle n'est pas rose et blanche comme les figures de Watteau, j'en conviens, mais…

Béatrix ne répondit pas et se mit à réfléchir. Un instant après, elle laissa échapper sa pensée.

— Amédée n'aime point ces visages de spectre !…

La pauvre femme, toujours sous le poids de son idée unique, commençait à se demander si elle n'avait point introduit dans sa maison le serpent qui devait la perdre. Sa jalousie, si facile à éveiller, lui représenta les dangers d'une cohabitation continuelle avec une personne aussi séduisante que Christine. Si les propos de Robert la rassuraient sur sa vertu, ils la troublaient d'un autre côté, en lui montrant dans la gouvernante des charmes qu'elle n'y soupçonnait pas.

— Elle a résisté à tous, à un souverain même, mais à Amédée, elle ne lui résisterait pas !

S'exagérant ainsi le mérite de l'objet de ses pensées, elle prêtait aux autres ses propres sentiments, et se servait de son amour pour se supplicier. Ah ! combien les passions même légitimes entraînent après elles de malheurs, lorsqu'elles sont mal dirigées.

En remontant chez elle, Christine se sentit tout émue. Il est temps de jeter un coup d'œil sur cette singulière fille, qui, comme la fatalité antique, apportait avec elle dans cette demeure une inévitable destruction. Peut-être l'étude de ce caractère offrira-t-elle un vif intérêt, et même un grand enseignement.

La marquise était le type de la femme née dans une haute classe, favorisée de la fortune et de la nature, gâtée par le bonheur, devenue exclusive et presque égoïste par l'éducation. A la place de Christine, son excellent caractère se serait développé forcément. Obligée de créer elle-même sa position, elle ne l'eût pas faite brillante, mais elle l'eût faite douce et tranquille. Elle aurait vécu sans ambition, sans envie, d'une existence toute de cœur et d'affection. Elle avait besoin, avant toute chose, d'être aimée et d'aimer, et son caractère, ployé par la nécessité, n'eût point engendré les caprices, les bouderies, les scènes, enfants de la richesse et de l'oisiveté. On l'eût cherchée, on l'eût appréciée. Fille du peuple, Béatrix eût été parfaitement bonne et parfaitement heureuse.

Christine, au contraire, reçut en naissant les présents funestes d'une nature passionnée, d'une vaste intelligence, d'une ambition sans bornes, et d'une imagination de feu. Ce n'était pas trop pour cette activité dévorante qu'un royaume à gouverner; elle se sentait propre à tout, elle aspirait à tout. Sa fierté indomptable lui tenait lieu de principes. Elle avait une si haute opinion d'elle-même, qu'elle ne voyait rien ici bas de digne d'elle, et que, semblable à l'ange déchu de Milton, elle planait entre le ciel et la terre, regardant le ciel avec hardiesse, et la terre avec pitié.

Elle avait été franche dans sa conversation, elle était franche toujours. Trop orgueilleuse pour daigner mentir, elle se montrait sans dissimulation. Son idole, son culte, était le devoir, rien n'était plus vrai, mais elle avait fait du devoir une sorte de divinité sévère et vengeresse à laquelle le seul holocauste agréable était le sacrifice et l'abnégation; un devoir facile ne lui semblait pas un devoir, elle le voulait hérissé de difficultés et de larmes, elle en faisait presque un bourreau.

Il y avait dans cette âme indomptée une sorte de sauvagerie incurable, un courage inébranlable, une volonté de fer et une persistance inouïe ; puis au fond de tout cela brûlait un foyer ardent de passions contenues et enchaînées, d'affections capables des plus grands dévoûments. Christine était de l'étoffe dont on fait les martyrs, les héros ou les scélérats. Elle aimait Flavie d'une tendresse ineffable. Les charmantes qualités de cette enfant envahirent son cœur presque sur-le-champ; c'était, selon ses expressions, la première fleur de sa vie. Elle fondait sur elle sa gloire et son bonheur. Sans savoir encore comment elle s'y prendrait, elle résolvait déjà que mademoiselle de Monza deviendrait l'instrument de sa fortune. Elle en voulait faire la perfection des femmes et puis dire après :

— Voilà mon ouvrage !

En laissant à Dieu le soin de la récompenser.

La rencontre de Robert, la découverte de sa parenté avec la marquise, apporta un corps à ses chimères. Parmi tous ceux dont elle avait repoussé l'hommage, le comte de Chamarante se présentait souvent à son souvenir comme particulièrement digne de l'occuper. Robert était certainement un homme remarquable, un homme de cœur et d'honneur d'abord, dans toute l'acception du mot, un homme d'esprit, un homme du monde, et sa belle figure semblait le moindre de ses avantages. Sa position, sa fortune, sa naissance le plaçaient au premier rang. Devenir la comtesse de Chamarante avait paru à Christine un rêve impossible, repoussé toujours loin d'elle; mais en se trouvant installée sous le même toit que lui, en le rencontrant à chaque instant, en se faisant connaître et apprécier à sa juste valeur, elle osa espérer une réussite.

Un pareil projet demandait une finesse et une habileté de toutes les minutes. Quelques instants d'oubli, un mot une démarche hasardée, c'en était fait de ses espérances. Elle n'aimait point encore Robert, elle se défendait de cet amour bien que les germes en fussent en elle depuis longtemps. Si elle aimait, elle était perdue, l'amour calcule mal, et dans cette affaire tout dépendait du calcul.

— Oui, se disait-elle, après avoir réfléchi longuement, oui, je dois parvenir à ce but désiré, je dois y parvenir sans trop de peine. Robert m'a distinguée autrefois. Son accueil m'a prouvé qu'il se souvenait encore du passé. Il ne me connaît que sous de bons rapports, ma conduite avec le roi a laissé dans son cœur une impression profonde; il a donc de moi une excellente opinion, il faut la confirmer de plus en plus. Il me fera la cour, c'est hors de doute, il me la fera tout bas, à cause du monde et de sa cousine ; je m'apercevrai seule de son intention, je puis cacher cela facilement. Eh bien! il *devinera* aussi que je l'aime, mais là s'arrêtera ma complaisance: jamais un aveu ne sortira de mes lèvres, je lutterai victorieusement contre lui et contre moi, il le verra, et m'en estimera davantage: sa passion s'augmentera de la résistance, des impossibilités, et alors!…,

Un sourire acheva sa pensée.

— Et Flavie ! oh ! Flavie, la chère enfant, mon élève adorée, elle apportera aussi sa pierre à cet édifice. D'abord, il faut qu'elle m'aime, qu'elle m'aime plus que sa mère, ce n'est pas bien difficile ! Quelle femme ! se laisser tromper, abandonner par un homme aussi ordinaire que M. de Monza !

Cette dernière phrase résumait Christine tout entière.

Elle mit dans sa toilette un soin inaccoutumé. Ce même orgueil lui interdisant la lutte avec les nobles dames, au milieu desquelles elle vivait, elle s'était imposé la loi de ne porter que du noir ; mais, toujours par le même principe, elle achetait les plus magnifiques étoffes et se faisait habiller par d'excellentes couturières. Sa garde-robe se composait de deux robes par saison seulement ; ces robes étaient du meilleur goût, et la paraient aussi bien que si elle en eût changé chaque jour.

On vint l'avertir pour le dîner, elle descendit accompagnant son élève, et, en entrant au salon, elle aperçut le comte seul, appuyé contre la cheminée.

Ils se saluèrent avec une nuance d'embarras, naturelle chez Robert, calculée chez Christine. Elle parla à son élève *pour se remettre*, et l'enfant les servit admirablement par ses questions empressées, auxquelles ils répondirent.

— Je n'espérais pas vous retrouver jamais, mademoiselle, dit Robert d'une voix émue, et surtout je n'espérais pas avoir laissé de traces dans votre souvenir.

— Vous n'êtes pas retourné à Spa depuis lors, monsieur le comte ? demanda-t-elle pour détourner la conversation, et d'une voix tout aussi émue que celle de Robert.

— Je n'aurais pas pu revoir la fontaine sans la naïade, mademoiselle, vous savez que nous vous appelions ainsi.

Christine sourit tristement.

— Oui, la naïade, déesse sans pouvoir, déesse attachée à son petit ruisseau, prenant quelques fleurs de roseaux pour couronne, vous avez raison, monsieur le comte.

Béatrix entrait à ce moment, suivie du marquis, sur lequel ses yeux s'attachèrent lorsqu'il salua mademoiselle Orthez.

— Il ne la regarde pas, pensa-t-elle, j'avais raison.

On passa dans la salle à manger. Christine, parfaitement à sa place, ne se mêla à la conversation que lorsqu'elle en fut requise ; mais ses remarques si fines, ses plaisanteries de si bon goût, frappèrent à la fois les convives, et, lorsqu'elle voulut se retirer, en sortant de table, la marquise la rappela.

— Vous ne nous quitterez pas ainsi, mademoiselle. Je ne sors pas ce soir, voulez-vous descendre votre ouvrage et rester près de moi ? Vous nous ferez aussi un peu de musique, c'est une bonne étude pour Flavie que de vous entendre.

Christine rougit de plaisir. Elle comprenait son succès, elle comprenait le pas énorme que lui faisait faire cette invitation, rarement adressée chez madame de Monza aux gouvernantes, à moins que l'on n'eût besoin d'elles. Elle s'empressa donc d'obéir, et, se plaçant au piano, elle chanta d'une voix admirable et avec un goût exquis une cavatine italienne.

Le marquis l'entendait pour la première fois.

— Vous avez là, mademoiselle, lui dit-il, un magnifique talent.

— N'ai-je pas trop perdu, monsieur le comte ? demanda-t-elle, avec un accent de coquetterie d'autant plus dangereux qu'il était peu ordinaire chez elle.

— Vous avez beaucoup gagné, au contraire, mademoiselle, votre voix a pris un éclat, une étendue que je ne soupçonnais pas.

— Mademoiselle est une véritable virtuose, ajouta Béatrix, je n'ai jamais rencontré un amateur aussi remarquable. Pourquoi n'avez-vous pas songé à entrer au théâtre ?

— Je n'ai aucune vocation pour me faire comédienne, répliqua Christine rougissant de dépit.

— Vous eussiez obtenu des succès certains cependant, mademoiselle, ajouta le marquis.

— Mademoiselle Orthez a bien mieux fait de devenir la gouvernante de ma cousine, continua Robert, en s'inclinant.

— Comédienne ! gouvernante ! voilà ce que ces fiers gentilshommes veulent faire de moi. Oh ! si Dieu le permet, je leur prouverai que je suis née pour autre chose.

Et, se remettant au piano, elle exécuta une fantaisie brillante et difficile. En ce moment un domestique entra et porta à la marquise un paquet de lettres. Béatrix en examina les adresses l'une après l'autre.

— Ah ! mon Dieu ! dit-elle, en voici une presque illisible, tant les timbres y sont multipliés Baden, Londres, Berlin, encore Londres, puis Paris. Mais c'est pour vous, mademoiselle Christine ; si la réponse est pressée, votre correspondant aura eu le temps de l'attendre.

Christine alla chercher la lettre, elle la prit machinalement et se rapprocha du piano, lorsque ses yeux tombèrent sur l'écriture pour ainsi dire indéchiffrable. Elle devint pâle comme un linge, et, se laissant tomber sur un siège, presque inanimée, elle murmura :

— Encore ! Oh ! n'en serai-je pas délivrée !

XX

VOYAGE AUX EAUX

Quelle que fût la préoccupation de Christine, elle dut la dissimuler habilement, car nul ne s'en aperçut ; et le lendemain, lorsqu'elle descendit au déjeuner, la fleur de la jeunesse brillait sur son visage tranquille, malgré sa pâleur ordinaire.

Madame de Monza paraissait rayeuse, elle tenait une lettre à la main et la relisait tout haut à son mari, qui approuvait du regard, pendant que Robert brait aux nuages.

— Vous voyez, Amédée, combien cela est aimable. M. et madame de Manières, M. de Chelles, Robert, vous et moi, nous composerons une caravane tout entière, et nous nous amuserons p.

— Aussi, mon amie, je vous engage à accepter.

— Bien vrai ?

— Sans doute. Quant à Robert, cela le regarde, et quant à moi.....

— Quant à vous, puisque Flavie et moi nous allons à Baden, vous ne resterez sans doute pas à Paris ou à Neuilly.

— Non, mais j'ai envie de profiter du voyage pour pousser jusqu'à Munich et à Monza.

— Ah ! voilà encore votre vilain Monza. Mon Dieu ! que je hais ce château et ses forêts sombres ! Je ne sais pourquoi j'y éprouve une peur déraisonnable.

— Déraisonnable est le mot, Béatrix, vous ne devriez pas au moins l'inspirer à votre fille, qui vous écoute, les yeux et les oreilles ouverts, attendant quelque récit bien noir. Sois tranquille, Flavie, ta mère plaisante, et Monza est au contraire un magnifique séjour que tu dois aimer, d'abord parce que tu y es née, et puis parce qu'il rappelle la glorieuse vie de ton aïeul. C'est l'héritage le plus précieux que je puisse te laisser.

— Vous tenez donc beaucoup à aller à Monza ?

— J'ai besoin d'y visiter mes fermiers, de donner le coup d'œil du maître aux réparations, à l'entretien.

— Voulez-vous faire un marché ?

— De tout mon cœur... s'il m'est avantageux.

— Accompagnez-nous à Baden, nous vous accompagnerons à Monza.

— En êtes-vous, Robert ?

— Je donne mon été à ma cousine, elle en fera ce qu'elle jugera convenable.

— J'accepte alors.

— Comme vous êtes gracieux, Amédée ; sans Robert, vous m'eussiez refusé

— on ma chère ; mais Robert, en acceptant, me rend tout à fait joyeux de notre projet. J'ai à Monza une chasse royale ; vous ne m'eussiez pas suivi dans les bois, tandis que Robert me promet une société charmante pour courre le cerf ou le sanglier, et ce n'est pas une petite chose.

— En vérité, marquis, vous faites ce matin des phrases de l'ancien régime, qui apportent des souvenirs magnifiques de l'Œil-de-Bœuf et de Marly.

— Et moi qui suis du nouveau je ne devrais pas me les permettre, n'est-il pas vrai ? Si vos ancêtres étaient aux croisades, *le mien* a fait gagner la bataille d'Austerlitz, cela se compense, madame la marquise.

— Ah ! vous avez des moments de susceptibilité étrange, Amédée, comment pouvez-vous supposer....

— En effet, mon cousin, Béatrix a raison, vous savez nos sentiments à tous là-dessus, et combien nous sommes fiers d'écarteler nos trois barres et nos cinq fleurs de lis avec votre glorieux aigle et votre épée sanglante.

— D'ailleurs M. de Cerfond est un très bon gentilhomme.

— Oh ! ma chère, M. de Cerfond n'existe plus en face du prince de Monza. Le nom de *mes* pères a disparu devant celui de *mon* père.

— Et comme c'est dommage, petite Flavie, que vous ne soyez pas un garçon pour transmettre tous ces lauriers à votre race !

— Je les porterai en dot à mon mari, cousin, ce sera aussi honorable pour moi.

— Voyez-vous cela, elle pense à un mari déjà !

— Pourquoi pas, mon cousin ? Ne pensez-vous pas bien à une femme ?

M. et madame de Monza sourirent en se regardant. Christine surprit ce sourire, et une idée qui ne lui était jamais venue arriva à son imagination.

— Mon Dieu ! se dit-elle, songerait-on à la lui donner pour femme !

Elle pâlit étrangement ; pour mieux dire, sa pâleur, si mate et si transparente, prit une couleur livide. L'enfant, placée auprès d'elle, s'en aperçut et lui demanda :

— Qu'avez-vous donc, ma bonne amie ? Est-ce que vous êtes malade ? Depuis hier, c'est la seconde fois que vous paraissez souffrir.

Les petites filles sont des observateurs infaillibles ; elles voient tout et elles disent tout. Mademoiselle Orthez répondit avec embarras et s'excusa sur un mal de tête.

— Serez-vous bien aise de voir Baden, mademoiselle Christine? poursuivit la marquise.

— Je connais déjà ce pays, j'y ai été, il y a quelques années.

— Ah! oui, avec la famille Packett. N'est-ce pas là où vous avez rencontré Robert?

— Non, madame, c'est à Spa que j'ai eu l'honneur de voir M. le comte.

— Ah! c'est vrai, vous me l'avez dit. Vous aurez l'obligeance, n'est-ce pas, de préparer ce qui est nécessaire pour Flavie, de vous occuper de sa toilette d'été? A-t-elle ce qui lui faut? Nous partirons fort incessamment, surtout si nous passons par Monza.

— Nous ne passons pas par Monza, ma chère. Monza est beaucoup plus éloigné que Baden. Nous irons après.

— Vous prendrez chez Delille tout ce qui vous conviendra pour Flavie; je veux qu'elle soit fort élégante aux eaux. Les petites de Manières ont une gouvernante des plus soigneuses, je vous en avertis.

— Madame la marquise peut être tranquille, mademoiselle sa fille sera aussi bien mise, aussi bien élevée que qui que ce soit. Nous ne craindrons pas de comparaison.

Elle se dirigeait vers la porte, lorsque Béatrix la rappela.

— Mademoiselle Christine! faites-moi le plaisir, pendant que vous serez chez Delille, de choisir pour moi une robe d'étoffe noire, tout ce que vous trouverez de mieux et de plus riche. Ne regardez pas au prix, je veux que cela soit très bien.

— Madame la marquise s'en rapporte à mon goût?

— Parfaitement.

— Je vous remercie mille fois, madame.

Lorsque Christine fut partie, Robert se prépara à se retirer aussi. Il baisa la main de sa cousine, et celle-ci lui dit:

— Ne trouvez-vous pas, mon cousin, que mademoiselle Orthez a parfois un air royal tout à fait imposant?

— Je n'y ai fait aucune attention, ma cousine.

— Oh! c'est pourtant bien visible!

Trois semaines après, la famille se mit en route pour l'Allemagne, dans quatre voitures: le marquis et la marquise dans la leur, Flavie et sa gouvernante en coupé, le comte de Chamarante et le baron de Chelles en calèche; les gens dans une grande berline.

Pendant la route, Christine ne laissa pas passer une occasion d'instruire son élève. Elle lui racontait, avec une éloquence brillante, l'histoire des différentes villes qu'elles parcouraient, les anecdotes dont elles avaient été le théâtre, et les personnages célèbres qu'elles avaient vus naître. Ses récits, d'une exactitude et d'une précision rare, se gravaient dans la mémoire de son élève par le plaisir qu'ils lui causaient; elle s'attachait de jour en jour à son institutrice d'une affection aussi tendre que si elle eût été sa mère. Ce jeune esprit ne demandait qu'à s'instruire, qu'à apprendre. Elle trouvait dans mademoiselle Orthez une nature correspondant à tous les instincts et à tous les besoins de la sienne. Mademoiselle Orthez devinait ses pensées avant qu'elle eût parlé, elle découvrait dans sa conscience les petites fautes d'enfant dont son front innocent rougissait, et lui évitait la peine de les lui dire. Il y avait enfin une sorte d'infiltration complète entre ces deux âmes, sentiment tout nouveau pour Flavie, et dont personne ne lui avait encore révélé l'existence.

En approchant de Baden, la jeune fille poussa des cris d'enthousiasme. Elle n'avait jamais vu de montagnes, excepté la butte Montmartre et les collines des environs de Neuillé. Cette gracieuse chaîne du Schwartz-Wald, les belles ruines du vieux château, les ravissantes vallées de la Mourg, enfin, tout ce pays à la fois si romantique et si gai, où le cœur rêve, où l'esprit s'amuse, selon la disposition où l'on se trouve, ce ravissant pays s'empara de son imagination, comme d'un optique, et rien ne devait l'en effacer.

La marquise retrouva à Baden beaucoup de gens de sa connaissance, tant Français qu'étrangers, et elle fut bientôt de toutes les parties du soir et du matin; il en résulta pour Christine et son élève une solitude presque complète. Madame de Manières et ses filles n'étaient pas venues; M. de Monza et Robert entraient souvent dans la chambre d'études. La gouvernante, toujours digne et respectueuse envers le père de Flavie, se montrait d'une réserve glaciale avec Robert. Elle pria le marquis de lui interdire l'appartement qu'elles habitaient pendant les heures de travail, ajoutant qu'il n'était pas convenable qu'il y parût seul, même au moment des récréations de sa cousine.

Le marquis raconta ce scrupule au comte, et celui-ci, loin de s'en fâcher, n'en prit que plus d'estime pour la sévère personne qu'il ne pouvait s'empêcher d'aimer.

Chacune des femmes qui composaient le cercle élégant des eaux devait, d'après des conventions faites, recevoir une fois tous les quinze jours, soit chez elle, soit au pavillon de chasse, dont on obtenait facilement la permission de s'emparer; il est de suprême bon goût de fuir la foule des baigneurs, de se séparer des inconnus, et de ne paraître au salon de conversation que dans des occasions choisies. Nulle part l'aristocratie n'est aussi marquée que dans les villes de bains, tout en prenant le manteau d'une affabilité trompeuse. On ne peut franchir les bornes posées par sa volonté, ce raout tiré parmi tant de voyageurs est comme un sanctuaire impénétrable. Si vous n'en êtes pas, vous n'y entrerez pas, tous vos efforts seront inutiles. Vous trouverez une politesse exquise, des formes charmantes, mais un mur d'airain s'élèvera entre vous et le cénacle. Il n'y a rien à faire à cela: la bonne compagnie, tant qu'il en restera un peu, et malheureusement il n'en reste guère, la bonne compagnie demeurera exclusive. Le talent, l'esprit, la beauté et la richesse y obtiennent quelquefois des lettres de grande naturalisation, mais hors cela point d'indulgence, point de salut, point de faveur.

Le jour de la marquise arriva. Ce fut Christine qui disposa l'appartement avec un goût exquis et une fantaisie d'artiste adorable. Les meubles, plus que communs, ne devinrent qu'accessoires parmi la quantité de fleurs, de lumières, de cristaux dont on les masqua; les murs disparurent sous les pyramides de roses et de verdure; ce fut un enchantement; et pas une des personnes invitées n'entra sans jeter un cri de surprise et d'admiration. Dans le jardin, de plain-pied avec le salon, on avait disposé, derrière des massifs éclairés faiblement, un de ces excellents orchestres dont l'Allemagne fourmille et que nous paierions bien cher. Au milieu du gazon une tente de toile perse fond blanc à grands dessins, relevée des côtés par de longues cordelières à glands, renfermait un buffet et des tables, où se renouvelaient à chaque instant les fruits les plus rares, les glaces, les mets les plus exquis. On dansait, on chantait, on causait, on riait sans embarras, sans gêne, sans fatigue pour ainsi dire. Mademoiselle Orthez, encouragée par les éloges, se multipliait; elle veillait à tout à la fois, elle était partout, elle prévenait les désirs de chacun. Après une demi-heure d'observation elle savait les habitudes des personnes les plus considérables, et chacune d'elles trouva à point nommé ce qui lui était le plus agréable. Cette fille possédait un des dons rares et utiles de ce monde, surtout dans une position secondaire, un tact et une finesse incomparables, d'autant plus précieux qu'elle les voilait sous une simplicité silencieuse, et que nul ne les eût soupçonnés chez elle, à moins de la bien connaître.

Vêtue ce soir-là de la magnifique robe de soie achetée par elle chez Delille et dont la marquise lui avait fait présent avant de partir, elle était splendidement belle. Peu de personnes l'avaient vue jusque là, et elle devint la lionne du bal. Pendant les premières heures, la marquise raconta franchement qu'elle devait toute cette féerie à la gouvernante de sa fille.

— Ah! lui répondit-on, où donc est-elle?

— Je ne sais. Dans quelque coin, à donner un ordre, à voir si rien ne manque; c'est un majordome si entendu! Vous la reconnaîtrez facilement, une grande femme pâle, en noir, avec des bandeaux.

Plusieurs personnes cherchèrent guidées par ce signalement, mais, lorsqu'elles eurent reconnu Christine, leur étonnement se manifesta.

— Que disiez-vous donc, madame, d'une grande femme pâle, avec des bandeaux? Je m'attendais à quelque haridelle pommadée, mais elle est charmante, elle est belle à ravir, votre gouvernante, c'est à la fois une reine et une sylphide; tous les hommes en ont la tête tournée, et ses airs de féroce vertu ne les excitent que davantage.

— Ah! ça, elle est donc réellement jolie? demanda la marquise.

— Si elle est jolie! Regardez-la seulement passer autour de cette table. Que de grâce, quel pied d'enfant dans son soulier de satin! quel bras dans sa manche de dentelle.

— Vous êtes très téméraire, marquise, ornée d'un jeune mari et d'un jeune cousin, d'attirer chez vous une semblable enchanteresse.

— Le croyez-vous? s'écria la pauvre femme, en rougissant jusqu'au front.

— Mais vous n'avez donc jamais porté les yeux sur elle, reprit la bonne âme, mais vous n'avez donc jamais remarqué la manière dont le comte Robert s'en occupe?

— Oh! Robert! c'est une ancienne flamme, et cela ne signifie plus rien, poursuivit elle, évidemment soulagée.

— Vous croyez? alors prenez que je n'ai rien dit, et puis M. de Chamarante n'est point marié.

— Je ne pense pas que vous lui supposiez l'idée d'épouser la gouvernante de Flavie.

— Non, je pense seulement qu'il est libre de ses actions, et qu'une amourette n'a pas pour lui la conséquence qu'elle aurait pour... le marquis, par exemple.

— Et la guêpe, ayant lancé son dard, s'échappa rapidement sans attendre l'effet. N'avait-elle pas calculé d'avance ? Il existe dans la société des gens dont la spécialité est de faire du mal : ces gens-là sont craints, recherchés par cela même, et souvent respectés de ceux qui les recherchent. La nature humaine est lâche, en face de toutes les puissances mauvaises, elle ne trouve d'énergie que pour écraser les faibles ; et, de tous les rôles, le plus facile, comme le plus salutaire à jouer dans le monde, est celui de vipère. Il faut peu d'esprit pour en figurer beaucoup, on est avide des bons mots qui attaquent les autres, on n'est pas difficile sur leur plus ou moins de sel, pourvu qu'ils portent, c'est tout ce qu'on exige ; ils font fortune parce qu'ils flattent les mauvaises passions: on en rit, on les colporte, on les admire, sans songer que l'on est soi-même exposé à servir de risée. Souvent un de ces mots perfides détruit une existence, enlève le bonheur et le repos d'une famille. Qu'importe ? on a ri !

Madame de Monza, tranquille jusque-là sur le compte de Christine, parce qu'elle n'en devinait pas la séduction, commença à craindre un danger imaginaire et à se tourmenter de ses craintes comme d'une réalité inévitable. Elle devint rêveuse, ne s'occupa plus de ses hôtes, suivit de l'œil mademoiselle Orthez et son mari dans tous leurs mouvements, et s'attacha aux pas du marquis, en épiant jusqu'à sa pensée. Cette préoccupation n'échappa à personne. On en chercha la cause, la jalousie de la marquise n'était pas un secret, on l'eut bientôt trouvée, et le propos prit, en peu de temps, une proportion effrayante.

— Madame de Monza craint pour son mari les charmes de la gouvernante, dit l'un.

— La gouvernante fait des coquetteries à M. de Monza, répéta un autre.

— M. de Monza est amoureux fou de la gouvernante, colporta un troisième.

— Le marquis et la gouvernante s'entendent à merveille, ajouta un quatrième.

— La marquise vient de trouver M. de Monza embrassant la gouvernante derrière une charmille, elle est sa maîtresse, c'est positif.

Voilà le monde !

Jamais M. de Monza n'avait songé que la gouvernante de sa fille fût autre chose qu'une machine à éducation plus ou moins bonne; jamais mademoiselle Orthez n'avait pensé au père de son élève que comme un homme parfaitement sans conséquence. Néanmoins, parmi ces hommes empressés à croire au vice, pas un n'osa risquer un mot inconvenant en face du regard calme et assuré de Christine, pas un n'osa lui montrer un autre sentiment qu'un respect admiratif, tant il y avait de puissance dans cette atmosphère de devoir dont elle s'entourait partout.

— Monza est bienheureux, dit un jeune baron prussien au comte de Chamarante. Il a une ravissante maîtresse.

— Une maîtresse, et qui cela ?

— Mais cette adorable fille, la gouvernante.

— Mademoiselle Orthez ! qui a pu vous dire cette absurdité ?

— C'est la nouvelle de la soirée, on la répète partout.

— Eh bien ! mon cher baron, répétez de ma part que c'est un mensonge. Mademoiselle Orthez est trop pure, et le marquis trop honnête homme, pour qu'on puisse concevoir une pareille pensée.

— Bon ! pensa le jeune homme, il est jaloux ! Peut-être le trompe-t-on, peut-être est-il amoureux et aimé... à ses heures. C'est joli à faire circuler, je n'y manquerai pas.

Le baron de Chelles parut en ce moment auprès de la porte. Robert alla vers lui, pour rompre la conversation.

— Vous voilà bien tard, mon cousin, lui dit-il.

— Que voulez-vous ?

Du fond de l'Arabie en ce jour arrivé...

J'étais à recevoir une belle dame, qui a quitté Paris à notre intention. La duchesse d'Alagny est à notre hôtel d'Angleterre.

— La duchesse d'Alagny ! très bien, encore une nouvelle ! Il m'est démontré que la superbe demoiselle Orthez a deux amants et que la duchesse vient pour lui reprendre le sien. Ajoutez-y la marquise, cela va faire une belle comédie. Attendons !

XXI

RENCONTRE

Depuis ce jour, tout changea insensiblement dans la maison de madame de Monza ; et, chose étrange, le marquis et Christine, causes uniques de ce changement, furent les seuls à l'ignorer, à en méconnaître les effets. Robert et Béatrix, jaloux tous les deux, inquiets tous les deux, les entouraient d'une surveillance active, à laquelle ils étaient loin de s'attendre ni de s'opposer. Amédée continua à passer chez sa fille de longues heures, pour surveiller et même diriger son éducation, à défaut de sa mère, toute à ses idées de jalousie d'abord, toute au monde ensuite. Mademoiselle Orthez endurait cette surveillance, supportait cette direction, mais elle n'agissait pas moins selon ses plans et selon ses idées. Elle eut bientôt acquis sur M. de Monza une influence occulte, dont il ne se doutait pas ; elle le lui fit accepter, comme s'il les avait conçus, ses projets, ses théories, et se fit donner ordre de faire absolument ce qu'elle avait décidé.

Pas une ombre d'amour ne se glissa entre eux. Je l'ai dit, le père respectait et sa fille et la gouvernante de sa fille, il regardait l'enfant et celle qui veillait sur elle, comme deux anges impeccables, exempts des faiblesses de ce monde, et d'une espèce supérieure à la nôtre. Sans s'en apercevoir il existait certainement au fond de cette admiration, de ce culte, un sentiment dont le germe annonçait la puissance, s'il venait à éclore dans l'avenir. Jusqu'ici du moins son cœur était tranquille. Il partageait sa vie entre la maison de madame d'Alagny et le monde, où la pauvre Béatrix eut bientôt le chagrin de rencontrer la duchesse toute la journée. Elle se crut dès lors obligée de ne pas manquer une partie, ni du soir, ni du matin et de s'imposer un supplice quotidien, le tout pour ne pas perdre son mari de vue. La duchesse trouva le moyen de s'en amuser, d'en amuser les autres, et de donner encore en spectacle cette pauvre âme, déchirée par la plus impitoyable des passions.

Pendant ces luttes, Christine, beaucoup plus libre, en profita pour montrer à Flavie les environs de Baden. Elle la promenait chaque jour d'un côté différent. Elles herborisaient sur ces belles montagnes ; l'étude de la botanique intéressait vivement la jeune fille, et elles ne rentraient au logis que chargées d'un butin parfumé, dont le vieux valet de chambre, compagnon indispensable de leurs courses, ne portait que la moindre portion.

Un jour elles étaient revenues pour la cinquième ou sixième fois à la *Favorite*, qu'elles ne pouvaient se lasser de parcourir. Madame de Monza et le marquis, partis pour une excursion de quelques jours à Heidelberg et à Manheim, les avaient laissées maîtresses de leur temps et de leurs actions. Elles emportèrent un déjeuner champêtre et vinrent de bonne heure, avec des livres et leur ouvrage, se reposer dans un bois mélancolique, où la belle margrave *Sibylle* promena ses plaisirs et sa pénitence.

Le domestique, fort tranquille sur leur sort dans ce parc réservé, demanda la permission d'aller se rafraîchir un peu chez le concierge, où l'on trouve la bière et le vin du Rhin. Elles restèrent donc seules, assises sur la mousse, au pied d'un gros arbre, contre lequel elles s'adossèrent. Flavie commença sa série de questions habituelles, selon la curiosité inépuisable d'un esprit actif. Christine lui répondit à tout, heureuse de ces dispositions chez son élève, et heureuse surtout de les développer encore davantage.

— Ma bonne amie, dit l'enfant, ces jolies petites mouches rouges, à points noirs, que voilà sur cette feuille, s'appellent des bêtes au bon Dieu, pourquoi cela ?

— Ce nom n'a rien de scientifique et vous ne le trouveriez pas dans M. de Buffon, Flavie. Je ne sais quelle en est l'origine, mais il doit venir d'une mère, et, si on le découvrait, on trouverait certainement au fond de tout cela quelque légende de cœur, d'espérance, de douleur, sans doute, peut-être fort touchante, dans tous les cas fort inconnue.

— Je voudrais tant la savoir !

— Eh bien, Flavie, je vous la composerai, ce sera comme si vous l'appreniez d'une tradition quelconque, n'est-ce pas ?

— Oh! j'en serai très heureuse, mademoiselle, et je la conserverai toute ma vie.

On entendit marcher dans l'allée, derrière elles, elles baissèrent la voix.

— Vous comprenez, Flavie, que dans ces histoires d'imagination le premier inventeur devient un historien par la suite des temps. Les fables de l'antiquité avaient acquis ainsi une croyance de plusieurs siècles, que nos saintes doctrines du christianisme ont eu beaucoup de peine à dénaturer.

Les pas se rapprochèrent. La personne qu'elles ne voyaient pas semblait se promener de long en large autour d'elles.

Christine ne s'en inquiéta point, mais elle chercha à fixer davantage l'attention de son élève.

— Il existe plusieurs mythologies, mademoiselle : celle des anciens, toute matérielle, et celle des temps modernes, où le spiritualisme et l'imagination prennent une part bien plus large. Nos lutins, nos sylphides, nos génies intermédiaires, ne sont point de la même famille que les demi-dieux du paganisme. Je vous ferai une leçon là-dessus un de nos jours de récréations, cela vous amusera infiniment, et vous verrez combien il y a pour vous à étudier dans ces matières. Mais que nous veut donc cet obstiné promeneur ? Je suis fâchée que Simon nous ait quittées.

— Mademoiselle, je le vois c'est un beau monsieur, très élégant, il a une canne en écaille avec une pomme ciselée, comme celle de papa.

— Ne vous occupez point de ce monsieur, Flavie, il attend quelqu'un sans doute.

— Ma bonne amie, il cherche à vous voir, il avance la tête à chacun de vos mouvements, il essuie le verre de son lorgnon, peut-être est-ce une de vos anciennes connaissances.

— Je le tiens quitte de son attention, et je ne suis point pressée de me faire reconnaître en ce cas. Qu'il passe son chemin et nous laisse à notre causerie. Je vous disais donc...

— Ma bonne amie, il prend son parti, le voilà qui entre dans l'herbe et qui marche vers nous.

— Retirons-nous, alors, Flavie, nous sommes seules, et cet homme peut avoir de mauvais desseins.

Elles se levèrent et firent quelques pas, chargées de leurs livres et de leurs ombrelles, l'inconnu se trouva tout à coup devant elles, et les regardant fixement, il s'écria :

— Christine ! c'est bien vous, je ne me trompais pas.

A cette voix, à son nom, mademoiselle Orthez laissa tomber ce qu'elle tenait à la main, et, semblable à la statue de l'étonnement, de la frayeur, elle resta debout, à la même place, inanimée, incapable de prononcer une parole. L'étranger voulut lui prendre le bras, elle retrouva alors toute son énergie, et, saisissant son élève, elle se mit à courir du côté du palais.

En quelques secondes, l'étranger l'eut rejointe, il la saisit de nouveau par le bras, et la serrant avec une grande vigueur, il la força de s'arrêter.

— D'où vient cette frayeur, mademoiselle Orthez, et pourquoi me fuyez-vous ainsi ?

— Parlez allemand, pour l'amour du ciel, lui répondit-elle en cette langue, et puisqu'il faut que je vous entende, respectez au moins la jeune fille que l'on m'a confiée. Que me voulez-vous ?

— Je veux vous voir, parbleu, je veux vous dire tout ce que j'ai amassé dans mon cœur depuis notre séparation, et, je vous le jure, vous ne m'échapperez pas cette fois-ci comme l'autre.

— Vous êtes le démon attaché à mon sort pour le perdre ; vous êtes l'instrument du malheur, de la honte de ma vie, ajouta-t-elle en rougissant.

— Toujours la même donc, Christine ! Toujours ces contes de la mère l'Oie, dont vous faites des articles de foi et des règles de conduite. Ma pauvre fille, vous avez en vous tout ce qu'il faut pour être une femme remarquable, mais votre stupide éducation gâte ces dispositions et vous pervertit, c'est dommage.

— Vous n'avez plus rien à me dire, monsieur, permettez-moi donc de me retirer. Une plus longue conversation étonnerait cette enfant.

— Vous ne me quitterez point avant que je sache où je pourrai vous revoir, Christine.

— Jamais !

— Jamais, c'est trop peu ; toujours, c'est trop long. Il y a bien un milieu entre ces deux extrêmes, voyons, ne vous faites pas prier.

— Je ne suis pas libre de mon temps, monsieur, j'habite une maison près de la route, avec la famille de Monza, et vous n'auriez pas, je pense, l'audace de venir m'y chercher.

— Vous êtes dans la famille de Monza, chez la marquise de Monza, mademoiselle de Chamarante ?

— Oui, monsieur, et voici sa fille.

— Ah ! c'est là la fille de... très bien ! Elle est fort jolie, cette petite, elle ressemble à sa mère. Et vous trouvez-vous bien chez madame de Monza ?

— Assez bien pour désirer y rester, et pour craindre tout ce qui pourrait m'éloigner de mes protecteurs. Vous m'obli-

gerez donc beaucoup en oubliant notre rencontre, et en évitant de la renouveler.

Appelant à son aide toute la dignité de son maintien, elle le salua avec hauteur et continua sa route.

— Un instant, que diable ! on ne se quitte pas ainsi. Je veux vous revoir, je vous ai cherchée dans tous les coins de l'Angleterre et de l'Allemagne, vous voilà, vous ne m'échapperez plus, je vous le répète.

— Sans pitié, toujours sans pitié, mon Dieu !

— Sans pitié, vous l'avez dit. Car si vous êtes restée avec votre caractère inflexible, le mien n'a pas changé non plus, vous le connaissez. Vous savez de quoi je suis capable, vous le savez, je ne recule devant rien pour arriver à mon but. Or, mon but, maintenant, c'est de vous posséder à moi, à moi seul, à la face du ciel et de la terre, malgré vous, s'il le faut, dussé-je pour cela aller jusqu'au mariage.

— Oh ! mon Dieu ! s'écria la gouvernante, en cachant sa tête dans ses mains, suis-je assez punie !

— Punie de quoi ? par qui ? Punie d'avoir rencontré le seul homme qui fût digne de vous comprendre, punie par un amour à rendre toutes les femmes orgueilleuses ! En vérité, ma chère, vous êtes une ingrate !

— Laissez-moi m'en aller, pour l'amour du ciel, laissez-moi m'en aller. Vous me perdez !

— Le ciel se mêle si peu de nos affaires que son nom ne m'attendrira guère, je vous en préviens.

— J'ai ici près un domestique, il peut arriver d'un instant à l'autre, vous en comprenez toutes les conséquences.

— Si je consens à ce que vous partiez, ce sera afin de vous retrouver chez M. de Monza. Oh ! ne craignez rien, je suis connu dans cette maison, très connu même ; on ne me mettra pas à la porte, seulement, on pourrait bien vous y mettre, vous !

— Oh ! c'est horrible ! dit-elle.

— Horrible ? Je ne vois pas pourquoi. De force ou de gré, maintenant que nous nous sommes revus, il faudra bien quitter cette marmaille. Cet état ne vous convient plus, dès que je suis près de vous ; ainsi ne vous désolez pas. Vous ignorez ce que le destin vous prépare. Je roule sur l'or ici j'ai des louis comme on a des sous, lorsqu'on manque de savoir-vivre. Nous mènerons un train d'ambassadeur, vous éclabousserez votre maîtresse, vous aurez des laquais et des cachemires, vous serez belle, belle à conquérir un royaume, et vous m'aimerez comme le créateur de tout cela.

— J'entends le domestique qui revient, je vous en conjure à genoux, ayez pitié de moi.

— Vous, implorer, Christine ! qu'est-ce que cela veut dire ? Vous tenez donc bien à votre position, que vous craignez tant de la perdre ? Vous le craignez jusqu'à l'humiliation, vous ! Eh bien, je ne veux pas gâter notre réunion en vous effrayant ainsi hors de propos, je sais où vous êtes, je vous retrouverai. Allez ! nous nous reverrons.

— J'ai de mon consentement...

— Alors j'irai vous chercher tout bonnement chez madame la marquise de Monza, et je vous en ai prévenue, gare les suites ! Vous viendrez ?

— Oui, répondit-elle, si bas qu'on l'entendit à peine.

— C'est bien. Adieu alors, ou plutôt au revoir. Vous êtes belle à ravir, et me voilà plus amoureux qu'autrefois, ma bien-aimée.

— Monsieur !...

— De la fureur ! Oh ! vous oubliez le passé, belle Christine, vous oubliez...

— Ne me rappelez rien, si vous ne voulez pas que je devienne folle.

— Adieu, nous en parlerons plus tard, quand vous serez tout à fait calmée. D'ici là, bon sommeil et pensez à moi.

Puis il lui fit un grand salut, envoya un baiser à Flavie, et disparut à travers les arbres. Aussitôt qu'il fut hors de vue, Christine se laissa aller sur le gazon, fondit en larmes, et, saisissant l'enfant dans ses bras, elle la couvrit de baisers.

— Oh ! mon ange, mon ange, mon ange si pure ! sauve-moi de l'enfer où ce démon veut me rejeter ! s'écria-t-elle.

XXII

CORRESPONDANCE

Lorsque son exaltation fut calmée, Christine comprit qu'elle venait de rendre Flavie témoin d'une scène bien étrange, qu'elle venait d'éveiller dans cet esprit enfantin des soupçons et des conjectures dangereuses pour elle. Elle resta quelques minutes sans parler, pendant que son élève, ouvrant ses grands yeux, la regardait étonnée, attendant avec impatience une explication quelconque.

— Flavie, dit-elle enfin, venez près de moi, ma fille.

Flavie obéit.

— Embrassez-moi, chère petite, et dites-moi si vous m'aimez, si vous croyez surtout à l'affection que je vous porte.

— Ma chère bonne, je vous aime de toute mon âme, et je crois que vous m'aimez autant que je vous aime.

— Eh bien ! Flavie il vient de se passer devant vous une chose que votre âge vous interdit de comprendre. Vos parents doivent en être instruits, et ils le seront par moi. Je ne leur dissimulerai jamais rien, comme vous le pensez. S'ils vous interrogent, dites ce que vous avez vu, vous devez à vos parents la vérité avant tout ; mais hors M. et madame de Monza, personne n'a le droit de fouiller dans ma vie, personne n'a le droit d'apprendre ce qu'il me convient de cacher ; je n'ai donc pas besoin de vous dire que si une autre personne, n'importe laquelle, fût-ce votre parent le plus proche, fût-ce votre amie la plus chère, vous fait des questions indiscrètes, ce serait manquer à vous, à moi, à la délicatesse, que de révéler un secret auquel vous êtes étrangère. Accoutumez-vous de bonne heure à la discrétion, c'est une des qualités essentielles au bonheur et à la considération d'une femme.

— Vous pouvez être tranquille, mademoiselle, si mes parents m'interrogent, je leur dirai ce que j'ai vu, à quoi je n'ai rien compris ; s'ils ne m'interrogent pas, ni eux ni qui que ce soit ne se doutera jamais que j'aie assisté à cet entretien.

— C'est bien, Flavie, et maintenant reprenons notre leçon de botanique, votre éducation ne doit pas souffrir des extravagances d'un fou.

Et, avec l'inconcevable pouvoir qu'elle possédait sur elle-même, Christine refoula au fond de son cœur les pensées tumultueuses qui l'assiégeaient et reprit la démonstration interrompue, comme si la fièvre du désespoir ne battait pas dans ses artères. Elle imposa par sa volonté une borne à ses inquiétudes et remit à un moment plus opportun les importantes déterminations qu'il lui fallait prendre.

Flavie et la gouvernante rentrèrent comme d'habitude à la maison. Les études, les travaux suivirent leur cours ordinaire, rien ne changea en apparence, dans cette âme bouleversée de tempêtes. Elle joua avec l'enfant, ainsi que cela se faisait chaque soir, mais lorsqu'elle l'eut mis au lit, lorsqu'elle la vit endormie, elle monta dans son cabinet de travail, épuisée, morte, des efforts inouïs qu'elle s'imposait, et se laissa tomber sur un siège. Des larmes contenues jusque-là coulaient sur ses joues, si pâles, si veloutées, comme des gouttes de rosée sur la corolle d'un lis.

— Oh ! mon Dieu ! s'écria-t-elle, venez à mon secours.

Elle resta de la sorte absorbée, anéantie pour ainsi dire, rassemblant ses pensées éparses dans son cerveau, cherchant à former un plan, à prendre un parti sérieux ; mais elle ne voyait qu'un labyrinthe sans issue, que des dangers inévitables, auxquels elle devait succomber. Après une heure, bien longue, passée ainsi, elle se leva, alla vers la fenêtre ouverte et donnant sur un immense jardin, derrière lequel s'élevait la montagne de Mercure, et là, à la clarté d'une belle nuit, dans ce silence universel de la nature, elle reprit un peu de calme.

Elle repassa toute sa vie, cette vie marquée dès le berceau au coin d'une étrange destinée. Elle se rappela sa première enfance et sa chaumière, la perte de ses parents, son arrivée au château de son bienfaiteur, sa mort et le changement qui en fut la suite ; son éducation, la sévère amie qui y présida et dont le seul mobile était l'intérêt. Puis les années écoulées dans ses voyages, au milieu des étrangers, sa fierté sans cesse humiliée, la position secondaire où elle végétait, les offres qu'elle avait rejetées, les ambitions qu'elle avait foulées aux pieds, les espérances qu'elle avait conçues.

— Et tout cela, dit-elle, pour me briser contre cet obstacle ! Je n'ai tant souffert, je n'ai accepté toutes ces misères qu'avec la certitude de les vaincre ; j'entrevoyais enfin le but désiré, j'y touchais bientôt peut-être, et maintenant m'en voilà rejetée plus loin que jamais ! Oh ! cet homme ! cet homme ! ce satan, attaché à ma perte. Cet homme, le seul au monde qui pût dominer ma vie, il s'est retrouvé sous mes pas. Je suis donc maudite ? Dieu ne veut donc pas permettre, à ceux dont l'âme est supérieure à leur condition, de s'élever ? Il faut donc rester éternellement courbée sous le joug de l'esclavage, ou bien il faut accepter le déshonneur et la honte. Oh ! non, non, je ne veux pas !

Elle se frappa le front, elle se mit à sangloter, elle eut un paroxysme de fureur et de rage, effrayant à voir. Cette nature de fer se révoltait contre la nécessité impitoyable, elle se raidissait contre le malheur, et le repoussait loin d'elle.

La nuit tout entière se passa ainsi en combats, en lutte acharnée, en résolutions abandonnées aussitôt que conçues ; c'était pitié que de voir cette jeune fille aux prises avec une fatalité invincible. Le matin, la fatigue amena un calme forcé, elle dormit quelques heures. On la réveilla en lui portant une lettre, et Flavie, entrée en même temps, se précipita vers elle, et s'écria :

— Oh ! ma bonne amie, êtes-vous donc malade ?

Depuis la veille elle était méconnaissable.

— Quoi ! j'ai dormi si tard ! Quoi ! vous êtes levée, Flavie, et sans moi ! J'ai manqué à mon devoir, en ne surveillant pas votre toilette ; mais j'ai passé une si mauvaise nuit ! Êtes-vous bien lacée, au moins ? Avez-vous pris tous nos soins habituels ? Avez-vous fait votre prière ? Et, depuis que vous êtes habillée, vous a-t-on donné votre tasse de lait ? Avez-vous copié le thème anglais ?

— Tout cela est fait, mademoiselle, et de plus voilà un beau bouquet arrangé pour vous en déjeunant.

— Merci, chère enfant, merci. Oh ! vous avez réparé ma faute, merci surtout pour avoir songé. Maintenant, permettez-moi de lire.

Ce caractère étrange ne se démentait jamais. Bien qu'elle eût reconnu l'écriture de son persécuteur, bien que son cœur battît à l'étouffer, en pensant à tout ce que renfermait cette lettre, elle s'interdit de l'ouvrir jusqu'à ce qu'elle eût rempli vis à vis de son élève ses devoirs habituels. Cet effort ne semblait pas lui coûter la moindre peine, son œil était souriant, sa physionomie caressante, elle embrassa encore Flavie, et ce ne fut qu'après l'avoir vue établie à son pupitre qu'elle se permit de songer à elle-même.

La lettre de l'inconnu contenait ces mots :

« Je me suis procuré tous les renseignements possibles, « je sais maintenant comme vous-même votre position dans « la maison de Monza ; je sais pourquoi vous craignez tant de « la quitter ; je sais quels liens vous y attachent. J'ai recueilli « les bruits stupides qui circulent sur votre compte, dans cette « société inoccupée. J'en ai pris la vérité, et j'en ai laissé le « mensonge, car je vous connais, Christine. Cependant vous les « ignorez, j'en suis sûr ; je vais vous les apprendre, peut-être « vous aideront-ils à vous décider. Vous passez ici pour la « maîtresse du marquis de Monza et du comte Robert de Chamarante. La jalousie de la marquise a donné créance à la « première fable, la vraisemblance a accrédité l'autre. On ne « vous ménage pas, vous le voyez. Tout autre à ma place mettrait en avant la colère et la jalousie ; ne craignez pas cette « sottise, je suis trop supérieur à ces gens-là pour les redouter ; d'ailleurs, je vous le répète, je vous connais. M. de « Monza n'est pour vous que le père de votre élève, vous ne « pouvez pas l'aimer, parce qu'il ne vous vient pas à la cheville, et puis il est marié, vous n'en avez rien à faire.

« Il n'en est pas de même de Robert. Celui-là, vous l'aimez « peut-être, ou, pour parler plus juste, *vous le rêvez*. Je me « souviens de vos prétentions, je me souviens de ce que vous « désirez, et le comte de Chamarante réunit les conditions « exigées pour trôner parfaitement sur le piédestal de votre « cœur. Si vous m'avez fui, c'est que vous avez découvert mes « malheureuses dispositions pour l'état de divinité. Pauvre « Christine ! Une idole de mon poids est trop lourde sur un « charmant socle de cristal et de joyaux pareil au vôtre. Il me « faut, moi, un autel d'or ou de fer, un monolithe ! Robert « vous va tout à fait. Il roucoulera tout le temps nécessaire, et « il est même capable, un beau jour de printemps, quand « son amour, le soleil, vos charmes, les fleurs et votre résistance lui monteront à la tête, il est ma foi capable de vous « faire comtesse.

« Vous rougissez en lisant ceci, ma charmante amie, car « vous ne vous croyez pas si bien devinée.

« Ne vous effrayez pas cependant, je n'en ferai que le moins « d'usage possible, et si vous voulez m'obéir scrupuleusement, « votre orgueil et votre honneur sont saufs, *de toutes les manières*.

« Je n'ai qu'à souffler sur vos châteaux, et les voilà détruits, « vous ne l'ignorez pas, ma pauvre colombe ; c'est malheureusement un fait qu'il faut accepter sans conteste, mais j'y « mettrai des procédés, je vous le jure. Je ne demande pas où « vous en êtes avec Robert, c'est votre secret, et, dans ma « condescendance, je vous laisse le soin de la rupture. Arrangez la comme il vous plaira, à vos heures, à votre fantaisie ; « prenez votre temps ; je ne suis pas pressé, je vous ai retrouvée, et, de par le ciel, ou l'enfer, cela dépend de la manière « de voir, je ne vous perdrai plus.

« Votre Céladon reviendra d'ici à quelques jours, la marquise également ; vous inventerez une fable, et vous partirez

« avec moi. Dans cet intervalle de temps, il faut que je vous
« voie chaque matin. Ne pouvez-vous quitter votre poupon ?
« Comme cela vous va, à vous, des marmots ! Songez-y. Chris-
« tine *je veux* que vous veniez me trouver, vous savez quelle
« valeur ce mot a dans ma bouche. C'est un arrêt dont rien ne
« peut empêcher l'accomplissement. Ainsi, aujourd'hui, ce soir,
« à quatre heures, vous confierez votre élève à quelque com-
« mère, et vous vous trouverez au vieux château, devant les
« ruines. Nous n'y rencontrerons personne, tout le monde
« dîne alors dans cette Allemagne arriérée. *Nous nous enfonce-*
« *rons sous les voûtes*, à l'instar des héros de romans, que
« vous adorez, et nous causerons de nos affaires. Vous voyez
« que je vous arrange là une belle mise en scène, et entière-
« ment selon vos goûts. Nous ne nous jurerons pas un amour
« éternel, parce que c'est bête, nous nous promettrons de res-
« ter ensemble tant que nous nous aimerons, ou que votre in
« térêt l'exigera. Et ce serment là, n us le tiendrons. Si on
« n'en faisait que sur de pareilles bases, on n'y manquerait
« point. La vie est si exigeante !
« Je suis toujours le même, rien ne me change. Je vous
« attends, comme je vous attendais autrefois, sous les om-
« brages de Greenwich, lors que nous promenions nos chastes
« amours et que ou rêvions à la lune. Ce sera absolument la
« même chose, nous consommerons autant de *Lamartine* qu'il
« vous plaira, à condition pourtant que nous finirons par des-
« cendre de *là-haut* sur la terre, les ailes se fatiguent à tou-
« jours planer. Mon style va blesser vos théories angéliques,
« mais, ma pauvre enfant, qu'y puis-je faire ? Si j'ai été un
« ange, je suis déchu, et je ne me souviens de ma patrie que
« pour la narguer. D'ailleurs, ne vaut-il pas mieux voir les
« choses telles qu'elles sont ? A ce soir, et n'y manquez pas,
« charmante Christine vous me causeriez un chagrin véritable,
« car je serais obligé de vous en faire, ce qui amènerait des
« suites graves et me contrarierait, parole d'honneur. — Je
« n'ai pas besoin de signer, vous reconnaissez ma marque. »

Christine ne changea pas de visage, ne fit pas un mouvement en lisant cette inconcevable épître. Lorsqu'elle eut fini,
elle la ploya lentement et la remit dans sa poche. Sa physionomie, son attitude indiquaient une réflexion profonde, qui
dura plus d'une heure. Après quoi elle prit la lettre, la relut
une troisième fois, et allumant une bougie, elle la brûla et en
jeta les cendres au vent. Cette opération faite, elle entra chez
Flavie.

— Mon enfant, lui dit-elle, vous avez du travail pour toute
la jo rnée. n'est-ce pas ?

— Oui, mademoiselle.

— Vous pouvez rester ici avec Joséphine, pendant que je
sortirai une heure ou deux. Je veux monter jusqu'au vieux
château : il faut que je prenne l'air, ou mon mal de tête me
rendra folle.

— Allez ! allez ! bonne amie, je serai parfaitement tranquil e,
je finirai mon devoir de demain et j'étudierai mon piano.

— Je m'en rapporte à votre promesse, nous verrons si vous
la tenez.

Flavie, toute fière d'inspirer de la confiance, se remit à l'ouvrage, remplie d'une nouvelle ardeur. Mademoiselle Orthez
s'enveloppa d'un châle, jeta un voile sur son chapeau et se dirigea vers la montagne. A cette heure de la chaleur la plus
grande, les rues de Baden étaient désertes. Les uns se reposaient, les autres jouaient, les autres couraient les environs,
mais personne ne ma chait pour marcher dans ce petit pays,
où les affaires ne se font qu'avec les plaisirs. La gouvernante
se glissa donc inaperçue sur la route puis dans le bois, elle
prit un sentier de traverse conduisant directement aux ruines
et y arriva enfin le cœur palpitant, la physionomie sévère et
impassible, maîtresse d'elle-même et bien décidée à ne pas détruire son avenir, sans essayer de tous les moyens possibles
pour le conserver.

Jusque-là elle ne rencontra personne. On entendit quelques
éclats de rire, quelques conversations bruyantes, à travers les
arbres qui la dissimulaient, mais elle était sûre de ne pas avoir
été vue. Les ruines se dressaient devant elle, et, contre l'ordinaire, les abords en étaient déserts. Le restaurant établi depuis par le concierge n'existait pas à cette époque, et, ainsi
que l'avait prévu l'étrange personnage, les baigneurs redescen-
daient vers les tables d'hôtes.

Christine n'attendit pas longtemps, à peine se fut-elle montrée devant la porte en ogive que son correspondant se montra
aussi. Il la salua de loin, d'un geste fort noble et fort gracieux,
et lui fit signe de continuer sa course dans la direction la
moins fréquentée. Il la suivit, sans en avoir l'air, jusqu'à ce
que tous les deux arrivassent dans une espèce de clairière,

très écartée, très sombre, tout à fait propre enfin à un entretien semblable à celui qu'ils désiraient avoir.

L'homme appela alors Christine par ce nom seulement, et
ajouta :

— Nous sommes bien seuls ici, causons !

XXIII

L'AME D'UNE AMBITIEUSE

Christine s'inclina froidement, et répondit avec un calme
plein de dignité :

— Causons, monsieur.

L'homme la regarda quelques minutes avec une attention
sou enue, puis, croisant ses bras sur sa poitrine, il lui dit :

— Ma parole d'honneur, Christ ne vous ê es magnifique, je
vous admire. Il n'y a pas au monde une autre femme digne de
moi, et je crois que je me déciderai à devenir réellement édi-
teur responsable de vos actions. Vous souffrez horriblement,
j'en suis sûr, vous imposez une violence extrême à votre caractère emporté pour ne pas m'accabler de reproches et d'injures plus ou moins méritées, et vous voilà aussi tranquille en
apparence que si nous allions parler littérature ; vous voilà le visage pâle, il est vrai, mais la bouche souriante, mais le maintien libre, la tête haute. Vous semblez plutôt une reine qui va
tenir cour plénière, qu'une femme menacée dans ce qu'elle a
de plus cher. Vous auriez fait une grande comédienne, ma
chèr, et, si vous le voul z, il n'est peut-être pas trop tard
pour y penser, nous gagnerions beaucoup d'argent.

Christine se mordit les lèvres de dépit, cet homme infernal
la devinait sans cesse, il lisait dans sa pensée comme dans un
livre ; elle ne pouvait lui dissimuler ni ses combats, ni ses
cr intes ; et les efforts surhumains qu'e le s'imposait, afin de lui
montrer un insouciant mépris, devenaient inutiles. Découragée,
elle se laissa tomber sur le gazon sans répondre. Il s'assit auprès d'elle :

— Avez-vous réfléchi à ma lettre ? demanda-t-il.

— Oui, monsieur.

— Monsieur ! vous tenez donc à la cérémonie ? Enfin n'importe ! Venons-en à l'essentiel. Vous serait-il agréable de me
communiquer le résultat de vos réflexions ?

— Je ne suis venue que pour cela.

— Eh bien ?

— Eh bien, vous m'avez devinée, du moins dans ce qui concerne mes sentiments pour vous. Un instant abusée, aveuglée,
je ne le suis plus, je vous vois tel que vous êtes ; voilà pourquoi
je vous prie de suivre votre route et de me laisser continuer
la mienne, sans vous inquiéter où elle me conduira, cela me
regarde.

— Vraiment ! vous croyez me connaître, vous ! ma pauvre
petite vous n'en êtes pas encore à la sixième lettre de cet
alphabet.

— Raison de plus, celles que j'ai déchiffrées ne me donnent
pas envie de continuer mon œuvre.

— Bien obligé ! Vous repoussez et mes propositions, et mes
sentiments, c'est une belle et bonne guerre que vous me décla-
rez. On s'y conformera. Cependant, j'ai pitié de vous, je n'accepte pas votre cartel à la première sommation, je vous laisserai
le temps de revenir de votre erreur. Croyez-moi, vous jouez un
jeu de dupe. La maison que vous habitez ne vous convient pas,
cette position secondaire vous met sous la domination de gens
qui ne comprennent ni votre intelligence, ni votre valeur. Béatrix, la marquise veux-je dire, est un enfant gâté avec tous les
défauts de la femme et ceux de la petite fille. Monza, faible,
indécis, fort ordinaire en tout, cache de mauvais instincts sous
une éducation vernissée. Robert, étourdi, incapable, sans con-
sistance, portant le nom de Chamarante, ce beau nom qui date
des croisades, comme on porte un vieux vêtement, auquel on
est accoutumé, et qui ne vous gêne plus. Ne voilà-t-il pas un
intérieur digne de vous, l'esprit immense, l'intelligence supérieure, le caractère fort !

— Mais, monsieur, vous connaissez donc la famille de
Monza, M. de Chamarante, que vous en parlez si haut ?

— Si je les connais ! Bien plus et bien mieux que vous, et
voilà justement où gît le danger, quant à ce qui vous regarde.

— Je ne vous comprends pas, monsieur.

— Je le sais parbleu bien que vous ne me comprenez pas,
sans cela... Enfin, revenons à notre sujet : vous me haïssez,
vous me dédaignez, vous refusez mon cœur, ma main..., et ma
fortune ?

— Oui, monsieur.

— Vous refusez aussi mon cœur et ma fortune, sans ma main ?

— Oui, monsieur.

— Parfaitement. Alors, ma chère, il en faudra venir aux moyens extraordinaires, car je n'en démordrai pas, quant à moi, je vous avertis. Je vous veux, je vous veux absolument, si ce n'est pas de bonne volonté, ce sera malgré vous, ce sera malgré Dieu. Plus vous y mettrez de fermeté, plus j'y mettrai de persistance, c'est une sorte de gageure, et cette fois vous ne me dérouterez pas, en me laissant de fausses adresses, je vous en réponds ! Je ne sais si vous avez jamais reçu une seule de mes lettres, dans tous les cas l'enveloppe devait être un singulier spécimen de tous les timbres de l'Europe, vous vous les faisiez envoyer d'un lieu à l'autre d'une façon curieuse.

— J'ai reçu toutes vos lettres, monsieur.

— Et vous n'y avez pas répondu, c'est plus sûr, voyez-vous. Il me semble pourtant qu'après ce...

— Il existe certaines circonstances dans ma vie que je ne veux pas me rappeler, dont je repousse le souvenir; n'ajoutez pas un mot, ou je vous quitte la place.

— Quand je vous assure que vous feriez une excellente comédienne ! mademoiselle Mars elle-même n'aurait mis ni plus de dignité, ni plus de chaleur dans cette tirade.

Christine ne répondit rien, elle cacha sa tête dans ses mains, et de grosses larmes se firent jour à travers ses doigts, et coulèrent lentement jusque sur ses genoux. L'inconnu la regardait toujours avec autant d'indifférence que si elle n'eût pas souffert, que si elle n'eût pas pleuré. Il étudiait la douleur.

— Si le baron de Chelles était à ma place, il vous chanterait certainement :

« Pourquoi pleurer ? c'est moi qui vous implore. »

Mais je ne me permets pas ces littératures-là sans prévenir les gens ; les guet-apens sont défendus. Je vous dirai donc en prose que vous avez tort de pleurer, que cela rougit les yeux, et que cela ne sert absolument à rien du tout: ni Dieu ni moi nous ne vous en tenons compte. Vous feriez bien mieux de songer sérieusement à mes projets, à notre avenir commun.

— Mais, monsieur, je ne veux pas, moi, que notre avenir soit commun.

— Ma très chère, rien n'est brutal comme un fait, vous le savez, et le fait accompli surtout. Or, vous savez aussi..

— Taisez-vous, taisez-vous, monsieur ! Vous me faites horreur !

— Vraiment ?

— En doutez-vous ?

— Eh bien, j'en suis bien aise, et je vais vous aimer à l'adoration. Je n'ai encore jamais eu l'honneur d'inspirer un semblable sentiment à aucune femme, et je serai charmé de goûter un peu de cela.

— Monsieur, dit Christine, en essuyant ses yeux et en se levant avec beaucoup de hauteur, le temps que je comptais passer ici est écoulé; maintenant, il faut que je rentre; mais, avant de vous quitter, je veux vous répéter de nouveau pourquoi j'ai consenti à venir, afin que vous ne vous trompiez pas sur mes intentions. Je ne sais si je vous ai jamais aimé, ce dont je suis sûre c'est que je ne vous aime plus, que je ne vous aimerai jamais; qu'à dater de ce moment je vous suis totalement étrangère, et que ni prière, ni menace, n'obtiendront de moi de vous écouter davantage. Si vous m'écrivez, vos lettres vous seront renvoyées cachetées; si vous cherchez à me voir, vous ne m'amènerez plus du moins à y consentir.

— Vous viendrez demain.

— Je ne viendrai plus.

— Vous viendrez demain, vous dis-je.

— Eh bien, non, mille fois non !

— Alors j'enverrai à madame de Monza le récit de cette partie de votre existence à laquelle vous ne voulez pas penser, j'enverrai à Robert certain billet écrit au crayon, et qui en dit de plus qu'il n'est gros, comme le fameux quoi qu'on die.

— Vous seriez assez lâche, assez infâme pour cela ?

— Parfaitement, et sans le moindre remords encore.

Un éclat de fureur passa dans les yeux de mademoiselle Orth; elle devint rouge, elle ordinairement si pâle, elle avança vers son persécuteur une main tremblante d'émotion, et laissa tomber ces mots avec un dédain, une résolution magnifiques :

— Agissez à votre guise, monsieur, perdez une pauvre femme sans appui, sans soutien, sans amis sur la terre. Faites-

moi chasser d'une famille où je suis honorée, livrez-moi au mépris d'un homme qui n'a pour moi que les sentiments de bienveillance vous en êtes le maître, et vous le pouvez. Cependant vous ne connaissez pas Christine Orth; si vous la supposez capable de tomber sans vengeance. Maintenant que vous m'avez dévoilé votre caractère, je ne vous crains plus. Il doit y avoir dans votre vie quelque côté vulnérable aussi, je le trouverai, j'y consacrerai mon existence entière s'il le faut, et alors je vous rendrai avec usure vos procédés envers moi, soyez tranquille. Voilà, monsieur, tout ce que je puis vous répondre.

Et, le saluant avec une majesté provocatrice, elle se mit à courir dans la direction de la ville comme une biche effarouchée. Le jeune homme resta immobile, la regardant fuir, tant qu'il fut possible de l'apercevoir. Lorsqu'il l'eut perdue de vue, il frappa ses mains l'une contre l'autre, en s'écriant :

— Cette fille là est trop belle, trop courageuse et trop adroite pour que j'y renonce jamais je l'aurai.

Christine passa la soirée et la nuit dans un état impossible à dépeindre; elle avait bravé cet homme en sa présence, elle avait voulu l'humilier, l'anéantir par son mépris, mais seule elle comprenait son impuissance en face des moyens terribles dont il pouvait disposer. Elle se voyait perdue, couverte de honte, obligée de fuir et la maison de Monza et la société qui l'avait reçue. Tout son sang bondissait à l'idée d'un pareil outrage.

— Oh ! se disait-elle, si cela arrive, je le tuerai et je me tuerai ensuite ! Que serait pour moi la vie après cela ?

Le lendemain s'écoula tout entier sans nouvelles. Loin d'en être rassurée, la gouvernante trembla. Les conjectures les plus alarmantes se croisèrent dans son imagination; elle connaissait trop un adversaire pour espérer qu'il renonçât à ses desseins. Elle frémissait donc à chaque instant de trouver un précipice sous ses pas.

Après le dîner, elle se promenait au jardin avec son élève; l'enfant jouait autour d'elle, lui adressait de temps en temps une question amicale, et la laissait libre ensuite de se livrer à ses réflexions. On annonça un accordeur de piano, mandé le matin même; mademoiselle Orth entra dans le salon, afin de lui donner les instructions nécessaires; Flavie resta à soigner ses fleurs et ses allées. L'accordeur salua profondément; quand il releva la tête, Christine poussa un cri involontaire: c'était l'étranger.

— Ne criez donc pas comme cela, ma chère, c'est stupide; les domestiques croiront que je vous manque de respect, ou que j'emporte l'argenterie de votre maîtresse, et ils viendront nous gêner. Ayez un peu plus d'empire sur vous-même, que diable !

— Monsieur... que venez-vous faire ici ?... Cette audace... Sortez ! ajouta-t-elle, en lui montrant la porte d'un geste superbe.

— Tout à l'heure, c'est bien mon projet, après que nous aurons échangé quelques mots. Vous ne seriez pas venue à moi, je suis venu à vous, car il faut en finir. J'ai décidé que vous m'appartiendriez, n'importe par quel moyen. Votre royale sortie de l'autre jour m'a piqué au jeu; vous étiez si belle que, ma foi, j'ai changé d'avis. Je ne vous demande plus de m'écrire, je ne vous demande plus de m'accorder un rendez-vous toujours interrompu, toujours surveillé, dans les ruines ou à Ebersteinburg, ou n'importe dans quel lieu romantique. Je veux beaucoup mieux que cela : je connais à présent l'intérieur de ce logis aussi bien que si je l'avais habité, on peut entrer très facilement dans le jardin par le côté donnant sur la campagne. Un escalier dérobé, dont vous avez la clef, correspond de votre chambre à une petite serre abandonnée. Il faut que vous ouvriez cette porte, que vous me receviez chez vous, que je puisse vous voir, causer à mon aise et sans contrainte, il le faut, entendez-vous ? Voilà où m'a conduit votre résistance, vous m'avez refusé le facile, j'ai pensé obtenir plus. Je vous laisse toute cette nuit, la journée de demain pour vous décider. Si demain au soir je n'ai point reçu votre consentement, après-demain, à midi, je pars pour Heidelberg, et je vous donne ma parole de gentilhomme que je vous fais chasser ignominieusement de cette maison. Vous n'ignorez pas que ma foi de gentilhomme est pour moi chose sacrée. Je ne vous demande point de réponse en ce moment, je me retire, ne craignez rien, on ne m'a ni vu, ni deviné. Votre sort est entre vos mains, choisissez.

Le lendemain, à l'heure indiquée, l'étranger reçut la lettre suivante :

« La guerre, la guerre à mort. Eh bien ! soit. Je ne vous crains ni ne vous redoute, j'ai pris une résolution qui me place au-dessus de vos atteintes. Avec mon bon droit, ma

« volonté et mon courage , je suis plus forte que vous, et je
« vous attends. »

— Que diable a-t elle résolu? se demanda t-il, jouons serré.
sans cela elle me mènerait loin peut être... De quoi puis-je
avoir peur? est-ce que je ne la tiens pas, cette fière Brada-
mante?

Au même instant, M. et madame de Monza et le comté arrivaient d'Heidelberg.

XXIV

JALOUSIE

En descendant de voiture, le marquis et la marquise embras-
sèrent Flavie, qui s'élançait au devant d'eux, et l'enfant leur
rendit leurs caresses avec usure. Cependant, un observateur
eût remarqué une grande différence dans les témoignages de sa
tendresse. Elle levait sur sa mère des regards craintifs et em-
barrassés, tout en lui demandant :

— Vous êtes-vous bien amusée, chère mère ? Comment vous
portez-vous? Etes-vous fatiguée ?

Tandis qu'elle jetait franchement ses bras au cou du marquis, murmurant à son oreille :

Oh ! cher petit père, quelle joie de vous revoir ! Avez-
vous bien pensé à moi? J'ai beaucoup travaillé avec ma bonne
Christine, et j'ai été fort sage.

— Mademoiselle rêhez, dit Robert, vous me semblez bien
pâle est-ce que vous êtes souffrante ?

— Je vous remercie, monsieur le comte, je suis toujours pâle
vous le savez, répondit-elle, en souriant tristement.

— Et qu'avez-vous fait pendant notre absence? Est-il venu
quelqu'un?

Absolument personne, madame la marquise ; nous sommes sorties comme à l'ordinaire, avec Simon; nous avons suivi
nos études ; mademoiselle Flavie a terminé son tabouret et
appris de nouvelles variations.

— Ah! tu nous feras juge de tout cela, n'est-ce pas, petite
Flavie ?

— Quand vous voudrez, chère maman, tout de suite, si cela
vous plaît.

— Non, pas ce soir, je suis fatiguée, nous souperons et
nous nous coucherons bientôt. Mademoiselle Orthez, avez-
vous donné des ordres ?

— Tout est prêt, madame.

La femme de chambre prit le chapeau et les effets de voyage;
madame de Monza alla vers la salle à manger, tenant sa
fille par la main. Elle la fit asseoir à côté d'elle, et commença
à l'interroger de nouveau d'une manière distraite. En lui parlant elle passait ses doigts dans ses cheveux et caressait son
joli visage ; tout à coup elle poussa un cri en attirant vivement
Flavie vers elle.

— Qu'as-tu là, mon enfant? Qu'est-ce que cette affreuse
grosseur derrière l'oreille ? Je ne l'avais pas encore vue, depuis quand cela est il venu ?

— J'ai eu l'honneur de dire à madame la marquise, il y a
déjà quelque temps, que mademoiselle Flavie avait un kyste
encore fort peu développé; madame m'a répondu de faire venir
le docteur, il est venu, il a parlé à M. le marquis, il a ordonné
un régime, que nous suivons. J'ai rendu compte de tout cela.
à madame.

— A moi, mademoiselle ! répliqua Béatrix avec aigreur, vous
rêvez. C'est à monsieur sans doute, car depuis quelque temps
vous êtes très exacte à le tenir au courant. C'est moi cependant que cela regarde plus particulièrement, ce me semble.

— Vous avez oublié notre conversation à cet égard, madame.

— Je n'ai rien oublié, mademoiselle. La santé de mon enfant m'est trop précieuse pour que je n'y songe pas avant tout.
Dis-moi, Flavie, qu'éprouves-tu, ma chère mignonne? Souf-
fres-tu de cette glande ?

— Souvent la nuit, lorsque je me couche de ce côté, elle
m'empêche de dormir.

— Voyez-vous! cette petite fille passe des nuits horribles,
j'en suis sûre, et je l'ignorais, et je ne suis pas restée auprès d'elle !

— Madame, mademoiselle Flavie ne passe pas des nuits
horrible; tranquillisez-vous; elle se réveille quelquefois, et je
m'en aperçois sur-le-champ; alors, je vais vers elle et je lui
donne tous les soins nécessaires.

— Est-ce vrai, Flavie?

Christine se leva par un mouvement involontaire, et étendant
la main sur la tête de l'enfant comme pour la prendre à témoin :

— Madame, dit-elle, je n'ai jamais menti.

— Mademoiselle, reprit M. de Monza, je vous demande pardon, veuillez emmener Flavie.

La gouvernante leva son grand œil bleu sur M. de Monza et
vit dans les siens une tempête prête à éclater; elle comprit
qu'en effet sa place et celle de son élève n'étaient plus là, et,
saluant en silence, mais avec hauteur, aussi éloignée de l'inso-
lence que de la servilité, elle sortit de l'appartement. Amédée
l'accompagna jusqu'à la porte comme une duchesse.

Resté seul avec sa femme, il lui tendit son bras et lui proposa de passer un instant au salon. La marquise le repoussa
sans répondre et marcha devant lui.

Ils entrèrent tous les deux, le marquis ferma la porte, Béatrix se jeta sur un divan.

— Avant de nous séparer, madame, j'ai voulu vous montrer
sans colère toute l'inconvenance de la scène provoquée par
vous tout à l'heure. Vous venez de jouer un triste rôle devant
votre fille et de lui donner une détestable leçon.

— Je comprends, monsieur, j'aurais dû accepter le démenti
de cette fille à mes gages et me laisser accuser par elle, en
votre présence, de négliger la santé de mon enfant. Cela eût
été plus convenable, n'est-ce pas ?

— Je suis fâché de vous dire, Béatrix, qu'au moins cela eût
été juste : car il est parfaitement vrai que mademoiselle Orthez
vous a parlé devant moi, et à plusieurs reprises, de ce kyste;
vous avez répondu que ce n'était rien, que vous aviez vu plusieurs personnes atteintes de ce bobo, et que la moindre chose
suffirait pour le dissoudre. Alors, la gouvernante et moi, plus
faciles à inquiéter que vous, sans doute, nous avons fait chercher le médecin, ainsi que vous venez de l'entendre ; tout son
récit est parfaitement exact.

— En vérité, monsieur, je ne vous comprends pas. Quoi!
vouloir me persuader à moi-même que je radote, que je suis
folle ! J'ai oublié toute cette histoire, tandis que vous et votre
gouvernante vous vous la rappelez si bien!

— Vous étiez alors, ma chère, occupée de je ne sais laquelle
de vos lubies jalouses, vous ne songiez qu'à cela, et tout le
reste passait inaperçu.

— Reprochez-moi donc de vous aimer par-dessus toute
chose !

— Je ne vous reproche point votre amour, Béatrix, au contraire, j'en suis heureux ; mais je désirerais qu'il se traduisît
différemment; je désirerais vous voir occupée de moi d'une
autre manière ; je désirerais surtout vous voir occupée de votre
fille, de votre maison, et ne pas laisser entre les mains d'une
étrangère ce qui serait si bien dans les vôtres.

— Toujours vos éternelles récriminations ! elles me semblent
d'autant plus déplacées dans cette circonstance que cette étrangère n'en est pas une pour vous, que, depuis quelque temps
surtout, vous vous occupez uniquement d'elle, et que vous lui
donnez vous-même la place que vous me blâmiez de lui laisser
prendre.

— Combien de fois, Béatrix, vous répéterai-je sans succès la
même assurance? Oui, vous avez raison de citer mes récriminations éternelles, car, depuis notre mariage, je n'ai cessé de
vous supplier de changer vos manières, et, croyez-moi, chère
amie, si nous avons eu quelque discussion, si des orages se
sont élevés entre nous, si notre intérieur a changé de face, c'est
à vous-même, à vous seule peut-être que vous le devez.

— A moi ! à moi, qui depuis tant d'années n'ai pas eu une
pensée en dehors de vous, ingrat ! à moi, qui vous aime d'un
amour si immense, lorsque vous... et c'est vous qui osez m'accuser !

— Je sais, Béatrix, que vous êtes une sainte et chaste épouse,
je sais que votre vertu et votre réputation sont au-dessus de
toute atteinte, mais...

— Mais vous savez cela, et vous m'abandonnez ! et vous m'avez
condamnée à tous les supplices de la jalousie ! vous m'avez imposé l'une après l'autre, vingt tortures différentes. Votre duchesse
d'Alagny, vos actrices, que sais-je? M'occuper de ma maison !
m'occuper de ma fille ! ma fille ! qui après vous, est ce que j'ai
de plus cher au monde. Où en aurai-je pris le temps, la force ?
Sans cesse noyée dans les larmes, la tête et le cœur pleins des
inquiétudes les mieux justifiées, vous attendant, ne vous voyant
arriver que lorsque vous ne pouviez faire autrement; épiant sur
votre visage un moment de tendresse, de sympathie, et vous trouvant pour moi glacé, indifférent. Vous sachant, lorsque vous me
délaissez, dans les bras d'une rivale, et condamnée à souffrir
toujours ! Oh ! comment donc penser au milieu de cela si mes
gens me volent, ou même, Dieu me le pardonne, si ma pauvre
enfant prend convenablement sa leçon de musique! Lorsque
je me sens mourir à petit feu, est-il possible de songer à rien?

— Je ne nierai ni vos tourments ni vos douleurs, ma pauvre
amie ; j'en ai trop souffert, j'en souffre encore trop pour m'en

dissimuler la certitude. Pourtant, ces douleurs ne vous éloignent pas du monde, vous les promenez au bal, au spectacle, dans mille visites. Alors...

— Alors, je puis bien les promener à l'office, ou dans la chambre de ma fille, n'est-ce pas ?

— Mais...

— Oui, vous avez raison. Il m'est défendu de chercher une distraction ; la pauvre abandonnée ne doit ni montrer ses larmes, ni les oublier un instant. Née pour pleurer, il faut pleurer toujours.

— Béatrix !

— Eh ! mon Dieu ! croyez-vous donc que je ne vous devine pas ? Ce voyage que nous venons de faire, et dont je me promettais tant de plaisir, vous me l'avez gâté par votre impatience. Vous aimez cette fille, monsieur ; et c'est encore là un raffinement de cruauté à mon égard. Au milieu de mes malheurs, je croyais avoir trouvé un second moi-même, une amie sur laquelle je pouvais me reposer des soins matériels de la vie. Je me sentais consolée, je me sentais appuyée, soutenue, et vous n'avez pas voulu me laisser cet appui, ce soutien. Votre amour m'enlève tout à la fois. Que vous ai-je fait, Amédée, pour me martyriser ainsi ?

Le marquis s'approcha de sa femme et lui prit la main ; elle sanglotait.

— Mon amie, lui dit-il, vous me faites une profonde pitié...

— Oh ! pitié ! s'écria-t-elle.

— Oui, pitié, je le répète, car je ne sais pas d'autre mot pour rendre cette douleur incessante que vous avez jetée dans mon âme. J'ai essayé tous les moyens possibles de changer vos dispositions funestes. Vous refusez de m'entendre. Eh bien, cependant, pour ramener la paix entre nous, pour rapporter à votre cœur la consolation que j'y voudrais répandre, encore une fois j'essaierai de vous convaincre. Vous savez combien est sacrée pour moi la mémoire de ma mère, vous savez si un serment sur ce souvenir bien-aimé n'est pas le plus saint de tous ; vous savez si j'adore ma fille ! Eh bien, ma femme, sur la mémoire de ma mère et sur la tête de ma fille, jamais il n'y a eu entre mademoiselle Orthez et moi que les relations les plus froides et les plus convenables, jamais je n'ai levé les yeux sur elle que pour suivre son regard lorsqu'elle est près de Flavie. Personne au monde ne m'est plus indifférent, à ma reconnaissance près. Bien plus, ce n'est pas une femme pour moi que cette créature chaste, rude, sévère, esclave de son devoir. Une pensée qui la souillerait me semblerait rejaillir jusqu'à ma fille, qui lui est confiée. Jamais un homme, j'en suis sûr, n'a obtenu d'elle-même un sentiment de bienveillance. A-t-elle un cœur ? j'en doute. Peut-elle aimer ? je ne le crois pas. Me croyez-vous assez fou pour perdre mon temps en soupirs ?

— Oh ! si vous m'aimiez encore !

— Si je vous aimais ! je vous aime, Béatrix, de toute ma tendresse, et je vous dirai à mon tour : Si vous vouliez le croire, si vous vouliez apporter un peu plus de douceur, un peu plus de confiance dans nos relations, rien ne manquerait à notre bonheur.

— Eh bien ! mon Amédée, demanda-t-elle en l'embrassant, que veux-tu que je fasse ? Je le ferai, je le ferai à l'instant. Tout pour toi, mon ange.

— D'abord, tu me croiras.

— Oui, je te crois, je te croirai toujours.

— Ensuite, tu reprendras un peu la direction de ta maison, celle de l'éducation de ta fille ; ou bien, si cela t'est trop difficile enfin, tu ne décourageras pas par ton injustice, par tes mauvais procédés, celle qui accepte cette dure et lourde charge et qui la remplit si admirablement.

— Je lui ferai demain mes excuses.

— Non ! pas d'excuses, mais de bons procédés, de la raison, du calme, et, pour terminer, tu ne parleras plus ainsi que tu le fais d'une amie généreuse et noble, de madame d'Alagny. Tu nous éviteras à tous le ridicule de ces épigrammes qu'elle pourrait te rendre, et elle se tait.

La marquise sourit.

— Encore cela ?

— Je t'en prie !

— Après ?

— Je ne t'en demande pas davantage, et tu seras la femme la plus accomplie qu'il y ait sur la terre.

— Je le serai donc alors, car je ferai tout cela.

— Merci, ma Béatrix, merci de nous rendre ainsi la paix et les joies de notre jeunesse. Merci, et sois bénie maintenant : tu es fatiguée, remontons chez toi, tu vas bien dormir, et demain tu te lèveras belle et gaie pour notre nouvelle existence. Allons, viens. Refuseras-tu encore mon bras maintenant ?

— Mon Amédée !

Ils se jetèrent dans les bras l'un de l'autre. Encore une fois leurs cœurs battirent à l'unisson ; encore une fois ils retrouvèrent cette émotion si réelle et si douce de l'amour permis, de l'amour dans le devoir, auprès de laquelle les jouissances défendues ne sont que des fruits amers. Le marquis entra chez sa femme, présida à sa toilette de nuit, aussi affectueux, aussi enjoué que dans la lune de miel. Béatrix se sentait si heureuse qu'elle remerciait Dieu à chaque pensée.

— Oh ! se dit-elle, j'ai été bien injuste envers cette pauvre Christine, je l'ai cruellement blessée ! Je n'attendrai pas à demain pour me réconcilier avec elle.

L'amour heureux rend si bon !

Quand le marquis entra dans son appartement il s'y enferma comme à l'ordinaire, après avoir renvoyé son valet de chambre, et, plus tranquille enfin sur son intérieur, il commença à ranger quelques papiers arrivés pendant son absence. Il se promena ensuite par la chambre, réfléchissant aux événements de la soirée, à tout ce que le caractère de sa femme lui promettait encore de tourments.

— Ah ! murmura-t-il, si elle voulait m'aimer moins, je l'eusse bien aimée, moi. Pauvre Béatrix !

En ce moment un bruit léger se fit entendre à la porte, et l'on frappa doucement.

— Serait-ce elle, veut-elle reprendre ses habitudes d'autrefois ? se demanda-t-il contrarié. Qui est là ? ajouta-t-il tout haut.

— C'est moi, monsieur le marquis, répondit une voix tremblante.

— Vous, mademoiselle ! Est-ce que Flavie serait malade ?

— Non, monsieur. Pourtant veuillez m'ouvrir, j'ai absolument besoin de vous parler.

Il ouvrit, et Christine se présenta devant lui. Christine, non plus revêtue de sa longue et cérémonieuse robe noire, mais Christine en peignoir de mousseline blanche, à manches larges, serrée à la taille par un cordon de soie, un peu ouvert par le haut, et laissant voir des bras superbes, sur une poitrine admirable. Ses beaux cheveux noirs, dont les tresses tombaient à moitié, encadraient son visage exprimant à la fois une timidité craintive et une résolution irrévocable. Elle était belle ainsi, mais d'une beauté étrange, surnaturelle pour ainsi dire. Le marquis en fut frappé d'étonnement.

— Que voulez-vous de moi, mademoiselle ? demanda-t-il.

XXV

CONFIDENCE

— Monsieur le marquis, répondit-elle, permettez-moi de m'asseoir un instant, car je suis bien émue, et je ne pourrais m'expliquer.

— J'attendrai, mademoiselle.

Et le marquis la regardait avec une surprise très naturelle, et son imagination bâtissait des conjectures, auxquelles il n'osait se livrer pourtant, mais qui faisaient involontairement battre son cœur. Christine était si belle, et cette visite, à une pareille heure, lui semblait si étrange !

— Monsieur, reprit-elle enfin après un instant de silence, il me faut quitter demain votre maison, et je dois aux bontés dont vous avez bien voulu m'honorer une explication franche des raisons qui m'y ont décidée.

— Quitter ma maison, mademoiselle Christine, pour quelques mots dont la marquise s'est déjà repentie et dont elle compte vous faire ses excuses demain matin. C'est impossible, et je ne vous le permettrai pas.

— Ce n'est point la scène de ce soir qui me force à me séparer de Flavie, monsieur, et je vous prie d'en être persuadé. Mon affection pour elle me donnerait le courage de supporter toutes les tracasseries de ce genre. D'ailleurs, madame la marquise est dans son droit de mère, et il faudrait être déraisonnable pour l'accuser.

— Mais alors pourquoi ?...

— Les motifs les plus graves, monsieur le marquis. Vous me chasseriez si je ne me retirais pas de moi-même ; je veux éviter à vous ce désagrément, à moi cette humiliation.

— En vérité, mademoiselle, je vous comprends encore moins.

— Vous me comprendrez tout à l'heure, monsieur, si vous daignez me prêter quelques instants d'attention. Ce que j'ai à vous dire est très sérieux, je vais confier à votre honneur le secret de ma vie ; je vais réclamer à la fois votre indulgence et votre protection, vous ne me les refuserez pas, je l'espère.

— Ma protection vous est tout naturellement acquise, quant à mon indulgence, je ne suppose pas que vous en ayez besoin.

— Si, monsieur, car je suis bien coupable, car j'ai commis une faute pour laquelle le monde n'admet pas d'excuses. Si vous êtes aussi sévère que lui, il ne me reste plus qu'à me retirer.

— Je n'ai ni le droit ni la volonté d'être sévère, mademoiselle, et je vous écoute avec le plus grand intérêt.

— Merci mille fois, monsieur le marquis. Dieu vous récompensera de cette pitié accordée à une pauvre orpheline. Vous savez de mon passé ce que personne n'en ignore : mon éducation par charité, mon séjour au pensionnat, en Angleterre, en Allemagne. Vous savez de mon caractère ce que j'en montre, monsieur le marquis, vous ignorez et mon caractère et mon existence.

Elle s'arrêta un instant, comme effrayée des aveux qu'elle allait faire. M. de Monza l'encouragea par un signe de bienveillance.

— Oh! je dirai tout, reprit-elle, je suis venue pour cela, j'ai assez souffert ces jours-ci de la position sans issue où je me trouve, j'ai assez souffert de mon isolement, de mon impuissance contre le démon qui me poursuit, il faut que cela ait un terme.

— Comptez sur moi, mademoiselle, en tout ce qu'il me sera possible de faire.

Je dois remonter à mon enfance, car de là datent et mon malheur et la fatalité qui pèse sur moi. Si mon bienfaiteur m'eût laissée vivre dans ma sphère, s'il ne m'eût pas fait sortir de mon humble condition, j'ignorerais tous les maux qui m'assiégent; les funestes passions qui me dévorent ne se fussent pas développées, et je serais encore en ce moment ce que fut ma mère, une humble, une heureuse fille du peuple, entourée de ma famille n'enviant d'autres jouissances que celles qui me seraient connues, et ne rêvant pas l'infini, l'impossible, peut-être! Mais la Providence en avait décidé autrement; elle inspira au maître du château voisin l'idée de développer mes dispositions naturelles; elle lui donna les moyens et la volonté de le faire, et de continuer, même après sa mort, ce que l'on appela cette bonne œuvre.

La femme à laquelle il me confia en mourant exécuta ponctuellement ses volontés dernières. Pas une obole de la somme destinée à mon éducation, à mon bien-être, ne fut distraite. Elle présenta chaque trimestre au notaire les quittances en règle, les certificats de mes maîtres, et elle eut droit ainsi, après ma dix-huitième année, aux cent écus de rentes que je devais lui payer viagèrement, sur les douze cents francs que m'assurait le testament de mon protecteur. Cette femme, sèche, bornée, sans cœur et sans intelligence, d'une dévotion étroite et sévère, employait son ascendant sur moi pour me décider à entrer au couvent. Elle me peignait la vie religieuse sous les couleurs les plus séduisantes; elle éveillait en moi des instincts d'ambition déjà très adhérents à ma nature; elle me conduisait dans toutes les communautés dévouées à l'éducation, me faisant remarquer le respect, la considération dont jouissaient les dignitaires, même auprès des personnes les plus considérables.

— Si tu veux, me disait-elle, tu seras ainsi. Ces bonnes sœurs, nées comme toi dans la dernière classe, sont arrivées par leurs talents et leurs vertus à la place éminente qu'elles occupent, et aucunes d'elles n'ont été élevées comme moi, aucunes n'ont ce que tu possèdes, et tes douze cents francs de rentes! La belle dot! Moi j'entrerai converse dans la même maison, et tu me protégeras.

J'écoutais et je me taisais, car les pompes de l'église ne me souriaient point, et les plaisirs du cloître ne satisfaisaient point mes désirs. Cette femme, destinée à remplacer ma mère, en me tenant un pareil langage, se fermait de plus en plus mon cœur. Je compris qu'elle ne m'aimait pas, et je m'interdis de l'aimer; je me concentrai en moi-même, je sentis l'immense isolement auquel j'étais condamnée par ma naissance et par le don pernicieux d'une instruction au-dessus de ma naissance. De là naquit le caractère étrange que rien ne peut plus changer. Toute jeune que j'étais, j'imposai silence aux instincts affectueux de mon âme, aux passions bouillonnant en moi-même; je me persuadai que seule je devais faire mon avenir, que seule je devais lutter contre les impossibilités de la vie, et je rassemblai toutes mes forces.

Un jour ma gardienne me conduisit à l'église, j'avais treize ans, un brillant cortège y entra quelques instants après nous, une jeune fille, belle de sa parure, de sa beauté, de son bonheur, s'approcha de l'autel. Une nombreuse famille, des amis, des courtisans l'entouraient; un fiancé aussi riche, aussi noble qu'elle lui donnait la main; j'entendais répéter autour de moi: Qu'elle est belle! qu'elle est heureuse! Cette beauté, ce bonheur, me semblaient une insulte à ma position, à mon malheur

à moi; les idées les plus singulières se présentèrent à mon esprit, je vis des horizons nouveaux, des voies inconnues s'ouvrir. Je conçus des espérances folles, stupides peut-être, elles ne m'ont point quittée depuis lors.

De ce moment, tout changea, j'étudiai, saisie d'une ardeur sans exemple: je m'occupai de ma toilette, de ma taille, de ma figure: je me regardai souvent au miroir, je cherchai les compliments des gens grossiers qui m'entouraient, j'essayai sur eux ma puissance, je m'aperçus avec une orgueilleuse joie que je dominais tout, que j'étais la maîtresse et la reine dans notre petit cercle. J'aspirai dès lors à un autre théâtre. — Je vous ennuie peut-être, monsieur le marquis.

— Au contraire, mademoiselle, vous me faites le plus grand plaisir. Continuez.

— Vous ne doutez pas, j'espère, monsieur, du motif puissant qui me force à vous parler ainsi de moi si longtemps?

— Quel que soit le motif, je vous écoute très volontiers, je vous assure. Votre franchise, votre caractère loyal me touchent au dernier point, et moins que jamais je comprends pourquoi vous voulez ôter à ma fille une gouvernante aussi distinguée.

— Ah! monsieur, attendez! attendez! ne jugez pas encore.

Une des nattes brunes de Christine se détacha tout à fait sans qu'elle s'en aperçût et tomba sur son épaule; le marquis ne put détourner son regard de cette magnifique chevelure aussi longue que sa robe. La jeune fille reprit:

— J'arrivai à mes dix-huit ans, les persécutions de ma protectrice recommencèrent, mais, par le testament du maître, j'étais dès lors émancipée et libre de mes actions, on me remit ma petite fortune, le contrat de rente viagère et inaliénable, et je me crus la plus grande dame de France. Cependant ma société me pesait, je me sentais si au dessus d'elle désormais que je rougissais de la dominer. Ma maîtresse de pension, chez laquelle j'avais passé quelques mois, m'offrit de venir auprès d'elle, de l'aider à tenir sa maison; j'y consentis avec bonheur. Je quittai sans regrets, et pour toujours, la mégère qui ne m'avait jamais fait l'aumône d'une caresse, et je vins occuper une jolie chambre au pensionnat.

Je n'abuserai pas de votre patience, monsieur; vous savez comment je m'attachai à une jeune fille anglaise, miss Packett, comment je la suivis en Angleterre, comment cette famille bienfaisante m'adopta pour ainsi dire; madame la duchesse vous a dit tout cela.

— Oui, et je sais aussi comment, entourée des hommages les plus brillants et les plus flatteurs, vous les avez tous repoussés; je sais pourquoi vous avez quitté cette famille, où vous viviez si heureuse; mais, pardonnez-moi de vous le dire, je ne comprends pas comment vous avez préféré la position précaire et souvent désagréable d'institutrice au mariage que l'on vous proposait.

— C'est justement ce qui me reste à vous expliquer, c'est la fatalité et le malheur de ma vie, c'est là que je vais avoir besoin de toute votre indulgence, je vous l'ai dit.

— Eh bien!

Elle hésita, rougit faiblement et reprit:

— Je refusai le mariage que l'on me proposait, parce que j'aimais un homme dont j'étais aimée.

— Vous aimiez! s'écria le marquis en se levant, vous aimiez et vous étiez aimée! vous, mademoiselle?

— Oui, monsieur.

Et elle cacha sa tête dans ses mains.

L'accent et le visage d'Amédée changèrent avant sa pensée, pour ainsi dire. Il s'y glissa une sorte de sévérité, de dureté même que Christine devina sur-le-champ, tout en se méprenant sur la cause.

— Je vous disais tout à l'heure: Ne vous hâtez pas de m'absoudre; je vous dis à présent: Ne vous hâtez pas de me condamner, monsieur.

— Et je vous répondrai de même: Je n'ai ni le droit, ni l'envie de vous condamner, mademoiselle.

— Oh! vous ne l'avez pas dit ainsi la première fois, monsieur.

Un sourire amer effleura ses lèvres, puis elle ajouta:

— Déjà! n'importe! j'irai jusqu'au bout. M. et mistress Packett me conduisaient partout avec eux, et me traitaient absolument comme leur fille: je jouissais de leur fortune, de leur luxe, ainsi que leurs enfants véritables. Nés dans la haute aristocratie, cousins germains d'un duc et de plusieurs comtes ils vivaient dans la meilleure compagnie de Londres, et, grâce à eux, j'y trouvais le plus excellent accueil.

Partout je rencontrai un compatriote, beau, riche, élégant, noble, que toutes les femmes s'arrachaient, qui s'occupait de toutes, juste assez pour se donner la réputation d'homme à bonnes fortunes. On parlait de lui dans les clubs à la mode, à Almack, chez les grandes dames et sur le turf. Il jouait avec une grandeur toute particulière, perdant de la meilleure grâce et trouvant toujours de l'argent; il dansait la mazourka, la valse à deux temps, il montait à cheval, il donnait la mode, c'était enfin l'homme universel. Excepté l'ambassade de France, d'où ses opinions légitimistes l'exilaient, disait-il, excepté la cour où il n'allait jamais, à cause d'une vieille rancune contre la maison d'Hanovre, on le voyait dans tous les cercles. Je n'y fis d'abord aucune attention, les dehors brillants m'attirent peu.

Vous savez sans doute que bien avant l'introduction des tableaux vivants sur nos théâtres, les salons étrangers en faisaient leur divertissement favori. Nous étions un jour chez le cousin de M. Packett, on parla de je ne sais quel costume, on arriva à parler du tableau, on se résolut enfin à le mettre à exécution. Notre compatriote et moi, nous fûmes choisis pour représenter, lui Achille, moi Eriphyle, dans le sacrifice d'Iphigénie. Nous fîmes plusieurs répétitions, je me trouvai ainsi rapprochée de lui; nous nous vîmes tous les jours, il s'occupa de moi d'une manière assidue; je repoussai ses hommages, ainsi que ceux des autres, avec plus de difficulté peut-être, et surtout avec plus de regrets. Le jour de la représentation arriva. Le comte me parut admirablement beau en Achille, je ne pouvais en détacher mes regards, et, pour la première fois, je découvris sur cette physionomie quelque chose de si peu ordinaire, que j'en demeurai frappée. Cet homme était certainement fort supérieur, il portait un masque dans le monde, et sous ce masque frivole se cachait une volonté puissante, une intelligence hors ligne, et je ne sais quelle marque fatale attachée à son front, que je découvris pour la première fois aussi en ce moment. Si je voulais peindre le Satan de Milton, si beau, si grand, si terrible, je peindrais certainement le comte de Jausselière.

— Le comte de Jausselière! s'écria Amédée, devenant pâle comme un linge, vous avez dit le comte de Jausselière?

— Oui, monsieur.

— Et c'est lui qui vous aime, c'est lui que vous aimez?

— Oui, monsieur. Vous le connaissez?

— Si je le connais, le misérable!

Le comte fit deux tours par la chambre dans un état d'agitation, presque de folie.

— Oh! monsieur le marquis, par pitié, parlez, je vous en conjure!

— Mademoiselle, dit le marquis, en lui serrant la main à la meurtrir, mademoiselle, celui que vous aimez est un... Oh! pauvre fille! pauvre fille! achevez votre récit, je veux tout savoir avant que de parler.

— Mon Dieu, monsieur! s'écria la gouvernante, vous m'effrayez! Que voulez-vous dire, au nom du ciel?

— Rien, rien, répliqua le marquis; il est possible que je me trompe, je l'espère même, j'en suis sûr: achevez, achevez!

— Je viens de vous raconter les commencements de cet amour, fatal pour moi, fatal pour lui peut-être, car je ne sais où il nous conduira tous les deux. A dater de ce jour, de ce misérable jour, où je me laissai prendre comme une sotte, comme une brute, à la beauté physique, à dater de ce jour, où ces regards assurés, ces poses hardies, ces formes herculéennes me firent ajouter foi à un caractère indomptable, à une âme de feu, à une volonté de héros, à dater de ce jour donc, tout changea autour de moi. Je me sentis un goût passionné pour ce monde que je n'aimais pas, pour la toilette que je dédaignais, pour les hommages que je repoussais. Je voulus être belle et adorée, car cet homme me semblait grand, car ce n'était pas assez d'un trône à lui offrir, il me fallait un autel. En dominant ce monde du haut de son intelligence et de la mienne, je nous plaçais tous les deux au sommet de la pyramide humaine, comme Jéhovah en haut de son triangle. Je voyais tout possible, avec lui pour lui, monsieur je l'aimai, non pas seulement de tout mon cœur, mais de toute mon âme, de toute mon ambition, de toute ma douleur passée, de tous mes rêves, de tout mon isolement, de tout ce qu'il y avait en moi d'affections contenues, je l'aimai... comme je puis aimer enfin!

Christine était sublime en prononçant ces mots; sa beauté s'illuminait du reflet de son âme. Amédée, les yeux fixés sur elle, sentait de nouvelles pensées surgir en lui, il lui semblait trouver une autre femme. Il découvrait dans cette créature magnifique et passionnée des charmes inconnus. Christine, chaste et pure, était pour lui une madone; Christine, aimante et sensible, était la plus charmante, la plus adorable des femmes. Il la regardait avec extase, et malgré lui, ces mots retentissaient à son oreille:

— Elle a aimé, elle peut aimer encore!

— Cet amour ne me dominait pas néanmoins, je le tenais sous mes pieds, comme un esclave, souvent révolté, mais toujours soumis. Je n'avais pas encore subi ce joug irrésistible d'une puissance plus forte que la mienne; jusque-là, j'étais plus forte que tous. Il y a tant de force en moi! Le duc, parent de mes amis, nous engagea à passer l'hiver à son château du Devonshire. Ce fut à ma perte, monsieur le marquis; M. de Jausselière nous y suivit, et son adresse m'enveloppa de tels nœuds, je fus circonvenue de tant de côtés, que je me sentis prise comme un pauvre oiseau au piége. Si je cherchais à l'éviter, mes combinaisons mêmes le rapprochaient de moi. Tout me parlait de lui, son esprit, qu'on vantait partout, les actions courageuses, et même téméraires qu'on lui attribuait, enfin, pour citer un vers qui m'arrive en ce moment, comme l'expression la plus vraie de ma pensée:

« Et sur l'aumône, enfin, son image est gravée. »

Madame de Girardin, dans cette ravissante pièce, avait deviné l'état de mon âme. Si je cherchais à soulager une misère, Ernest y avait songé avant moi; pas une chaumière qu'il n'eût visitée, pas une douleur qu'il n'eût consolée autour de nous. Ses louanges montaient jusqu'au ciel, comme un encens, ne pouvais-je y joindre le parfum de mon amour?

— Pauvre, pauvre fille, murmura le marquis en soupirant.

— Oh! je n'étais pas à plaindre alors, car j'étais innocente, car je luttais avec la passion, et je l'écrasais de ma volonté. En vain le comte m'entourait de séductions, de prières, de larmes, de menaces je résistais à tout. Je n'accordais pas même un aveu à celui qui me prodiguait sa vie, je lui jetais un orgueilleux défi, et je le regardais, agenouillé devant moi, le cœur palpitant de bonheur, la tête froide, et la volonté victorieuse même de mon amour.

Ce combat dura deux mois; mais deux mois, sans interruption, en présence du matin au soir, et, je vous le jure, sans coquetterie, sans artifices, j'aimais trop pour cela. Seulement, je voulai rester pure, je le voulais par principe et par fierté. Descendre de ma hauteur, accepter un homme pour mon maître, me semblait une humiliation impossible. J'aurais courbé ma tête devant un de ces êtres fabuleux, héroïques, imaginaires pour ainsi dire, devant Alexandre, devant César, devant Napoléon, c'était tout. Je laissai parler ma pensée un soir, en présence d'Ernest, je déchargeai mon âme si pleine et si exaltée, je déclarai ne reconnaître que Dieu ou Satan supérieurs à moi. Il écouta tout, sans rien dire, et au moment où l'on se séparait pour regagner les chambres à coucher, il me glissa dans l'oreille:

— Dieu! c'est impossible; Satan! on y tâchera.

Je sentis alors l'imprudence de ma déclaration, je sentis que peut-être j'allais entraîner vers le mal une nature indécise encore.

— Il se distinguera à tout prix, me disais-je, il descendra jusqu'à l'abîme sans issue, et sa chute retombera sur moi. Non, je ne veux pas aimer cet homme; non, je ne veux pas qu'il m'aime, et Dieu viendra à mon aide.

Le lendemain il était rêveur, mélancolique, il ne répondit point aux plaisanteries qu'on lui adressa, mais il amena adroitement la conversation sur l'amour. Cette éternelle discussion, toujours nouvelle, recommença ainsi qu'elle recommence toujours. Chacun dit son avis, chacun déclara sa chimère, quelqu'un me demanda mon avis.

— Dans ma position, répondis-je, l'amour est un château en Espagne ou une faute; ni l'un ni l'autre ne me conviennent. Ernest leva les yeux sur moi, et se tut.

— J'ai entendu raconter, reprit une dame, un magnifique trait de je ne sais quel prince d'Orange, amoureux d'une jeune fille dont la mère lui défendait l'approche. Il la rencontra à une fête, la mère se plaça entre eux, et supplia le prince de ne point compromettre sa fille. Ils étaient près de la cheminée, le jeune homme demanda à la mère la permission d'entretenir la jeune fille tout le temps qu'il pourrait garder un charbon allumé dans sa main. La mère y consentit sans difficulté et déposa elle-même un morceau de bois enflammé dans la main du prince, puis elle se retira en arrière. Voyant que malgré tout la conversation durait longtemps, elle s'approcha des amoureux en reprochant au jeune homme de manquer à sa promesse. Pour toute réponse il étendit la main vers elle, le charbon était éteint et la chair était brûlée jusqu'à l'os sans que le visage du prince ait exprimé la moindre souffrance, sans qu'un seul des muscles de sa physionomie ait bougé.

— Oh! m'écriai-je, on ne trouve plus de caractère comme celui-là aujourd'hui. J'adorerais, ce me semble, un homme semblable.

— Vous croyez, mademoiselle? demanda le comte.

— Je ne cours pas de risque de m'engager, repris-je, je ne serai jamais prise au mot.

Ernest me regarda et devint très pâle.

— Hélas ! monsieur, j'approche du moment qui décida de mon existence ; je tremble de poursuivre, car je tiens à votre estime, car si je quitte ma chère Flavie, je veux au moins vous laisser un souvenir honorable, je veux que vous vous reposiez tranquille sur le temps que j'ai passé auprès d'elle. Ah ! monsieur, monsieur, ne me jugez pas mal, je vous en conjure.

— Je vous écoute, mademoiselle.

— Si vous me répondez ainsi, je ne trouverai pas le courage d'achever ma confidence. Je suis venue à vous, quelque étrange que cela paraisse, parce que j'avais plus de confiance en votre intérêt qu'en celui de madame la marquise ; elle m'impose, elle m'effraie ; vous, monsieur, que je vois chaque jour si bon, si tendre pour votre enfant, vous, si bon père, vous aurez pitié de moi : vous, héritier d'une gloire acquise sans faveur et sans privilège, par le seul mérite d'un père illustre, vous comprendrez, vous excuserez mon orgueil. Les ancêtres de madame la marquise ont combattu aux Croisades, leur rigidité m'éloigne : M. le prince de Monza m'attire, et vous, qui portez son nom, je vous honore à l'égal de ce nom lui même. Oh ! j'ai toutes les religions, voyez-vous, même celle du souvenir.

— Eh bien ! poursuivez, malheureuse victime, non pas ma pitié, mais ma sympathie, ma protection vous attendent, je vous remercie d'avoir compté sur moi.

— Ce même soir, poursuivit-elle, il faisait un de ces froids d'Angleterre, pénétrants, glacés et humides, la terre était couverte de quatre pieds de neige, commençant à fondre et par conséquent plus désagréable encore. A moitié de la soirée, le comte disparut, on le demanda, il se fit excuser, mais il se sentait malade et voulait se coucher de bonne heure, je trouvai dès lors le salon désert. Miss Packett et moi, nous occupions un appartement à l'extrémité d'une des ailes donnant sur un petit parterre, séparé de la route par un large fossé creusé tout autour du château. Souvent, dans les belles nuits, j'ouvrais ma porte vitrée, quand mon élève dormait dans sa chambre, et je respirais l'air glacial de la rivière. Ce soir-là, je restai assez longtemps chez ma compagne, et puis je rentrai après avoir tiré mes verrous comme à l'ordinaire.

Je fis mes préparatifs habituels, et je me dirigeai vers un cabinet, transformé par moi en oratoire, je levai le rideau. Ernest était devant moi presque inanimé, grelottant, mouillé jusqu'aux os, et beau néanmoins comme Léandre après la traversée de l'Hellespont. Je ne criai point, malgré ma surprise, je lui demandai d'une voix ferme ce qu'il faisait là, et d'où lui venait cette hardiesse, d'oser s'introduire chez moi.

— Je commence à imiter le prince d'Orange, répondit-il en souriant, puisqu'il faut si peu de chose pour vous plaire. J'ai traversé le fossé à la nage, je suis resté à attendre dans la neige que les domestiques se retirassent, et je suis entré ici. Maintenant, passons à l'épreuve du feu, vous verrez que cela est peu de chose pour un cœur bien épris.

Je ne fis pas un mouvement pour le retenir ; ma tête était un chaos dans lequel toutes les idées se confondaient : je le regardais, je l'écoutais, je me laissais aller à ce charme, je l'aimais par toutes les facultés de mon âme et de mon corps, cependant il ne me dominait pas encore !

Il prit dans la cheminée un de ces morceaux de charbons ardents, qu'on ne trouve que dans les feux d'Angleterre, et le plaça tout rouge dans le creux de sa main. Il se mit ensuite à mes genoux, et, comme le prince d'Orange, son teint ne changea pas, ses yeux s'animèrent davantage, le sourire ne quitta pas ses lèvres, il parla ; il parla longtemps, il me révéla une de ces natures exceptionnelles, si rares et si peu comprises dans le monde. Il me tint un langage nouveau pour moi, je crus lire dans cette âme tout ce que renfermait la mienne d'idées généreuses, de nobles instincts ; je crus avoir trouvé, sous cette enveloppe pleine de charmes, le héros de mes rêves, le maître auquel je serais fière d'obéir, je l'entendis développer des théories admirables, il me promit une place à côté de lui, au-dessus de l'humanité, ainsi que je lui avais réservé dans mes rêves une place à côté de moi. Et le charbon brûlait toujours ! Nos deux êtres se trouvèrent à l'unisson d'espérances, de projets, de désirs ; sa passion, plus impétueuse que la mienne, lui prêtait plus d'énergie, plus de violence ; sans expérience, j'y fus trompée, ma tête se perdit, mon imagination s'emporta, mon cœur battit à m'étouffer, et le moment où je reconnus mon infériorité, devint celui de ma défaite !

— Oh ! mon Dieu ! s'écria le marquis, et pour un pareil homme !

— Je le croyais grand, monsieur, grand comme le monde ;

et je le faisais heureux, heureux par moi qui n'avais jamais donné de bonheur à personne, et qui n'en avais jamais reçu. Les heures passèrent comme un enchantement, je crois les avoir rêvées. J'oubliai complètement ma faute tant qu'il fut là, je l'aurais commise mille fois pour lui donner le même bonheur, pour l'entendre me remercier avec ses beaux yeux, avec ses belles lèvres si triomphantes de joie, pour adorer cette blessure, preuve d'une passion si puissante et si vraie ! Oh ! que j'étais heureuse, mon Dieu !

Mais le lendemain, à mon réveil, quand la candide et pure enfant qui m'était confiée s'approcha de mon lit, quand je la vis, elle si chaste et si innocente à cette même place où, si peu d'heures avant, tout ce qu'il y avait en moi d'innocence s'était endormi sous les baisers d'Ernest, alors je revins à moi-même, je sentis ma chute dans toute son étendue, je sentis indigne de rester près de cette jeune fille, et je me mis à fondre en larmes.

La pauvre enfant m'apportait un billet de sa mère qui me demandait sur-le-champ. Je m'étais éveillée tard, on craignait que je ne fusse souffrante, et pourtant madame Packett avait à me révéler les choses les plus importantes, disait-elle. Je me levai, hors d'état de répondre, effrayée déjà par ma conscience et craignant une découverte. L'excellente mère me transmit la demande de son parent, elle l'appuya de toute sa tendresse, et comme je me retranchais dans mon indignité, elle me riposta ma vertu, ma réputation, mon caractère, que sais-je ! tout ce qui me faisait rougir alors. Je m'éloignai sans donner aucune décision, madame Packett me crut convaincue. J'assistai au déjeuner comme une somnambule, répondant à tort et à travers, ne voyant rien de ce que je regardais, souffrant du passé, du présent et de l'avenir. Cependant, je pris la hardiesse d'aborder Ernest au moment où nul ne pouvait nous entendre et de le prier de me suivre dans le parc. Nous nous échappâmes chacun de notre côté pour nous rejoindre plus sûrement. Nous nous réunîmes après quelques détours, et là, au milieu de mes larmes, de mes remords je lui racontai la demande que j'avais reçue, je le suppliai de m'y soustraire et de m'ôter le chagrin, la honte de paraître ingrate envers mes amis.

Le croiriez vous, monsieur ? cet homme, ce misérable, cet amant de la veille, ce demi-dieu, ce héros m'engagea, non pas à épouser son rival, ce n'était pas son compte, mais à accepter ses bienfaits au prix de mon déshonneur. Il ne me proposa point ces choses infâmes, ainsi que je vous les révèle, il les entoura de sophismes, de caresses, de protestations, mais je devinai le serpent sous les fleurs, mais tout mon être se révolta contre une perversité si atroce. M'arrachant de ses bras, je courus chez madame Packett, je me jetai à ses genoux, je lui jurai que jamais son parent n'obtiendrait ma main. Je la suppliai au nom de sa fille de me laisser fuir un amour odieux, et, sans lui révéler la cause véritable de ce désir, je demandai à partir le jour même, en secret, sans que qui que ce soit au monde connût le lieu de ma retraite. A force de prières, elle y consentit enfin ! Je ne revis plus ni le comte, ni aucun des habitants du château, elle se chargea de m'excuser près d'eux, et moi j'écrivis à Ernest. Je lui écrivis que je ne l'aimais plus, car je ne l'aimais plus, monsieur, du moment où ce n'était pas l'homme que je rêvais. Je lui demandais de m'oublier, de ne pas chercher à me suivre, et je lui donnais une fausse indication sur l'endroit où je me rendais ; je fis circuler une fausse adresse, afin de le tromper sur mon véritable séjour, il le fut.

Je m'enfuis à Paris, j'y restai cachée jusqu'à ce que le comte eût tout à fait perdu mes traces. Il m'écrivit plusieurs fois, ses lettres me cherchaient dans dix endroits différents où j'avais des amis prévenus. Madame la duchesse d'Al guy vous parla de moi, j'entrai chez vous, vous savez le reste.

— Mais quel danger vous menace ? Pourquoi réclamez-vous ma protection ?

— J'ai rencontré le comte il y a quelques jours à la Favorite, depuis lors il me poursuit, depuis lors il menace, si je ne consens pas à le suivre, de venir me voir chez vous, devant tous, de me faire chasser comme une misérable. Ce n'est pas tout, il réclame ce qu'il appelle ses droits, il veut s'introduire la nuit dans votre maison, dans ma chambre. Il veut me forcer à reprendre une chaîne odieuse. Oh ! cela ne sera pas, dussé-je mourir ! J'ai cédé une fois à une fascination inexplicable, j'ai commis une faute, je vous l'ai confessée. Cette faute, je la pleure, je la déplore, je l'expie depuis trois ans, j'en ai demandé pardon à Dieu à chaque minute de ma vie, j'ai souffert, oui j'ai bien souffert, monsieur ! Je ne suis pas une fille perdue, voyez-vous, j'aime, j'adore la vertu, l'honneur est mon culte, hors ce seul moment d'oubli, j'ai toujours été pure, et je veux toujours l'être. Ainsi, monsieur le marquis, je vous en supplie, je vous en conjure, aidez-moi à fuir, aidez-moi à m'en aller au bout du monde, pleurer, expier encore, et que cet homme ne me trouve pas, qu'il ne me souille pas de son infâme amour. Ayez pitié de moi au nom de votre fille, qui est presque la mienne, sauvez-moi! sauvez-moi!

Elle s'était jetée à genoux, des larmes coulaient lentement de ses paupières, ses cheveux la couvraient presque en entier; sa robe s'était ouverte sur s n épaule si blanche: toute l'exaltation, toute la douleur de son âme passait sur ses traits. Elle était belle à rendre fou Platon lui-même. Le marquis la regardait, en extase, les mains jointes; il ne songeait point à la relever, il ne songeait point à lui répondre, il la regardait! Le poison s'infiltrait goutte à goutte dans son cœur, il s'emparait de tout son être, et lorsque Christine, effrayée de son silence, répéta:

— Vous voulez donc me livrer à cet homme?

— Vous livrer à cet homme! s'écria-t-il, oh! j'aurai sa vie avant qu'il approche de vous. Non, non, ne craignez rien, mademoiselle, et surtout ne pensez pas à vous éloigner de nous. Nulle part vous ne serez plus à l'abri des entreprises du comte que chez moi, il me suffira de lui écrire quelques lignes pour qu'il cesse à l'instant sa persécution. Votre noble franchise efface à mes yeux votre faute, si cruellement expiée d'abord, par tout ce que vous avez souffert. Je remets de nouveau ma fille entre vos mains, et je suis persuadé qu'elle ne saurait être mieux confiée. Allez en paix, n'ayez plus d'inquiétude, je réponds désormais de votre tranquillité sur ma tête. Merci de votre confidence, et croyez que vous ne vous en repentirez jamais.

— Oh! c'est moi qui vous remercie, qui dois vous remercier à genoux. Vous voulez bien me permettre de rester près de ma Flavie, de mon enfant adorée, vous me protégerez, soyez béni mille fois, monsieur! Je me retire maintenant, il est tard, je retourne près de notre cher ange. Oh! soyez tranquille aussi, j'en ferai une grande âme et un noble cœur! Adieu, monsieur le marquis, je suis peu de chose, mais mon dévoûment absolu vous appartient.

Elle le salua de la main avec une grâce et un sourire enchanteur. Il la regarda sortir en murmurant:

— Qu'elle est belle! mon Dieu! Oh! non! ni cet homme, ni aucun autre ne la possédera désormais!

En entrant dans son appartement, Christine trouva la marquise au pied du lit de sa fille endormie, elle resta immobile sur le seuil de la porte.

XXVI

EXPLICATIONS

En apercevant Christine dans le désordre de toilette où elle était, une personne moins soupçonneuse que la marquise aurait conçu des inquiétudes. Qu'on juge donc de l'effet produit sur une femme aussi susceptible, à l'aspect de cette beauté, qu'elle avait entrevue, et qui se révélait à elle de nouveau dans toute sa splendeur. Elle s'élança vers la gouvernante, lui prit la main, la conduisit en face de la glace, et s'écria:

— Regardez-vous, mademoiselle, et dites-moi d'où vous venez à une pareille heure, et dans un pareil désordre?

— Madame, balbutia Christine interdite, je me suis sentie indisposée, je viens du jardin.

— Du jardin, ainsi vêtue! Cela est peu convenable, ce me semble. Et vous laissez ma fille seule, lorsque vous savez vous-même qu'elle peut avoir besoin de vous. Vous vous sentiez donc très grièvement indisposée, mademoiselle?

Et le regard de cette jalousie impitoyable la parcourait des pieds à la tête, cherchait dans son attitude, dans ses gestes, dans son costume même un prétexte pour éclater. Christine ne faiblissait pas; passé le premier moment de surprise, elle avait repris toute la puissance de son énergie, ses yeux ne se baissaient point; forte de son innocence, de sa résolution, elle fit tête à l'orage, et attendit bravement la scène qui se préparait.

Béatrix, enveloppée dans une pelisse, les cheveux rentrés sous son bonnet de nuit, le visage animé par la colère, perdait tous ses avantages. Christine, debout en face de la glace où elle voyait elle et la marquise, ne put s'empêcher de le remarquer et de prendre de plus en plus confiance en elle. Bien qu'elles fussent seules, elle se sentit plus belle, elle se savait plus forte, elle se savait sans reproches, elle n'eut donc plus la moindre crainte et domina la situation.

— Vous ne me répondez pas, mademoiselle, reprit impérieusement madame de Monza.

— Pardonnez-moi, madame, mais je crois ce moment mal choisi pour une explication. Vous êtes sous l'empire d'une prévention injuste, vous ne m'écouteriez pas ou vous m'écouteriez mal; si madame la marquise le permet, nous reprendrons demain cette conversation.

— Demain, mademoiselle! Je n'attendrai pas une heure, pas une minute, et pour commencer loyalement avec vous, pour vous prouver que je compte sur la même franchise, je vous dirai que je ne vous soupçonnais ni ne vous espionnais, que, après un entretien avec mon mari, dans lequel il m'avait fait reconnaître de prétendus torts envers vous, je venais vous offrir mes excuses, et vous demander de vivre ensemble comme autrefois. Insensée! je ne voyais pas quel aveugle amour pouvait engager le marquis de Monza à me faire humilier devant la gouvernante de ma fille.

— Humilier, madame! répéta Christine en relevant la tête plus haute encore.

— Humilier, mademoiselle, je le répète: humilier, non pas parce que je suis plus riche et plus noble que vous, mais parce que je vaux mieux que vous, qui me volez mon bonheur, mon seul trésor, mon mari.

— Je vous écouterai jusqu'à la fin, madame, répliqua mademoiselle Orthez, en se contenant, je vous répondrai ensuite.

— Je suis venue ici le cœur plein de miséricorde, pour vous tendre la main, pour vous parler d'un avenir de tranquillité, d'union, j'ai trouvé cette chambre vide, mon enfant abandonné. J'ai attendu quelques instants, comptant que vous alliez revenir, vous n'êtes pas revenue; je vous ai cherchée dans tout l'appartement, au jardin, mademoiselle, alors... alors.... je suis rentrée ici, convaincue que vous y reparaîtriez tôt ou tard, et je ne me suis pas trompée.

— Et vous ne m'avez pas cherchée ailleurs, madame? demanda Christine, l'œil fixé sur celui de la marquise.

— Vous m'interrogez, je crois, mademoiselle? répondit celle-ci avec une hauteur presque insolente.

— Non, madame; mais avant de vous répondre, avant de m'expliquer sérieusement avec vous, il faut bien que je sache de quoi je suis accusée.

— Vous êtes non-seulement accusée, mais convaincue.

— Vous croyez, madame?

— Vous m'avez trompée, vous vous êtes jouée de moi....

— Madame!

— Vous avez abusé de ma confiance, de ma bonté....

— Madame! oh! madame!

— Vous m'enlevez la tendresse de mon enfant, l'amour de mon mari.

— Oh! mon Dieu!...

— Vous sortirez de ma maison...

— Madame!...

En répétant ce mot trois fois de suite, la voix de Christine reprenait un accent de plus en plus déchirant; la troisième fois il expira presque sur ses lèvres, et deux larmes silencieuses tombèrent sur ses joues si pâles. Béatrix fut frappée de ce silence et de cette douleur, elle lui prit vivement les mains, et s'écria avec un de ces élans familiers à ces sortes de caractères:

— Mais justifiez-vous donc enfin! je ne veux pas vous accuser à tort, moi! Après tout, peu m'importe que vous sachiez ce que j'ai fait, je ne me cache pas de mes inquiétudes hélas! il faudrait cacher ma vie tout entière! J'ai été à la porte de mon mari, elle était fermée, j'ai... même frappé chez Robert, nul ne m'a répondu.

— Oh! madame!

Il y avait dans ce dernier mot un reproche si véritable, si douloureux, si poignant, que la marquise le ressentit au cœur malgré elle. Elle doutait, mais la passion tuait le doute, elle voulait savoir à tout prix. La passion rend cruelle.

— Etiez-vous là, ou là, mademoiselle? reprit-elle en voyant que Christine se taisait.

Le premier mouvement de celle-ci fut de lui avouer toute la vérité, cependant la réflexion l'empêcha. Elle pensa qu'en dévoilant ainsi son secret à une femme jalouse, elle s'exposait à le voir bientôt connu de tous; elle recula devant l'idée de dépendre d'une inconséquence ou d'une colère, elle se résigna à une des nécessités les plus cruelles et les plus fréquentes de la vie, à dissimuler.

— N'importe où je fusse, madame, je n'ai, je vous le jure, aucun reproche à me faire envers vous; je suis pure de toute faute dans votre maison, et s'il me faut en sortir, j'en sortirai la tête haute et le cœur tranquille, Dieu et moi nous le savons.

— Ce n'est pas assez, mademoiselle, il faut encore me convaincre, convaincre le monde.

— Le monde m'importe peu, madame, je n'en suis pas; quant à vous, si vous voulez être convaincue, vous le serez bien vite. Regardez-moi, regardez-moi seulement: y a-t-il dans ma physionomie quelque signe qui dénote un mensonge? Non, madame, non, je suis au-dessus de la tromperie, au-dessus du mensonge, les êtres faibles seuls y ont recours. Je vous jure sur Dieu, sur mon salut éternel, que jamais M. le marquis n'a fait attention à moi que comme à la gouvernante de sa fille; je vous jure que je n'ai jamais pensé à lui que comme au père de mon élève, et je vous jure encore bien plus madame, c'est que M. le marquis, eût-il pour moi un amour effréné, m'offrit-il toutes les couronnes de la terre, je ne lui rendrais que ma respectueuse reconnaissance pour les bontés dont il m'honore depuis que je suis chez lui. Voilà madame, la vérité, la vérité tout entière, sans restriction et sans arrière-pensée, vous pouvez me croire, et je ne saurais vous donner de plus grande preuve de mon respect qu'en me justifiant devant lui; à tout autre, je n'aurais pas même répondu. Je méprise les accusations calomnieuses, et je ne prends pas la peine de les combattre.

— Enfin, mademoiselle, poursuivit la marquise, à moitié convaincue, vous pourriez au moins me dire où vous étiez.

— Ceci est mon secret, madame, ceci ne concerne que moi. Je ne puis, ni ne veux le révéler; j'ose espérer assez en votre impartialité pour n'avoir pas à répondre à l'autre question.

— Il faudra donc nous séparer, mademoiselle, la gouvernante de ma fille doit pouvoir répondre à toutes les questions, et rendre un compte exact de son temps.

— Nous nous séparerons, madame, répliqua froidement Christine, vous êtes la maîtresse.

— Très bien, mademoiselle, ajouta Béatrix en se levant, et en s'enveloppant dans sa pelisse, je parlerai demain à M. de Monza, nous arrêterons tout pour votre départ.

— A vos ordres, madame la marquise.

Et, faisant une profonde révérence, elle accompagna cérémonieusement madame de Monza, un flambeau à la main, jusqu'à la porte de son appartement, la salua de nouveau et courut vers sa chambre. Seule enfin, elle se jeta à genoux, et joignant les mains :

— Chassée, mon Dieu! chassée! parce que j'ai été honnête, parce que j'ai voulu racheter ma faute. Oh! quelle est donc la différence entre le bien et le mal? Où est votre justice? Où sont les récompenses et les punitions? Chassée, moi chassée!

Et cette créature singulière, dont une autre position eût fait une femme si remarquable, passa le reste de la nuit à prier, prenant Dieu pour confident et pour ami, à défaut des hommes, qui la méconnaissaient.

Pendant cette même nuit dont les suites devaient être si terribles, le marquis ne se coucha pas non plus. Il repassa vingt fois la conversation qu'il avait eue, il en pesa les moindres mots, il les grava en traits ineffaçables dans sa mémoire. Il revit cette femme belle à animer un marbre; il la vit, non plus froide, inocente, inattaquable, enveloppée dans sa chasteté comme dans un linceul où s'ensevelissaient ses charmes et sa jeunesse, il la vit aimante, passionnée, faible, coupable, et cette image cachée dans le fond de son cœur, à son insu, déchira ses voiles, s'empara de son cœur tout entier; guidée par l'espérance, elle en chassa tout ce qui n'était pas elle. En cette seule nuit cet amour évinça l'unique pensée d'Amédée, le seul but de son existence. Posséder Christine, être aimé d'elle, la conduire à oublier cet homme, dont le souvenir seul faisait bouillonner son sang dans ses veines, le marquis ne comprit plus d'autre bonheur, d'autre ambition que celle-là.

Lorsque ces amours subites s'emparent d'une nature faible, elles en deviennent les tyrans impitoyables. C'est une lèpre que rien ne guérit, et plus elle fait souffrir, plus elle reste inguérissable.

La première idée du jeune homme fut de débarrasser Christine de son persécuteur.

— Quelques lignes suffiront, dit-il; en me sachant instruit, il n'osera pas résister à ma demande, il aura peur. D'un mot je puis le perdre!

Il prit sa plume et écrivit :

— « Je ne comprends pas comment vous avez osé approcher
« ainsi des frontières de France; je conçois encore moins com-
« ment vous respectez assez peu ma maison pour vous attaquer
« à une personne qui y demeure, et pour la menacer ainsi que
« vous le faites. Vous n'avez plus rien à m'apprendre, je sais
« tout, c'est vous dire que vos poursuites seraient désormais
« inutiles et vos menaces impuissantes. Quittez au plus vite un
« pays où vous courez de si grands dangers, où vous pou-
« vez être reconnu d'un instant à l'autre; que Dieu vous ac-
« compagne et que je n'entende jamais parler de vous. »

Il ne signa pas cette lettre, très sûr d'être reconnu, et aussitôt que le jour parut, il alla lui-même la porter à l'hôtel indiqué par Christine; la réponse ne se fit pas attendre :

— « Oui-dà, mon beau marquis, c'est ainsi que nous procé-
« dons ! Quoi ! pas plus de déférence que cela pour un parent
« si proche! Quoi! vous me prenez ma maîtresse, et vous vou-
« lez me faire quitter les bains ! Permettez que je n'accepte pas
« ces conditions. Je ne vous cède point la belle Christine, par
« Dieu ! Elle n'a pas sa pareille au monde, et je compte passer
« le reste de la saison à Baden. Nous sommes donc très loin de
« comptes. Cependant, en échange de ces deux *petites* choses,
« qu'il m'est *impossible* de vous accorder, je vous offrirai deux
« *petits* conseils.

« Renoncez à mademoiselle Orthez, elle est trop forte pour
« vous, elle vous écrasera; vous n'arriverez jamais qu'au mal-
« heur avec cette fille-là, mon cher, c'est moi qui vous l'an-
« nonce, et je suis bon prophète.

« Ne vous donnez pas la peine de gêner mes démarches ici,
« car voilà ce que je ferais : la première fois que vous paraî-
« trez au salon de conversation, le *comte de Jausselière* s'ap-
« prochera de vous, et vous adressera une de ces insultes qui
« veulent du sang, et qui néanmoins sera acceptée par vous
« sans doute, car pour vous la réparation serait plus flétris-
« sante que l'offense, n'est-ce pas? On s'étonnera de votre tran-
« quillité, j'en apprendrai la raison à ce peuple de baigneurs,
« qui a oublié mon vrai nom et mes aventures, et avant que
« mon extradition soit ordonnée, j'aurai bien le temps de m'en-
« fuir.

« Si par hasard on m'arrêtait trop tôt, eh bien! vous le
« savez, je tiens peu à la vie, je m'apprêterais à jouer mon dé-
« noûment de la manière la plus satisfaisante, et à m'entou-
« rer de mes bons parents, vous comprenez? Nous avons un
« lieu de rendez-vous si commode, et je mourrais si bien si
« vous me fermiez les yeux !

« Nous nous sommes compris, je suppose, c'est à vous de
« choisir. Christine pour moi, ou bien pour nous, pour notre
« noble maison, une de ces célébrités toutes populaires aux-
« quelles rien ne manque, pas même les rieurs. Vous si sévère,
« si attaché à ce que l'on appelle l'honneur, que dites-vous de
« cette alternative?

« Votre affectionné cousin,
« ERNEST. »

Après avoir lu cette lettre le marquis se frappa le front :
— Que faire, mon Dieu! que faire? murmura-t-il. Oh! il me faut Christine !

XXVII

SCÈNE CONJUGALE

Au moment où le marquis venait de recevoir cette lettre, on frappa à la porte; uniquement préoccupé de Christine, espérant follement peut-être qu'elle reviendrait savoir où en étaient ses négociations, il ouvrit palpitant, et il se trouva en face de la marquise, aussi émue, aussi bouleversée que lui.

— Vous ici, madame, lui dit-il avec un accent d'humeur très prononcé.

— Oui, mon ami, répondit-elle, comme une femme armée d'avance d'un parti pris de tout supporter pour arriver à son but. J'avais besoin de vous parler d'une chose grave, pressée, j'ai pensé vous trouver plus vite et vous parler plus longtemps chez vous que chez moi, je suis venue. Ma visite ne vous dérange ni ne vous déplaît, je l'espère.

Amédée fit un de ces signes négatifs de politesse, qui ressemblent à une affirmation. Madame de Monza, décidée à ne rien comprendre, prit un fauteuil et s'assit auprès de la table. Son coup d'œil investigateur eut bientôt parcouru la chambre.

— Ah! dit-elle, vous êtes donc sorti de bonne heure que votre appartement est déjà fait?

Le lit se trouvait dans le même état que la veille, puisque M. de Monza ne s'était point couché, et ses bougies, brûlées jusqu'aux bobèches, indiquaient une longue veillée.

— Oui, répondit brusquement Amédée, je suis sorti de bonne heure; mais qu'avez-vous à me dire, Béatrix? Ma toilette n'est pas faite encore et le déjeuner va bientôt sonner.

— Nous n'irons pas, mon ami; moi non plus, je ne suis pas prête, je ne vois pas que Robert le soit plus que nous, il se promenait tout à l'heure au jardin avec mademoiselle Orthez.

— Robert au jardin, à cette heure, avec mademoiselle Orthez! reprit M. de Monza en pâlissant, cela est d'une suprême inconvenance, et vous ne les avez pas rappelés?

Rien n'échappait à Béatrix, elle répliqua pourtant de l'air le plus simple et le plus tranquille du monde :

— Je ne m'en suis point inquiétée. Les actions de mad<e-

moiselle Orthez sont maintenant de trop peu d'importance pour moi, elle va si promptement quitter ma maison !

— Est ce qu'elle vous a demandé son congé ? interrompit vivement le marquis.

— Mademoiselle Orthez n'est pas de celles qui demandent leur congé, mais de celles à qui on le donne, poursuivit Béatrix avec un sourire amer.

C'était entre ces deux êtres si unis autrefois une lutte de cruauté, chacun s'étudiait à blesser l'autre et jouissait ensuite de la torture imposée, semblable aux tyrans du paganisme. En ce moment la marquise avait le dessus.

— Je ne vous comprends pas, ma chère, continua le marquis en tâchant de se remettre.

— Il est tout naturel que vous ne me compreniez pas, mon ami, vous ignorez ce qui s'est passé cette nuit, et c'est justement ce dont je viens vous instruire.

— Quoi ! que s'est-il passé ?

— Après que vous m'avez eu quittée, tourmentée de mes torts réels ou supposés envers cette demoiselle, poussée surtout par le désir de vous être agréable, je ne voulus pas m'endormir sans avoir réparé ma faute, ainsi que je vous l'avais promis : je montai donc chez ma fille, la porte était ouverte, une lumière brûlait sur la cheminée, l'enfant dormait, et personne ne veillait sur son sommeil.

— Comment ! dit le marquis, troublé d'avance de ce qu'il allait apprendre.

— Oui, mon cher, comprenez-vous que cette personne si sévère, si fidèle à son devoir, au lieu de se tenir près de son élève, courait, Dieu sait où à plus de minuit ?

— A plus de minuit, madame ! Il n'était pas plus tard ?

— Je suis entrée chez mademoiselle Orthez à minuit et quelques minutes, Amédée, et je l'y ai attendue jusqu'à trois heures du matin.

M. de Monza sentit tout son sang affluer vers son cœur ; il n'avait vu Christine qu'à une heure et demie. Où était-elle restée jusque-là ? Cette passion arrivée dès sa naissance à l'état de géant, le perçait déjà des mille pointes de la jalousie.

— Oh ! pensa-t-il je saurai tout, on ne se jouera pas de moi !

Et affectant l'air le plus indifférent possible :

— Voi à qui est grave en effet, mais sans doute vous avez interrogé la gouvernante ; elle vous a répondu, elle vous a rendu compte de son temps, vous avez trouvé ses raisons mauvaises ?

— Elle ne m'a rendu compte de rien, elle s'est posée comme une reine, comme une sainte, elle m'a, tout au contraire, interrogée, elle, je n'ai jamais vu effronterie semblable.

— Comment cela a-t-il fini ?

— Je lui ai signifié qu'elle ait à sortir aujourd'hui même de chez moi, ainsi que cela devait être, après une pareille conduite. Et pour vous avouer ma pensée tout entière, je crois qu'il en est plus que temps, et que Robert...

— Q oi ! Robert ?

— Vous n'y avez pas fait attention, mais on en parle avec raison Il la connaissait avant nous ; il en a été amoureux alors, il me l'a raconté. Depuis qu'elle est chez nous, il s'occupe d'elle, avec adresse, avec mesure ; pourtant il n'est pas toujours maître de lui, et j'ai surpris entre eux des regards.. Enfin, je ne serais pas étonnée qu'il ne fût mêlé au grand mystère de cette nuit. Cela n'aurait rien d'étrange, tous les deux jeunes tous les deux beaux, tous les deux libres, ils se sont aimés, cela devait arriver ; je ne leur en fais pas un crime, seulement je les prierai de s'aimer ailleurs.

Chacune de ses paroles s'enfonçait comme un dard dans le cœur d'Amédée ; il les accueillait avec une avidité singulière néanmoins, par cette manie de dévorer ce qui nous torture, à laquelle nous sommes tous soumis. Il ne trouva rien à répondre, en un instant mille idées se croisaient dans son imagination.

— Ah ! se dit-il, l'ingrate ! je la laisserai chasser !

Puis en un instant aussi il se représenta Christine, seule et libre, entre Ernest et Robert, les accueillant l'un ou l'autre, peut-être tous les deux, et pendant ce temps, lui, attaché à sa chaîne, ne verrait, ne saurait rien, ni ne pourrait s'opposer à ces liens dont la seule pensée le faisait frémir.

— Oh ! non, lui cria sa jalousie, il faut qu'elle reste !

Béatrix se taisait, épiant sur son visage les impressions qu'elle n'expliquait pas. Elle attendait patiemment, e le, si impatiente ! C'est qu'elle se croyait sûre de sa victoire, c'est qu'elle la savourait goutte à goutte, et que rien n'en troublait encore la joie.

— Vous avez parfaitement agi, ma chère Béatrix, reprit enfin le marquis, et je suis absolument du même avis que vous. Ce-

pendant je crois sauf meilleure réflexion, que la précipitation en ce cas serait nuisible. Avant de priver Flavie d'une gouvernante telle que celle-ci, avant que de faire une chose aussi désagréable à la duchesse douairière d'Alagny, qui nous l'avait si vivement recommandée, il faut, ce me semble, être très sûr de son fait. Donc voyons, examinons, pesons bien tout, d'abord. Peut-être cette jeune personne est-elle innocente, peut-être a-t-elle simplement quelque secret honnête, qui se découvrira par la suite Prenons garde d'être injustes !

A son tour Béatrix dévorait les paroles de son mari, à son tour elle souffrait des douleurs et des déchirements sans nom, car elle voyait reparaître ce fantôme, éloigné un instant, et qui la poursuivait de nouveau.

— Vous dites, monsieur ? balbutia-t-elle.

— Je dis qu'il faut être prudent, ma chère amie, qu'on ne perd pas ainsi l'avenir d'une femme sans protection à moins d'avoir vu de ses yeux pour ainsi dire qu'elle est coupable. Songez y ! c'est un reproche éternel et que rien n'efface.

Depuis quelques secondes, Béatrix n'écoutait plus son mari, ses yeux, toute son âme étaient fixés sur un coin de l'appartement, où brillait dans l'ombre une longue épingle d'or Elle se précipita comme une tigresse sur cette proie, et la montrant en triomphe au marquis stupéfié, elle ajouta avec un rire tranchant comme un poignard :

— Je puis donc alors chasser cette fille en toute sûreté de conscience, car je vois cette épingle que je lui ai donnée, dont la pareille soutenait encore une de ses nattes, lorsqu'elle est rentrée chez elle cette nuit. Je la trouve dans votre appartement, donc elle y est venue, donc elle est votre maîtresse, donc je suis autorisée à la renvoyer d'ici, ou à en sortir moi-même.

Amédée écouta sa femme sans l'interrompre, sans faire un mouvement pour lui enlever la redoutable preuve. Il prenait dès lors une résolution terrible, inébranlable, par laquelle tout l'avenir de la pauvre marquise devait être brisé, une résolution, non plus de lutte, mais de tyrannie. Ce caractère indécis devint, sous la serre de la passion, aussi inflexible que puissant. Les complaisances, les lassitudes, les paresses de volonté disparurent, sa passion exigea qu'il devînt un maître impitoyable, qu'il foulât aux pieds ses devoirs, ses souvenirs ; en un clin d'œil, il ne reconnut plus ni devoirs, ni souvenirs.

— Vous vous taisez, continua madame de Monza d'une voix brisée, vous voilà confondu. Il est bien vrai que je suis trahie, et vous ne prenez même pas la peine de mentir pour me le cacher. Oh ! mon Dieu ! mon Dieu ! mon malheur est donc au comble, il est donc consommé ; désormais le doute ne m'est plus permis...

— Vous interprétez mal mon silence, Béatrix, et vous vous hâtez trop de condamner comme toujours. J'hésitais à vous révéler un sujet de la plus haute importance ; j'hésitais à vous confier ce qui m'a été confié à moi-même sous le sceau de mon honneur mais, puisqu'il est impossible de vous convaincre autrement, vous saurez de ce secret ce qu'il est indispensable qu'vous en sachiez. Oui, mademoiselle Orthez est venue ici cette nuit.

— Ah ! vous l'avouez !

— Je l'avoue, parce que jamais visite plus chaste, plus irréprochable ne fut faite à un confesseur. Mademoiselle Orthez est venue ici cette nuit, les yeux gonflés de larmes, elle y est venue implorer ma protection pour la sauver d'un danger grave, elle y est venue en suppliante, et non en maîtresse ; elle m'a raconté des choses que je ne puis vous répéter et qui ont changé en admiration l'estime que je lui portais déjà. Mademoiselle Orthez est une honnête et loyale créature, à laquelle je suis heureux d'avoir remis ma fille ; elle en fera, j'espère, une femme telle que je la désire et mademoiselle Orthez restera près de ma fille, parce que je ne trouverais pas à la remplacer, parce que je le veux, enfin.

Béatrix, ainsi que je l'ai fait observer au commencement de cette histoire, Béatrix, comme tous les êtres faibles, comme toutes les natures incomplètes, avait à la fois dans le caractère de la lâcheté et de la rodomontade. Elle dominait ce qui ne l'effrayaient pas, mais elle cédait vite devant une volonté arrêtée ou un obstacle sérieux. Ainsi, dans son enfance, sa mère était son esclave ; de même que le président de Sainte-Serve, de même qu'Ernest, la faisait obéir sur un mot, sur un geste. Lorsqu'elle vit son mari si décidé à résister, elle eut peur et se replia sur elle-même, non pas convaincue, mais subjuguée, mais matée, pour me servir d'une expression vulgaire et énergique. Elle sentit qu'elle ne combattrait plus à armes égales, qu'elle ne serait plus victorieuse devant un sentiment nouveau dans toute sa vigueur, dans toute sa sève, elle, qui n'apportait comme bouclier qu'un amour et un courage usé par la douleur, flétri par les larmes. Elle le sentit plutôt qu'elle ne s'en rendit compte; la réflexion, le savoir-faire deviennent inutiles en pareilles circonstances : le cœur, cette lumière éternelle, ce maître des maîtres, est le seul guide à suivre.

Certes, si madame de Monza se fût dit à elle-même :

— Mon mari aime cette femme, je suis oubliée, je suis trahie, j'en suis sûre; il l'aime de manière à me sacrifier mille fois pour elle; certes elle en fût sortie sur-le-champ; mais elle ne se l'avoua pas, elle ne voulut pas se l'avouer, elle se ménagea comme on ménage un ami auquel on cache la moitié de la vérité, qui doit lui être trop pénible. Seulement elle supprima les exigences, les avis impétueux, et s'imposa la ruse comme le seul moyen d'arriver à soutenir sa cause.

— Vous *voulez* garder mademoiselle Orthez, monsieur, dit-elle, vous avez pour cela des raisons puissantes, des raisons que j'ignore et qu'il vous est interdit de me révéler. Je ne le nie pas, puisque je l'ignore. Vous êtes le maître, Amédée, vous êtes le maître de conserver chez vous une personne qui me déplaît, et je dois me soumettre à votre volonté, je le dois, je le ferai, soyez tranquille, et je ne me plaindrai pas.

Il fallait en rester là : le sacrifice était achevé, mais on perd presque toujours le prix des sacrifices en ne les faisant qu'à moitié. Elle ajouta :

— Laissez près de votre fille, près de *notre* fille, une femme antipathique à mon cœur, à mes idées, mettez-la à la tête de votre maison, je ne m'y oppose point ; mais aussi n'exigez plus rien de moi. Je resterai ici comme une étrangère, je ne m'occuperai plus de vous, ni d'elle, ni de Flavie, je me concentrerai dans mon isolement dans mes larmes, et vous ferez ensuite tout ce que vous jugerez convenable, je ne vous gênerai plus.

Ces paroles, interrompues par les sanglots, coûtaient un tel effort à la pauvre malheureuse, qu'elle semblait prête à mourir. Le marquis n'en fut pas touché, un homme qui n'aime plus ne se laisse toucher ni par les prières, ni surtout par les larmes. Le seul moyen d'arriver à l'épiderme de ses souvenirs, c'est de le braver et de se montrer plus forte, plus oublieuse que lui, il n'a plus qu'un seul côté vulnérable, l'amour-propre. Presque toutes les femmes abandonnées méconnaissent cette vérité. Elles allument des bûchers où elles s'immolent, semblables aux veuves de l'Inde, à la mémoire de celui qui n'existe plus pour elles. Cet encens de regrets qu'elles brûlent devant lui flatte son orgueil, le rend plus féroce encore, et l'effort le plus sublime de sa générosité merveilleuse est de les plaindre. La pitié est souvent le dernier mot de l'ingratitude.

Le marquis s'estima très heureux des concessions offertes par Béatrix; sans s'inquiéter si elles étaient acceptables, si elles ne compromettaient pas sa dignité, surtout celle de sa femme, il les accepta. Jugeant tout à travers le prisme de sa passion, il entrevit dans ce mirage trompeur une vie de délices, où la marquise entrait par convenance, et où le reste de son intérieur resterait voilé au monde, visible pour lui seul. Les conquérants s'inquiètent peu de ce que coûte une victoire, pourvu qu'ils la remportent.

— Soit, madame, répondit-il. Si depuis longtemps vous aviez adopté ce parti, il y aurait bien du chagrin de moins dans notre ménage.

— Quoi ! reprit l'infortunée, suffoquée par sa douleur, quoi! vous le voulez réellement, vous voulez faire de la mère de Flavie une étrangère, une sorte de paria? Vous voulez condamner celle qui porte votre nom, celle que vous avez tant aimée, car vous m'avez aimée, monsieur! vous voulez me condamner à baisser la tête devant une inconnue, devant ma subalterne ! Vous voulez que j'abdique mes droits sur vous, sur mon enfant! Oh! non, non. Tuez-moi, tuez-moi plutôt! ne m'humiliez pas, ne me foulez pas aux pieds, ne me faites pas mépriser par vos valets, par votre maîtresse, par ma fille peut-être! Je vous le dis, tuez-moi, vous m'éviterez un long supplice.

La marche de la passion est ainsi dans une âme faible : d'abord elle commande, puis elle s'humilie. La passion est la plus grande faiblesse de ce monde, lorsqu'elle n'est pas la plus grande force. Elle peut soulever l'univers, ou nous réduire à l'état le plus infime. C'est toujours l'éternelle parabole du grain qui tombe sur une terre plus ou moins fertile.

— Mon Dieu ! ma chère, répondit Amédée, impatient de terminer cette scène, qui vous prenez tout au tragique. Qui vous parle de tuer personne? Qui vous parle de mépris et d'humiliation? Je vous offre, au contraire, un avenir selon vos goûts. Vous trouverez autour de vous chacun disposé à vous être agréable; vous n'aurez plus ni peines, ni soucis, ni tracas; vous vous livrerez tout entière au monde que vous adorez; vous verrez élever votre fille sous vos yeux, vous cueillerez les

fleurs de son éducation sans en avoir les épines; vous aurez en moi un mari attentif, affectueux, complaisant en toutes choses, car je sais que vous ne pouvez rien faire, rien vouloir que d'honorable; vous aurez surtout un ami réel, disposé à vous donner toutes les preuves possibles d'un attachement sans bornes. Où voulez-vous chercher une certitude plus grande d'avenir? Croyez-moi, ma chère Béatrix, voyez la vie ce qu'elle est. Fermez le roman de la jeunesse; nous avons quatorze ans, presque quinze ans de mariage, il est temps d'en arriver aux idées positives, et de ne pas semer des pierres sur le chemin, il nous en tombe assez. Voyons, embrassez-moi, donnez-moi votre main, essuyez vos yeux, oubliez ces folies, rapportez-vous-en à moi pour tout diriger, pour tout conduire; laissez-vous vivre en repos... et moi aussi, ajouta-t-il avec un rire forcé, cela est-il donc bien difficile?

— O Amédée, Amédée, vous voulez que je meure, vous voulez que je meure en maudissant mon passé, en maudissant le lien qui nous a unis. Eh bien, vous serez satisfait.

— Encore, enfant? Non-seulement vous ne mourrez pas, mais vous allez faire votre toilette, bien belle, bien élégante, et vous serez à deux heures au salon de conversation pour la fameuse partie. C'est aujourd'hui qu'on va dîner à Eberstimburg par la vallée de la Mourg. Toute la société y sera, vous devez y être.

— Y viendrez-vous? Oh! je n'aurai pas le courage d'y paraître.

— Je vous y rejoindrai certainement, je ne voudrais pas augmenter votre inquiétude. Prenez d'abord Robert avec vous, il vous conduira, et moi je me trouverai à la vallée avant vous, je vous en donne ma parole.

— Mais pourquoi pas en même temps?

— Mon Dieu! vous ne m'en voudrez pas, Béatrix? Il est convenu que nous nous pardonnons tout aujourd'hui, j'ai promis à la duchesse de monter à cheval avec elle, elle m'attendra selon nos conventions, et nous viendrons ensemble au rendez-vous.

— Mon Dieu! mon Dieu! murmura la marquise, en se levant, suis-je assez malheureuse!

— Vous, chère amie! malheureuse par votre caractère, cela est vrai. Soyez gaie, riez, qui donc aura plus de chance de bonheur que vous?

Je n'ai jamais vu un homme faisant mourir une femme de chagrin sans lui recommander la gaîté. La tristesse leur donne des remords, et ces messieurs n'acceptent pas même les reproches muets.

Béatrix voulait obéir, elle se condamna à une belle robe de mousseline de l'Inde, doublée de taffetas bleu et garnie de Valenciennes, avec la capote et le mantelet pareils, elle se condamna surtout au sourire, à la conversation brillante et coquette, elle se condamna à dévorer ses chagrins, le plus cruel supplice du cœur. Elle voulut essayer cette soumission, ce dévoûment passif et absolu.

— Si je n'en meure pas, se répétait-elle, je le toucherai peut-être.

Le marquis la vit monter en voiture avec Robert, les suivit des yeux jusqu'à ce qu'ils eussent disparu, puis, se tournant vers son valet de chambre :

— Montez, lui ordonna-t-il, chez mademoiselle Orthez, et priez-la de vouloir bien venir me parler dans mon cabinet, sur-le-champ.

XXVIII

MONZA

En recevant l'ordre du marquis, Christine s'empressa d'obéir. Elle s'attendait à être renvoyée, et ne soupçonnait même pas qu'il pût la défendre contre sa femme. Elle prit donc d'avance son air de dignité le plus froid, le plus altier, et se rendit où elle était appelée. A son aspect, Amédée pâlit, il ressentit cette étrange émotion inconnue pour lui, et qu'on aurait regardée, au temps de l'ignorance, comme une possession diabolique.

— Veuillez vous asseoir, mademoiselle, et m'écouter un instant.

Elle s'inclina en silence et prit un siège.

— Madame de Monza vous a parlé cette nuit d'une manière un peu vive, n'est-il pas vrai? Je vous prie de ne pas vous en souvenir davantage, j'ai arrangé tout cela. Il est convenu que vous ne nous quitterez point, si vous voulez bien nous faire cette grâce. Nous sommes, au contraire, résolus à vous demander le séjour le plus intime et le plus prolongé parmi nous. La marquise désire se reposer sur vous de ses soins intérieurs et de tout ce qui regarde Flavie; vous convient-il de vous en charger entièrement?

Bien que Christine fût préparée à tout, elle était si loin de s'attendre à ce langage, qu'elle resta quelques instants interdite. Ce fut l'affaire d'un éclair; sa présence d'esprit habituelle reprit promptement le dessus.

— Madame la marquise et vous, me faites trop d'honneur, monsieur, je n'ai pas d'autre manière de le reconnaître qu'en me mettant à votre disposition.

— Il est convenu que vous acceptez nos offres et que vous voilà tout à fait établie avec nous Je ne sais comment vous en remercier. Je n'ai pas besoin de vous dire que madame de Monza ignore complètement la confidence que vous m'avez faite ; il vaut mieux sous tous les rapports qu'elle n'en soit pas instruite; mais l'important pour vous est de vous dérober aux poursuites d'un homme capable de tout, entreprenant et résolu aux choses les plus extrêmes. Le meilleur moyen est de partir, de partir aujourd'hui même, de cacher vos traces de manière à les lui faire perdre, et voilà pourquoi surtout j'ai désiré m'entendre avec vous ce matin.

— Partir! mais ne venez-vous pas de me dire...

— Que vous restiez avec nous, certainement. Aussi partirons-nous tous. Pendant l'absence de la marquise, sortie pour toute la journée, faites les préparatifs nécessaires pour une excursion d'une semaine tout au plus. M. de Jausselière prendra le change, car nous laisserons ici nos gens et la plus grande partie de nos effets. Hors vous et moi, tous ignoreront le but de notre voyage. Nous serons censés retournés en France et nous repasserons en effet le Rhin, pour aller visiter les Vosges, l'Alsace, je ne s is quoi.

— Eh bien ! s'il nous suit ?

— Il ne nous suivra pas, il nous attendra, vous dis-je; il ne peut revenir en France sans de grandes précautions, fort longues à prendre et à préparer. Je ne doute pas qu'il n'emploie tous les moyens pour nous y rejoindre, mais nous n'y serons plus.

— Et où irons-nous donc alors?

— A Monza. C'est là que nous nous rendons, en prenant le chemin des écoliers On ne nous y soupçonnera jamais Ce château, très isolé, est ignoré de toutes mes connaissances, il est facile à garder. M. de Jausselière n'en approchera pas de deux lieues à la ronde, sans que j'en sois prévenu sur-le-champ. J'ai bien réfléchi, j'ai pesé les chances, c'est là qu'il f ut aller. Préparez donc toutes choses, mademoiselle, afin que ce soir à notre retour d'Eberstein nous n'ayons qu'à monter en voiture.

— Que dira madame la marquise?

— Elle dira... ce qu'elle doit dire, ne vous inquiétez de rien. Surtout laissez-la crier contre mon caprice; soyez-y tout à fait étrangère, qu'elle m'accuse seul, c'est l'essentiel. Elle hait Monza, elle s'y déplait à la mort, et je lui avais promis de renoncer au projet de m'y rendre. Sûreté de plus pour nous, elle a annoncé sa victoire à tout le monde.

— Mais comment vous remercier de tout ce que vous voulez bien faire, monsieur? A quoi dois-je un intérêt si véritable et si dévoué? Vous êtes réellement mille fois trop bon.

— Je reconnais comme je dois votre confiance, mademoiselle, les soins que vous donnez à ma fille, rien n'est plus simple; vous avez réclamé ma protection, elle vous est acquise, voilà tout.

— Permettez-moi donc de m'occuper de suite de notre départ, monsieur, et croyez, je vous en supplie, à tout ce que j'éprouve de reconnaissance. Je m'exprime mal, mais je sens vivement, vous me comblez, et...

— Assez, assez, mademoiselle, je suis heureux de vous obliger Allez donc, car il le faut, et à ce soir.

En quittant M. de Monza, Christine avait tout compris. Elle ne pouvait se tromper aux symptômes déjà observés tant de fois, et ces yeux ardents, cette voix émue, ces lèvres frémissantes ne lui laissaient pas de doutes.

— Cet homme m'aime, se dit-elle, il m'emmène à ce château pour m'avoir plus complètement à lui. Je gage qu'il en éloignera Robert! Ah! ma position va devenir désormais bien délicate. Lutter avec le mari, auquel je ne veux pas laisser d'espoir, sans le rebuter néanmoins ; lutter avec la jalousie de la femme, et lutter avec Robert qui découvrira bientôt tout ceci; lutter avec Ernest peut être et puis avec moi même pour ne perdre aucun de mes avantages. Quelle tâche ! je la remplirai néanmoins, je n'y puis faillir sous peine de renoncer à mon avenir tout entier. A l'œuvre donc et que Dieu me protège!

Tout se passa comme le désirait M de Monza. Mademoiselle Orthez, avec son intelligence ordinaire, sut choisir parmi les effets ceux dont la marquise surtout devait avoir ou besoin ou fantaisie.

Elle fit dîner et habiller son élève, elles descendirent au salon, et se tinrent prêtes à recevoir monsieur et madame de Monza, qui revinrent avec le comte vers les dix heures du soir. Béatrix en apercevant Christine eut peine à se contenir, cependant elle la salua presque poliment. M. de Monza prit la main de sa femme et la conduisit à la porte du jardin.

— N'est-ce pas qu'il fait beau, chère amie, et que cette soirée est sublime ?

— Admirable.

— N'est-ce pas que vous aimeriez à voyager par un temps pareil?

— Sans doute. Mais d'où viennent ces questions? répliqua la marquise, inquiète, sans savoir encore pourquoi.

— C'est que j'ai à vous proposer une petite excursion.

— Ce soir?

— A l'instant même.

— Où voulez-vous aller?

— Je suis forcé de quitter Baden quelques jours.... pour des raisons trop longues à vous raconter, et je crois, j'espère que vous ne refuserez pas de m'accompagner, avec Flavie et mademoiselle Orthez.

— Mon Dieu ! vous m'effrayez, Amédée. Quel est ce caprice étrange?

— Une nécessité, je viens de vous le dire.

— Et où irons-nous ?

— Vous verrez !. Nous rentrons en France. Pour vous, Robert, vous nous attendrez bien ici?

— Pourquoi ne vous suivrais-je pas?

— Je n'oserais vous en prier, mon cousin, vous vous amusez, et mes affaires ne sont pas les vôtres, répliqua le marquis, d'un air visiblement contrarié.

— Je ne me séparerai pas de mes cousines, si vous voulez le permettre. Les plaisirs des eaux m'attirent peu, et votre projet inconnu me plaît. Je suis des vôtres, et vogue la galère!

— Allons donc! dit le marquis en soupirant.

— Mais les préparatifs? observa la marquise.

— Les préparatifs sont faits : vous n'avez plus qu'à monter en voiture : j'avais donné les ordres ce matin.

— Les chevaux...

— Sont commandés, ils doivent arriver sous quelques minutes, s'ils ne sont déjà ici.

— On me laissera bien le temps, je suppose, de prendre une robe de voyage?

— Vous en trouverez une toute disposée sur votre lit.

— Mon Dieu! que d'attention! Oh! pensa la pauvre femme, où me mène-t-il? Ce voyage précipité cache un péril, une douleur, je le pressens, je le devine, mais je ne le puis empêcher, mais ma destinée m'emporte. Je ne sais ce que j'éprouve; c'est étrange. Oh! le ciel puisse-t-il avoir pitié de moi!

Flavie, heureuse, comme tous les enfants, d'un déplacement quelconque, suivit sa mère, et assista à sa toilette. Elle chercha à la distraire par son babil, par ses caresses ; Béatrix souriait à peine. De ce jour, elle porta en elle une sorte de pressentiment indéfinissable, qui ne la quitta plus, et qui jeta un crêpe sur sa vie.

On se remit en route comme on était venu; seulement la marquise prit avec elle sa fille et la gouvernante, et, feignant de dormir, elle ne prononça pas un mot de toute la nuit. On passa le Rhin ; on arriva à Strasbourg; on s'y reposa une journée. Le lendemain, les voitures furent attelées de nouveau, et on reprit le chemin de l'Allemagne.

— Pourquoi donc retourner à Kehl? demanda la marquise.

— Pour prendre le bateau à vapeur et remonter le fleuve.

— Et où nous mènera-t-il? sans trop de curiosité.

— Il nous mènera à Francfort, où nous nous dirigerons sur la Bavière.

— Ah ! Seigneur! nous allons à Monza!

— Oui, ma chère amie, nous allons à Monza. Je n'ai trouvé que ce moyen de vous y conduire, et il était urgent que nous y fussions.

— A Monza ! à Monza! répétait Béatrix en sanglotant; Monza !

— Il est vraiment singulier, peut-être plus encore, de vous voir pleurer ainsi pour si peu de chose, ma chère; vous adoriez ce château, vous avez voulu y venir accoucher de Flavie, et tout à coup, sans raison, vous le détestez, vous le prenez en horreur. C'est un caprice d'enfant gâté, au moins extraordinaire à votre âge. Heureusement Flavie et Robert n'en sont pas témoins, non plus que mademoiselle Orthez.

Madame de Monza ne répliqua rien; elle baissa son voile,

s'enfonça dans le fond de la voiture et ne prononça plus une parole tant que dura le voyage. Christine eut plus d'une fois le désir de consoler cette affliction muette; elle ne l'osa pas. Et puis, je l'ai dit, la marquise ne lui inspirait aucune sympathie; elle s'efforçait d'être prévenante envers elle: sa nature ne l'y portait pas; ce n'était jamais par élan ou par inspiration, c'était par calcul. En cette circonstance, elle se reconnaissait intérieurement la cause de sa peine; une sorte de honte la retint plus qu'à l'ordinaire encore.

On marcha nuit et jour, et l'on arriva enfin, par une belle et chaude soirée, sur le bord du Danube, presque en vue du château. Le pays était superbe; de vastes forêts de sapins et de bouleaux couvraient les montagnes, sur esquelles le soleil étendait ses derniers rayons; d'immenses prairies s'étendaient au bord du fleuve et en émaillaient les rives. En cet endroit, le Danube se rétrécissait; il présentait un de ces accidents assez fréquents dans son cours, et que l'on appelle des rapides, espèces d'écueils à fleur d'eau, qui en rendent la navigation difficile. On tourna la route, et l'on aperçut, sur une éminence, une vieille forteresse, à tourelles crénelées, dominant la rivière et les vallons, élevant jusqu'aux nues ses murailles imprenables, et entourée de quelques cabanes assez pauvres; c'était Monza et son village, autrefois Futsberg, et dont ce nouveau nom devait perpétuer d'âge en âge la gloire du héros son dernier parrain.

— Voilà ce lieu si formidable, Robert, dit le marquis, en mettant pied à terre. Votre cousine n'est-elle pas folle de le prendre ainsi en horreur? Y a-t-il un plus bel endroit au monde?

— Le fait est, Béatrix, que vous n'êtes pas juste, répliqua le jeune homme en regardant autour de lui; tout ceci est magnifique.

— Je le sais, je le sais, mon cousin, mais je ne puis vous expliquer d'où vient ma répulsion pour ce pays, que je trouve néanmoins admirable. Chaque fois que j'y entre, un froid glacial pénètre dans mes veines. J'ai ressenti cette impression aussitôt que j'y ai mis le pied, lorsque je te portais dans mon sein, pauvre Flavie! Je n'ai jamais pu la vaincre depuis.

— Il faut prendre sur vous. Béatrix: ceci est un véritable enfantillage; Amédée ne peut vous le passer.

— Et vous aussi, Robert!

— Vous savez que je ne vous gâte pas, ma cousine; je ne vous ai jamais gâtée. Et réellement, il est peu aimable de mépriser ainsi ce glorieux monument. Il doit y avoir de bien belles légendes sur ces vieilles tours.

— Oh! oui, il y en a une surtout, une terrible, sanglante, qui me glace d'effroi chaque fois qu'elle me revient à l'esprit.

— Vous nous la conterez?

— Pas moi. J'en suis incapable, mais M. de Monza; il la sait à merveille et la conte avec une grande perfection.

— Réservons cela pour la première soirée pluvieuse; nous aurons une peur atroce, et ce sera charmant.

Ce château de Monza était en effet un des plus beaux restes d'architecture du moyen âge. Flanqué de sept tourelles, surmonté de créneaux, garni de meurtrières, entouré de fossés, avec un pont-levis à chaque face, il présentait une masse imposante et magnifique. Les pierres, taillées à pointes de diamants, laissaient pousser dans leurs joints des touffes de giroflées jaunes et de coquelicots; une des tours disparaissait tout entière sous un lierre gigantesque, étendant ses rameaux d'une façade à l'autre. Cette tour, sorte de poivrière isolée, dominait le Danube à une immense élévation, et se détachait presque du reste du bâtiment, auquel une galerie à jour, suspendue sur l'abîme, la rattachait seule. Là avait été longtemps l'appartement des châtelaines. Béatrix, fidèle aux traditions, voulut y établir le sien.

La première soirée qu'on passe dans une maison inhabitée depuis longtemps, où l'on arrive à l'improviste, est toujours triste et pénible. Le marquis avait bien écrit au concierge, de Strasbourg, qu'on l'attendît d'un jour à l'autre; la lettre le précéda de si peu de temps, qu'on avait à peine ouvert quelques chambres, préparé quelques logements. On parcourut tout le château aux flambeaux, afin de choisir chacun son domicile. Robert s'empara d'une tour; il y établit ses ustensiles de chasse et ses livres. Flavie et sa gouvernante furent logées à l'autre extrémité, près du marquis et de la marquise, dont les deux appartements communiquaient par la galerie à jour. Il fallait, pour rejoindre le salon et la salle à manger traverser d'immenses pièces, tapissées de portraits des Futsberg, lambrissées de chêne et garnies d'armures de toutes les tailles, Flavie ne se sentait pas trop rassurée; cependant elle n'osa pas en convenir, et fit bonne contenance. Quant à Christine, elle se trouvait dans son élément; ces légendes, ces souvenirs, ces

grandes ombres, ces armes et ces drapeaux musulmans, conquis à la croisade, exaltaient son imagination. Elle ne comprenait pas les craintes puériles de Béatrix.

— Si j'étais marquise de Monza, pensait-elle, l'habiterais ici toute l'année. Oui, mais ce n'est pas moi qui suis marquise de Monza!

Cette pensée ne la fit point rougir, car rien de coupable ne s'y mêlait pour la gouverner. Elle se mettait à la place d'une autre, parce que son ambition enviait, sinon celle-là, du moins une semblable. Elle aspirait à s'élever; elle se trouvait trop à l'étroit, semblable à l'oiseau à qui l'espace manque dans sa cage pour déployer ses ailes.

Personne ne dormit cette nuit-là au château, personne que la petite fille. A cet âge, l'âme tient si peu de place dans la vie! On est si heureux d'exister par les sens, par les jouissances matérielles! Son dernier mot, en se mettant au lit, avait été celui-ci:

— Ma bonne amie, vous savez que je suis née ici, dans la chambre où va coucher ma mère? Ah! pourvu qu'elle y repose tranquille, cette bonne mère; elle y a tant souffert, elle y a été si malade autrefois! Mon Dieu! protégez ma mère!

Pourquoi cette enfant éprouvait-elle ce soir-là, plus que de coutume, le besoin de prier pour sa mère?

XXIX

LÉGENDE

Plusieurs jours se passèrent. On s'installa, on s'établit, on prit ses aises et ses habitudes et bientôt, excepté Béatrix, chacun se trouva satisfait de son nouveau gîte. La position des différents personnages les uns envers les autres était singulière d'ailleurs. Chacun avait un secret, qu'il cachait par la bise. On s'observait, on se craignait, on se retranchait derrière la dissimulation, véritable petite guerre de pensées, traduite par quelques mots échappés, par quelques regards, par quelques gestes, aussitôt réprimés.

Un soir, le temps était à l'orage; on fit porter des chaises sur la terrasse, à côté de la chambre de la marquise, on respirait à pleine poitrine l'air rafraîchi du fleuve, la lune brillait et jetait ses broderies d'argent sur les rapides, sur les cimes des arbres et sur les créneaux des murailles. Quelques oiseaux de nuit criaient dans le donjon, et de temps en temps le bruit lointain des eaux arrivait jusqu'à eux, apporté par la brise. C'était une de ces soirées mélancoliques dont le ciel allemand double le charme, on rêvait malgré soi; la rêverie était partout, dans l'air, sur le fleuve, sur les gazons brillants de rosée. Le comte de Charmante jouissait de cette soirée en homme amoureux, assis près de sa maîtresse, obligé de cacher ce qu'il éprouvait et de refouler dans son cœur les émotions qui le débordent.

Personne ne parlait, Flavie venait de se coucher. Robert sentit la nécessité de rompre ce silence, il se tourna vers le marquis:

— Vous nous avez promis une légende, Amédée, vous ne trouverez jamais plus magnifique occasion. Nous sommes tous disposés à frémir, n'est-il pas vrai, ma cousine?

— Je frémis d'avance, répliqua Béatrix, en croisant son châle.

— Et vous, mademoiselle Orthez?

— Oh! moi je ne demande pas mieux que de frémir, et si M. le marquis veut bien nous faire peur, j'en serai ravie.

— Je ne saurais me refuser à d'aussi unanimes prières. Faites attention que je n'invente rien, que vous allez entendre une histoire vraie, que vous êtes à l'endroit même où cette catastrophe a eu lieu, et que probablement ce lierre en a été témoin.

— Comme c'est adroitement préparé! Voilà une avant-scène tout à fait remarquable.

— Vous êtes trop indulgent, Robert, attendez le reste. Prêtez-moi tous une oreille attentive, car cette légende est digne de l'attention d'une reine; tout s'y trouve: le drame et la punition du crime, l'intérêt, la péripétie...

— Au fait! au fait!

— M'y voici. Vous avez remarqué dans la galerie un étendard turc, enrichi d'un croissant gigantesque?

— Sans doute.

— Eh bien, cet étendard fut rapporté de Constantinople, lors de la conquête qu'en firent les croisés, par un seigneur de Futsberg; il l'enleva de sa propre main à toute une troupe accourue pour le défendre, après la mort de celui qui le portait et il obtint de l'empereur la permission d'en orner le château de ses pères. Cet étendard ne fut pas la seule part qu'il eut au butin, ce ne fut pas surtout la plus précieuse, malgré sa valeur. Rodolphe de Futsberg, beau, jeune, brave, ramena une esclave grecque, nommée Irène, de la plus grande beauté : il en était aimé et il l'aimait avec une frénésie sans exemple. Pendant tout le voyage il veilla sur elle, sans permettre à qui que ce fût d'en approcher, et, une fois de retour ici, il fit bâtir exprès la tourelle que voici, et lui donna le nom d'Irène, afin de perpétuer jusqu'à la fin de sa race ce nom qui lui était si cher.

Cette demeure, inaccessible de tous les côtés, vous le voyez, lui parut un lieu sûr, et digne de renfermer son trésor. On n'y arrivait que par sa propre chambre et par la galerie qui en dépend : il se crut donc bien en sûreté, et se livra sans crainte au plaisir de la chasse, bien qu'il l'éloignât de sa maîtresse. Jaloux, comme tous les gens très épris, il emportait en partant la clef de son appartement, et laissait à la belle captive le droit de suivre de l'œil sa course vagabonde, ce dont elle ne se privait point, dit la légende ; elle n'avait absolument rien autre chose à faire.

Elle jouait du luth en perfection, et souvent, s'asseyant sur un balcon de pierre, elle se mettait à chanter les airs de son pays. Ce ciel froid lui semblait une pâle copie de son ciel de feu, et les astres sans éclat, un reflet bien terne de ses étoiles de diamants. Rejetant sa belle tête en arrière, elle envoyait aux échos du fleuve des sons et des mots inconnus. Les paysans se signaient à son aspect, ils la prenaient pour une magicienne, préparant un charme ou s'inspirant d'un dieu mystérieux.

De l'autre côté de la rivière, où vous voyez encore la pointe aiguë d'une flèche gothique, se trouvait un couvent, fort en renom, de l'ordre de Saint-Benoît. Les moines, savants dès cette époque, passaient leur vie à étudier et à chasser dans les environs, selon leur droit seigneurial, car c'étaient de très grands seigneurs que ces serviteurs du ciel. Parmi les novices, on remarquait un jeune frère, fils cadet d'un baron du voisinage, voué par lui aux autels dès sa naissance, et sans que sa vocation ait été consultée. On le fit entrer, tout enfant encore, au monastère, dont son oncle était abbé, avec l'espoir de lui succéder un jour.

Cet enfant de l'abbaye y était choyé de tous : des uns par ambition, des autres par amitié, car c'était un charmant garçon que Gunther. D'une humeur égale, généralement triste, quoique toujours douce, il errait sans cesse dans les bois et par la vallée, non pour étudier ou courre le cerf, comme ses confrères, mais pour y rêver à son aise ce monde, qu'il ne devait jamais connaître, pour y parler tout seul d'amour, de gloire, de tournois, de batailles, et de belles dames.

Un jour il se laissait aller sur le fleuve, dans une petite barque, trouvant un plaisir réel, une émotion charmante à braver le danger des rapides, sans chercher à le combattre. Au milieu des clapotements de l'eau, des sons étranges arrivaient à son oreille, comme s'ils descendaient du ciel ; ils avaient quelque chose de doux et de pénétrant tout à la fois. Gunther en jouissait, sans s'en rendre compte. Lorsque son bateau eut traversé l'endroit difficile, et vogué tranquille au pied du château, il leva les yeux et aperçut, bien au-dessus de lui, comme suspendue sur l'abîme, une forme blanche, se penchant en avant, vêtue d'un habit resplendissant aux rayons du soleil. Il s'arrêta saisi d'étonnement. La musique aérienne continuait toujours, devenait plus distincte ; il acquit bientôt la certitude qu'elle provenait de cet être indéfinissable, que, dans sa naïve croyance, il supposait être un ange.

Il fit aborder sa barque et trouva sur le rivage un serf qui pêchait.

— Qu'est-ce qu'il y a là-haut ? lui dit-il.

— Cela, mon révérend frère ? c'est l'esprit du baron de Futsberg.

— Un esprit, Jésus, Marie ! et tu n'as pas peur, et tu me parles sans te signer !

— Oh ! nous sommes accoutumés à lui, il n'est point méchant. Il chante ainsi à la fenêtre, tant que le baron est absent. Ensuite on ne l'aperçoit plus, jusqu'à ce que le seigneur Rodolphe retourne à la chasse. L'esprit s'est bâti cette tour, il y demeure, il s'y plaît, et, pourvu qu'on ne l'y tourmente pas, nous n'avons rien à craindre de lui.

— Ce démon doit être bien horrible ?

— Bien horrible ! C'est la plus belle créature que Dieu ait faite.

— Tu l'as vue ?

— Plus de cent fois.

— On peut donc la voir sans mourir... et sans pécher ?

— Sans pécher... je ne sais pas, mais sans mourir, oui !

— Où l'as tu vue ?

— En mont ant dans le bois, il y a une petite plate-forme de rocher d'où on la découvre parfaitement. J'y ai passé souvent des heures entières.

— Et... elle ne vous voit pas, elle ?

— Pour ça, non !

— Peux tu m'y conduire ?

— Tout de suite, seulement le chemin est difficile, prenez garde de déchirer votre froc.

Le frère suivit l'enfant, et bientôt tous les deux arrivèrent, malgré les obstacles, à l'endroit indiqué. On découvrait en effet Irène, à travers les branches, et Gunther resta en extase devant cette adorable apparition. Il écouta, il regarda, il oublia le monde, il oublia tous ses rêves pour ne songer qu'à celui-là ; il leur donna dès lors une forme, une réalité, et à dater de ce jour, dès que le jeune homme entendait retentir dans la forêt les cors du baron de Futsberg, il prenait possession de sa place chérie et y restait tant que la belle Grecque daignait se montrer. Si quelquefois le mauvais temps, ou un autre motif empêchait les chasses de Rodolphe, le novice s'asseyait tristement sur son rocher, les yeux fixés sur la fenêtre fermée, heureux d'entrevoir de temps en temps le bout d'une écharpe flottante, ou les plis d'un voile de gaze. Il rentrait le soir tout pensif au monastère, et cette image absente dominait ses prières, comme elle dominait son sommeil, comme elle dominait sa vie.

Le temps passa de la sorte. Rodolphe en éprouva les effets. Il commença à regarder autour de lui, à songer à son avenir, à sa fortune, à son nom qu'il fallait perpétuer. On lui parla de mariage, il refusa d'abord, puis il écouta plus attentivement, puis il consentit à voir la jeune fille, puis il admira les domaines de son père, puis il la trouva belle, puis il accepta enfin. Ce ne fut pas sans hésitation, car Irène était belle aussi, Irène était aimante. Irène n'avait que lui au monde.

Après avoir bien réfléchi, il crut trouver le moyen de tout arranger. Il alla près d'elle, il lui dit qu'un danger immense les menaçait tous les deux, si elle essayait seulement de quitter sa tourelle ; qu'il viendrait l'y voir chaque jour mais que, sous aucun prétexte, elle ne devait en franchir le seuil. La pauvre fille, ignorante du monde, le crut sans hésiter et jura sur le Christ, jura sur leur amour, de l'attendre sans cesse et de ne le chercher jamais, dût-elle l'attendre en vain. Pour plus de sûreté il garda sur lui la clef du passage et se considéra ainsi comme très certain de sa tranquillité.

En même temps il raconta à sa fiancée qu'initié en Orient aux sciences magiques, il possédait un pavillon mystérieux, où nul ne devait mettre le pied sous peine de mort. Que son démon familier, son génie protecteur, sorte de péri orientale, y apparaissait fréquemment et qu'elle en interdisait l'entrée aux profanes.

— Notre pacte est ainsi, dit-il, et je la perdrais sans retour par la moindre désobéissance ; les plus grands malheurs en seraient la suite ; vous ne savez pas, damoiselle, combien sont à craindre ces esprits puissants.

La damoiselle, esprit très puissant elle-même, quoique fort terre à terre, savait parfaitement à quoi s'en tenir. Elle feignit de croire à cette histoire fantastique, se promettant bien d'écarter sa rivale par tous les moyens, et de rester seule maîtresse et du château et du châtelain. Gertrude, belle, et supérieure par son intelligence aux superstitions de ce siècle, se laissa pourtant tromper en apparence par les mensonges de Rodolphe. Elle arriva à Futsberg, le jour du mariage, trembla de tous ses membres en entrevoyant de loin le terrible laboratoire, reçut les hommages de chacun avec un calme et une quiétude parfaite, et ne se permit pas la moindre observation.

De sa retraite Irène vit les lumières, les cavaliers, les belles dames, elle entendit les chants, elle suivit de l'œil les danses joyeuses, cachée derrière ses vitraux de couleur. Rodolphe l'avait prévenue qu'il donnait une fête, que, de quelques jours, peut-être il ne pourrait la voir et la suppliait de rester ignorée, de ne pas laisser soupçonner sa présence : il avait invoqué l'amour, la jalousie, il obtint tout ce qu'il désira. Un autre cœur veillait aussi dans le silence et l'obscurité, un autre cœur souffrait et aimait au milieu de ses pompes insensibles. Gunther, instruit par ses propres sentiments, comprenait enfin quelle était Irène, et sa position vis-à-vis de Rodolphe ; il apprit le mariage, et dès lors les peines de la délaissée devinrent les siennes. Gâté par l'indulgence de son oncle, il s'absentait des journées entières sans que personne lui demandât compte de son temps. Ces journées, il les passait à garder son idole, à veiller sur elle pour la garantir, croyait-il, de tout danger. Bientôt les journées ne lui suffirent plus, il trouva une manière de s'échapper la nuit de sa cellule, il traversa le Danube, sans s'inquiéter des périls, et revint à son observatoire.

Hélas ! la pauvre Irène passait ainsi la nuit entière à pleurer à son balcon, à chanter les chansons si tristes de son pays, à regarder le ciel nuageux de l'automne, car l'ingrat Rodolphe

4

ne venait plus la consoler, car, excepté l'esclave basané chargé de sa nourriture, elle ne voyait plus que le ciel et les ondes du fleuve descendant vers la mer Noire, emportant ses regrets, ses vœux et ses larmes.

Une nuit elle envoyait aux vents ses plaintes désolées. Elle entendit au-dessous d'elle une voix qui lui répondait. Elle eut peur d'abord, et se retira ; mais cette voix parlait sa langue maternelle, sinon parfaitement, du moins assez pour se faire comprendre. Cette voix était tendre, douce, pleine de consolation ; elle offrait un ami, un protecteur, une espérance ; elle montrait l'avenir, la liberté. Irène écouta, elle répondit ensuite, elle interrogea enfin. Elle apprit d'abord le nom de celui qui parlait, elle apprit comment, élevé par de savants moines, ils lui avaient enseigné les langues d'Orient, ainsi que cela se pratiquait en ce siècle, où les voyages et les rapports devenaient fréquents entre les deux peuples, à cause des croisades et de l'empire grec. Elle voulut savoir ensuite quelques détails sur Rodolphe, elle pressa Gunther, qui restait muet, à qui la crainte d'affliger celle qu'il eût voulu faire si heureuse fermait la bouche. Elle insista, il avoua tout, en suppliant Irène de ne pas se laisser aller au désespoir, de compter sur la Providence, sur le temps. Irène ne répondit que par un seul mot :

Vengeance !

Ceci se passa après plusieurs entrevues, lorsque déjà la captive connaissait son ami étrange, s'accoutumait à ses visites et les attendait impatiemment. Il ne parlait pas encore d'amour, mais tout en lui respirait une passion si vraie, si ardente, si dévouée, que la jeune Grecque ne tarda pas à le comprendre mieux qu'il ne se comprenait lui-même. Leurs entretiens n'avaient lieu que la nuit, le jour ils se regardaient seulement et s'entretenaient par signes, dans la crainte d'être découverts. A dater du moment où Irène apprit la trahison de Rodolphe, elle ne chercha plus qu'un moyen d'introduire auprès d'elle le jeune novice, de lui communiquer ses pensées, ses desseins, et d'obtenir qu'il en devînt le complice et l'exécuteur. Elle noua ensemble ses longues écharpes, les attacha au balcon et les suspendit au-dessus de l'abîme ; ce n'était pas suffisant. Elle chercha alors les cordons de ses draperies, de ses rideaux, décousit les ornements d'or de ses vêtements, et de toutes ces choses tressa une mignonne échelle qu'elle ajouta à ses écharpes, elle toucha enfin au but.

Le soir même elle proposa à Gunther de descendre au fond du ravin, où l'attendait cette frêle machine, et d'arriver ainsi jusqu'à elle. Bien qu'ils fussent près l'un de l'autre, car la fenêtre et le rocher se trouvaient à peu de distance, ainsi que vous pouvez vous en convaincre, un précipice les séparait. Il fallait être amoureux, avoir vingt ans, ignorer et mépriser le danger, pour confier sa vie à un si léger appui. Gunther n'hésita pas. Ivre de joie, il franchit tous les obstacles, rencontra la bienheureuse échelle, s'y cramponna, sans même en essayer la force, et arriva en quelques secondes au balcon, où l'attendait Irène.

Elle le reçut comme un messager de joie, son cœur ulcéré lui présenta une sorte de soulagement, dans l'espoir de faire partager sa colère. Et puis, elle allait l'interroger bien plus à son aise ! Gunther, interdit, transporté, répondit à peine. Son amour l'étouffait. Pour la première fois, il touchait la main d'une femme, ce bonheur lui montait à la tête et le rendait incapable de sentir autre chose. Il dit, il promit tout ce qu'on lui demanda, sans savoir seulement ce qu'il disait, ce qu'il promettait, comme un insensé.

Bien des fois, puis tous les jours, il entra ainsi dans la tourelle. Il s'enhardit peu à peu, il osa avouer qu'il aimait ; Irène le laissa dire, ne lui promit rien, elle ignorait encore si elle l'aimait. Elle le trouvait beau, elle le trouvait dévoué et tendre, mais le souvenir de Rodolphe luttait avec ce sentiment nouveau ; et par-dessus tout, le désir de la vengeance faisait taire en elle et l'espoir et le besoin d'un autre avenir.

Vaincue par les instances de Gunther, par sa propre inclination peut-être, elle promit de l'écouter favorablement, de l'aimer, de lui appartenir s'il la vengeait d'un perfide. Nouvelle Hermione, auprès d'un autre Oreste, elle demandait du sang pour gage de sa foi. Le novice ne craignait et ne redoutait rien, mais le sang lui faisait horreur ; mais l'injure dont se plaignait Irène ne lui semblait pas si punissable, puisqu'à cette injure il devait son bonheur. Il trouva d'abord des prétextes pour différer, la jeune Grecque les accepta ; il commença à lui représenter peu à peu l'odieux d'un semblable crime, puis il l'amena à convenir que cette vengeance deviendrait moins douce, puisque la colère qui l'avait provoquée diminuait chaque jour. Elle avoua plus tard qu'elle ne perdait pas au change et en vint enfin à se trouver si heureuse, qu'elle craignait tout

ce qui pourrait traverser ses joies, et supplia d'elle-même son amant de tout oublier.

Parvenu enfin au comble de ses vœux, Gunther ne songea plus qu'à assurer la durée de ce lien attaché à des bases si fragiles. Le terme de sa profession approchait ; sa famille, un peu effrayée des dispositions mondaines qu'on remarquait en lui depuis quelque temps, le pressa de se décider. D'un autre côté, Irène ne pouvait rester ainsi éternellement enfermée dans la tourelle, au pouvoir de Rodolphe, qui, tout en l'abandonnant tout à fait, ne l'en gardait pas moins avec le même soin. Les amants décidèrent qu'il fallait fuir et en fixèrent ensemble les moyens les plus convenables. On convint qu'Irène donnerait chaque jour à Gunther quelques-uns de ses bijoux, qu'il les ferait vendre à la ville voisine par le frère lai chargé des commissions, sur lequel il pouvait compter. Il apporterait, pour Irène et pour lui, deux habits de paysans, ils prendraient la barque, sûrs ainsi de ne pas laisser de traces, et se rendraient en descendant le fleuve jusqu'à la mer Noire et à Constantinople, où Irène avait des parents et où ils se marieraient.

Ce beau plan d'une exécution facile, une fois conçu, la joie rentra au colombier. On n'attendit plus que l'avenir, on fit mille projets d'or et de fleurs, on s'aima mille fois plus encore, si c'est possible, en découvrant qu'on pourrait s'aimer toujours. Mais il arriva...

Le marquis s'arrêta subitement.

— Qu'arriva-t-il ? demanda Robert.

— Vous le saurez demain, mon cher ami, il faut ce soir rentrer chez nous.

— Ah ! vous calculez vos effets, vous tenez la curiosité en suspens, cousin ! Attendons alors.

Le lendemain, Robert, fort intéressé par le récit fait sur les lieux mêmes, et dont la jeune imagination animait ce paysage des gracieuses figures évoquées par Amédée, Robert réclama la suite avec instance, et le marquis, contre l'ordinaire des conteurs, ne se fit prier que quelques minutes. Quant à Béatrix, elle écoutait tristement cette histoire, et semblait suivre d'un œil effrayé les fantômes mélancoliques de la légende. Mademoiselle Orthez se laissait aller au charme de la rêverie, par une belle nuit et dans un beau pays ; elle aimait les contes fantastiques, les anciennes traditions, et son esprit entreprenant cherchait partout des leçons de conduite. Cet auditoire, animé de dispositions si différentes, se plaça en cercle autour d'Amédée. Il reprit :

— Nos amants, et j'espère que vous vous intéressez à eux, nos amants donc avaient tout arrangé, tout prévu, hors une seule chose, la jalousie et la méchanceté de Gertrude. Ils se croyaient bien sûrs de leur secret, et leur secret n'était plus à eux. Depuis longtemps déjà on les surveillait ; les rendez-vous du soir, les douces nuits, épiés par des gens salariés, se racontaient à la châtelaine. Patiente, comme tous les caractères vigoureux, elle attendit que l'intrigue fût bien nouée, afin d'être plus sûre de son fait. Et lorsqu'enfin elle acquit la conviction nécessaire, elle proposa un soir à Rodolphe une promenade sur cette même terrasse où nous sommes aujourd'hui. Une faible lueur parut dans la tour ; elle attira les yeux du jeune homme, qui se sentit prendre au cœur par les souvenirs et par le remords. Rien n'échappait à Gertrude ; elle s'en aperçut, et trouva le moment bien choisi pour porter un coup décisif.

— Vous regardez cette tourelle avec envie, Rodolphe. Le sacrifice que vous m'avez fait est trop grand peut-être, j'en conviens ; vous avez tenu votre parole en véritable chevalier, vous n'êtes point retourné à votre laboratoire. Sans doute, le pauvre esprit familier languit et soupire ; vous-même, je vous trouve plus triste depuis quelques semaines ; votre conversation me semble moins vive et vos regards plus incertains. Vous vous ennuyez peut-être...

— Moi, chère amie, m'ennuyer près de vous ! oh ! jamais...

— On s'ennuie même d'un bonheur uniforme, mon beau chevalier ; et moi, qui veux, avant toutes choses, vous voir joyeux et satisfait, je vous rendrai une nuit à vos occupations d'autrefois, si cela peut vous plaire le moins du monde.

Le cœur de Rodolphe battit bien fort à ces mots. Retrouver Irène, la retrouver aimante, passionnée, belle, comme dans les premiers jours de leur liaison, sécher ses larmes sous ses baisers, lui jurer qu'il l'aimait encore, et lui rendre un peu de courage pour l'avenir, c'était douce chose. Il n'osa pas accepter d'abord ; pourtant il n'eut pas la force de refuser. Dans un moment de tendresse exaltée, cédant aux instances de sa femme, il avait donné sa foi de chevalier qu'il ne retournerait pas d'une année entière à son cabinet magique. Il s'en était repenti plus d'une fois ; mais tel était à cette époque le respect du serment, qu'il ne se fût pas permis d'y manquer. Maintenant

Gertrude lui rendait sa promesse pour un jour ; la tentation devint trop forte : il accepta.

Elle se promenait, suspendue à son bras, déployant ses plus charmantes coquetteries, en l'entretenant de ces sortes de questions posées devant les cours d'amour, et que chacun résolvait à son gré.

— Chevalier, lui dit-elle, en passant sa belle main sur son épaule, que feriez-vous à une femme qui vous tromperait ?

Rodolphe devint cramoisi.

— Si ma dame me trompait, je la tuerais, répliqua-t-il.

— Mais si ce n'était pas votre dame châtelaine ; si c'était une maîtresse ?

— Une maîtresse que j'aimerais beaucoup, et qui en vaudrait la peine, je la tuerais aussi ; une autre, je la mépriserais.

— Et à votre rival, quelle peine lui imposeriez-vous ?

— Pensez-vous que je ne sache me venger que des femmes ? Je l'appellerais en champ-clos, et un de nous deux resterait sur la poussière.

— Un chevalier, sans doute, mais... mais un moine, par exemple.

— Oh ! un moine !.. le Danube est là !...

— Très bien répondu, Rodolphe ; vous êtes un vaillant et généreux baron, vous savez venger vos injures, et mon fils aura un noble père. Rentrons-nous un instant dans notre chambre ? assistez-vous à mon coucher, avant de vous livrer à vos conjurations ?

Elle l'entraînait, toujours souriante ; il la suivit, si préoccupé, qu'elle jura une haine sans merci à sa rivale, et qu'elle se promit de lui faire payer cher les moments d'amour qu'elle lui enlevait. Un peu avant minuit, il la quitta ; c'était l'heure favorable à l'observation des planètes, il ne fallait pas la laisser passer. Gertrude lui souhaita une complète réussite, et il s'éloigna heureux.

En ce moment même, Gunther et Irène, réunis depuis quelques instants, se tenaient embrassés près de la fenêtre, parlaient de leur projet chéri, et formaient des plans d'avenir. Ils n'éprouvaient pas la moindre crainte ; certains de ne pas être dérangés, ils ne prenaient aucune précaution contre les importuns. Rodolphe trouva la porte ouverte, pénétra dans la première pièce, et de là, au moment où il entrait, entendit deux voix, aperçut deux ombres unies, à la clarté de la lune. Il crut être le jouet d'un songe, et resta immobile à la même place. Quelques mots arrivèrent jusqu'à lui ; quelques-unes de ces douces expressions de la langue grecque, auxquelles Irène donnait tant de grâce, ces mots s'adressaient à un autre. À qui, grand Dieu ! Quel rival tombé du ciel, venu de l'enfer, avait pu pénétrer cet asile impénétrable ? D'un seul bond, le jeune homme fut en face de lui, il le saisit par le bras et le regarda d'un œil flamboyant.

— Un moine ! s'écria-t-il ; oh ! Gertrude savait tout ! Eh bien, continua-t-il en hurlant de rage, ce que j'ai dit, je le ferai.

Les pauvres enfants étaient si saisis qu'ils ne se rendaient pas compte encore du danger. Irène, en reconnaissant Rodolphe, poussa un cri perçant, et se jeta au devant de lui. Dieu sait seul ce qui se passa en ce moment dans le cœur de cette femme. Peut-être ce premier amour, effacé par l'absence, par l'abandon, reparut-il en face de l'objet aimé ; peut-être la frayeur seule lui dicta-t-elle ce mouvement. Gunther, le pauvre Gunther, vit tomber tous ses rêves, lui, le novice sans expérience, sans habitude des armes ; il ne s'apprêta pas moins à combattre cet homme qui l'abordait le poignard à la main. Il était brave et fort, et il était surtout empressé de défendre sa bien-aimée ; il ne calcula rien, mais, hélas ! un seul mouvement de ce soldat, accoutumé aux luttes et aux batailles, terrassa le naïf champion.

— Rodolphe ! s'écria Irène, en arrêtant son bras déjà levé pour frapper, Rodolphe, ne le tue pas, oh ! ne le tue pas ; c'est un enfant, c'est un religieux.

Gunther murmurait sa prière, regardait Irène et attendait la mort.

— C'est juste, répondit le chevalier ; il n'en doit pas être ainsi. Relève-toi, prêtre, et va-t'en.

— Je ne suis pas prêtre, je ne suis pas religieux, je suis noble comme vous ; donnez-moi une épée, et je vous le prouverai sur-le-champ.

— Un noble qui n'a pas ses armes ! répondit le baron avec un sourire amer.

— Ne le crois pas, Rodolphe ; regarde-le, regarde sa robe blanche ; regarde son visage : c'est un enfant, c'est un novice, te dis-je. Qu'il parte ! je resterai, moi.

— Irène, je ne partirai pas, reprit Gunther ; je ne te laisserai pas seule avec cet homme. Ou il t'aime, ou il veut se venger, et l'un ne lui est pas plus permis que l'autre.

— Oh ! pars, pars, je t'en supplie. Si tu veux que nous nous revoyions, si tu tiens à tes serments, pars. Sois tranquille, je suis forte, et il ne m'aime plus.

— Par où viens-tu, moine ? demanda le chevalier, qui l'écoutait tranquillement, en apparence.

— Que t'importe ? répliqua fièrement Gunther.

— Il vient par là, dit la jeune fille, en montrant l'échelle bien perfectionnée et bien raffermie, pendante encore au balcon.

— Il vient par là ! Eh bien ! qu'il se hâte de repasser par la même route, ou je vais t'y envoyer avant lui.

Et d'un mouvement brusque, aussi prompt que la pensée, il saisit Irène, la soutint sur un bras, et plaça un poignard contre sa poitrine. Gunther s'élança vers elle.

— Un pas de plus, et elle est morte ! Va-t'en, va-t'en ! te dis-je.

— Mon Dieu ! et je suis sans armes ! et je ne puis la sauver et il faut obéir ou la voir mourir sous mes yeux ! s'écriait le novice, en frappant sa tête contre les murailles.

— Va-t'en ! répéta le baron, va-t'en ! je suis las d'attendre. Il enfonça légèrement sa lame ; Irène poussa un cri d'angoisse.

— Ah ! va-t'en !

Le jeune homme, devenu furieux de désespoir, prononça un horrible serment de vengeance, envoya un dernier adieu à sa maîtresse, et disparut. Rodolphe, après quelques secondes, écarta son arme, et, relevant la tremblante Irène, il la saisit dans ses deux mains, et lui dit d'une voix éteinte par la rage :

— Irène, tu m'as trahi, tu as aimé cet homme, tu as souffert que cet homme souillât notre sanctuaire ; tu ne le reverras jamais ; il trouvera la mort où il trouvait le bonheur. Tout est fini pour lui.

Et, s'élançant vers la fenêtre, d'un revers de son damas il coupa le frêle cordon suspendu au-dessus de l'abîme. Deux cris se firent entendre, puis le bruit d'un corps tombant sur les rochers, puis rien. Irène était évanouie. Gertrude avait suivi son mari, et écoutait à la porte ; elle comprit que la moitié de la vengeance était accomplie : mais le plus difficile restait à faire : elle prêta toute son attention.

Rodolphe revint auprès d'Irène, étendue par terre, et la porta sur son lit. Il la contempla un instant, muette et froide, aussi pâle que sa robe.

— Si je te tuais aussi ! se dit-il. Oh ! non, elle ne le sentirait pas, et c'est trop tôt d'ailleurs. Cette femme, que j'ai tant aimée, la seule que j'aie réellement aimée sur la terre, cette femme que j'aime encore, la voilà donc souillée par un autre amour ! Il me faut la tuer ! Il me faut détruire cette beauté adorable ; il me faut éteindre ces regards, arrêter les battements de ce cœur, qui ne sont plus pour moi. Il le faut ! sans quoi Gertrude m'appellerait lâche. Sans quoi mon injure ne serait effacée qu'à demi.

La jeune femme fit un mouvement.

— Quelle est belle ! murmura-t-il. Elle va revenir à elle ; rappelons mon courage et ma juste fureur. Irène, tu dois mourir !

— Tue-moi donc, assassin ; tue-moi vite ; car tu me fais horreur, répliqua la Grecque, qui reprenait ses sens.

— Irène, tu m'as trahi ?

— Oui, tue-moi.

— Irène, tu as accueilli, tu as aimé cet homme ?

— Oui, te dis-je, tue-moi !

— Irène, tu as prodigué à cet homme les trésors de ta passion et de ta jeunesse ?

— Oui, je me suis vengée, moi, de ton abandon ; venge-toi donc de mon infidélité.

— Oh ! reprit-il, dans un paroxysme de fureur qui touchait à la folie, oh ! tu l'aimes et ne m'aimes plus !

— Tue-moi, j'irai le rejoindre.

Il frappa un coup ; l'enfant se releva toute droite ; à la vue de son sang, qui couvrait sa robe, en sentant le fer pénétrer dans sa poitrine, elle se jeta de son lit, et courut par la chambre, en jetant des cris horribles. L'instinct de la vie et de la conservation s'était réveillé chez elle.

— Je ne veux pas mourir, répétait-elle ; laisse-moi vivre, je veux vivre !

Il la poursuivait, semblable à une bête féroce que la vue du sang excite encore, la frappant chaque fois qu'il pouvait l'atteindre, s'acharnant à cette horrible boucherie ; et devenant plus ivre à mesure qu'il faisait plus de mal. Elle se raccrochait à toutes les draperies, se cachait derrière les portes, derrière les bahuts ; il l'y cherchait impitoyablement, et la frappait de nouveau. Ce fut un atroce supplice, une de ces scènes impossibles à décrire et à représenter, que l'imagination se refuse à concevoir, une de ces scènes dont un siècle à peine offre un exemple infâme.

Rodolphe frappa jusqu'à ce que la victime, épuisée, tombât au pied de la fenêtre. Cet appartement, si plein de souvenirs, si soigneusement décoré, n'offrait plus qu'un sanglant tombeau ; le sang ruisselait partout, le baron en resta couvert. Anéanti il leva les yeux vers la porte, et aperçut sa femme, debout sur le seuil.

Elle le sa ua gravement, et lui dit :

— Le prêtre est dans le Danube, la maîtresse a reçu son châtiment. Vous êtes un vaillant et généreux chevalier, vous savez venger vos injures, et mon fils aura un noble père.

Mais l'accès de rage, de délire, auquel Rodolphe avait cédé se dissipait peu à peu ; il voyait son crime dans toute son horreur. Il voyait cette furie, première cause de cet horrible crime ; il la voyait calme. presque souriante, en ce moment épouvantable, et il comprit dès lors quelle compagne il avait attachée à son sort. Ses yeux se baissèrent sur la malheureuse enfant, si barbarement assassinée, sur le bout de cordon de soie flottant, que le vent lui envoyait au visage ; il sentit son cœur prêt à se fendre ; le remords le brisa ; il tomba à genoux et fondait en larmes.

— Mon Dieu ! dit-il, pardonnez-moi, pardonnez-moi, car je suis un monstre. Avez-vous un pardon pour moi, qui ai commis une action si lâche, si traître, si infâme ? Et toi, mon Irène, toi, ma bien-aimée, toi, qui m'as aimé d'un amour si tendre, et qui m'aimerais encore, si je l'avais voulu, es-tu morte en me maudissant ? Oh ! si tu vois mon cœur, si tu vois mon désespoir et mon repentir, tu sais à quel supplice je vais être condamné désormais. Ici, sur ton corps adoré, palpitant encore, je jure que rien sur la terre ne m'attachera plus : je jure de consacrer le reste de ma vie à la pénitence : je jure de ne jamais quitter tes restes précieux et de les réunir à celui .. Oh ! misérable Rodolphe, tes mains sont couvertes de sang ; tu as déshonoré ta race ; que ta race te renie ! Madame, ajouta-t-il, sans regarder Gertrude, à dater de ce jour, vous n'avez plus d'époux, votre fils n'a plus de père. Et, je vous le dis en vérité, le meurtre doit être expié jusqu'à la dernière génération : votre fils est maudit comme tout ce qui portera le nom de Fustberg, comme tout ce qui habitera ces murs. Place maintenant, place à la justice de Dieu ! nous ne nous verrons plus sur la terre.

Il se baissa, prit le cadavre d'Irène, le chargea sur ses épaules, et, s'élançant par la galerie, il disparut.

Le baron accomplit scrupuleusement son vœu ; il fit construire une chapelle et un ermitage, dont quelques ruines existent encore ici, sous cette tourelle, au bord du fleuve, à l'endroit où les restes défigurés de Gunther avaient été retrouvés. Dans la chapelle, les deux amants reposèrent ensemble, et leur meurtrier les garda jusqu'à son dernier jour, sans sortir de cette enceinte consacrée, sans y recevoir personne, sans prononcer une parole, excepté pour la confession et la prière. Il ne vécut que de racines, se donna chaque jour des coups d'une discipline armée de pointes, en récitant les psaumes de la pénitence et l'office des morts. Il mourut en odeur de sainteté, et ses reliques firent des miracles.

La prédiction s'accomplit de point en point. Son fils, conçu au milieu de pareilles scènes, naquit avec des instincts sauvages, et une espèce de folie intermittente. Dans un de ses accès il tua sa mère, ce qui fut regardé comme une justice de Dieu. Il mourut d'une flèche lancée à la chasse par une main inconnue. Sa race ne se prolongea pas longtemps, ses descendants eurent tous une fin violente et malheureuse ; enfin, le dernier fut tué en duel par un capitaine de reîtres qu'il avait insulté.

Quant au château, vous savez comment il nous fut donné ; j'espère que la malédiction s'arrêtera là, et que nous n'aurons pas recueilli cette partie dangereuse de l'héritage seigneurial. J'oubliais d'ajouter que souvent la nuit, dit la légende, mais particulièrement la veille de la Toussaint, anniversaire du crime, on entend des cris dans le ravin, on voit des flammes autour des ruines de la chapelle, et le fantôme d'Irène se promène ensanglanté dans la chambre de la petite tour. Jusqu'ici, la marquise n'a encore rien vu de semblable, mais peut-être a-t-elle peur d'entendre un de ces jours la belle Grecque crier : Grâce ! auprès de son lit. De là vient son aversion pour ce manoir !

Voilà l'histoire que vous m'avez demandée. Excusez les fautes de l'auteur, comme disent les vieux livres. Si vous êtes contents, je suis payé de ma peine.

— Votre histoire est terrible, marquis, et votre baron de Fustberg méritait parfaitement d'être dégradé de noblesse. Tuer une femme la tuer ainsi, lui faire subir une agonie atroce, c'est une lâcheté Il aurait dû être flagellé par la main du bourreau

— Voyez la différence des siècles. De nos jours un gentil-homme coupable d'un crime aussi épouvantable se brûlerait la cervelle pour éviter l'échafaud. A cette époque, il se voue à la pénitence, et il passe pour un saint, à vingt lieues à la ronde. Lequel vaut le mieux ?

— Le plus long supplice Je n'en connais pas d'assez grand à lui infliger. Avez-vous jamais compris qu'on assassinât une femme ? demanda Robert.

— Jamais ! répliqua M. de Monza, en frémissant, et néanmoins...

— Néanmoins, continua Béatrix, souvenez-vous de notre pauvre Sophie Hervé, de ce monstre d'Ernest ! Il l'a assassinée pour un motif bien moins noble, pour de l'argent !... Et mon bon tuteur ! Oh ! voyez-vous, Amédée, vous avez tort de raconter cette histoire, elle me rappelle des souvenirs déchirants, je ne dormirai pas de la nuit, je vais revoir tous mes spectres.

Au nom d'Ernest, Christine tressaillit, et ses regards se portèrent sur Amédée, qui ne fit pas semblant de s'en apercevoir Elle eût bien voulu demander des détails, mais elle n'osait pas, la marquise lui imposait, elle se réserva de les apprendre plus tard.

— Mademoiselle Orthez, dit tout à coup Robert, que pensez-vous d'Irène et de Gertrude ?

— Irène est un enfant, et Gertrude est un monstre.

— Je suis assez de votre avis. Cependant les passions excusent et expliquent bien des choses.

— Vous avez raison, Robert. A mesure qu'on avance dans la vie, de nouveaux horizons se déroulent et découvrent de nouvelles sensations. On conçoit à un âge ce que l'on ne concevait pas à un autre La passion ! c'est le grand mot de bien des énigmes, c'est l'explication bien cherchée de bien des actions inexplicables en apparence Souvent il se présente au milieu d'une existence tranquille un de ces météores qui la traversent et qui la détruisent, souvent il naît dans notre cœur un sentiment inconnu dominateur, auquel tout cède. La présence inattendue de certaine personne, un incident, un rien, amènent des catastrophes et des crimes où jusque-là on n'avait trouvé que le calme et les vertus tranquilles. Oh ! oui, il y a d'étranges mystères dans la vie !

Ces mots prononcés par le marquis, avec une chaleur inaccoutumée, produisaient un effet différent sur ceux qui les entendirent. Béatrix sentit son cœur se serrer comme à l'approche d'un malheur ; Christine se dit :

— Cet homme me donnera bien de la peine à le contenir, je crains d'avoir éveillé chez lui une passion terrible.

Quant à Robert, pour la première fois un soupçon traversa son esprit

— Que signifie cela ? aimerait-il Christine ? ma pauvre cousine et moi serions nous destinés à une pareille injure ? Oh ! non, non. Ou s'il l'aime, elle ne l'aimera pas, elle ! dussé-je la tuer, comme Rodolphe a tué Irène !

Et le comte ne comprenait pas qu'on tuât une femme !... Inconséquence du cœur !

<h2 style="text-align:center">XXX</h2>

L'AMOUR QUI TUE

La guerre d'observation se resserrait de plus en plus entre nos quatre personnages et Christine. le point de mire de toutes les pensées, avait besoin de rappeler à elle la force de son caractère pour tenir tête à l'orage qui grondait tout bas. Béatrix n'osait pas lui montrer l'éloignement qu'elle ne cherchait plus à combattre ; Robert, tenu à distance par la jeune fille, ne se rapprochait d'elle qu'aux repas, et, pendant le reste de la journée, le marquis seul avait le privilège, impossible à lui dérober, d'entrer à toute heure dans la chambre de sa fille, d'assister aux leçons, et de s'enivrer tout à son aise du dangereux poison qu'il respirait pour son malheur.

Rien dans sa conduite ni dans ses paroles n'avait jusque-là blessé la susceptibilité de la gouvernante, ses regards seuls le trahissaient, mais elle ne les cherchait pas, et tâchait de les fuir sans affectation. M. de Chamarante et Amédée connaissaient maintenant leur passion pour le même objet. Cette passion s'augmentait des deux parts par la jalousie et par la sévérité de Christine. Il en résulta nécessairement entre eux une sorte d'aigreur, dont la marquise et mademoiselle Orthez s'aperçurent à merveille, et dont elles prévenaient les effets autant qu'il était en leur pouvoir. La pauvre Béatrix menait la vie la plus horrible qui se puisse rencontrer Toujours seule dans cette chambre dont les traditions et les prophéties revenaient sans cesse à son esprit, sans un ami à qui se confier, car son cousin l'écoutait à peine, ou, lorsqu'il lui prêtait attention, sa propre jalousie lui créait des monstres, qu'il grossissait encore, et que l'imagination de la marquise rendait effrayants.

Son mari ne la voyait jamais qu'aux moments de réunion générale: sa fille entrait chez elle quelques minutes le matin et n'y reparaissait plus de la journée; étrangère dans sa maison, elle n'y donnait pas un ordre, ses domestiques la connaissaient de vue. Son temps se passait en de longues promenades au bord du Danube, ou dans les grandes forêts qui l'entouraient. Elle partait, après déjeuner, avec un livre et son petit chien Trilby, le seul compagnon qu'on ne lui eût point ôté. Il courait devant elle, et sa joie, ses gambades lui donnaient un moment de distraction. Quand elle rentrait, elle écrivait à une sœur imaginaire, elle lui racontait ses souffrances, ses humiliations, ses tourments. Elle composait les réponses et les objections pour y répliquer. Puis, souvent, quand la nuit arrivait, elle prenait un effrayant plaisir à repeupler sa chambre de fantômes. Elle assistait à la lutte entre Rodolphe et Irène, elle voyait le sang rejaillir, elle voyait tomber la victime, elle voyait la châtelaine à la porte de la galerie, comme une funèbre sentinelle, attendant la mort de sa rivale pour s'en réjouir, de sa rivale, à qui elle avait ravi l'amour du baron. Elle prêtait toujours ses propres traits à ceux de Sophie Hervé à la malheureuse Irène, pendant que son mari revêtait la forme du chevalier et mademoiselle Orthez celle de la châtelaine. Luis Ernest, le comte, se jetaient à travers tout cela sans qu'elle sût au juste pourquoi. Ces rêveries devinrent une sorte d'hallucination voisine de la folie. Elle croyait réellement à ces apparitions quotidiennes et elles formaient un des grands sujets de sa correspondance.

Christine remplissait ses devoirs envers tous avec une exactitude scrupuleuse; il eût été impossible de lui adresser un reproche, même le plus léger. Flavie l'adorait; elle soignait cette enfant comme une mère tendre, elle lui inculquait les principes les plus droits et les plus sévères. Son éducation se faisait aussi sous tous les rapports des progrès étonnants. Les leçons, toujours claires, toujours concises, toujours à sa portée, s'gravaient dans sa mémoire d'une manière irrévocable. Elle commençait à devenir bonne musicienne, et dessinait fort agréablement. L'étude des langues avançait dans la même proportion, et la marquise elle-même ne pouvait s'empêcher de convenir que sa fille gagnait à vue d'œil entre les mains de son habile institutrice.

De très bonne heure, le matin, la maîtresse et l'élève faisaient une promenade. Flavie allait boire du lait à la ferme, et courir dans la prairie. Elle y cueillait un bouquet, qu'elle apportait religieusement à sa mère; mais il se trouvait toujours deux fleurs plus belles, plus précieuses, plus difficiles à rencontrer, qu'elle gardait mystérieusement pour son père et pour sa gouvernante, les deux affections les plus vives de son cœur. Béatrix ignorait cette préférence, mais elle la comprenait, et le chagrin qu'elle en ressentait se traduisait par de l'humeur, par de la colère. Elle jetait le bouquet sur un meuble, où il se fanait bien vite, tandis que le marquis et Christine soignaient la petite offrande comme si elle eût eu un prix unique. L'enfant le remarquait à merveille, et ces nuances ne s'effaçaient pas de son souvenir.

Un matin, elles étaient sorties, ainsi qu'à l'ordinaire, et entraînées par les jeux de l'enfant, elles pénétraient plus avant dans la forêt qu'elles n'en avaient l'habitude. Un orage, suspendu toute la nuit sur la contrée, éclata subitement. L'inquiétude de la gouvernante devint très grande, car l'automne approchait, les pluies étaient froides, et elle craignait pour la santé de son élève. Elles se réfugièrent successivement sous tous les arbres; enfin, malgré leurs efforts, elles commençaient à être mouillées jusqu'aux os, lorsqu'elles s'entendirent appeler sur la route.

Elles y coururent: c'était le marquis, avec une voiture fermée, aussi pâle qu'elles, les accablant de questions, les enveloppant de manteaux, et, chose inouïe, la première personne dont il s'occupa ne fut pas de sa fille.

— Comment nous avez-vous découvertes, monsieur le marquis? demanda Christine.

— Je ne sais, mon cœur m'a guidé, j'ai senti que vous étiez de ce côté.

Il pouvait être question de Flavie, Christine fit semblant de le croire. L'enfant, fatiguée et mouillée, s'était roulée dans le manteau de son père et dormait couchée sur la banquette de devant. La route des piétons, pour retourner au château, était courte, mais les voitures devaient faire un grand détour à cause des montagnes et des mauvais chemins. Bien que la calèche fût entièrement fermée, la pluie battait les vitres, le tonnerre éclatait au-dessus de leurs têtes et les éclairs éblouissaient les chevaux se cabrant sous le fouet. Ils étaient bien seuls

ainsi, au milieu de ce bouleversement, de ce danger, car l'enfant dormait paisiblement. Élevée en dehors des petites craintes, elle n'en ressentait aucune, se confiant en Dieu et en son bon ange pour la garder. Le cœur d'Amédée battait à briser sa poitrine. Christine, pâle et calme comme d'habitude, regardait froidement l'orage, tapie dans l'coin de la voiture, les bras croisés, elle pensait à l'avenir, le présent n'existait pas pour cet esprit aventureux.

On sait combien les sentiers des montagnes deviennent difficiles et même dangereux dans les mauvais temps. Un torrent se rencontra tout à coup, et le cocher demanda ce qu'il fallait faire.

— Passez! s'écria le marquis, nous ne pouvons rester ici.

Les chevaux entrèrent dans l'eau, la voiture pencha, le mouvement berçait Flavie, le sommeil des enfants est si difficile à briser.

— Oh! dit Amédée, que je voudrais mourir ainsi!

— Vous ne pensez pas à votre fille, monsieur le marquis, reprit Christine. A son âge, la vie est si belle!

— Oui, mais elle grandira, et la vie deviendra amère. La mort au jeune âge est toujours un bienfait, on évite les passions et les douleurs. Mourir, oh! mourir! là, près de vous, près d'elle, entouré de ce que j'ai de plus cher au monde, ne rien laisser après moi, ce serait le plus grand bonheur où j'aspire.

Christine ne répondit rien, ne fit pas semblant de comprendre: mais la glace était rompue, et le rassembla toutes ses forces, car elle prévoyait un combat désormais inévitable. L'orage augmentait, le vent semblait vouloir déraciner les arbres, ce désordre des éléments excitait le délire de M. de Monza, il crut toucher à son dernier moment peut-être, il ne voulut pas mourir sans avoir ouvert son âme.

— Écoutez, Christine, vous êtes trop admirablement intelligente pour ne pas comprendre depuis longtemps ce que j'éprouve. Vous n'avez pas voulu le voir, vous avez mille fois arrêté sur mes lèvres l'aveu prêt à s'en échapper: mais ici, en ce moment terrible, suspendus au-dessus du précipice, lorsque dans un instant nous pouvons être engloutis ensemble, je ne me tairai pas. Aussi bien j'ai trop souffert. Christine, je vous aime, je vous aime plus que toutes choses, plus que ma fille, plus que mon bonheur. Je vous aime au point de tout faire pour vous obtenir, et rien, entendez-vous, rien, pas même votre haine, ne me fera renoncer à cet espoir.

— Monsieur le marquis...

— Oh! je sais ce que vous allez me dire: vous allez mettre en avant votre position, la mienne, votre devoir, votre avenir; vous allez me jurer que si je vous persécute d'un amour qui vous déplaît, vous quitterez ma maison; vous me menacerez de votre colère, de votre haine. Eh bien! tout cela je m'y attends, tout cela m'importe peu. Mon parti est pris, vous serez à moi ou nous mourrons l'un et l'autre. N'importe où vous alliez, je vous suivrai. Si vous quittez ma maison, je la quitterai; si vous me préférez un rival, je le tuerai; si vous vous réfugiez au couvent, j'y mettrai le feu et je vous enlèverai, je vous veux! Je sais votre caractère, je sais que vous lutterez jusqu'au bout, car vous ne m'aimez pas, je ne me fais aucune illusion! Eh bien, nous lutterons! nous verrons qui sera le plus fort de l'amour ou de la haine! A présent j'ai parlé, vous m'avez entendu, vous savez ma résolution, je suis soulagé d'un grand poids.

— Mon Dieu! s'écria la gouvernante, nous sommes à notre dernier jour! Cet orage est épouvantable.

Un coup de tonnerre et un éclair, partis à la fois, motivèrent cette exclamation. La voiture pencha plus fort encore. Christine tomba presque sur le marquis, il la prit dans ses bras et la serra sur son cœur. Elle le repoussa vivement.

— Monsieur le marquis, dit-elle, si vous ne respectez pas mon isolement, la position que j'occupe chez vous, respectez cette enfant, qui m'est confiée.

La dignité de mademoiselle Orthez, si noble et si naturelle, imposait toujours. Amédée se recula.

— Ah! que vous êtes une grande et admirable nature! poursuivit-il. Comment ne pas vous adorer? mais ne voulez-vous pas me répondre au moins?

— Vous répondre, monsieur, que puis-je vous dire? Je vous ai révélé le secret de ma vie, l'amour ne m'est plus possible, vous ne l'ignorez pas; pourquoi m'en demander alors?

— Est-ce que je le sais! Est-ce que je sais d'où m'est venu ce feu ardent qui me dévore! Cependant il est une chose certaine, vous n'avez pas aimé encore, Christine, la passion sommeille chez vous. Un caractère pareil au vôtre, lorsque l'amour le domine, se montre autrement que vous ne l'avez fait jusqu'ici.

— Je n'ai pas aimé Ernest?

— Non.

— Oh! puissiez-vous dire vrai! Cependant, si je ne l'ai pas aimé, quel démon m'a entraînée?

— Vous n'avez pas aimé un pareil homme, vous dis-je!

— Je ne pouvais aimer un pareil homme, dites-vous? Ah! monsieur, vous ne le connaissez pas!

— Ne me faites point parler, Christine; il est des choses que vous ignorez, je désire que vous les ignoriez toujours.

— Vous m'effrayez, monsieur.

— Ce n'est pas mon intention, et je suis maladroit en tout; on est si maladroit quand on aime!

— Monsieur, je vais éveiller Flavie.

— Pourquoi réveiller cette enfant par un orage semblable! Il est trop heureux qu'elle dorme, il y aurait de la cruauté.

— Je ne puis cependant entendre...

— Oh! vous ne comprenez pas mon bonheur. Vous avoir là, si près de moi, à moi seul, au milieu de ce bouleversement de la nature; vous parler, vous dire tout ce que mon cœur renferme, vous forcer à m'entendre; et regardez, Christine, une maladresse du cocher, une faute des chevaux, et nous sommes précipités à cinq cents pieds, nous mourrons ensemble!

— Mais Flavie, Flavie! vous n'aimez donc pas Flavie?

— J'aime Flavie, je le crois du moins, car je n'en sais rien, je ne sens plus mon cœur que pour vous. J'ai combattu et cruellement combattu, je me suis fait tous les raisonnements possibles, j'ai appelé à mon secours et mes craintes et mes souvenirs; tout a été inutile; je cède, je me laisse emporter par ce flot irrésistible; je vais au gouffre les yeux ouverts, mais vous y tomberez avec moi, Christine!

— Cela est horrible! le savez-vous, monsieur? Quoi! parce que vous m'aimez, mon avenir doit être perdu? Quoi! il me faut subir votre destinée, parce qu'il vous plaît d'y joindre la mienne? Sachez-le, puisque vous exigez une réponse, aussi bien ce sera une chose terminée, je l'espère, lorsque vous n'aurez entendue, vous réfléchirez certainement. Sachez donc que je n'ai point d'amour, que je n'en veux pas, que je n'en accepterai jamais que de mon mari, s'il se trouve un honnête homme qui veuille me donner son nom, malgré ma chute. Ce que j'aime le plus sur la terre, c'est Flavie; j'ai résumé en elle mes espérances, mon orgueil. Pour Flavie, il n'est pas de sacrifice que je ne fasse; pour ne pas m'en séparer, je vous supporterai près de moi, malgré le peu de sympathie que m'inspire votre amour; pour Flavie, j'accepte les mépris de madame de Monza, si injuste envers moi. Pour Flavie...

— Ah! puisque vous aimez tant Flavie, vous aurez pitié de son père; pour Flavie, vous ne le réduirez pas au désespoir, vous ne le chasserez pas de votre présence, vous l'écouterez quelquefois vous parler de cette passion insensée qui lui ôte jusqu'à la force de s'occuper d'autre chose. Vous ne pouvez songer à me fuir, vous devez être à moi, Christine; ma fille vous est chère, eh bien! emmenons ma fille, allons tous les trois au bout du monde, vivre ignorés, vivre pour nous seuls. Dites un mot, et je réunis les capitaux nécessaires, et nous partons, et nous retrouvons sous un autre hémisphère ce qui nous manque ici, l'amour et la liberté. Voulez-vous mon nom? je vous le donnerai, trop heureux que vous daigniez le prendre! Oh! si je ne portais pas ces chaînes indissolubles, doutez-vous qu'aujourd'hui même, ici devant tous, je ne vous appelle pas ma femme? Hélas! je suis lié, lié comme un galérien à son compagnon, malgré moi et pour ma vie!

— Vous me faites frémir, monsieur; je ne puis, je ne veux pas vous entendre davantage. Que je suis malheureuse, mon Dieu! je le prévois, il me faudra abandonner ma chère enfant, il me faudra m'enfuir, vous m'y forcerez; car, je vous le jure, devant Dieu, devant ce tonnerre qui peut nous réduire en cendres, je ne serai jamais votre maîtresse. Cessez donc des attaques sans résultats. Devenez raisonnable, permettez-moi d'être aussi heureuse que je puis l'être ici bas, en m'occupant de former ce jeune cœur, d'orner ce jeune esprit, et je vous bénirai, monsieur.

— Je vous l'ai dit ainsi, Christine, ma résolution est immuable, je suis armé d'avance contre vos prières et contre vos larmes. Désormais entre nous, que vous le vouliez ou non, c'est à la vie, à la mort.

— Et la marquise, monsieur! Et votre femme pour qui vous êtes tout, qui ne vit que par vous, voulez-vous donc la faire mourir de chagrin?

— La marquise a pris soin comme à plaisir de m'éloigner d'elle. J'ai employé mille moyens, je l'ai avertie cent fois, je lui ai montré les inconvénients de son caractère et de ses idées, elle n'en a pas tenu compte, c'est sa faute. Elle se consolera, je vous assure, on se console de tout.

En ce moment le galop d'un cheval se fit entendre, une voix bien connue appela le marquis de Monza, en même temps on frappa aux vitres de la calèche:

— Ah! dit Amédée, qui donc vient abréger mon bonheur? Qu'il prenne garde à lui!

XXXI

LA MÈRE ET LA GOUVERNANTE

— Ouvrez-moi, ouvrez-moi, je vous en prie, disait le nouveau venu, qu'on distinguait à peine à travers les flots de pluie.

— Que diable voulez-vous par un temps pareil? répondit le marquis entr'ouvrant la glace d'un air de mauvaise humeur.

— Je veux une place dans votre voiture apparemment, mon cousin, car je suis trempé.

— Je le crois parbleu bien; mais justement pour cette raison nous ne vous prendrons point, nous irions bientôt à la nage ici. Nous approchons du château, faites un temps de galop, vous y arriverez avant nous et vous changerez d'habits pour le déjeuner. N'est-ce pas, petite Flavie, que tu ne veux pas avoir Robert près de toi dans cet équipage?

— Non, en vérité, c'est assez qu'il m'ait éveillée.

— Les enfants terribles! murmura Amédée, elle avait bien besoin de dire cela!

— Ah! vous dormiez, Flavie, à ce fracas, à ces tourbillons.

— Il est jaloux, pensa le marquis, il est venu exprès, il l'aime!

Et, refermant la glace, il sembla ne plus faire attention au comte, mais les pensées les plus tumultueuses l'agitaient. Il se tourna vers Christine, et lui serrant la main à la meurtrir:

— Il vous aime celui-là, dit-il, il est libre, il est jeune et riche, il peut vous offrir ce que vous désirez tant, une union légitime. Souvenez-vous de ce que je vous dis aussi, devant Dieu, devant ce tonnerre qui peut nous réduire en cendres, celui-là, ou quel que soit l'homme que vous aimiez, quel que soit l'homme que vous épousiez, je le tuerai.

— Ah! s'écria Christine, en cachant sa tête dans ses mains, vous êtes sans cœur et sans honneur, monsieur le marquis! Vous n'arriverez jamais jusqu'à celui que j'aimerai, c'est moi qui vous le proteste. Je saurai bien le défendre et le préserver; vous ne connaissez pas Christine Orthez, vous ne me faites pas peur!

On arrivait au château, les domestiques se précipitaient vers les portières, Robert, descendu de cheval, y parut le premier, le marquis n'eut que le temps d'ajouter, en continuant à parler à demi-voix, ainsi qu'il le faisait depuis que Flavie était éveillée, bien qu'elle ne cherchât pas à les écouter:

— Nous reprendrons cette conversation, mademoiselle.

— Jamais, monsieur le marquis.

— Maman! maman! s'écria Flavie à l'aspect de la marquise venant au devant d'eux sur le perron, maman, j'ai dormi pendant tout l'orage, je suis bien brave, n'est-ce pas?

— Chère enfant, répliqua-t-elle en l'embrassant, avec un sourire triste, j'étais mortellement inquiète, et je vois que j'avais raison. Je vous remercie, Robert, d'avoir été me les chercher. Mon ami, voulez-vous venir chez moi? j'ai une lettre importante à vous communiquer.

Le marquis la suivit sans répondre, elle l'emmena dans sa chambre et l'embrassa en pleurant.

— Qu'y a-t-il encore? demanda-t-il.

— Ne vous effrayez pas, ne vous tourmentez pas, je vous en conjure, mais donnez des ordres pour que nous partions ce soir même, votre père est fort souffrant. Il a repris quelques moments lucides, et il nous demande.

— Mon père! reprit le jeune homme en pâlissant. Qu'a-t-il? où est la lettre?

— La voici.

— Adressée à moi, pourquoi l'avez-vous décachetée, Béatrix?

— J'ai reconnu le timbre, et j'ai désiré savoir des nouvelles de votre père, n'est-ce pas bien naturel?

— N'importe d'où vienne une lettre qui ne vous est pas adressée, elle doit être sacrée pour vous, madame.

— Ah! vous vous cachez de moi, Amédée! Autrefois, je pouvais tout voir et tout lire!

— Ma chère amie, je suis tourmenté, inquiet; ce n'est pas le moment de me faire une scène, laissez-moi songer à mon départ.

— Qui pense à vous faire une scène? Combien vous êtes injuste! Ne savez-vous pas qu'avant toute chose, je veux vous satisfaire? Ah! Amédée! Amédée! le mauvais génie placé entre nous est bien coupable!

— Encore ! Vous êtes insensée, ma chère ! vous venez avec moi ? Je le suppose.

— Si vous n'aviez pas besoin de nous, répondit-elle en le regardant fixement, nous resterions. Il est possible que votre père se rétablisse promptement et que vous puissiez le quitter ; vos affaires ici ne sont pas terminées, vous voudrez y revenir. Et puis vous êtes pressé, nous entraverons votre marche.

— Ah ! ah ! répliqua-t-il, comprenant très bien l'épreuve qu'on lui faisait subir, et insoucieux du résultat, pourvu que sa volonté s'accomplît, ah ! ah ! vous d'ordinaire si attachée à mes pas, vous qui ne me permettez pas une absence de deux jours, vous demandez à rester dans cet *affreux* Monza, où vous avez peur ! Est-ce que vous craignez le lit de mort de mon père ? Est-ce que l'idée d'avoir à me consoler de sa perte vous répugne ? Vous êtes, du reste, la maîtresse de rester, mais j'emmène ma fille. Son grand-père peut la demander, et je ne me pardonnerais pas de lui imposer une privation, à lui, pauvre vieillard, en un pareil moment.

— Oui, je comprends ; votre cœur est si bon ! vous craignez tant d'affliger les autres ! Dans une heure je serai prête, vous ne m'attendrez pas. Donnez, je vous prie, vos ordres à la gouvernante pour que Flavie ne manque de rien et que tout soit réglé ici convenablement.

— Jusqu'à notre retour, car nous reviendrons.

— Ah ! nous reviendrons ?

— Sans doute. Croyez-vous que j'aie renoncé à Monza pour toujours ?

Le soir même la famille montait en voiture et se dirigeait vers la France. La pauvre Béatrix, cette femme désormais vouée au malheur, jeta un long regard sur cette demeure, qu'elle allait quitter dans de si tristes conditions. Une larme vint à sa paupière, elle serra fortement ses bras contre sa poitrine.

— Oh ! murmura-t-elle, je suis à jamais perdue ! Il ne me reste pas d'espérance. Quand je reviendrai ici, que serai-je ?

La fière Christine réclama pour elle et son élève la solitude la plus complète pendant ce voyage, sous prétexte de lui continuer ses leçons, mais, en réalité, pour s'éloigner du marquis. Béatrix s'empressa de les confiner dans un coupé à deux places et de prendre avec elle son mari et Robert. Plusieurs fois chaque jour, après le repas, elle faisait demander Flavie et la gardait le plus longtemps possible ; l'enfant, impatiente, regardait sans cesse à la portière, appelait sa gouvernante, parlait d'elle à chaque instant, et s'élançait vers elle, tout heureuse, aussitôt qu'on le lui permettait.

— Ah ! dit la pauvre mère, le cœur brisé, elle m'a tout pris, même la tendresse de ma fille !

Il est difficile d'imaginer une position plus affreuse que celle de madame de Monza. Entourée de tout ce qui fait le bonheur de ce monde, elle avait vu se rompre maille par maille ce réseau de félicités jeté sur sa vie. Par la faute de son éducation et par celle de son caractère, elle en était arrivée à un isolement complet au milieu du monde et de sa famille. Sa passion insensée pour son mari, devenue, pour ainsi dire, l'unique sentiment de son âme, ne lui permettait pas une amitié, qu'elle eût retrouvée aux jours de l'abandon. Elle bannit les simples connaissances par sa préoccupation et ses jalousies continuelles, et ne se trouva enfin un peu entourée que dans le ..... de où la foule empêche d'approfondir les gens. Dès qu'elle rentrait dans sa maison, elle y trouvait une puissance, non pas égale, mais supérieure, établie par elle-même et désormais impossible à renverser. Son mari, sa fille, ses domestiques, son cousin même, gravitaient autour de sa planète protectrice, pendant qu'elle pleurait enfermée dans le fond de sa retraite. Elle sentit trop tard sa faute, elle se rappela les avertissements de son mari, si négligés et si dédaignés par elle. Hélas ! en effet, il était trop tard !

On voyagea nuit et jour, afin d'être promptement arrivé près du prince, dont l'âge et les infirmités donnaient de graves inquiétudes. En descendant de voiture, le marquis n'osa pas interroger ses valets, il aimait son père, ou, pour parler plus juste, il était accoutumé à le savoir vivant, et la mort effraie toujours. Cela nous touche de si près ! Les visages tranquilles qui l'entouraient le rassurèrent.

— M. le prince va beaucoup mieux, se hâta de dire le vieux majordome, mais il sera bien content de voir M. le marquis.

— Est-il donc dans un de ses moments lucides ?

— Oui, monsieur. Il ne parlait tous ces jours-ci que de partir pour Monza, d'aller vous y surprendre ; vous serez étonné de le trouver aussi bien.

— Ah ! tant mieux. Flavie, cours embrasser ton grand-père.

Flavie ne se le fit pas dire deux fois. Son cœur, ouvert aux bons sentiments, l'y portait de reste. Le vieillard la couvrit de caresses, l'appela cent fois son enfant chérie et ne la lâcha un instant que pour se jeter dans les bras de son fils. L'entrevue fut très touchante ; Béatrix y retrouva ses excellents instincts, sa bonté si réelle, son dévoûment si complet. Elle assura son beau-père, en pleurant, qu'elle était la plus heureuse des femmes, que son mari l'aimait toujours à l'adoration et qu'elle n'avait rien à désirer.

Lorsqu'on présenta au vétéran mademoiselle Orthez, il lui prit la main et la regarda longtemps de ce regard si sûr et si observateur autrefois. Christine le soutint sans trouble et sans hésitation.

— Mademoiselle, dit le prince, il y a en vous l'étoffe d'une héroïne. Je ne sais pas si vous êtes une bonne gouvernante, j'aime à le croire, mais, dans tous les cas, vous êtes certainement une personne d'un grand caractère et d'une forte volonté.

— Mademoiselle est aussi distinguée par son caractère que par les qualités de son cœur et de son esprit. Depuis que nous lui avons remis Flavie, elle a fait entre ses mains des progrès étonnants, se hâta de dire le marquis.

— Tant mieux, tant mieux ! poursuivit le maréchal ; mais il me semble, ma pauvre Béatrix, qu'elle est trop belle.

Ces derniers mots, bien que dits à voix basse, furent entendus de tous et jetèrent une nuance d'embarras. Du premier moment le vieillard mit le doigt sur la plaie. Béatrix soupira, Robert se mordit les lèvres, Amédée pâlit ; quant à Christine, elle réprimandait Flavie d'ôter son chapeau sans avoir d'avance demandé son bonnet, étant enrhumée.

Soit que la joie de revoir ses enfants eût agi trop fortement sur le cerveau si débile du prince, soit que son moment de lucidité fût passé, le lendemain, au réveil, il ne se retrouva plus le même. Il ne reconnut personne et commença à se promener dans son passé, ainsi qu'il en avait l'habitude.

Il prit son fils pour Napoléon, sa belle fille pour Joséphine, mademoiselle Orthez pour Marie-Louise, et Flavie pour le roi de Rome. Quant à Robert, il en fit tour à tour Lannes, Masséna, Berthier et tous les héros de l'Empire. Sa conversation devint des plus amusantes et des plus instructives ; en acceptant l'anachronisme, en se prêtant à sa fantaisie, on assistait à une représentation véritable de cette époque de gloire. Christine s'y intéressa beaucoup, son imagination la servit au point qu'elle entra tout à fait dans le drame et donna la réplique comme si elle n'avait fait que cela toute sa vie. Elle parvint fort adroitement à éviter les tête-à-tête avec le marquis ; en vain employa-t-il toutes les ruses imaginables, elle les déjoua sans paraître y tâcher et comme naturellement. Cette résistance poussa au plus haut degré l'exaspération de M. de Monza, et il fut plus occupé que jamais à chercher le moyen de la vaincre.

M. de Chamarante, de son côté, sentait de jour en jour croître cet amour, déjà si ancien dans son cœur, et qui prenait de plus en plus des proportions effrayantes. Il avait compris qu'une intrigue avec la gouvernante devenait impossible : il se croyait aimé, et la vertu seule empêchait qu'il n'en reçût l'aveu. Son estime, son admiration s'augmentaient de cette certitude ; l'idée du mariage lui traversa l'esprit plus souvent qu'il ne l'eût voulu peut-être. Il se demanda s'il serait impossible d'unir une jeune et belle fille, sage, pleine de qualités et de mérite, à un grand nom et à une position qui lui manquaient. La question, une fois posée, ne lui sembla pas difficile à résoudre. Il y pensa beaucoup, il y pensa toujours ; Christine n'osait pas s'en douter.

Un mois après l'installation de la famille chez le prince, M. de Monza reçut des lettres importantes, qui réclamaient à Paris un agent sûr et adroit ; sa première idée fut de s'y rendre lui-même, mais son père éprouvait un mieux sensible de sa présence : sans savoir au juste pourquoi, il ne pouvait se passer de le voir, et se mettait à pleurer aussitôt qu'il ne le voyait plus. Amédée se montra très contrarié de cet obstacle ; il s'agissait de deux cent mille francs qu'une conversation de deux heures pouvait l'empêcher de perdre. Il proposa à Robert d'aller à sa place : celui-ci trouva mille raisons urgentes pour s'en dispenser, dont la plus spécieuse était son ignorance des affaires, et sa haine personnelle pour l'agent auquel il fallait s'adresser.

— Vous savez combien je suis vif, ajoutait-il ; avec la meilleure volonté du monde, si cet homme me fait une objection qui me déplaise, je l'appellerai fripon, je l'enverrai promener, et tout est au diable.

En réalité, l'idée de laisser mademoiselle Orthez seule avec Amédée ne lui souriait pas du tout, et il eût préféré, je crois, rembourser les deux cent mille francs. On était à table, on déjeunait, M. de Monza réfléchissait, tout à coup il se tourna vers Christine :

— Mademoiselle, ne m'avez-vous pas dit hier qu'il vous fallait des livres et de la musique pour Flavie ?

— Oui, monsieur le marquis ; et aussi quelques petits ouvrages.

— Eh bien ! êtes-vous capable de les aller chercher vous-même et de me rendre en même temps un grand service ?

— Certainement, monsieur, si ce service n'est pas au-dessus de mes moyens.

— Pas du tout. Vous êtes habile ; je suis sûr que vous enlèverez mes deux cent mille francs d'assaut. Vous pouvez partir aujourd'hui même par le chemin de fer, vous serez à Paris ce soir, vous irez à l'hôtel, la concierge vous fera à dîner, vous vous coucherez. Demain matin à neuf heures mon homme est à son cabinet, vous le voyez, vous arrangez tout, vous faites vos emplettes et vous êtes ici le soir par le dernier convoi. Cela va-t-il ?

— Si vous et madame m'ordonnez de partir, monsieur, je ferai de mon mieux pour vous satisfaire.

Béatrix, heureuse de rester un jour sans la rencontrer, se hâta de donner un consentement inutile. et, ainsi qu'il avait été convenu, mademoiselle Orthez partit, au grand regret du comte, bien fâché d'avoir trouvé des raisons si excellentes pour ne pas aller à Paris

Lorsque Flavie apprit qu'elle serait séparée un jour de sa gouvernante, elle se mit à pleurer. Malgré les raisonnements de Christine, elle ne voulait entendre à rien et répétait sans cesse :

— Je m'en irai avec vous !

— Vous resterez avec madame votre mère, Flavie, vous travaillerez près d'elle.

— Maman me fera commencer ma leçon et puis elle la laissera à l'endroit le plus intéressant, comme elle le fait toujours, pour me gronder de ce que ma robe est attachée de travers. Mais mon père me mènera promener, n'est-ce pas ?

— Oui, si madame le permet.

— Eh bien ! répliqua l'enfant, en soupirant, j'attendrai donc votre retour, puisqu'il le faut !

XXXII

A PARIS

Christine partit sans défiance et sans inquiétude, convaincue qu'elle allait remplir une mission de confiance et sauver une partie de la fortune de son élève chérie. Cette espérance lui inspirait une force nouvelle, car dans Flavie elle voyait tout à la fois un enfant tendrement aimée et un instrument d'avenir. Et puis elle remarquait dans M. de Chamarante, depuis quelques jours, un changement de manières, une gravité, une attention soutenue, qui lui semblaient de bon augure. Elle se sentait plus légère, plus joyeuse ; elle espérait être à tout jamais débarrassée d'Ernest, et croyait enfin toucher au port tant rêvé, tant désiré par elle.

Elle arriva vers six heures à Paris, se rendit à l'hôtel de Monza, entièrement désert, mais où il lui fut facile de se faire ouvrir sa chambre. Les concierges habitaient un pavillon près de la porte cochère ; l'hôtel, entre cour et jardin, était parfaitement isolé ; Christine, au-dessus de toutes les craintes, ne fit pas la moindre difficulté d'y coucher seule, après un petit dîner improvisé par la femme du suisse. Elle se promena au jardin, puis, comme elle se sentit fatiguée, elle se jeta sur un canapé, et ne tarda pas à s'endormir.

Au bout de deux ou trois heures, plus ou moins, elle fut éveillée par une clé tournant dans la serrure, et sa porte s'ouvrit, bien qu'elle eût poussé son verrou. Elle se souleva effrayée, et se trouva en face d'un homme tenant une lumière à la main. Cet homme, c'était le marquis.

— Mon Dieu ! s'écria-t-elle en croisant sur sa poitrine son vêtement de nuit par un mouvement instinctif, qu'y a-t-il. que me voulez-vous, monsieur ? Est-il arrivé quelque malheur au château ? Flavie...

— Flavie se porte à merveille, et tout le monde aussi, mademoiselle. Ne cherchez point la cause de ma présence ailleurs que dans le motif qui l'a fait naître. Vous me fuyez à la campagne ; je ne pouvais me rapprocher de vous, je vous ai fait venir à Paris, afin de vous forcer à me voir, voilà tout. J'ai préparé l'occasion et je ne la laisserai pas échapper.

— Que me voulez-vous donc encore, monsieur ? Tout n'est-il pas dit entre nous ? Ne savez-vous pas ma résolution irrévocable ? Je ne vous hais pas encore, ne me forcez pas à vous haïr ; car alors rien ne me coûterait pour vous le prouver, je

vous en préviens, j'abandonnerais même ma bien-aimée Flavie, je me sauverais au bout du monde.

— Ne vous ai-je pas déclaré que je vous y suivrais ?

— Eh ! monsieur, il y a un terme à tout cependant, et vous ne pouvez me forcer à vous aimer malgré moi, je ne connais pas de loi qui m'y oblige.

— Oh ! Christine, vous ne savez pas ce que vous faites ; vous ne savez pas à quelles extrémités vous pouvez me porter. Songez-y, nous sommes seuls ici. vous êtes tout à fait en mon pouvoir, rien ne vous sauvera d'une violence si vous me poussez à y avoir recours.

— Rien ne peut me sauver que Dieu ; il nous voit et il nous entend, monsieur, et peut-être au si votre honneur et votre conscience vous diront combien il est infâme d'insulter une femme.

— Je ne sais ce que je suis ni ce que je fais, Christine, pardonnez-moi. Je vous offense lorsque je voudrais vous toucher. mais si vous saviez ce que je souffre ! Si vous saviez de quel amour je vous aime ! Demandez-moi tous les sacrifices, demandez moi ma fortune, ma vie. ma position, mon honneur, demandez moi tout, mais aimez-moi !

— Je ne puis pas vous aimer, répondit-elle d'un air dédaigneux.

— Vous ne pouvez pas m'aimer !... vous ne pouvez pas m'aimer ! répliqua-t-il en se jetant à ses genoux ; mais pourquoi ne pouvez-vous pas m'aimer ? Est-ce que je ne suis pas jeune ? Est-ce que je ne suis pas riche ? Me refuse-t-on certaine élégance, certain esprit ? Ne suis-je pas digne de vous, enfin ?

— Eh bien, non, puisque vous me le demandez : non. Aussi bien, je dirai la vérité, une fois en ma vie, je parlerai franchement, j'ouvrirai mon âme, et cela me fera du bien : je respirerai plus à mon aise après. Non, vous n'êtes pas digne de moi, car vous n'avez ni la hauteur d'intelligence ni la noblesse de cœur nécessaires pour me dominer. Et moi, pensez-vous que j'aime un homme qui serait mon esclave et mon inférieur ? Pensez-vous que j'humilie mon orgueil à ce point d'obéir à qui ne me vaut pas ? Vous ! mais, vous, qu'est-ce que vous êtes ? une poupée de modes, un membre du Jockey-club, un être sans énergie, sans puissance, sans portée aucun ; vous venez de le dire, un être fort élégant, bien ganté, à qui on accorde l'esprit de coulisse et de bons mots, si facile à attraper quand on ne l'a pas.

Que signifie pour moi ce genre de mérite ? me croyez-vous une femme futile et légère, comme tout ce qui vous entoure ? Aimer ! mais si j'aimais un homme, savez-vous ce qu'il faudrait qu'il fût pour moi ? ou un instrument ou un dieu. Vous ne pouvez être ni l'un ni l'autre. Où me mènerait une liaison avec vous ? au déshonneur et à l'abandon. Je suis la femme du devoir, moi, bien que j'aie failli une fois, fascinée, subjuguée par la seule nature supérieure à la mienne que j'aie rencontrée jamais.

— Et cet homme si supérieur, si admirable, auquel vous vous êtes donnée, savez vous ce qu'il était ?

— Un homme sans cœur et sans foi, je ne l'ignore pas, et j'ai cessé de l'aimer aussitôt que son vrai caractère m'a été révélé.

— Son vrai caractère, vous croyez le connaître ? Eh bien ! sachez-le donc, puisque vous me forcez à vous le dire : cet homme, dont vous aviez fait l'arbitre de votre avenir, cet homme, le seul, dites-vous, qui vous soit supérieur, cet homme est un faussaire, un voleur, un assassin, un parricide !

— Oh ! mon Dieu !

— Cet homme, c'est Ernest de Saint-Serve, le cousin de ma femme, dont la tragique histoire vous a été racontée dans la famille, sans doute. Cet homme est condamné à mort, par contumace. pour tous ses crimes : l'aimerez-vous à présent ?

Christine devint plus pâle qu'un suaire, et se leva.

— Vous êtes sûr de ce que vous avancez, monsieur ?

— Aussi sûr que je vous aime !

— Oh ! dit elle, je suis donc flétrie, perdue à jamais, car l'amour d'un pareil homme est une tache. Un voleur ! un assassin ! un parricide ! Et cet homme peut dire que j'ai été sienne ! Et il me l'a dit à moi ! et j'ai cru encore dans l'avenir ! et j'ai espéré le bonheur ! Oh ! monsieur, que vous ai-je fait pour tout le mal que vous m'apportez en ce moment ?

— Pardonnez-moi, Christine ; je n'ai pas été maître d'une jalousie sans cesse ulcérée par vos reproches, par vos comparaisons.

— Et que m'importent vos excuses, à vous ? Êtes vous pour moi quelque chose ? Pouvez vous réparer le passé ? pouvez-vous m'offrir un nom et un rang qui effacent ma souillure ? pouvez-vous me faire asseoir à côté de vous dans cette société qui me dédaigne et que je brave ? pouvez-vous faire de moi la marquise de Monza? Non... Alors, que me voulez-vous?

— Je veux que vous me laissiez vous consacrer ma vie : je veux que vous acceptiez ce que l'amour le plus ardent, ce que le dévoûment le plus entier peuvent donner, je veux que vous me deviez tout enfin, le bonheur et la richesse.

— En vérité, monsieur le marquis, je vous admire, et vous êtes fou ! Me payer, moi ! m'offrir des richesses, à moi, qui ai refusé les trésors d'un royaume ! Non, je vous le répète, je suis une honnête femme : je veux un mari, je veux un mari que j'aime, ou un mari qui me remette à la place pour laquelle je suis faite. Si vous étiez libre, je ne sais pas ce que je ferais, et il est inutile d'approfondir cette hypothèse. Vous portez un nom, vous avez une position avec lesquels une femme de tête eût pu dominer Paris, l'Europe peut-être, par votre moyen et derrière vous ; mais vous avez une belle et bonne femme, qui vous aime, qui vous mérite : vous êtes nés l'un pour l'autre ; elle ne voit rien au-dessus de l'honneur de vous appartenir, tenez-vous donc à cette chaîne, et n'en cherchez pas une trop lourde pour vous. Laissez-moi vivre dans la sphère que je me suis tracée ; ne me forcez pas à me réfugier dans quelque asile impénétrable, contre lequel se briseront mon avenir et votre volonté. Je suis une fille du peuple, c'est vrai ; je n'ai ni aïeux ni naissance, mais j'ai la conscience de ce que je veux ; j'ai la conscience de mon caractère, et je ne veux pas être la maîtresse d'un grand seigneur, je ne le veux pas, et je ne la serai pas.

— Mais que rêvez-vous, Christine? que désirez-vous, grand Dieu ! reprit-il au désespoir.

— Ce que je rêve, ce que je désire, c'est un grand et noble amour, c'est un homme qui fasse de grandes et nobles choses, c'est un homme qui obtienne des honneurs mérités ; un homme qui emploie sa vie au bien ou à la gloire de son pays ; un homme dont le nom retentisse dans tout le monde ; un homme qui domine son siècle, comme il dominerait mon cœur ! Oh ! pour celui-là, j'aurais sacrifié, sans arrière-pensée, sans regret, mon avenir, ma vie, ma réputation, bien plus ⸱ mon honneur.

— Je puis être tout cela pour vous ; je puis être par vous digne de vous appartenir ; dites un mot, et je me sens capable des plus puissantes entreprises ; je deviendrai.....

— Vous ! Et quel mépris elle mit dans ce seul mot ! et de quel regard elle l'accompagna ! Vous ! vous qui n'avez su jusqu'ici que franchir des haies à cheval, courir les théâtres, faire la cour à des femmes ordinaires, tourmenter la vôtre, que vous craignez ! Vous, faible, sans énergie, sans portée d'esprit ; vous, le riche vulgaire en personne ; vous qui, sans votre nom et votre argent, et si les théories socialistes arrivaient à l'état de vérité, vous, qui ne seriez pas classé même parmi les *travailleurs de la pensée*, vous, l'amant de mes rêves ! Oh ! perdez cette chimère !

— Un mot, un mot, Christine : si j'avais été libre... Hélas ! je vous parle ici comme un malade sans remède ; je demande une illusion pour prolonger mon agonie, si j'avais été libre, m'eussiez-vous aimé ?

— Aimé, non ; accepté, je crois que oui ; car cette gloire, cette puissance, cet enivrement que j'ambitionne, je vous les aurais donnés, moi, obscure et pauvre créature. A l'abri de votre nom, j'aurais fait pour vous ce que vous n'eussiez pas fait vous-même, j'aurais amassé sur votre tête les couronnes que j'aurais tressées. Vous aviez juste ce qu'il fallait pour représenter un mannequin de grand homme. Pardonnez-moi, monsieur le marquis, je suis franche, je le suis trop peut-être ; vous me l'avez demandé. J'ai une grande rudesse dans le caractère ; je ne puis subir ni l'injustice ni la tyrannie sans me redresser contre elles. Et puis, j'éprouve un bonheur immense à dire la vérité ; c'est un reste de mon origine, que la politesse du monde n'a pas pu modifier encore.

Elle restait debout, au milieu de la chambre, la tête haute, l'œil en feu, le geste souverain, ses beaux bras à moitié sortis de ses manches, ses cheveux noirs, relevés sur sa tête en diadème ; il y avait dans cette indéfinissable créature une séduction irrésistible. Le marquis la regardait ; il la buvait des yeux, si on peut s'exprimer ainsi.

— Oh ! que vous êtes belle ! lui dit-il enfin.

Cette phrase, ce refrain, qu'il répétait sans cesse, traduisait parfaitement sa pensée. C'était surtout la beauté de Christine qu'il aimait ; cette beauté d'impératrice résumait pour lui ce caractère et cet esprit. Il comprenait ce qui frappait ses sens bien mieux que ce qui parlait à l'intelligence.

D'où vient, monsieur, reprit-elle après un instant de silence, d'où vient que vous m'avez vue si longtemps près de vous sans me remarquer? Comment cet amour subit est-il arrivé? qui l'a fait naître?

— Vous-même, votre confidence. Tant que je vous ai crue inattaquée, je vous ai crue inattaquable ; en apprenant qu'un autre avait réussi, j'ai espéré, et l'espérance est devenue de la passion. D'un ange, j'ai fait une femme, et la plus adorable, la plus enivrante des femmes, je l'ai aimée et je l'aime, hélas !

— Maintenant, monsieur le marquis, je vous ai écouté avec patience, si ce n'est avec toute la courtoisie à laquelle vous êtes accoutumé, je vous demande de vouloir bien me permettre de me retirer. Vous allez déjà donner de singuliers soupçons aux concierges, en arrivant ainsi le jour où j'arrive ; je ne veux pas au moins les justifier. Rentrez, et laissez-moi. Vous ne savez pas le tort que vous pouvez me faire.

— Oh ! soyez tranquille ! nul ne m'a vu, je suis venu par le jardin, j'ai la clef de la petite porte. Croyez-vous que je veuille vous compromettre ?

— Je vous remercie de cette précaution ; mais vous eussiez pu au moins ne pas pénétrer chez moi avec votre passe-partout ; c'était peu digne de vous et de moi.

— Ah ! vous détruisez toutes mes résolutions ; elles fondent devant votre regard : je n'ose plus rien lorsque je vous vois. Eh bien ! je n'étais pas venu pour m'en aller ainsi.

— Il faut partir néanmoins ; il le faut pour vous et pour moi. On s'apercevra de votre absence au château, madame de Monza s'inquiétera justement ; on m'accusera, on m'accusera, entendez-vous, monsieur? On me fera quitter votre fille, me cacher, renoncer à tout. Oh ! je vous tuerais, je crois !

— Personne au château ne sait mon absence ; j'ai pris le train du soir, je retrouverai le premier du matin, je rentrerai comme si je me promenais. J'ai pris toutes les précautions, votre réputation m'est si chère !

— Bien chère, en vérité ! répéta-t-elle avec un sourire amer. Si vous tenez à me le prouver, quittez cette chambre à l'instant. Quittez-la, je vous en conjure.

— Me saurez-vous gré au moins de mon obéissance?

— Puis-je vous savoir gré de remplir un devoir?

— Adieu donc, adieu, inéluctable être, qui régnez sur moi si despotiquement. Adieu, je pars, vous le voyez, sans me le faire répéter de nouveau, parce que j'espère en votre miséricorde. Vous me récompenserez, n'est-ce pas ? vous me rappellerez, vous ne me laisserez plus languir sans vous de si longues semaines? Adieu, je n'ai ni volonté, ni force, tout est à vous.

— Adieu, monsieur, répliqua-t-elle en ouvrant la porte, je compte sur votre parole, vous allez retourner au château. Cela est essentiel à savoir dans une chambre où l'on est aussi peu en sûreté que celle-ci.

— Je monte à l'instant en voiture, je m'en vais heureux de vous avoir vue, et triste de vous trouver si cruelle. Oh ! Christine ! Christine ! vous ignorez ce que vous pouvez sur moi !

Il voulut lui baiser la main, elle la retira et lui montra la porte impérieusement ; puis, lorsqu'il eut quitté la chambre, elle se mit à la fenêtre pour s'assurer de son départ. Elle le vit descendre au jardin, passer sous sa croisée et s'approcher du mur, à quelques pas d'elle. Il chercha la clef pour la mettre dans la serrure ; en ce moment même une tête parut au-dessus du mur, à son aspect le nouveau venu descendit promptement, il ouvrait la porte à cette même minute ; ils se trouvèrent donc face à face.

— Qui est là? demanda le marquis en armant un pistolet.

— Un instant, répliqua l'homme, ne vous pressez pas tant, que diable !

— Mon Dieu ! s'écria Christine en joignant les mains, quelle est cette voix?

XXXIII

LEÇON

Les deux hommes en se rencontrant poussèrent un cri.

— Amédée ! dit l'un.

— Ernest ! reprit l'autre.

— Ah ! par foi, marquis, je ne comptais pas sur cette bonne fortune, je te croyais fort loin d'ici, et je ne t'attendais pas à cette petite porte.

— Vous ici, malheureux !

— Je vous répondrais bien comme Bertrand : Oui, *moi z'ici !* si je ne craignais d'être accusé de plagiat. Mais d'abord pourquoi voulez-vous que je n'y sois pas?

— Vous oubliez donc..

— Ma condamnation? ah bah ! c'est vous que cela regarde, mon cher, et non pas moi. C'est l'affaire de ma famille, non la mienne. Mourir comme ceci ou autrement, puisqu'il faut en venir là, que m'importe? D'ailleurs je suis si bien déguisé !

tout autre œil que le vôtre ne me reconnaîtrait pas. Mais, peste! vous êtes alerte et vous eussiez fait un excellent juge d'instruction.

— Que venez-vous faire ici?

— Probablement ce que vous y faisiez vous-même, une petite visite d'amitié.

— Il n'y a personne à l'hôtel.

— Personne, non; une seule personne, oui. C'est justement celle-là à laquelle vous et moi nous avons affaire.

— Je ne vous comprends pas.

— Oh! que vous me comprenez à merveille, au contraire! Vous n'êtes pas venu pour rien, si mystérieusement. Je serai plus franc que vous et je vous dirai tout bonnement la chose: Christine est là, elle y est seule, et je voulais l'enlever pour mon compte.

— Vous?

— Puisque vous savez *tout*, cela ne doit pas vous paraître extraordinaire; il me semble que j'y ai bien quelques droits.

— Ces droits, elle vous les dénie.

— Et elle vous les accorde, à ce qu'il paraît... cela devient très édifiant!

— Mademoiselle Orthez ne m'a rien accordé, je vous le jure sur l'honneur.

— Vraiment! Alors vous êtes bien plus niais que je ne pouvais le croire.

Le marquis réfléchissait qu'il fallait à tout prix éloigner cet homme de Christine. Avec un pareil caractère la ruse seule était praticable, et encore devait-on l'employer si habilement qu'elle ne parût pas; il était lui-même si adroit! Amédée commença par refermer la porte et mettre la clef dans sa poche avec beaucoup de sang-froid, ayant soin de ne pas lâcher les deux petits pistolets à deux coups qu'il tenait de l'autre main.

— Jouons-nous à ce jeu? reprit Ernest, j'ai de quoi faire la partie égale, tenez!

— Vous vous trompez sur mes intentions, je vous le jure, mais cette ruelle est déserte, la nuit avance et je crains les mauvaises rencontres.

— Vous êtes bien poli!

Ernest salua.

Ils marchaient le long du mur. Amédée cherchait toujours un moyen de se débarrasser de ce dangereux adversaire, pendant que celui-ci, aussi à son aise que dans sa chambre, attendait que la conversation continuât.

— Ernest, dit enfin M. de Monza, décidé à tous les sacrifices, n'êtes-vous pas las de la vie que vous menez?

— Quelquefois, pourtant elle a plus d'agréments que vous ne le supposez. Tu veux m'acheter, se dit-il, sois tranquille, cela le coûtera cher, et encore tous les marchés conclus ne sont pas exécutés. Jouons serré, c'est le moment.

— N'avez-vous pas pensé quelquefois qu'une existence calme, assurée, dans un pays où vous seriez à l'abri de toutes ces craintes, pourrait vous convenir?

— Eh! eh! peut-être!...

— Eh bien! si vous étiez raisonnable, il est une chose que vous ignorez et que je pourrais vous faire connaître.

— J'en serai très reconnaissant si elle est bonne.

— Votre père a fait un codicille secret à votre testament.

— Bah!

— Ce codicille est entre mes mains.

— Et que dit-il?

— Il vous assure une somme de cent mille francs si vous voulez redevenir digne de sa mémoire.

— Où sont ces cent mille francs?

— En Angleterre, et ils ne peuvent être touchés que là, sur un reçu de moi, avec la condition expresse qu'on les placera d'une manière inaliénable sur la Banque des Etats-Unis en votre nom.

— Cela mérite réflexion, mon cousin, et vous êtes réellement un honnête homme de ne pas les garder pour vous.

— Songez donc, Ernest, à votre position ici, aux dangers que vous courez, au crime que vous avez commis, à la mort affreuse de votre père. Comment pouvez-vous vous exposer à des suites aussi terribles?

— La mort de mon père... je n'en suis pas coupable, et jamais rien ne m'a tant étonné de ma vie. Je lui soupçonnais un tout autre dessein, et, sans la nécessité de me sauver, nécessité très impérieuse, vous en convenez vous-même, je ne l'aurais pas laissé ainsi tout seul par terre, n'en doutez pas.

— Nous savons que vous étiez présent, Babet nous l'a raconté, répliqua le marquis avec un dégoût involontaire.

— Quant à mon crime, vous en parlez à votre aise. Vous ne savez pas dans quelle passe je me trouvais alors, et comment j'ai été amené là.

— Tout s'explique, tout se comprend, mais un crime!

— Un crime ne vient pas sans cause, mon cher, et, voyez-vous, vous pouvez m'en croire, lorsqu'on est dominé par une passion, on ne peut répondre de rien, pas de soi-même surtout.

— Je crois qu'on est toujours sûr de rester honnête homme pourtant.

— Vous croyez? vous vous trompez, cousin. Une passion, dans certaines natures, est un incendie qui dévore et que rien ne peut éteindre. Plus vous jetez de l'eau sur un feu de vitriol, et plus vous l'animez. J'ai souffert alors tout ce qu'on peut souffrir, j'ai combattu, j'ai lutté, mais j'ai été vaincu, il a fallu céder à l'obsession incessante. Je jouais, vous vous le rappelez; je perdais, car je n'ai jamais daigné corriger la fortune, cela me semble au-dessous de moi; je n'avais plus rien au monde, et chaque jour, chez le changeur Hervé, je voyais, je maniais des monceaux d'or, et je me disais: Avec la moitié de cela je serais riche, je jouerais, je gagnerais certainement, et je reprendrais ma vie insouciante. Cette idée me vint d'abord une fois et je la chassai, elle revint encore, je la chassai de nouveau; elle revint plus souvent, puis chaque jour, puis à chaque minute, et je ne la chassai plus! Je fis des compromis avec elle, je voulus essayer des conciliations, des manières d'arrangement, elle n'ente dit à rien, il fallait l'argent, il le fallait n'importe par quel moyen. Sophie était douce et jolie comme un ange, elle m'aimait à l'adoration, cet amour devait me servir d'instrument, c'était le plus naturel.

— Pauvre fille!

— Oui, pauvre fille! elle méritait mieux que cela, ma parole d'honneur. Au moment où j'hésitais encore, vous me gagnâtes deux mille louis. Il fallait les payer, je n'hésitai plus. Je donnai rendez-vous à Sophie, je savais son père absent pour toute la soirée et la caisse bien garnie. Je lui proposai de but en blanc de me suivre avec l'argent du changeur, j'y mettais des procédés. Elle eut peur de moi, elle m'accabla de reproches, elle voulut me chasser, me menaça d'une dénonciation, tant son honnêteté se révolta; dès lors elle ne pouvait plus vivre. L'or était là, sa vue me fascinait, sa possession était ma vie; entre cet or et moi il n'y avait qu'une enfant, cette enfant devait disparaître; la volonté des passions brise tout.

— Mon Dieu! tuer une femme! murmura le marquis en joignant les mains.

— La passion sait-elle si c'est une femme? elle ne voit qu'un obstacle et elle l'écarte. Oh! dans ce moment, il y eût eu un brasier ouvert que je m'y serais jeté pour arriver jusqu'à cet or, mon amour, mon bonheur, mon adoration! Je *voulais* comme je sais vouloir, et rien ne pouvait me résister, voyez-vous!

— Eh bien? demanda M. de Monza, l'attention suspendue à ce récit.

— Eh bien, après avoir demandé encore à Sophie de m'aider et de me suivre, sur son nouveau refus, sur de nouvelles plaintes, je lui déclarai que je me passerais d'elle, et que je m'en irais seul. Elle me menaça de crier, d'appeler au secours, je la bâillonnai et je commençai mon exécution.

— Après?

— Elle parvint à détourner son bâillon et jeta un cri que j'étouffai sous ma main; je la bâillonnai de nouveau, je mis le poignard sur sa poitrine et je lui promis de la tuer si elle faisait un mouvement. Forte et énergique, elle voulut se lever, je sentis alors que j'étais perdu, si je ne la perdais, et d'un seul coup, sans grand effort, mon Dieu! je la rendis muette et impuissante à me nuire...

— Quoi! elle ne se débattit pas! Quoi! vous n'avez pas été témoin d'une agonie horrible?

— Non. Elle ne fit plus un mouvement, c'est très facile, allez, de tuer une femme.

— Sans combat, sans lutte?

— Sans lutte aucune, je vous le répète. Ce que vous appelez un crime est bien moins affreux de près que de loin. Et puis, l'or était là! Il allait m'appartenir sans conteste, à moi, bien à moi! Je ne voyais que ma passion satisfaite. Je pris tout, j'ôtai le bâillon, j'essuyai mon poignard, je le remis dans sa gaîne; j'entendis du bruit, alors la peur me prit, j'éteignis le gaz, pour me sauver plus facilement, et comme un maladroit je laissai échapper mon arme dans l'obscurité. Le bruit approchait, il fallait fuir, il n'y avait pas d'hésitation possible, je m'enfuis, abandonnant la terrible preuve. Mais j'avais l'or! vous savez le reste.

— Comment! vous avez fait cela, Ernest, et vous êtes là, devant moi! Et depuis lors vous avez trouvé des amis, vous leur avez serré la main, vous avez trouvé des plaisirs, des maîtresses?...

— Depuis lors j'ai été adoré de Christine, marquis.

— Et la nuit, les spectres de vos victimes ne vous tourmentent pas, et vous ne voyez pas autour de vous une mare de sang qui vous sépare de la société?

— Je n'ai jamais mieux dormi, parce que je ne me suis jamais plus fatigué.

— Et la conscience de votre déshonneur ne vous poursuit pas? Vous n'avez pas une honte profonde de la tache imprimée à votre nom?

— Je n'ai rien de tout cela. Hors de France, je suis un homme comme un autre; je jouis de la plus grande considération, on me recherche, on m'aime, on me respecte, on m'appelle monsieur le comte. Grâce à mon faux nom, à ma barbe coupée, à ma perruque blonde, je suis en sûreté. Je ne suis plus Ernest de Saint-Serve; les sottises, les crimes, si vous voulez, de ce *polisson*, ne me regardent pas. Je vis bien, je m'amuse, j'ai beaucoup d'argent, car, en récompense sans doute de mon honnêteté, je gagne au jeu maintenant. J'ai gagné à Hombourg et à Baden des sommes fabuleuses. Hors le petit moment de revers que vous savez, j'ai toujours été heureux. Vous avez voulu connaître ma position et ma vie, la voilà, mon cher, sans aucune dissimulation. Les cent mille francs ne me sont donc pas indispensables, vous le voyez; et si je les accepte, ce sera pour vous faire plaisir, et par respect pour la mémoire de mon père, poursuivit-il en souriant d'un air hypocrite.

— Quoi! vous n'ayez pas de remords, pas un seul, pas le moindre!

— Pas le moindre. Mais vous êtes bien préoccupé de ma conscience, mon cher. Vos questions sont bien pressantes! Je suis touché de cet intérêt. Venons-en à nos arrangements, car il se fait tard. Il faut donc pour toucher les cent mille fr ncs promettre de vivre en bon bourgeois, et honorable père de famille?

— Oui.

— Je le promets.

— Il faut de plus donner votre parole de vous embarquer pour les États-Unis et d'y rester. Là seulement vous pourrez toucher vos revenus.

— Je vous en donne ma parole de gentilhomme.

— Votre parole de gentilhomme!

— Oui. Cela vous étonne? Je la donne tout de même et je n'y manque jamais.

— C'est convenu, alors. Partez pour Londres, vous y trouverez à la poste restante une lettre adressée au comte de Jausselière, qui contiendra mon reçu de la somme; vous vous présenterez à l'adresse indiquée, et vous la toucherez. Mais avant tout, Ernest, vous allez me promettre de ne pas chercher à revoir mademoiselle Orthez.

— Moi! Faisons mieux. Vous prenez le chemin de fer du Nord, j'y monte avec vous; serez vous tranquille, alors?

— Certainement, et j'accepte. Seulement, nous n'avons pas l'air de nous connaître.

— Parbleu! Cependant, nous restons dans le même wagon, n'est-ce pas?

— Vous devinez tout!

— C'est mon état.

Ils marchaient toujours, côte à côte, dans ces rues du Marais, toujours désertes, bien plus désertes à cette heure; ils avaient gagné le boulevard, où personne ne se montrait encore, et depuis un instant ils se taisaient.

— Ah! pensait Amédée, le misérable! comme il sait le cœur humain! comme il en a sondé les replis! L'idée fixe! la passion! l'obstacle! l'obstacle surtout! Mon Dieu! ayez pitié de moi.

— Ces cent mille francs arrivent à merveille et assureront mon existence et celle de Christine si les chances du jeu deviennent mauvaises. Il faut me hâter de terminer l'affaire et d'enlever ma bien-aimée, car avec un marquis qui, du train où il marche, pourrait bien ne m'en pas laisser le temps. Je n'ai jamais vu meilleures dispositions que les siennes. Je l'avais toujours dit, cet homme possède des instincts qui ne demandaient qu'à se développer. Pourtant il est bien médiocre; Christine n'aimera jamais *cela!*

Ils arrivèrent au chemin de fer et y entrèrent ensemble, comme deux êtres parfaitement étrangers l'un à l'autre. Quelques minutes après les wagons partirent. En route ils se croisèrent sans se voir avec Robert de Chamarante qui venait à Paris.

XXXIV

AMOUR VRAI

Christine resta anéantie en reconnaissant la voix d'Ernest. Elle saisit quelques mots de la conversation, elle vit la porte se fermer, elle les vit s'éloigner ensemble, elle ne s'expliquait pas cette *entente cordiale*, et resta toute la nuit à la fenêtre, écoutant tout, tremblante et inquiète au dernier point. Lorsque le jour parut, elle se rassura un peu; on est toujours moins inquiet le jour, je ne sais pourquoi on y trouve une sorte de protection.

Elle se résolut à faire ses courses le plus tôt possible, afin de retourner promptement à la campagne, où elle obtiendrait sans doute la solution de cette énigme. Au moment où elle achevait sa toilette, on frappa à sa porte. Convaincue que c'était la concierge, elle cria:

— Entrez!

— Merci, mademoiselle, répondit une voix bien connue.

— Robert! M. de Chamarante! reprit-elle toute troublée.

— Je venais... je vous demande pardon, mademoiselle, je vous dérange, répondit-il aussi troublé qu'elle.

— Non, monsieur le comte, mais j'étais si loin de m'attendre...

— J'ai eu affaire à Paris, je suis venu prendre vos ordres. Allez-vous chez l'homme d'affaires? Voulez vous mon bras?

— Je vous remercie, monsieur le comte, je sors toujours seule.

— Mais... mais, avant que vous sortiez, ne pourrais-je pas causer quelques instants avec vous?

— Asseyez-vous, monsieur, je puis encore disposer de quelques instants.

Robert s'assit, aussi embarrassé que devant une reine; il avait cependant passé l'âge de la timidité, mais l'amour vrai est toujours timide, il se défie de lui-même, tout en connaissant sa force. Ainsi ce jeune homme apportait à cette femme une position magnifique, une fortune au-dessus, non pas peut-être de ses espérances, mais des probabilités ordinaires, et il tremblait devant elle. Il hésitait à parler, car de ses paroles allaient dépendre son avenir, son bonheur, sa vie! Il comprit enfin que le silence ne pouvait se prolonger plus longtemps, et il lui dit:

— Ce que j'ai à vous communiquer, mademoiselle, est très grave, très grave pour moi certainement, pour vous peut-être, si j'étais assez heureux...

Il s'arrêta. Christine commençait à comprendre. Son sang se porta à son cœur, elle n'osa se livrer à sa joie, dans la crainte de se tromper, et de revenir après sur une illusion si chère. Elle ne fit point de question, elle attendit.

— Mademoiselle .. je vous aime ..

— Je le sais, répondit-elle, avec cette dignité princière, naturelle chez cette créature étrange.

— Vous le savez... et vous me permettez de vous le dire?

— Je l'entends de votre bouche pour la première fois, monsieur le comte.

— Cependant à Spa...

— A Spa, vous ne me connaissiez pas encore, vous avez cru vous adresser à une autre âme que la mienne, vous vous êtes trompé, vous reconnaissez **vot** erreur, c'est tout ce que je puis réclamer de vous, n'en parlons plus.

— Vous avez raison, ne parlons plus de ce passé, quand nous avons l'avenir. Dans le passé, j'ai songé à vous offrir des vœux éphémères, et j'en rougis: pour l'avenir, je vous offre mon nom, ma fortune, tout ce que je suis, tout ce que je possède est à vous, et le plus grand honneur que vous puissiez me faire, comme le plus grand bonheur que vous puissiez me causer, est d'accepter avec autant de franchise que vous m'avez refusé autrefois.

Mademoiselle Orthez devint pâle et rouge successivement, il y eut dans son cœur un horrible combat entre le devoir et la crainte de perdre ce qu'elle désirait si passionnément obtenir. Depuis longtemps elle agitait en elle-même cette question de savoir ce qu'elle devait faire, dans le cas possible qui se présentait alors, et jamais cette question n'avait encore été résolue. Elle ne pouvait plus reculer maintenant, il fallait se décider. Avec cette lucidité de pensée qu'elle possédait à un si haut degré, elle eut calculé en un clin d'œil toutes les chances, toutes les raisons pour et contre, et elle prit son parti de suivre sa loyauté native, quelles que dussent en être les suites.

— Monsieur le comte, avant toutes choses, permettez-moi de vous exprimer ma reconnaissance. Je vous la peindrai bien mal, mais je la sens trop pour que vous ne la devinez **pas**.

— Votre reconnaissance. Christine! Oh! ne parlez pas ainsi! D'un mot vous pouvez me rendre plus fier, plus joyeux qu'un roi. M'aimez-vous?

Elle hésita.

— Oui, Robert, répondit-elle, oui, je vous aime!

— Que parlez-vous donc alors de reconnaissance? Ne vous dois-je pas tout pour ces paroles? Vous m'aimez, vous serez à moi, vous m'appartiendrez devant tous, vous la plus digne et la plus noble femme que Dieu ait créée; oh! merci, merci, ma bien-aimée Christine!

— Je vous aime, reprit-elle, je vous aime depuis longtemps, et je vais vous en donner la plus grande preuve que je puisse vous en donner jamais.

— Vous acceptez! vous acceptez!

— Je n'accepte ni ne refuse, je vais vous confier le secret de ma vie; vous réglerez ensuite mon sort et le vôtre.

— Vous me faites trembler. Christine, expliquez-vous.

— Robert, pardonnez-moi d'avance, promettez-moi que, quelle que soit votre décision, votre estime me restera malgré tout. Promettez-moi que, si je ne puis être votre femme, au moins je resterai votre amie.

Sa voix était si émue, et une émotion semblable était chose si rare chez mademoiselle Orthez, que le comte en devina sur-le-champ la portée.

Il tendit la main à Christine sans prononcer un mot, il n'en avait pas la force.

— Eh bien, monsieur. poursuivit-elle, je ne puis consentir à ce qui serait pour moi le bonheur suprême, sans vous faire un aveu, un aveu pénible, mais indispensable. Avant de vous aimer, avant de vous connaître, j'ai cédé à un moment de fascination. d'entraînement, de folie.. je ne m'appartiens plus

— Oh! mon Dieu!

— J'ai oublié un instant dans ma vie entière, le sentiment du devoir que je me suis imposé, et qui règle toutes mes actions Cet instant d'oubli, je l'ai expié par des années de remords, de larmes, de pénitence, j'ose dire. Cette faute, je l'ai rachetée, je l'ai payée bien cher; j'ai tant souffert depuis que je l'ai commise! J'aurais pu vous la cacher, car il n'en reste d'autre trace qu'un chiffon de papier très facile à détruire, mais, avant toutes choses et dût-il m'en coûter mon bonheur, je ne vous tromperai pas.

Le jeune homme se leva et se promena par la chambre, sans rien dire. Il mordait ses lèvres jusqu'au sang et tordait ses moustaches; le combat était rude; la gouvernante reprit:

— Je ne chercherai ni à m'excuser, ni à me faire valoir, je ne prendrai pas même la peine de vous dire que la femme assez franche pour vous faire un pareil aveu, vous offre peut-être plus de garanties d'avenir que celle qui n'a jamais failli. C'est à vous de peser tout ceci, de juger la position, c'est à vous de savoir ce que votre justice vous ordonne de faire. Je me tais maintenant, et j'accepte d'avance ce que vous allez m'imposer.

— Acceptez donc ma main, Christine, lui répliqua-t-il, avec cet adorable entraînement, signe indubitable d'un amour profond et réel, acceptez mon nom, car, je vous le jure, si j'avais une couronne je serais heureux je serais fier de vous la donner.

— Oh! mon Dieu! s'écria Christine, en tombant à genoux. et en levant les mains au ciel, oh! mon Dieu! soyez béni, j'ai trouvé l'âme selon la mienne, et le cœur selon mes vœux!

Le comte alla vers elle, la releva, lui prit la main avec un respect sans bornes, et, ôtant de son doigt un anneau, il le passa dans le doigt de Christine.

— Ceci est l'anneau de ma mère, je vous le donne et j'accomplis ici nos fiançailles. Désormais vous m'appartenez, et rien que la mort ne me séparera de vous. Jusqu'à ce que vous me rendiez vous-même cet anneau, quoi qu'il arrive, nous sommes unis. Acceptez-vous, Christine?

— J'accepte, Robert, et j'y mets une condition unique. Je ne dois ni ne veux profiter d'un moment d'attendrissement de votre part, d'une surprise de cœur, peut-être; j'exige que vous réfléchissiez un an encore, oui, mon ami, je l'exige: si dans un an, à pareil jour, vous voulez encore élever jusqu'à vous une pauvre fille du peuple, sans fortune, sans amis, dont le passé garde un remords cruel, alors vous aurez une femme qui vous aimera. qui vous devra tout, et qui mourrait mille fois avant de vous apporter un chagrin.

— Un an, Christine! mais c'est impossible, je ne supporterai pas cette attente un an.

— Un an pendant lequel nous vivrons près l'un de l'autre, sans nous quitter, est-ce une attente trop cruelle?

— Vous resterez exposée à l'insolent amour du marquis, sans que j'aie le droit de vous défendre. Oh! qu'il y prenne garde! la patience m'échappera peut-être, je le surveille, et...

— Vous n'avez pas besoin de le surveiller, répliqua Christine en souriant, je suis là. Je vous réponds de tout.

— Me répondez-vous d'une violence, d'une surprise? Oh! cet homme me pèse.

— Voilà que vous connaissez ma faute, poursuivit tristement la gouvernante, et déjà vous vous méfiez de moi!

— Oh! Christine!

Ce seul mot, le regard dont il l'accompagna, le baiser qu'il déposa sur sa main, avaient sans doute bien de l'éloquence, car mademoiselle Orthez fut complètement rassurée.

— Je ne vois qu'une seule manière d'imposer silence à ses prétentions; Amédée est un homme d'honneur, s'il me donne sa parole de ne pas trahir notre secret; il la tiendra, je lui en ferai part.

— Oh! non, interrompit vivement Christine.

— Et pourquoi?

— Je ne sais; mais un pressentiment me dit de ne pas le faire. Il me séparerait peut-être de Flavie. Et si vous saviez, Robert, combien j'aime cette enfant! Je l'aime comme ma fille, comme ma sœur, comme ce que je connais de plus parfait, de plus angélique sur la terre. C'est un culte, pour ainsi dire. Dans un an, ce sera une femme, elle n'aura plus besoin de moi, mon œuvre sera presque achevée, je la quitterai alors avec moins de regrets; mais, à présent, la remettre aux mains d'une autre, qui détruira mon ouvrage, qui m'ôtera tout au moins cette affection si douce, à laquelle je suis accoutumée depuis plus de deux ans, je ne puis supporter cette idée, je ne vous le cache pas.

— Vous me rendriez presque jaloux de ma petite cousine, mademoiselle; cette tendresse maternelle ne fera-t-elle pas de tort à la mienne?

— Oh! Robert! combien vous connaissez peu mon cœur!

— Pardon à mon tour, Christine. Un amour comme le mien est exigeant. Il craint tant de perdre son trésor.

— Je vous pardonne, monsieur; pourtant il faut me promettre plus de confiance, plus de patience aussi, nous en avons besoin. Maintenant nous devons nous séparer, notre entretien a été assez long, il occupera les concierges, et vous ne voulez pas, je suppose, m'exposer à leurs commentaires. Je suis pour mes courses indispensables; je reprends le chemin de fer et je pars; ne revenez que demain, vous, ou il serait inutile de rien cacher à personne, et, je vous le répète, prudence et patience doivent être nos mots d'ordre.

— Oh! que je voudrais bien vous compromettre assez pour vous contraindre à abréger la terrible épreuve.

— Robert, Robert! ceci n'est pas bien! et elle menaçait du doigt en souriant.

— Allons, je serai plus sage, et je vous obéis. Avant de nous séparer cependant, Christine, il me reste une prière à vous faire.

— Laquelle?

— Vous avez reçu mon anneau de fiançailles, mais moi je n'ai rien de vous! rien, pas même une boucle de cheveux Me laisserez-vous partir ainsi?

— Non, car tout ce qui prouve votre amour est pour moi si doux et si consolant! Voici un médaillon, il renferme une relique attachée à mon cou par ma pauvre mère au moment de sa mort, il ne m'a jamais quittée. Prenez-le, mon ami, et puisse-t-il vous porter plus de bonheur qu'à moi!

Le comte reçut le simple bijou, le baisa, le mit dans sa poitrine et ajouta d'une voix émue:

— Christine, il restera là jusqu'à ce que vous me le redemandiez. Maintenant, adieu, je sors du bonheur pour mille vies; vous m'aimez, vous serez à moi, vous êtes la plus franche. la plus droite la plus loyale des femmes. Dieu doit bénir notre union

Il lui prit la main, la baisa de nouveau, puis il la regarda longtemps, longtemps, comme pour graver ses traits dans sa mémoire, s'inclina devant elle et disparut.

— Ah! se dit mademoiselle Orthez restée seule, j'ai bien fait de lui tout avouer; maintenant, je n'ai plus rien à craindre, et je suis sûre de mon avenir.

Pendant toute la route les rêves de l'amour et de l'ambition voltigèrent autour d'elle: peut-être, il faut l'avouer, peut-être plus l'ambition que l'amour. Je n'ai pas représenté Christine comme un de ces cœurs suprêmes oubliant tout pour aimer. Le soir, elle arriva au château. La première personne qu'elle rencontra dans la cour ce fut le marquis, le sourcil froncé, l'œil terrible; il s'avança vers elle. et comme les domestiques se retiraient:

— Avez-vous vu Robert? lui demanda-t-il à voix basse, mais avec un accent impérieux.

— Monsieur le comte de Chamarante est à Paris, monsieur.

— Ah! murmura-t-il, vous allez m'entendre alors, je l'exige, mademoiselle, je le veux!

XXXV

COMBATS ET RÉSOLUTIONS

Christine suivit M. de Monza jusqu'à son cabinet; mais, au moment ou il ouvrait la bouche, elle l'arrêta par ces mots:

— Vous m'avez fait l'honneur de me confier de graves intérêts, monsieur le marquis, je me suis rendue chez cet homme d'affaires il a reçu votre lettre, il l'a lue il m'a rendu celle-ci pour vous, en ajoutant que vous seriez parfaitement content et que je n'avais rien à vous expliquer; je suis allée de là chercher les livres pour mademoiselle Flavie, en voici la note. Maintenant, trouvez bon que je me retire.

— Pas avant de m'avoir répondu, mademoiselle, au sujet de M. de Chamarante.

— Je n'ai absolument rien à vous dire de M. le comte, monsieur.

— Fort bien. Je comptais vous parler, moi, d'une autre personne, mais vous ne voulez rien entendre, je me tairai.

— C'était donc lui! s'écria-t-elle en revenant sur ses pas.

Amédée, heureux de l'avoir rappelée, commença par la satisfaire en lui racontant ce qui s'était passé entre Ernest et lui, il la rassura pleinement sur de nouvelles tentatives : il devait s'embarquer le jour même sur le paquebot le Pa l Jones, faisant voile pour Southampton. Les gens de cette catégorie ne vont guère directement à leur but, et il lui convenait de se rendre à Londres par cette route. Christine respira. Mais lorsque M. de Monza l'interrogea de nouveau sur Robert, sur ce qui s'était passé entre eux, il la trouva inattaquable; elle ne répondit rien, se renferma dans une ignorance complète et quitta l'appartement.

Le lendemain, M. de Chamarante revint; il fut accueilli froidement par le marquis, tristement par la marquise, car la vie de cette malheureuse femme n'était plus qu'un long supplice. Elle s'enfermait seule chez elle pour y pleurer; elle fuyait même sa fille, et celle-ci ne s'apercevait pas de cette absence. Chaque jour creusait un sillon plus profond dans son cœur et sur son visage. Mademoiselle Orthez le comprenait mieux que personne, elle en devinait la cause, elle eût voulu rassurer Béatrix ; mais ces deux caractères, antipathiques l'un à l'autre, ne devaient se soutenir en rien. La gouvernante manquait de cette bonté généreuse qui rend tout facile pour obliger les autres. Elle ne faisait jamais un pas vis-à-vis de personne, même dans le but de consoler une douleur. Ces fiertés orgueilleuses sont les obstacles les plus positifs à la confiance, aux épanchements.

Madame de Monza, de son côté, se sentait mourir. Mille fois elle voulut s'adresser à la générosité de sa rivale, et lui redemander le repos, le bonheur de sa vie; lui redemander le cœur de son mari, celui de sa fille. Elle recula devant cette démarche, non par orgueil, elle, la pauvre femme! mais par crainte. Elle redoutait cette nature qu'elle entrevoyait sans la comprendre ; il existait trop peu de rapports entre elles. Elle craignait d'être méconnue, repoussée peut-être, et de perdre sa dernière espérance. Combien de fois en notre vie redoutons-nous ainsi la certitude.

Robert et Christine, en se rejoignant, échangèrent un regard et ce regard leur suffit, et rien dans leur conduite ne donna de prise, même à la jalousie ombrageuse d'Amédée. On continua la vie habituelle, séparés dans la journée par les occupations et les exercices, réunis le soir autour de la table ronde, à travailler, et à lire les journaux et les livres arrivés de Paris; Béatrix, rêveuse, écoutait à peine, elle brodait machinalement, ses yeux suivaient tous les mouvements de son mari, épiaient ses gestes et ses regards : ce sentiment, toujours dominateur, occupait encore son âme tout entière.

Environ une semaine après les voyages de Paris, Robert tenait la Presse et lisait les nouvelles diverses.

— Ah! ah! dit-il, l'équinoxe joue son jeu fort serré, à ce qu'il paraît. Encore un malheur dans la Manche. Le steamer le Paul-Jones, allant de Boulogne à Southampton, a péri corps et biens, on n'a pu sauver un seul passager.

— Que dites-vous, Robert? demanda vivement le marquis en se levant, tandis que Christine, pâle comme un linge, baissait les yeux sur son ouvrage.

— Je dis que le steamer le Paul-Jones a péri sur les côtes de Normandie, où le vent l'avait jeté, par suite d'avaries survenues à sa machine. Est-ce que cela vous intéresse, mon cousin?

— Je connaissais une personne embarquée sur ce bâtiment.

— Alors, vous pouvez lui faire vos adieux, ce me semble. Était-ce un ami?

— Non, répondit-il en soupirant; c'était un parent éloigné.

La conversation en resta là. Quelques minutes après, mademoiselle Orthez sortit du salon, sous un prétexte quelconque, et s'enferma chez elle. Elle pleura cet homme qu'elle avait aimé, elle le pleura pour ainsi dire malgré elle, car sa mort lui apportait un grand soulagement. Mais elle se rappela ce passé enfui, ces illusions perdues; elle se rappela surtout quels droits elle avait donnés à cet homme, et elle jeta un crêpe sur sa mémoire et sur ses fautes. Singulier mélange de grandeur et de faiblesse, de rudesse et de miséricorde. Ainsi que beaucoup de natures d'élite, gâtant ses immenses qualités par un orgueil indomptable, il fallait l'aimer ou la haïr. On ne pouvait rester indifférent.

L'hiver commençait avec toute sa tristesse et ses incommodités réelles à la campagne, mais, excepté Béatrix, espérant une diversion par sa vie du monde, chacun désirait rester aux champs. M. de Monza devenait d'une mélancolie effrayante et changeait à vue d'œil. Il restait des heures entières enfermé chez lui, il assistait bien moins assidûment aux leçons de sa fille, il jetait sur Béatrix des regards sombres et provocateurs. Il répondait brusquement aux questions de tous, et semblait plus particulièrement s'éloigner de Christine, au grand contentement de celle-ci et de Robert.

La santé du prince s'améliorait sensiblement, si sa raison ne revenait pas. Il continuait ses scènes rétrospectives, tous s'y prêtaient, excepté son fils qui ne se prêtait plus à rien. Béatrix se tourmentait de cette humeur sombre, dont elle ne soupçonnait pas la cause. Elle le croyait heureux dans ses amours, elle le croyait au comble de ses vœux, et cette souffrance inexplicable lui causait des tourments cruels. Elle lui demandait à chaque instant de retourner à Paris, il s'y refusait avec obstination.

Un soir, la pluie tombait à flots, la famille, pressée autour du foyer, causait un peu plus joyeusement que de coutume. Je ne sais quel bon vent d'union soufflait sur elle. Béatrix même retrouvait l'ombre de sa gaîté d'autrefois. M. de Chamarante racontait des histoires d'Afrique et de garnison, avec un esprit fort drôle et pourtant fort convenable. Christine souriait, Flavie riait de tout son cœur, Béatrix donnait la réplique. Pour Amédée, il écoutait un peu plus qu'à l'ordinaire seulement. Un sujet en amena un autre, on en vint aux théories de bonheur, si différentes selon les conditions et les caractères ; chacun expliqua la sienne.

— Moi, dit Béatrix, les larmes aux yeux, moi, je ne désire qu'un bonheur au monde : l'amour de mon mari, pourvu que je le possède, je ferais bon marché du reste. Et vous, mademoiselle Orthez, que demanderiez-vous à Dieu si vous étiez sûre d'être exaucée ?

Christine rougit. Le marquis et Robert écoutèrent attentivement.

— Moi, madame! oh! je ne suis pas difficile non plus. Un mari qui m'aime, ainsi que vous venez de le dire, et qui fasse de grandes choses, dont le nom soit porté partout sur les ailes de la renommée, une gloire à nous deux, une existence dévouée à notre commune tendresse, puis répandre autour de nous des bienfaits, voilà mes vœux.

— Ils seront exaucés, mademoiselle, répliqua le marquis en se levant, c'est moi qui vous le prédis.

— Il dit plus vrai qu'il ne pense, murmura-t-elle.

— Mademoiselle est bien faite pour cela, ajouta Béatrix d'un ton ironique.

Amédée se replaça de l'autre côté de la cheminée, cacha sa tête entre ses mains comme un homme qui réfléchit, et resta ainsi jusqu'à la fin de la soirée, sans écouter, sans répondre.

— Voyez donc Amédée, dit tout bas madame de Monza au comte; qu'a-t-il? Il m'inquiète horriblement, je le trouve changé à faire peur, il souffre, c'est évident, ce ne peut être cette fille.

— Quelle fille? demanda Robert fort blessé.

— Eh! cette Christine, il ne la regarde plus. Je ne comprends rien à son état. Tâchez donc de l'interroger.

— Moi, madame, n'avez-vous pas remarqué que depuis quelque temps M. de Monza m'honore d'une espèce d'aversion, il ne daignera pas même m'entendre; sans vous j'aurais quitté cette maison, ma cousine, je vous l'avoue, et je ne sais même si j'aurai la patience d'y rester.

— Songez à moi, qui suis seule, Robert, ne me privez pas d'un ami, d'un protecteur tel que vous, mon cousin; si Dieu m'appelait à lui, je vous confierais ma fille, vous le voulez bien?

— Mourir! mourir, vous! à votre âge! quelle idée!

— Le chagrin double les années, mon cousin, et si vous saviez dans quel état est mon âme! Depuis quelque temps, je vois chaque nuit ma mère, mon tuteur, Sophie Hervé qui m'appellent. J'ai un pressentiment continuel de ma fin prochaine. Il me suit, et je ne le repousse pas. Qu'est la vie pour moi maintenant? une succession continuelle de douleurs, d'humiliations, de craintes! Mais voyez s'il remuera, s'il changera d'attitude! A quoi pense-t-il? Qui peut l'occuper ainsi?

Le marquis leva la tête comme s'il eût entendu la question. Son visage, d'une pâleur de mort, devint plus pâle encore, et sa voix trembla légèrement lorsqu'il se tourna du côté du comte.

— Robert, dit-il en hésitant, pouvez-vous me rendre un service?

— De tout mon cœur, cousin.

— Tenez, et il jeta sur la table deux ou trois lettres, qu'il tira de sa poche; tenez, lisez cela. Il y a des inondations épouvantables dans la terre de madame de Monza, la Loire sort de son lit et cause des désastres horribles. Il faudrait promptement réparer ces dommages, il faudrait se rendre sur les lieux, et j'en suis incapable; voulez-vous y aller pour moi?

— Très volontiers.

— Je vous donnerai l'argent et les instructions nécessaires, car moi, je n'ai plus ni force, ni idée, ni possibilité d'en avoir. Je souffre! oh! je souffre!

Il passa convulsivement la main devant ses yeux. Béatrix courut à lui, tout en larmes, et voulut l'embrasser; il la repoussa presque durement.

— Je ferai de mon mieux pour vous remplacer, poursuivit le comte; c'est un devoir auquel je ne faillirai pas. Madame de Chamarante ne m'a-t-elle pas recommandé...

— Ah! ne me parlez pas des recommandations de madame de Chamarante, s'écria le marquis d'une voix terrible, vous me rendriez fou!

Les témoins de cette scène se regardaient interdits. Christine fit signe à Flavie, dont les grands yeux s'ouvraient deux fois plus que de coutume, et elles sortirent ensemble du salon. Amédée s'en aperçut.

— Elle a raison, murmura-t-il, Flavie ne doit pas être là. Parcourez ces papiers, reprit-il après un instant de silence, vous verrez que les choses pressent, Robert. Oh! oui, elles pressent cruellement; il faut que cela finisse; vous partirez demain, n'est-ce pas?

— Demain, si vous voulez.

— Et il vous faudra bien un mois pour tout terminer, la terre est immense et le mal profond. Je vous donnerai mes pleins pouvoirs, ceux de votre cousine; vous agirez en son nom, comme pour vous. Vous tâcherez que ces pauvres gens réparent leur malheur le mieux possible, vous accorderez des gratifications, des pensions même, s'il en est besoin, et tout au nom de Béatrix, je vous le recommande encore. Je veux que ce nom soit béni, adoré; ne parlez pas de moi, c'est inutile. Je ne suis rien dans tout cela. Béatrix, la pauvre Béatrix, c'est elle qui doit seule paraître. Pauvre Béatrix!

Et cet homme se mit à pleurer. Madame de Monza voulut encore s'approcher de lui, il la repoussa de nouveau, mais plus doucement cette fois.

— Laissez, laissez-moi, ma chère amie, vous me faites beaucoup de mal; ne venez pas près de moi, je vous en supplie.

— Il a hérité de la maladie de son père, pensa Robert, il devient fou. Pauvre cousine! l'amour lui cause cet accès précoce. Il adore Christine, je ne sais s'il est prudent à moi de la laisser ainsi en son pouvoir. Je ne puis pourtant pas refuser ce voyage, qu'il n'est certes pas en état de faire. Ah!... Christine saura se défendre, d'ailleurs.

La marquise passa la nuit en larmes et en prières, veillant sur l'appartement de son mari, dont l'entrée lui était défendue, et écoutant de temps en temps à la porte de Christine, où elle n'entendait pas le plus léger bruit.

Le lendemain, Robert partit, après avoir échangé à l'écart un serrement de main avec sa fiancée, après avoir pris des mesures pour leur correspondance. Le marquis lui donna ses instructions, et, lorsqu'il l'eut vu monter en voiture, il prit un cheval, alla on sait où, et ne revint que pour le dîner; pendant lequel il ne prononça pas une parole.

En sortant de table, quand ils furent réunis tous les quatre autour de la cheminée, il se tourna vers la gouvernante :

— Mademoiselle Orthez, lui dit-il, vous préparerez cette nuit les effets de Flavie et les vôtres, vous donnerez des ordres aux gens pour les emballages généraux; nous partons demain.

— Nous partons demain! s'écria Béatrix, presque joyeuse;

nous allons à Paris. Ah! vous faites bien, vous êtes souffrant, il faudra vous soigner.

— Nous partons pour Paris, oui, mais nous n'y resterons pas.

— Et où irons-nous ensuite? à Neuillé?

— Non.

— Où donc, alors?

— Vous le saurez, madame!

— Oh! si nous pouvions rejoindre Robert, pensa Christine.

XXXVI

DÉPARTS

Mademoiselle Orthez s'enfermait toujours dans sa chambre avec son élève. Cette nuit-là, elle laissa ses portes ouvertes; les femmes de chambre allaient et venaient pour l'aider à faire ses paquets et à disposer les effets de Flavie. L'enfant dormait; à cet âge heureux et tranquille, rien ne réveille encore, aucune inquiétude ne compense la fatigue et ne tient les yeux ouverts. Croit-on avoir quelque chose à craindre? Tout n'est-il pas beau, riant, adorable? Ah! celui qui représenta l'innocence jouant avec un serpent a fait une œuvre poétiquement vraie. Rien n'est plus réel et plus juste; nous avons tous caressé notre serpent jusqu'à ce qu'il se redresse et nous jette son venin dans le cœur.

Vers les cinq heures du matin les malles étaient fermées; Christine s'apprêtait à reposer un peu, lorsque le bruit des grelots de la poste se fit entendre.

— Déjà! pensa-t-elle Quoi! nous partons sitôt!

Elle remit les épingles qu'elle venait d'ôter, et se dirigea vers le lit de Flavie pour la réveiller. La porte s'ouvrit; le marquis entra. Elle frémit de tout son corps, et se rapprocha de la petite fille, comme pour chercher une protection. M. de Monza sourit dédaigneusement.

— Ne craignez rien, Christine, dit-il; vous ne courez aucun danger, je vous le jure; je viens seulement vous tracer votre marche, car nous ne voyagerons point ensemble. Vous serez délivrée du malheur de me voir, pendant quelques jours.

— J'attends vos ordres, monsieur, répliqua-t-elle avec cette obéissance altière dont elle ne se départait point envers lui.

— Mes ordres! toujours mes ordres! Oh! Christine, ne voyez-vous donc point que vous me tuez? ne voyez-vous pas où je marche? l'abîme est là, profond, béant, inévitable, si vous ne me retenez pas; il m'attire à lui; j'y tombe chaque jour davantage; j'y vais être englouti par votre faute. Tendez-moi la main, arrêtez-moi. Vous vous repentirez, trop tard peut-être, de ne l'avoir pas fait. Laissez-vous aimer, laissez-moi mettre à vos pieds ma vie, ma fortune, tout ce que je possède, tout ce que je suis. Ne détruisez pas mon avenir, le vôtre, celui de cette enfant peut-être; aimez-moi, Christine, aimez-moi! sauvez-nous tous!

— Monsieur le marquis, j'attends vos ordres; j'ai eu l'honneur de vous le dire, répéta froidement la gouvernante.

— Inflexible! toujours inflexible! Il en est temps encore pourtant. Ayez pitié de moi, pitié de ma fille, pitié de ma pauvre Béatrix! Écoutez-moi! écoutez-moi!

Ce visage pâle, ces yeux égarés, ces paroles entrecoupées, ces gestes saccadés inspirèrent à mademoiselle Orthez les mêmes idées qu'avait déjà eues Robert.

— Il est fou! pensa-t-elle.

Et, par un mouvement involontaire, plus prompt que la pensée, elle prit l'enfant endormie dans ses bras, et s'enfuit avec elle à l'autre bout de la chambre.

— Je vous effraie, reprit Amédée tristement; c'est là tout ce que j'obtiens de vous. Oh! Christine, vous ne me connaissez pas, vous ignorez de quel amour je vous aime! Eh bien! puisque vous l'exigez, écoutez donc votre itinéraire; souvenez-vous demain que vous m'y avez forcé. Ces chevaux sont pour vous, pour ma fille; vous allez prendre votre berline ordinaire, vous vous ferez conduire au chemin de fer, vous partirez par le premier convoi.

— Oui, monsieur.

— Vous resterez à Paris quelques heures seulement, pour vos emplettes indispensables, puis vous vous remettrez en route, et vous irez directement à Munich.

— A Munich?

— Oui. Je veux essayer de l'absence. Je veux voir si mon existence sans vous me paraîtrait supportable. Madame de Monza et moi nous resterons à Paris... jusqu'à ce que...

— Pourquoi ne pas me laisser ici, près de M. le prince, alors? Pourquoi nous envoyer si loin?

— Parce que... parce que... si vous étiez à ma portée, je courrais vers vous ; vous ne comprenez donc rien, mademoiselle ?

Christine avait déposé Flavie sur son propre lit, et l'enfant reprenait son sommeil légèrement interrompu. Son père s'approcha d'elle et la contempla quelques instants ; des larmes coulaient de ses yeux.

— Dors en paix, chère fille, dors, mon doux trésor, mon enfant bien-aimée. Je n'aurais pas la force de me séparer de toi si je rencontrais ton sourire, si tes yeux me regardaient. Quand nous reverrons-nous ? Dieu le sait ! Puisse-t-il te bénir, Flavie, ainsi que te bénit ton malheureux père !

— Pauvre homme ! pensa Christine, il souffre bien !

— Mademoiselle, continua-t-il, avec des sanglots entrecoupés, je vous la confie, soyez son père et sa mère, je vous la remets... adieu !... adieu !...

Il saisit l'enfant dans une grande et suprême étreinte, à laquelle elle répondit, à moitié endormie, souriante et joyeuse !

— Petit père ! petit père ! murmurait-elle, bonjour !

Il vit qu'elle ouvrait les yeux, il étendit ses bras vers Christine, et les refermant ensuite comme pour étouffer son cœur, il s'élança hors de l'appartement.

Mademoiselle Orthez resta quelques instants immobile, à la même place, écoutant sans l'entendre le babil de son élève, qui l'interrogeait sur ces arrangements inaccoutumés.

— C'est qu'il nous faut partir sur-le-champ, ma chère enfant, dit-elle enfin. Levez-vous et habillez-vous, les chevaux sont en bas.

— Et maman ! vient-elle aussi ? Il est bien matin pour elle.

— C'est vrai ! songea Christine, vais-je emmener ainsi cette enfant sans l'autorisation de sa mère ? sans qu'elle reçoive son dernier baiser ? oh ! non, cela ne se doit pas, cela ne sera pas. Hâtez-vous, Flavie, nous irons dire adieu à madame la marquise.

— Ah ! tant mieux ! elle dormira ensuite. Et où nous mènera-t-on ?

— A Paris.

— Quel bonheur ! vite, vite, courons chez ma mère, et puis, fouette postillon !

Elle était déjà dans le corridor lorsqu'elle rencontra le marquis, il lui prit la main et l'entraîna vers l'escalier.

— Tu es prête, ma fille, c'est bien ! en voiture.

— J'allais embrasser maman, ce ne sera pas long, mon père, laissez-moi faire, je vous en prie.

— Vous n'avez pas le temps, Flavie. Vous reverrez votre mère plus tard, ne l'éveillez pas, vous savez qu'elle n'aime pas à être réveillée.

— Mais, mon père, reprit Flavie, à moitié pleurant, maman sera bien plus fâchée encore si je pars sans la voir.

— Monsieur, il y a de la barbarie à empêcher cette enfant...

— Mademoiselle, c'est nécessaire, et je suis étonné que vous ne le compreniez pas.

— Mais, monsieur...

— Mademoiselle, poursuivit-il à voix basse, croyez-vous que la marquise accepte tranquillement le départ de sa fille, si elle désire le vôtre ?

— Monsieur, je ne puis consentir...

— Il le faut... je le veux... suivez-moi.

Et, saisissant Flavie tout interdite, il l'emporta jusqu'à la voiture, en la couvrant de baisers frénétiques. Il paraissait réellement insensé en ce moment. Christine monta après elle, le jour n'était pas venu encore, quelques lumières erraient dans le château, il pleuvait, il faisait froid, rien n'était triste comme ce départ.

— A bientôt ou à jamais ! dit le marquis à la gouvernante, en fermant la portière. En route, postillon ! s'écria-t-il.

Le postillon obéit et partit au galop. Flavie pleurait dans un coin de la berline, Christine lui prit la main et chercha à la raisonner, mais elle avait le cœur plus serré qu'elle. La présence de la femme de chambre lui servit de prétexte pour échapper aux questions inquiètes de son élève.

Au bout d'une heure, elles arrivèrent au chemin de fer, les wagons allaient partir, elles y montèrent. Mademoiselle Orthez réfléchit beaucoup pendant tout le chemin. Elle sentait peser sur elle une grave responsabilité, l'état dangereux du marquis, la position de la marquise l'effrayaient. Écrire à Robert lui paraissait imprudent, il abandonnerait tout pour courir près de sa cousine, et si elle se trompait, si M. de Monza n'avait d'autre dessein que de vivre à Paris avec sa femme pour se guérir d'une passion funeste, à quoi bon déranger inutilement M. de Chamarante ? Ne passerait-elle pas à ses yeux pour une personne exaltée sans raison et sans motifs ? Ne perdrait-elle pas dans son opinion ? Elle songea alors à la duchesse d'Alagny, à

son esprit supérieur, à sa connaissance du monde ; elle se résolut à l'aller voir pendant le peu d'heures qu'elle passerait à Paris ; il suffisait d'éveiller sa surveillance pour qu'elle ne fût pas en défaut.

Flavie oubliait son chagrin, elle l'oublia tout à fait en arrivant à l'hôtel de Monza, en retrouvant le mouvement de Paris, ses habitudes, et, à peine descendue de voiture, elle demanda à sortir.

— Nous repartons ce soir, mon enfant ; je dois faire des courses indispensables. Vous resterez à l'hôtel avec Joséphine et vous essaierez de vous reposer un peu.

— Nous repartons ce soir ? Et où allons-nous ?

— A Munich attendre vos parents.

— Oh ! mon père aurait bien dû me laisser embrasser maman alors, puisque je serai si longtemps sans la voir.

— Vous la reverrez bientôt, sans doute.

— Vous croyez, ma bonne amie ? Puisque mon père le veut, puisque je suis avec vous surtout, je prendrai mon parti de Munich. J'aurais tant aimé Paris !

Et ce fut son dernier regret. Cette enfant, si admirablement docile, s'était, par son éducation parfaite, une grande partie des souffrances de sa vie de femme. L'habitude de la résignation et de l'obéissance se prend aussi facilement que celle de la domination. Il faut seulement s'y former de bonne heure.

Christine se rendit, ainsi qu'elle le projetait, chez la duchesse d'Alagny. En la voyant arriver, celle-ci poussa un cri de joie, répété par le baron de Chelles, commensal inévitable de la maison.

— Christine le Grand ! débarquant de Suède, de Rome, on ne sait d'où, glaçon ou bouquet de fleurs, neige ou soleil, soyez là bien-venue, dit en riant la duchesse.

« Il fuit comme le temps, il plaît comme les grâces,
« Et c'est le Dieu de l'à-propos ! »

Nous parlions de vous, charmante reine.

Christine répondit par des compliments aux compliments, par des plaisanteries aux plaisanteries ; néanmoins son visage pâle, sa physionomie rêveuse frappèrent la duchesse, à laquelle il était difficile de rien cacher.

— Quelles nouvelles de l'enfer ? demanda-t-elle, la *Béatrice* devient-elle plus traitable ?

— Madame la marquise se porte assez mal, et M. le marquis encore plus mal qu'elle, madame.

— Ah ! mon Dieu ! en sont-ils au terme ? Se détestent-ils très cordialement, ainsi que cela devait arriver après les préliminaires ?

— Vous riez toujours, madame la duchesse !

— Ils n'ont pas voulu m'écouter, sans cela !

— Madame, je n'ai que bien peu d'instants à demeurer à Paris, et je n'ai pas voulu partir sans vous dire un mot. M. le baron de Chelles permettra que je reste avec vous quelques instants. Je vous dois beaucoup de reconnaissance ; je porte à mademoiselle de Monza une affection maternelle ; ces deux sentiments me font une loi de m'expliquer vis-à-vis de vous ; j'espère que vous voudrez bien m'entendre.

— C'est sérieux, à ce qu'il paraît, ne rions plus alors ; baron, passez au salon, vous y trouverez le Chansonnier des Grâces de 1842 ; je l'ai acheté hier à votre intention, sur le quai ; vous changerez un peu votre littérature.

Je vous appellerai lorsqu'il en sera temps !

Maintenant que le voilà parti sans me donner la réplique, Dieu merci ! qu'y a-t-il, charmante Christine ? vous me faites mourir de curiosité.

— Madame la duchesse, je pars avec mademoiselle pour un couvent de la Bavière, où nous envoient les ordres de M. le marquis. M. le comte de Chamarante est absent, je ne veux ni l'inquiéter ni le troubler. Je vous supplie de veiller de près à ce qui se passera à l'hôtel pendant notre absence.

— Mais, ma belle, je ne puis empêcher le marquis de tromper sa femme ; j'ai refusé de l'y aider, j'ai payé mon contingent de compassion, ne m'en demandez pas davantage.

— Il ne s'agit pas de cela, madame, les choses ont bien marché depuis vous. Je crains que M. de Monza n'hérite de son glorieux père et de plus d'une façon... vous devez me comprendre...

— Comment ! reprit la duchesse en montrant sa tête.

— Oui, madame.

— Ah ! j'en vais parler à M. de Chelles.

— M. de Chelles n'y fera rien, madame la duchesse ; il n'est pas question ici d'opéra-comique. Veuillez seulement employer votre esprit si fin, votre tact si observateur au service de mes craintes ; pardonnez ce langage. Dès que vous apercevrez une démarche un peu douteuse, écrivez de suite à M. de Chamarante ; lui seul peut protéger efficacement madame la marquise. Promettez-le-moi, madame, je vous en conjure.

— Qu'allez-vous faire à ce couvent de Muni h ?

— Je ne sais, on nous y envoie avec ordre de nous y établir jusqu'à ce qu'on nous rappelle.

— La marquise en est-elle instruite ?

— Je ne crois pas, madame.

La duchesse regarda profondément Christine, et reprit après quelques instants de silence :

— Ma chère amie, il y a de l'amour dans tout cela.

— Je ne sais, madame.

— Il y en a, vous dis je, et c'est vous qui l'inspirez. Ne niez pas, je me souviens de Baden. Vous êtes cruelle, je le conçois, mais l'êtes-vous pour tous ? C'est votre secret. Je ne vous le demande pas : j'ai voulu vous montrer mon savoir-faire, afin de vous donner confiance en un noir ambassadeur.

— Oh ! madame, ce savoir-faire m'est connu depuis longtemps ; seulement, daignerez-vous l'exercer ?

— Ma chère, j'ai toujours joué volontiers à la Providence. Allez à Munich faire parler un mauvais allemand à votre élève ; dormez en paix, et comptez sur moi. M. de Monza vien Ira sûrement aussitôt après son arrivée, je le sais par cœur ; j'ai compté les cordes de son cerveau : en un quart d'heure j'aurai fait la revue, et je me charge d'apprécier celles qui manquent à l'appel.

— Merci, madame la duchesse, je n'en attendais pas moins de vous. Vous êtes bonne ...

— Ma chère enfant, vous n'y entendez rien du tout, je ne suis point bonne, je suis *officieuse*, quand cela m'amuse ; on est convenu d'appeler cela de la bonté, faute d'un autre mot. Que voulez-vous ! la langue est si pauvre... et le cœur aussi... gé également !

Le soir même, mademoiselle Orthez et Flavie montèrent en voiture et partirent pour la Bavière, accompagnées d'une femme de chambre et d'un domestique, dans la berline ordinaire affectée à leur service. En même temps, la duchesse disait à ses habitués :

— Nous allons revoir les Monza. La marquise est toujours amoureuse et jalouse, le marquis est un peu plus ennuyé, nous tâcherons d'amuser cet homme-là.

Le monde rit de tout !

Béatrix avait entendu les chevaux, elle se leva, convaincue qu'ils lui étaient destinés. Elle sonna sa femme de chambre et se disposa à s'habiller.

— Hâtez-vous, Joséphine, ne faisons point attendre monsieur.

— Pourquoi madame s'est-elle éveillée si matin ?

— Vous ignorez donc les préparatifs ? Il faut partir, et bien vite, M. de Monza sera prêt avant moi.

— Madame se trompe et ces chevaux ne sont pas pour elle.

— Et pour qui ?

— Pour mademoiselle et pour mademoiselle Orthez ; elles doivent être en voiture.

— Vous êtes folle, ma chère ! Il ne se peut pas que ma fille et sa gouvernante s'en aillent ainsi sans me prévenir.

— Je les ai rencontrées sur l'escalier, madame, avec M. le marquis.

— Avec mon mari !

L'idée lui vint, à cette pauvre femme, qu'ils partaient tous les trois, qu'ils l'abandonnaient : son cœur se brisa, elle se jeta à bas de son lit, et, sans même prendre de chaussures, elle courut à demi-nue vers l'escalier. Le roulement de la voiture se fit entendre, le fouet du postillon retentit, elle s'arrêta à la première marche, stupéfiée.

— Ils sont partis ! s'écria-t-elle.

Ce fut l'affaire d'une seconde : le besoin impérieux de savoir, premier mobile de la passion, le désir d'empêcher son malheur, sans calculer même comment elle s'y prendrait, la précipitèrent en avant ; elle n'eut pas encore franchi le degré qu'elle se trouva en face d'Amédée. Une joie délirante s'empara de son âme, il était resté ! il était près d'elle, il éloignait sa rivale, il ne la quittait pas ! L'amante effaça la mère, elle oublia sa fille !

— Mon Amédée ! mon ami ! balbutiait-elle, penchée sur son sein.

Il ne la repoussait pas, mais il étouffait ses plaintes et ne trouvait pas une parole à répondre. Elle le couvrait de baisers et de larmes, et lui pensait à Christine qui s'éloignait ; il épiait les derniers bruits de son départ, les dernières traces de ses pas. C'était grande pitié que de voir ces deux êtres, liés fatalement et irrévocablement l'un à l'autre, tous les deux se débat-

tant sous la serre d'une passion terrible, tous les deux entraînés vers une destinée inévitable, et sans forces pour la briser. Hélas ! combien nous sommes ingrats envers le ciel ! combien nous nous créons nous-mêmes des malheurs et des obstacles, lorsqu'il avait pris soin de les écarter. Nous repoussons ses dons les plus précieux, nous empoisonnons les sources des jouissances qu'il nous garde, et nous nous plaignons ensuite.

Amédée reconduisit sa femme jusqu'à son appartement ; sûre de sa présence désormais, elle songea à son enfant si tendrement chérie.

— Et Flavie ? demanda-t-elle.

— Flavie est partie avant nous, ma chère, elle nous précède de quelques jours...

— Quoi ! n'allons-nous pas à Paris !

— Sans doute.

— Eh bien ? ..

— Eh bien ! nous resterons ici jusqu'à ce soir.

Béatrix conçut quelque inquiétude.

— Et pourquoi ? demanda t elle avec crainte.

— J'ai encore quelques affaires à régler.

— J'aurais préféré garder ma fille !... Amédée, je ne l'ai pas embrassée avant son départ.

— Oh ! elle le voulait, et Christine... et mademoiselle Orthez également, je m'y suis opposé, je vous croyais endormie.

La triste Béatrix se mit à pleurer.

— Vous pleurez votre fille, Béatrix, dit le marquis embarrassé, vous la reverrez.

— Je pleure ma fille, et vous, et toi, Amédée. Je pleure notre bonheur, ma vie peut être.

— Notre bonheur !... il renaîtra... qui sait ?... nous essaierons...

— Oh ! non, Amédée, cette fleur une fois coupée, ne revient plus, et vous l'avez coupée jusqu'à la racine.

M. de Monza ne répliqua rien et sortit. Il alla vers la chambre de Christine et s'y enferma. Il y passa plus de deux heures dans des rêves, dans des désolations, dans des extravagances de regrets et de rage. Il accusait le ciel, il accusait Béatrix, il accusait Christine elle-même. Cet amour rappelait la fatalité antique.

« C'est Vénus tout entière à sa proie attachée. »

Il erra ensuite comme un fou dans le château, entra chez son père, qui le salua jusqu'à terre, en l'appelant Votre Majesté, retourna chez Christine, et y reprit de nouveaux aliments à son exaltation fébrile.

— Je ne puis pas rester ici, s'écria-t-il. Partons, la distraction de Paris me calmera, j'espère.

Aussitôt il demanda les chevaux à grands cris. Béatrix sortit de son appartement, effrayée.

— Qu'y a-t-il ? répéta-t-elle plusieurs fois.

— Les chevaux ! les chevaux ! vous dis je ; qu'on les amène.

— Je croyais que jusqu'à ce soir...

— Non, à présent, sur-le-champ, je veux m'en aller, je souffre, Béatrix... si tu m'aimes... partons ..

— Ah ! il veut la voir ! il ne peut vivre sans elle ! pensa la marquise, j'espère en vain.

Une heure après, ils couraient sur la route de Paris.

Le premier mot de Béatrix, en entrant dans la cour de l'hôtel, fut le nom de sa fille. Son mari n'avait pas même pensé à la prévenir, absorbé dans sa rêverie, dans sa préoccupation perpétuelle ; il l'avait oublié, ainsi que Béatrix oubliait le matin même Malheureuse ! conformité qui les séparait à jamais.

Les domestiques ne répondirent pas.

— Flavie ? reprit-elle, où est mademoiselle Flavie ?

Ils balbutièrent en regardant leur maître. Il comprit alors l'explication nécessaire, et, prenant la main de sa femme :

— Venez chez vous, ma chère, nous causerons.

Le valet de chambre marchait en avant, un flambeau à la main. Madame de Monza se laissait entraîner, répétant toujours :

— Mais où est ma fille, Amédée ; où est ma fille ?

Aussitôt qu'ils furent seuls, Amédée reprit :

— Flavie ne travaillait pas suffisamment près de nous. Elle avait besoin de se perfectionner dans l'allemand, dans la musique. Je l'ai envoyée au couvent, à Munich, avec sa gouvernante.

— Ah ! s'écria sa mère, et elle tomba privée de sentiment.

Amédée sonna froidement. Je l'ai déjà dit, je crois, le cœur d'un homme qui n'aime plus transforme la pitié en dégoût. Pendant qu'on donnait des soins à la marquise, il se promenait par la chambre. Aussitôt qu'elle revint à elle, il renvoya ses domestiques.

— Ma fille ! ma fille ! murmurait l'infortunée ; pourquoi m'avoir enlevé ma fille ?

— Calmez-vous, Béatrix, il le fallait. Mon Dieu! c'est pour vous, c'est pour moi; ne devinez-vous pas? Cela ne pouvait durer ainsi. Oh! ne demandez pas à revoir votre fille, je vous en supplie, ayez pitié de moi, épargnez ma faiblesse!

— Oui, je comprends!... c'est encore elle... elle toujours .. cette Christine!

— Oh! taisez-vous, et respectez celle que vous ne connaissez pas. Vous allez vous distraire dans le monde, vous le pourrez, vous! Moi, j'y essaierai, mais si je ne le puis pas... .

— Eh bien?

— Adieu, Béatrix. Ecoutez mes paroles, car elles sont solennelles, écoutez-les et retenez les surtout. Ne cherchez pas à donner ma vie, laissez-moi l'occuper comme je le désire, restez sans crainte. Je vous le jure, il n'existe pas une femme à Paris que je veuille même regarder. Nous pouvons être sauvés encore peut-être. J'y tâcherai de tout mon pouvoir, ne vous y opposez pas. Allez à vos plaisirs, à vos habitudes, laissez-moi les miennes et priez pour que Dieu ne s'éloigne pas de nous.

Il l'embrassa alors tendrement, elle ne le lui rendit point.

— Je vous aime, Béatrix, cela vous suffit-il?

— Ah! vous m'avez enlevé mon mari, vous m'avez enlevé ma fille, et vous dites que vous m'aimez!

Dès le lendemain l'existence du ménage prit son cours ordinaire. La marquise retrouva ses amies, ses flatteurs; on s'attendrit sur son changement, sur ses infortunes, qu'elle eut le tort de trop laisser paraître. De son côté, Amédée revit ses sociétés favorites, il retourna chez la duchesse à laquelle il fit grande pitié. Elle essaya de sonder sa plaie, il repoussa toute confidence, et se renferma dans des dénégations complètes.

— Allons! il est plus malade que je ne croyais, dit-elle au baron de Chelles; Christine avait raison, il lui faut un bourrelet et des lisières. Ce n'est pas sa femme qui lui fera accepter l'un et l'autre. Triste ménage! il n'existe plus de remède. Ce que c'est que de trop aimer son mari!

Un mois se passa de la sorte; un mois pendant lequel Amédée devint plus pâle et plus triste; chacun en parlait. Il ne répondait à personne et marchait isolé au milieu du monde. Depuis quelques jours son agitation augmentait à vue d'œil; il ne pouvait tenir en place; il entrait et il sortait dix fois par heure. La marquise n'osait pas le remarquer, mais elle s'inquiétait fort. Une nuit, elle ne dormait pas, depuis longtemps le sommeil fuyait sa couche, sa porte s'ouvrit brusquement, elle jeta un cri, une faible lueur pénétra à travers ses rideaux, qu'elle se hâta d'écarter : elle reconnut son mari, le visage bouleversé, les yeux hagards, la démarche mal assurée.

— Ma chère, lui dit-il, levez-vous, il faut partir sur-le-champ!

XXXVII

LA LÉGENDE

— Partir! répéta Béatrix. A cette heure! et pour où, s'il vous plaît?

— Pour rejoindre votre fille, ma chère, vous le désiriez tant!

— Pour rejoindre votre maîtresse, monsieur! voilà ce qu'il faut dire. Je ne le veux pas.

— Béatrix! Béatrix! Voulez-vous que je devienne fou? N'avez-vous aucune pitié de moi?

L'insensée crut qu'il céderait, son caractère ne manqua pas à son habitude. Elle se raidit alors et se montra forte.

— Avez-vous pitié de moi, vous? Que vous dois-je, lequel de nous est coupable? Lequel de nous deux a manqué à son devoir, monsieur? Vous m'avez toujours traitée en servante et en victime; jusqu'ici je vous ai obéi, je me lasse, je ne vous suivrai pas.

— Vous ne me suivrez pas!

— Non.

— Vous ne me suivrez pas! répéta-t-il les dents serrées par la fureur. Et moi je vous dis que vous me suivrez.

— Non, non, non.

— Béatrix, prenez garde!

— Vous suivre! servir de trophée à cette créature! me montrer après elle, lorsque votre amour lui appartient, et que vous m'avez réduite à son dédain, à son mépris! Je ne le veux plus entendez-vous, monsieur, je ne le veux plus. Je suis décidée à tout, je subirai tout, mais plus cette humiliation indigne de moi, indigne de la mère de votre fille.

Il jetait sur elle des regards sombres pendant qu'elle parlait ainsi, et lorsque leurs yeux se rencontrèrent, elle eut peur de l'expression sinistre qu'elle devinait pour la première fois.

— Levez-vous, madame, reprit-il lentement et se contenant encore. Nous partons dans un quart d'heure.

— Non, monsieur; à quoi bon me le faire répéter? Je ne veux pas partir.

Alors cette passion si féroce, si indomptable; cette passion qui depuis des mois entiers rongeait l'âme de cet homme, comme une lèpre indigne; cette passion, poussée à bout par la résistance qu'elle rencontrait de tous côtés, cette passion ne connut plus de frein. Il s'élança vers le lit de sa femme, lui prit brusquement le bras, la jeta presque par terre, en la serrant à la meurtrir :

— Sonnez, madame, et faites-vous habiller, je le veux.

— Ah! murmura l'infortunée à demi renversée sur le tapis, c'en est fait, je suis perdue!

Amédée n'y prit pas garde, il sonna lui-même, voyant qu'elle ne se relevait point. La femme de chambre entra. Béatrix n'avait plus prononcé un mot. Accablée sous le poids de ce malheur dont elle entrevoyait toute la profondeur, elle se laissa habiller, incapable d'opposer aucune résistance; elle ressembla depuis ce moment à un automate, sans pensée, sans voix, sans sentiment. Elle ne put ni donner un ordre, ni même répondre aux interrogations de son service; le marquis restait près d'elle, implacable, froid en apparence, lorsque son cœur était dévoré par la rage, par un de ces désespoirs immenses qui n'ont d'expression dans aucune langue. Quand elle fut prête, il lui prit le bras, il la plaça dans la voiture, s'y assit à côté d'elle, donna l'ordre du départ, et bientôt tous les deux quittèrent l'hôtel.

Ils firent plusieurs lieues en silence. La marquise ne vit point que son mari payait lui-même les postillons. Elle ne se sentait plus vivre, elle rêvait éveillée; cet état d'insensibilité eût été horrible pour tout autre qu'Amédée, il ne la regardait même pas. Le jour parut, ils voyagèrent de même; semblables à Lénore dans sa course insensée, ils brûlaient la route. Le marquis payait triples guides, on le mena à casser sa voiture. Qu'importe! la malheureuse femme ignorait où on la conduisait, elle ne le demanda pas. En arrivant à Bruxelles, elle descendit pour la première fois, mais elle refusa toute nourriture, ainsi qu'elle l'avait fait depuis Paris.

— Entrez à l'hôtel, et reposez-vous quelques heures, dit M. de Monza, j'ai affaire ici. Si vous avez besoin de quelque chose, faites-vous servir.

Elle regarda autour d'elle, et comprit pour la première fois qu'on n'avait pas emmené de domestique; sa frayeur redoubla et son atonie également. Elle suivit pas à pas la fille de l'hôtel qui la conduisit à une chambre.

— Appelez Joséphine, dit-elle machinalement.

— Qui est Joséphine, madame? demanda cette fille.

— Ah! c'est vrai, j'avais oublié! Laissez-moi.

Elle retomba sur son fauteuil. La servante ferma la porte, Béatrix jeta un long regard autour d'elle, et son cœur se serra davantage encore.

— Où me mène-t-il? se dit-elle. Que veut-il faire de moi? Si je m'enfuyais, si j'allais chercher Flave, la ravir à cette misérable, et me sauver avec elle au bout du monde!... Oui, j'irai.

Et elle se leva. Elle fit deux pas, elle ouvrit la porte, descendit quelques marches de l'escalier, puis elle s'arrêta. Il lui sembla que son cœur se fendait en morceaux.

— Amédée! Amédée! s'écria-t-elle tout en larmes; quitter Amédée! plutôt tout, plutôt la mort!

Et elle remonta vivement. Une main se posa sur son bras, une voix vibra à son oreille.

— Où allez-vous, madame?

— Oh! je me sauvais, mais je ne veux plus.

— Vous vous sauviez! C'est bon à savoir. Rentrez chez vous, je vous prie.

Elle ne se le fit pas répéter, et retourna vers sa chambre; il s'approcha de la fenêtre, en constata la hauteur et la solidité, et revint à la porte.

— Dormez, si vous voulez; nous partons dans deux heures.

— Dormir! reprit-elle, avec un accent déchirant.

— Comme il vous plaira!

Il sortit, et elle entendit la clef tourner deux fois dans la serrure.

— Oh! s'écria-t-elle, prisonnière!

Ses yeux se portèrent sur une cassette à ses armes, déposée à côté d'elle; elle reconnut le coffre de ses bijoux, qu'on avait pris soin d'emballer.

— Si je voulais m'échapper, continua-t-elle, j'ai de quoi séduire les geôliers; mais où irais-je? Et puis d'ailleurs je suis avec lui; qu'importe le reste!

Pauvre femme! Ces natures dévouées et aimantes malgré tout, ces amours qui vivent au milieu des douleurs, des blessures, des outrages, sont marquées au front de la fatalité, et doivent tôt ou tard en subir les conséquences. Malheureux êtres que personne ne comprend et que rien ne console !

Elle attendit à la même place où il l'avait laissée ; lorsqu'il revint, elle le suivit sans observations, sans reproches. Elle prit son bras et tressaillit encore à ce contact. Elle eut encore un moment de bonheur en se sentant si près de lui. Ils remontèrent en voiture ; le voyage recommença dans le même silence, dans la même immobilité. Il en fut ainsi jusqu'à ce qu'on arrivât au Rhin. En reconnaissant le fleuve, Béatrix bondit comme une lionne blessée. Elle posa vivement sa main sur le bras de son mari :

— Où allons-nous ?

— Que vous importe !

— Je veux le savoir, ou j'appelle à mon aide ; je n'irai pas plus loin.

Le marquis haussa les épaules.

— Répondez-moi, monsieur.

— Vous allez où il me plaît de vous conduire ; personne ne peut vous secourir contre moi, car je suis votre mari. J'ai un passeport en règle, le vôtre y est également ; nous voyageons tranquillement depuis Paris ; essayez d'appeler à votre aide, ainsi que vous le dites, menez-moi devant un magistrat, et vous verrez.

— Oh ! mon Dieu ! mon Dieu !

Et, cachant sa tête dans ses mains, elle resta ainsi une grande demi-heure. Le Rhin fut traversé sans opposition ; elle se sentait faiblir à chaque minute, il lui semblait qu'elle n'arriverait pas au but du voyage, quel qu'il fût. Elle souffrait tant qu'elle se désintéressa, pour ainsi dire, de son existence, et ne crut pas pouvoir la supporter davantage.

— A Munich, pensait-elle, c'est là qu'il me conduit ; je verrai ma fille, je m'établirai près d'elle au couvent, je mourrai dans ses bras, et puis... et puis il lui donnera cette fille pour belle-mère, et tous m'oublieront ! Flavie, Amédée, elle me les a pris tous les deux ! Ma mère, ma mère, pourquoi m'avez-vous quittée ? vous m'aimiez bien, vous !

Etre aimée, voilà le premier but, le premier besoin des âmes de cette sorte, après celui d'aimer, néanmoins, tellement adhérent à leur nature, qu'il ne peut s'en détacher, et qu'il la domine jusqu'à la fin.

Ce supplice touchait à son terme. Je ne crains pas d'assurer que le marquis souffrait plus encore que sa femme ; il souffrait de toutes les parties de son être ; il n'avait pas, comme Béatrix, la conscience de ne point mériter son sort, il se sentait coupable ; il eût voulu peut-être encore s'arrêter dans cette pente insensée qui l'entraînait, mais la passion maîtrisait tout. L'image de Christine, belle, tendre, heureuse, foulait aux pieds les obstacles, les impossibilités élevées entre eux.

— Elle sera à moi, elle m'appartiendra, mon Dieu ! se répétait-il dans d'élans de joie et de folie. Rien ne peut payer un pareil bonheur.

Et il donnait l'ordre de marcher plus vite, et son sang bouillait dans ses veines, et son cœur battait à l'étouffer. Pendant ce temps, l'autre victime, placée à ses côtés, pleurait tout bas, cachée sous son voile, épiait sa physionomie, et savourait son agonie déchirante. Je ne crois pas qu'on puisse trouver un exemple plus frappant et plus triste du pouvoir mortel des passions sans frein. Ils étaient perdus tous les deux, ils étaient perdus l'un pour l'autre et l'un par l'autre, hélas ! perdus sans retour. Et cet effroyable malheur n'avait qu'une cause, l'absence de principes arrêtés. Béatrix d'abord, Amédée ensuite, s'abandonnèrent à leurs natures imparfaites, sans chercher à les réprimer. Une éducation mal entendue ne leur donna pas les armes nécessaires pour combattre, et quand vint le jour du danger, ils se trouvèrent sans force et sans puissance.

Un soir, ils couraient ainsi depuis plusieurs jours, Béatrix fatiguée, épuisée, s'endormit. Elle reconnaissait la route de Munich, elle se croyait sûre d'y arriver quelques heures après. Elle perdit donc le souvenir de ses chagrins, et Dieu lui envoya un doux songe pour lui remplacer l'avenir. M. de Monza ne la réveilla point. Cette longue route tête-à-tête avec sa femme lui pesait comme le plus effroyable des remords. Pendant qu'elle dormait, il s'estimait moins coupable, il respira un peu plus à l'aise. Son imagination franchissait d'un bond l'espace qui le séparait du bonheur. Ce qui devait se passer dans cet intervalle disparaissait devant lui. Christine ! Christine ! il ne songeait qu'à Christine.

La voiture s'arrêta enfin et l'immobilité réveilla la marquise. Elle se frotta les yeux en regardant autour d'elle, ainsi que cela arrive toujours au premier moment d'un sommeil interrompu. La lune brillait de toute sa splendeur, par une belle nuit de printemps ; les eaux bruissaient au loin, des ombres gigan-

tesques projetaient leurs masses sombres sur des gazons brillantés çà et là par des étincelles de lumière ; quelques personnes se pressaient à côté de la berline. Le bruit lointain, c'étaient les rapides du Danube ; les grandes ombres, c'étaient les tours et les sapins ; les habitants, c'était la famille du concierge ; en une seconde Béatrix reconnut tout cela.

— Monza, Monza ! s'écria-t-elle en se frappant la tête, Monza ! c'en est fait de moi, c'est ici mon tombeau !

Les Allemands qui l'entouraient ne la comprenaient pas, son mari seul... et il ne fit pas semblant de l'entendre.

— Venez vite, ma chère, on a allumé du feu dans votre chambre, il fait ici un froid mortel.

— Amédée, répondez-moi, au nom du ciel ! au nom de ma mère qui m'a confiée à vous sur son lit de mort. Pourquoi me conduisez-vous ici ? Que voulez-vous faire de moi ?

— Rien, assurément, répliqua-t-il en essayant de sourire ; voilà vos terreurs qui vous reprennent, et vos préventions contre ce pauvre et beau Monza.

— Oui, poursuivit Béatrix, en s'arrêtant pour contempler la scène sublime qui se déroulait à ses yeux, oui, c'est une belle tombe ! Ne vous impatientez pas, monsieur, je vous suis. Un mot encore pourtant : Ma fille est-elle ici ?

— Non, répliqua très bas M. de Monza.

— La volonté de Dieu soit faite alors ! Marchons.

Un des enfants du concierge tenant une espèce de torche les précédait, la marquise ne le reconnut point.

— Ce sont donc de nouveaux venus ? dit-elle.

— Oui, ma chère. L'ancien me volait mes bois.

— Pauvre Fritz ! C'était pourtant un brave homme !

On traversa ces grandes pièces tristes et noires dans lesquelles les panoplies et les armures projetaient des formes singulières et effrayantes ; les dents de Béatrix claquaient de froid et de crainte.

— Je me meurs de peur, murmura-t-elle, en se rapprochant de son mari.

— Vous êtes une enfant, Béatrix.

Ils parvinrent à la galerie, frêle machine, suspendue au-dessus du précipice. Madame de Monza s'arrêta encore quelques instants.

— Là-bas, auprès du Danube était la chapelle de Gunther, n'est-ce pas ?

— A quoi pensez-vous, madame ! Entrez, entrez donc chez vous, riposta impatiemment Amédée.

Elle entra en effet, l'aspect de cette chambre la terrifia encore davantage. Un grand feu brillait dans la cheminée, la flamme dansait joyeusement en pétillant parmi les branches de bois résineux amoncelé au milieu du foyer ; une cafetière bouillait, plusieurs grillons chantaient au fond de l'âtre, ce petit coin gai et animé formait un contraste remarquable avec le reste de l'appartement. L'antichambre sombre et humide, le lit couvert de son baldaquin violet, soutenu de colonnes en bois de chêne, les lambris noirs et dépouillés d'ornement, la fenêtre ogivale, enfoncée dans la muraille et laissant pénétrer les rayons de la lune à travers ses vitraux de couleur dessinant un prisme fantastique sur les dalles de pierre dont on avait enlevé le tapis ; et cette odeur mélancolique des lieux fermés depuis longtemps, qui monte au cerveau comme un chant funèbre ! Béatrix, essentiellement impressionnable, se frappa de tout cela, elle y trouva autant de présages, et ce fut avec la pâleur de la mort qu'elle s'assit auprès du feu.

— Qu'on allume ! s'écria-t-elle, qu'on allume le lustre, les candélabres, les flambeaux ; de la lumière à flots ou je perds la raison.

Deux ou trois domestiques hommes et femmes apportaient les caisses, ils ne la comprirent pas. En vain chercha-t-elle parmi eux un visage de connaissance. Cette circonstance lui parut aussi bien étrange.

— Amédée, vous avez donc changé tous vos gens ? Et pas un d'eux ne sait le français ! Transmettez-leur mes ordres, je vous en prie ; mon sang se fige dans mes veines, je crois que j'ai la fièvre d'épouvante.

Le marquis obéit sans répliquer, aussitôt les bougies s'allumèrent. Elle les regarda brûler évidemment soulagée.

— A la bonne heure ! reprit-elle, maintenant je ne vois plus Irène et Gunther, je ne vois plus la terrible châtelaine debout à cette porte, je suis avec des humains. Qui me servira ?

— Nous ferons venir une femme de chambre de Munich ; jusque-là une jeune fille, qui parle un peu français, vous en tiendra lieu. Je vous l'enverrai bientôt, reposez-vous un peu en attendant.

— Je vous remercie. Mais me quitterez-vous donc, Amédée ?

— Je vous quitterai d'abord, puis je reviendrai ensuite ; nous avons à causer.

— Remettons à demain. Je suis trop fatiguée ce soir, et hors d'état de vous entendre.

— Non, il faut que ce soit aujourd'hui, ce soir même, je ne puis plus attendre ; plus tard, peut-être, je n'aurais pas le courage...

— Et ma fille ! ma fille ! N'est-il rien arrivé à ma fille ? Me la rendrez-vous ?

— Votre fille se porte bien, je vous le jure.

— Quand la reverrai-je ?

Il se tut.

— Mon Dieu ! s'écria-t-elle en se levant, ne reverrai-je jamais Flavie, elle qui nous aimait, vous le savez !

— Toujours cette fille, murmura-t-elle.

— Je vais vous faire apporter à souper, ensuite je reviendrai, soyez tranquille. Jusqu'à mon retour, pensez à Dieu, priez-le qu'il vous inspire une bonne pensée, madame, car cette nuit sera la décision de notre existence à tous.

Et, sans attendre sa réponse, il sortit. Béatrix puisa dans ces paroles un redoublement d'effroi. Elle n'eut pas la force de le rappeler. Restée seule en face de ses craintes, de ses souvenirs et de ses douleurs, elle se sentit prise de nouveau d'une irrésistible envie de fuir.

— Que va-t-il se passer, mon Dieu ? Que fera-t-il ? Qu'a-t-il à m'apprendre ? Oh ! il me tuera !... Oui, il a écarté les domestiques, il m'a entourée d'étrangers, qui ne me connaissent pas sans doute, à qui on aura fait quelque conte en l'air. Il veut se débarrasser de moi, je le gêne ; cette fille exige ma place, sans doute... Mais je ne veux pas mourir, mais je ne le veux pas absolument ; quitter la vie si jeune encore ! laisser mon mari, ma fille, à mon ennemie ! Non. non, cela ne se peut, le ciel ne le permettra pas ! Je vais appeler, on me sauvera !

Elle leva la main vers la cheminée, le cordon de la sonnette était coupé du haut ; elle se précipita vers le lit... elle le trouva de même !... elle courut à la porte de l'antichambre... fermée !.. Elle ouvrit la fenêtre, sa voix se perdit dans l'espace, et le bruit des flots la couvrit.

— Mon Dieu ! mon Dieu ! je suis morte, je le suis, c'est irrévocable, il va m'assassiner ; au secours ! au secours !

Sa tête se perdait de plus en plus, elle courait par la chambre, en répétant :

— Oh ! ce terrible Monza ! Je le savais bien, moi, qu'il me serait fatal ! Ici ma fille est née, ici mourra sa mère. La malédiction reste sur ce château.

Épuisée, hors d'haleine, elle retomba dans son fauteuil, et là sa douleur, ses craintes arrivées à leur paroxysme se calmèrent un peu, ou du moins prirent un autre cours. Elle se fit une pitié sans borne, elle repassa dans sa mémoire tout ce qu'elle avait souffert depuis dix ans de son amour, elle compta ses larmes et ses jours de détresse, puis secouant lentement sa tête :

— L'avenir qui m'attend est plus horrible encore, si je vis. Il ne m'aime plus ! Tout sentiment d'affection même est éteint chez lui pour moi ! Oh ! s'il me tue il mettra fin à un immense supplice ! pauvre femme, pauvre mère que je suis ! plus d'enfant, plus de mari, rien, l'isolement, l'isolement éternel !

Elle retourna vers la fenêtre et resta ainsi sur le balcon de pierre, dominant l'abîme, plongeant dans ce gouffre sans fond, suivant de l'œil les détours du fleuve, argenté des paillettes de la lune, écoutant le chant d'un hibou perché sur la tourelle et le clapotement des eaux contre les rochers.

— Si je ne l'attendais pas... si je me précipitais dans ce gouffre... pauvre oiseau ! tu chantes mon chant de mort... Non, je suis mère, je dois respecter ma vie, et puis... je le reverrai encore.

Aimer jusqu'à la mort ! malheureuse victime ! rien ne guérit le cœur blessé ainsi, le moment où il cesse de battre est celui de la délivrance ; hors de la tombe point de repos.

Madame de Monza, appuyée sur la balustrade de pierre de la croisée, éclairée par un rayon brillant, enveloppée de son châle, ses longs cheveux défrisés par le voyage tombant sur sa poitrine, se faisait pitié à elle-même ; aussi ne fut-elle point étonnée lorsqu'une jeune fille, qui venait d'entrer dans sa chambre, jeta un cri à son aspect, et s'enfuit vers la porte.

— Ne craignez rien, dit la marquise, venez ici, mon enfant. Mais, dites-moi, au nom du ciel ! je ne suis donc pas prisonnière ?

La jeune fille répondit en français presque inintelligible que M. le marquis lui avait remis la clef.

Béatrix ne craignit plus. Elle se rassura presque aussi vite qu'elle s'était alarmée. Cependant elle pouvait se tromper, les projets d'Amédée contre elle pouvaient renaître d'un instant à l'autre. Elle devait à sa fille de chercher un moyen de salut. La femme de chambre se rapprochait petit à petit, elle la regardait curieusement, mais avec une compassion très évidente ; la marquise espéra en elle.

— Écoutez-moi ; d'abord, votre nom ?

— Lisbeth.

— Lisbeth, avez-vous un amoureux ? Voulez-vous vous marier ?

— Oh ! oui.

— Avez-vous une dot ?

— Hélas ! non.

— Eh ! bien, vous en gagnerez une cette nuit, si vous êtes fidèle, si vous montrez à une malheureuse femme la pitié qui respire dans votre physionomie. Je vais écrire une lettre, avez-vous quelque moyen de l'envoyer sans que M. de Monza l'apprenne ?

Lisbeth hésita. La marquise ouvrit son coffre à bijoux, fit jouer un ressort, prit une poignée d'or dans le tiroir secret, et la jeta dans le tablier de la jeune fille accroupie à ses pieds.

— Prenez cela, et quand vous m'annoncerez que ma lettre est arrivée, je vous en donnerai encore autant.

— Vous me le jurez !

— Je vous le jure.

— Sur le Christ ! demanda-t-elle, en montrant un grand crucifix placé dans le fond du lit.

— Sur le Christ.

— Eh bien ! donnez votre lettre, et moi je vous jure aussi sur le Christ qu'elle arrivera.

— Que le ciel vous bénisse pour ces paroles !

Elle prit une plume, traça quelques lignes, les cacheta, les remit à Lisbeth, ce fut l'affaire d'un instant.

— Cachez ce billet dans votre poche. Demain matin faites partir le messager, qu'il se hâte ! et vous, restez près de moi cette nuit, ne me quittez pas, même si M. de Monza l'ordonne.

— Madame, je dois envoyer la lettre sur-le-champ, si vous voulez qu'on l'ignore. Je puis chercher mon fiancé, le mettre en route sans que nul s'en inquiète à cette heure ; demain cela ne sera pas ainsi, il faudra dire où il va.

— Comment faire alors ?... Resterez-vous longtemps absente ?

— Le temps d'aller au logis du concierge, de dire deux mots à Hans et de revenir.

— Pas davantage ?

— Oh ! non.

— Courez donc vite alors, hâtez-vous et retournez vers moi. Je ne puis rester seule ici, je mourrais.

— Je le crois bien, madame, c'est si effrayant ! Soyez tranquille, l'espace de deux *Pater*, je serai de retour.

— Et je vous attends, Lisbeth. Enfermez-moi et ne donnez la clef à personne.

La jeune fille sortit en courant.

XXXVIII

LA COURONNE DE MARQUISE

Béatrix écouta, palpitante, les pas de Lisbeth, qui s'éloignait. Les échos de ces vieilles pièces répétaient tous les bruits et les rendaient formidables. Le plus parfait silence régna pendant quelques minutes, ensuite il lui sembla entendre des voix disputantes dans la grande salle des gardes, séparant son appartement de celui de son mari. La discussion se prolongea assez longtemps, elle crut reconnaître la voix d'Amédée et celle de la jeune fille, s'élevant par degrés et prenant une sorte d'impatience comprimée par le respect.

— Il l'aura vue, se dit-elle, et ma lettre n'arrivera pas !

— Elle courut jusqu'à la galerie et s'y plaça en sentinelle, espérant en apprendre davantage ; mais le silence régnait de nouveau, sauf les pas résonnant sous les voûtes en s'éloignant de plus en plus.

— Que fait-il de Lisbeth ? Pourquoi ne revient-elle pas ? L'a-t-il envoyée quelque part ? Mon Dieu ! je tremble, mon cœur bat... Folle ! Amédée ne peut me vouloir de mal. Amédée, le seul être que j'aie aimé avec toute la tendresse de mon cœur, Amédée, le père de ma fille !... Amédée ! Amédée !

Elle s'appuya sur l'ogive de la porte et fondit en larmes ; le froid piquant de la nuit, la séduction du bois pétillant dans l'âtre disparaissaient devant sa douleur, devant ses craintes. Tout à coup, elle essuya vivement ses yeux, elle rejeta ses cheveux en arrière d'un mouvement précipité, elle écouta... On marchait à grands pas, on ouvrait et fermait brusquement les portes jusqu'au fond de l'appartement de M. de Monza. On parlait bas, croyait-elle ; on approchait, et à chaque fois le mouvement devenait plus distinct. Mille idées, plus bizarres les unes que les autres, se croisèrent dans son cerveau ; elle s'imagina qu'elle tombait au milieu d'une bande d'assassins, payés pour lui ôter la vie; elle se figura les entendre, les voir; la porte cédait sous leurs efforts; ils entraient, ils étaient là; elle poussa un cri terrible et s'enfuit derrière les rideaux de son lit, en cachant sa tête dans sa main, en retenant sa respiration, attendant la mort et n'ayant pas même la force de murmurer une prière.

Il y a des moments où la frayeur nous domine sans raison, où nous ne sommes pas maîtres de la dompter; elle tient du vertige, elle ressemble à la folie. Depuis longtemps Béatrix souffrait, elle souffrait à chaque heure de la journée, ses nuits oubliaient le sommeil, son existence entière, torture lente et sourde, devenue pour elle un fardeau trop lourd, accablait et minait le peu d'énergie qu'elle avait reçue de la nature. Dans cet instant où, maîtresse d'elle-même, elle eût pu l'être encore de la situation, elle se trouva sans courage. Elle se laissa aller à un effroi très justifié sans doute par la position et par les apparences, mais dont elle eût triomphé facilement peut-être. Selon son caractère, en se sentant la plus faible, elle fut abattue, elle n'essaya pas de retrouver les éléments d'une lutte, elle perdit sa volonté dès qu'elle la supposa inutile. Les pressentiments qu'elle nourrissait depuis son mariage contre le château, les souvenirs de Gunther et d'Irène, prirent à ses yeux prévenus des proportions effrayantes. Elle se rappela les circonstances de ce fatal voyage, la scène de Paris; elle interpréta selon ses pensées les gestes, les rares paroles d'Amédée, et sortant de son asile, pâle comme un spectre, ses longs cheveux déroulés par sa course précipitée, elle murmura :

— Allons! mon dernier jour est venu!

Elle porta dans tous les coins de la chambre un regard inquisiteur, elle fit quelques pas vers la galerie, et prenant une résolution violente, elle marcha jusqu'à la porte de communication, qu'elle essaya d'ouvrir; elle n'y réussit point. Son agitation, sa peur, en redoublèrent. Elle la secoua de toutes ses forces.

— Amédée! Lisbeth! s'écria-t-elle.

Rien! que la promenade qui continuait.

— Amédée! Amédée! au nom du ciel, répondez-moi, venez! Rien.

Elle se jeta alors à genoux, dans le paroxysme de la crainte :

— Mon Dieu! mon Dieu! secourez-moi! dit-elle.

Dieu et les hommes semblaient insensibles à sa voix; elle se releva, semblable à une victime dévouée au sacrifice, et rentra dans la chambre, irrésolue, mourante, avant d'avoir été frappée. Son cœur se brisait de pitié pour elle-même, elle se pleurait, elle se pleurait seule. Elle allait mourir à trente-deux ans, ignorée dans ce coin perdu, sans un ami auprès d'elle, sans revoir sa fille, sans laisser une trace de sa mort, peut-être! Comment la tuerait-on? La précipiterait-on dans cet abîme béant à ses pieds? L'assassinerait-on, en étouffant ses cris? Lui ferait-on boire la mort dans quelque breuvage? Et ensuite, son meurtrier dirait que les chimères de sa jalousie, que la singularité de ses idées lui portèrent à la tête, et qu'elle mit fin elle-même à cette vie de malheurs et d'humiliations; puis il épouserait sa rivale et leurs insolentes amours insulteraient à son ombre désolée!

— Non, oh! non, s'écria-t-elle. Cela ne se peut, cela ne sera pas. Je dois la vérité à Flavie, je lui dois le dernier adieu de sa mère. Flavie, ma Flavie, ne souffrira pas que l'on profane ma mémoire. Elle me vengera.

La marquise ouvrit son coffre de voyage, y prit ce qui était nécessaire pour écrire; mais d'abord elle alla encore vers l'antichambre, essaya d'en pousser les verrous, ils résistèrent à tous ses efforts. En y regardant de plus près, elle aperçut qu'on les avait cloués. Elle se barricada de son mieux, pourtant, et, plus tranquille désormais, elle reprit son occupation.

« Ma fille, ma chère fille, écrivit-elle, tu ne reverras plus ta pauvre mère! On nous a séparées, mon enfant, pour exécuter le barbare dessein auquel je ne puis m'opposer. J'ignore encore quelle main me frappera, mais je sais quelle main dirige les coups. L'infâme et vile créature à laquelle ma bonté aveugle t'a confiée, cette Christine Orthez, qui m'a tout ravi, jusqu'à ta tendresse, Flavie, cette fille sans naissance et sans âme veut encore davantage : il lui faut mon nom, la place que j'occupe; il lui faut ma fortune et mon rang. Son ambition ne peut être contente à moins. Ton faible et malheureux père, fasciné, entraîné par elle, n'a plus ni force ni volonté. Ne l'accuse pas, Flavie, il n'est point coupable! Oh! non, il ne l'est pas, il ne peut l'être! Aime-le comme je l'aimais; remplace-moi près de lui, donne-lui tout ce que mon amour n'a pu lui donner de bonheur. Mais écoute, et retiens ma dernière volonté, ma volonté sacrée, et exécute-la, sous peine de ma malédiction éternelle et de celle de Dieu. Ne souffre pas, à aucune condition, sous aucun prétexte, que cette union entre mon Amédée et mon assassin s'accomplisse. Emploie, pour l'empêcher, tous les moyens possibles; dépenses-y ta fortune, s'il le faut, mais que jamais, entends-tu, Flavie? *jamais* cette liaison sacrilège ne soit sanctifiée par les lois et par l'Eglise, ou mes ossements se lèveraient de ma tombe pour t'appeler parricide!

« Maintenant adieu, enfant d'un amour si misérable, enfant adorée pourtant; si tu écoutes ma voix, si tu exauces mon vœu suprême, sois heureuse, sois bénie! Ne m'oublie pas, aime plus ta mère absente que tu ne l'aimais durant sa vie: tu as bien à réparer envers mon souvenir. Je te pardonne, comme je t'ai toujours pardonné; la miséricorde d'une mère est inépuisable. Mon désir et celui de ton père sont de t'unir au comte Robert de Chamarante, mon cousin. Je le connais et je l'apprécie; il est digne de toi, il ne te trompera pas, lui! Je te conjure, au nom de ma mère, qui fut la sienne, au nom de la mort affreuse que je vais subir, d'accepter ce mariage de famille; je m'endormirai presque heureuse, te laissant entre ses mains. Que le bonheur, que la paix surtout vous accompagnent, mes bien-aimés! Que mon exemple vous serve de leçon! Pensez à moi, priez pour moi, je prierai pour vous. Oh! mon enfant! mon enfant! il faut donc te quitter! ne te revoir jamais!... Aime ton père... »

La plume lui tomba des mains, ses sanglots la suffoquaient. Cette malheureuse femme, marquée au sceau de la fatalité, devait essuyer tous les supplices, verser toutes ses larmes. Cette agonie qu'elle endurait maintenant rachetait et payait les fautes de son caractère ou plutôt celles de son éducation. Elle allait s'épurer en quelques heures et devenir tout à fait une sainte. Le cœur de la mère, de la femme généreuse et dévouée pardonnant à son bourreau, cherchant à détourner le danger qui le menaçait, à lui conserver l'amour de son enfant, effaçait l'amante jalouse, appelant sur sa rivale les malédictions de sa fille. On ne peut songer à ce martyre sans pitié et sans horreur.

Madame de Monza, après quelques instants donnés encore à ses regrets, craignant d'être interrompue, chercha une place où déposer son précieux testament. Ses regards tombèrent sur la boîte de fer où elle renfermait ses bijoux pour le voyage; il s'y trouvait un secret très connu de Flavie, ignoré de son père et de Christine, à ce qu'elle supposait du moins. Ses pierreries seraient certainement remises à sa fille, on ne pouvait les lui ravir : il fallait les représenter, d'après son contrat de mariage, où elles étaient toutes inscrites. Elle ne trouverait donc pas de moyen plus sûr. Elle ouvrit le couvercle; le premier objet qui frappa ses yeux fut sa belle parure de mariage, cette couronne de marquise, témoin de la catastrophe terrible à laquelle elle devait tous ses malheurs, ou qui en fut du moins le premier anneau, et le bouquet fané de la pauvre Sophie. Elle sourit tristement, prit le fatal bijou entre ses mains, le regarda longtemps, le retournant en tous sens, comme pour y chercher la trace des souvenirs cruels qu'elle rappelait.

— Oui, dit-elle à voix basse, *la marquise sanglante!* tel est mon nom, et voilà ma couronne. Ma couronne teinte du sang de la pauvre Sophie, et tout à l'heure du mien peut-être! Le premier jour, le sang d'une jeune fille assassinée, le sang de mon tuteur... et le dernier jour, le sang de la dernière victime. Cela est juste, cela doit être, Dieu le veut sans doute. Eh bien, lorsqu'il viendra il me trouvera parée pour le sacrifice; il trouvera *la marquise sanglante* prête à finir comme elle a commencé.

Béatrix se leva, s'approcha de la glace, et, avec le sang-froid que donne souvent l'excès du désespoir, elle commença sa toilette, toilette funèbre, toilette horrible et douloureuse, plus qu'un chant de mort. Elle releva ses cheveux, dont les mèches mal attachées retombaient néanmoins sur ses épaules, elle plaça sur son front la couronne étincelante de pierreries, formant un contraste effroyable avec le désordre de ses vêtements, avec la pâleur de ses traits, avec les regards presque égarés que dardaient ses prunelles rougies, sur son sein le bouquet flétri. C'était Ophélia et ses brins de paille. Pauvre Béatrix!

Elle sourit de son étrange sourire, lorsque son œuvre fut achevée, en se mirant encore un instant :

— A présent, dit-elle, il peut venir, je l'attends et je suis prête!

Son imagination excitée jusqu'au délire par ses longues souffrances donnait cours à ces rêveries; cette imagination, dans ces heures de désolation inconsolable, dominait alors le cœur, presque mort sous les pleurs et les déceptions passées. Béatrix se promena, ouvrit la fenêtre, contempla cette scène si calme que la lune éclairait toujours.

Rien ne change l'ordre des éléments et de la nature, les plus grands crimes se commettent au milieu des fleurs, des ruisseaux, de la verdure L'oiseau chante, le soleil brille pendant que nous pleurons, que nous mourons désespérés quelquefois; les passions désastreuses de la race humaine ne parviennent point à détruire l'œuvre du créateur; les étoiles étincelaient au ciel la nuit du 2 septembre, comme dans les nuits les plus tranquilles de l'Arcadie. Les flots de la Seine, rouges de sang, réfléchissaient leurs feux, comme l s eaux paisibles du Lignon, sous leurs berceaux de chèvrefeuille et de roses.

Le temps s'écoulait pourtant, et Béatrix ne voyait rien paraître Elle commençait à se rassurer presque à son insu, et la nature épuisée reprenait ses droits. Elle s'assit dans un fauteuil, au pied de son lit; elle appuya sa tête sur le dossier et regarda au plafond les ombres portées par les lustres et les girandoles. Par un effet physique singulier, et cependant très réel, elle se mit à les compter, à les entrelacer dans sa pensée, à en former des dessins, dont elle suivait les lignes avec un intérêt aussi tranquille que si elle eût été couchée dans son hôtel à Paris Peu à peu ces figures se brouillèrent, sa paupière se voila, son souffle s'éteignit, elle s'endormit enfin!... L'Indien dort entre ses tortures.

Combien resta-t-elle ainsi? il lui fut impossible de s'en rendre compte; mais lorsqu'elle s'éveilla au bruit des chaises renversées, elle leva les yeux. Amédée était devant elle, plus pâle, plus défait, plus tremblant qu'elle-même peut-être.

— Ah! dit-elle, le voilà! je ne m'étais pas trompée.

Ils restèrent ainsi en face l'un de l'autre sans se parler, pendant quelques minutes On entendait le bruit de leur respiration pressée, on eût entendu battre leurs artères. Ainsi que cela devait être, l'innocence se remit d'abord.

— Pourquoi n'êtes-vous pas venu plus tôt, Amédée? demanda t-elle, il y a bien longtemps que je vous attends!

— Que signifie cette coiffure, demanda-t-il à son tour? Vous avez choisi un étrange moment pour essayer vos pierreries.

— Cette parure est toute naturelle, Amédée Elle convient au moment où nous sommes, au nom que je porte, elle rappelle nos souvenirs de mariage, ces souvenirs, si chers si frais, si riants, n'est-ce pas?

Elle se mit à rire, d'un rire perçant comme un coup de poignard.

— Vous me faites mal, reprit Amédée avec impatience, vous me faites horriblement mal, Béatrix.

— Vraiment? continua-t elle de même.

— Je suis venu pour causer avec vous, pour mettre à l'épreuve le sentiment sur lequel vous m'avez accoutumé à compter, vous me troublez avec vos folies, ma chère.

Béatrix se rassura encore une fois. Cet esprit versatile et impressionnable subissait les variations les plus fugitives et les changeait avec la même facilité. Elle se crut sûre de triompher, dès qu'Amédée se montrait timide, et prit un air de reine, en lui répondant :

— Ah! vous voulez causer! eh bien, je vous écoute.

Amédée, visiblement embarrassé, hésita à reprendre ce qu'il appelait la conversation; enfin il ne trouva rien de mieux à dire que ceci :

— Béatrix, m'aimez-vous?

Elle le regarda étonnée. Ce début dérangeait toutes ses prévisions. Ce n'était plus un assassin, ce n'était plus un homme furieux de passion, cherchant sa victime, se ruant sur elle et venant lui arracher le reste de vie que ses dédains lui laissaient. C'était un mari inquiet, doutant d'un amour outragé tant de fois, et n'osant point en réclamer la preuve La pauvre Béatrix, trop aimante, trop passionnée pour chasser les illusions, crut à un retour, à des remords, à une expiation; son cœur battit de joie, il s'élança au devant du pardon, et l'accorda avant que ses lèvres aient eu le temps de le prononcer.

— Vous me demandez si je vous aime, Amédée!

— Oui.

— Je vous ai aimé; je vous ai aimé plus que jamais femme n'aima un homme en ce monde; vous m'en avez récompensée par le mépris, par l'abandon, et maintenant tu viens me demander si je t'aime encore!

M. de Monza, à son tour, se crut certain de son triomphe. Son empire était toujours le même, il le comprenait à merveille, et, selon l'habitude de son sexe, il ne songea qu'à en abuser.

— J'ai besoin de tout votre amour, Béatrix, mais non d'un amour ordinaire, d'un amour égoïste, il me faut une passion dévouée, sans restriction, une abnégation complète: j'ai pensé la trouver chez vous; me serais-je trompé?

Le cœur de Béatrix débordait de joie, elle ne supposait point qu'on pût invoquer l'amour d'une femme pour en faire l'instrument de son supplice; simple et tendre comme au premier jour, elle n'eut pas même l'ombre d'un soupçon: jetant ses deux

bras autour du cou de son mari, elle le couvrit de baisers, en ajoutant toute souriante :

— Et moi qui supposais que tu venais ici pour me tuer!

Le marquis recula comme si un serpent l'eût touché, il devint plus pâle encore.

— Vous êtes folle, Béatrix.

— Je le sais bien maintenant. Mais, que veux-tu? que puis-je faire? Est-ce ma signature? as-tu des embarras d'argent? faut-il rester à Monza un an, dix ans, toute la vie? n'en jamais sortir? ne voir que toi? serais-je assez heureuse pour te rendre jaloux? Allons, dis, dis donc! Mon Dieu! tu me fais sécher d'impatience.

Tant de candeur, de bonne foi, tant d'amour pénétrèrent jusqu'au fond de l'âme d'Amédée; il reçut un coup atroce, il fut sur le point de renoncer à ses désirs criminels, à récompenser cette douce créature par un retour complet; l'image de Christine domina bientôt ses remords, il reprit :

— Nous ne nous sommes jamais bien connus l'un et l'autre, ma chère. Vous me rendrez la justice de dire que j'ai tout fait pour vous éclairer. Je n'ai cessé de vous donner des avis produits par les impressions que je recevais; vous n'en avez pas tenu compte.

— Amédée, interrompit-elle, en souriant toujours, si tu veux que ton sermon ne m'ennuie pas trop je te prie de ne pas user de ce *vous* cérémonieux ou fâché; il n'y a pas de milieu, monsieur, c'est ainsi.

— Soit, répliqua t il d'un air d'humeur. Je t'aimais, Béatrix, aux premiers jours de notre mariage, et il n'a dépendu que de toi de rendre cet amour éternel. Tu ne l'as pas voulu.

— Je ne l'ai pas voulu!

— Non; tu l'as tué sous tes soupçons, sous tes persécutions, sous tes caprices; tu m'as forcé à m'en distraire ailleurs, tu m'as rendu ma maison insupportable, tu t'y es posée en étrangère, en maîtresse, non pas en femme et en mère; voilà ce que vous avez fait, madame; voilà comment vous avez détruit notre bonheur et notre commune tendresse; cela est-il vrai?

— Oh! s'écria la pauvre marquise, en sanglotant, tu dis que tu ne m'aimes plus et que j'en suis la cause!

— Pardonnez-moi si je vous blesse, poursuivit Amédée, ramené malgré lui à une façon de parler moins intime, mais je vous dois la vérité en ce moment, où la lumière va se faire entre nous. Je ne cherche pas à m'excuser en vous accusant, je suis comme un juge, je pèse les deux balances sans partialité, parce que cela est nécessaire.

— Où veux-tu en venir? pour l'amour de Dieu! explique-toi.

— Je veux que vous sachiez bien pourquoi je n'ai plus pour vous cet amour exclusif, auquel vous avez le droit de prétendre, je veux que vous ne me condamniez pas seul, lorsque je m'avouerai coupable, j'aurais trop de peine à supporter vos reproches, c'est bien assez de ceux que je m'adresse à moi-même.

— Tu ne m'aimes plus! tu ne m'aimes plus! répétait Béatrix! dans ces paroles elle ne comprenait pas autre chose.

— Je vous aime, vous vous trompez; je vous respecte; je vous estime; je crois en vous comme en ce qu'il y a de plus pur et de plus saint sur la terre. Je compte sur votre indulgence, sur votre dévoûment, je vous l'ai dit, sur votre abnégation entière.

— Oh! oui!

— M'aimez-vous assez pour m'accorder le plus grand sacrifice qu'une femme puisse faire à un homme?

— Lequel? Veux-tu ma vie? Prends-la! Qu'en ai-je besoin? puisque tu ne m'aimes plus?

— Votre vie?... Non. Votre bonheur?... Oui.

— Tu veux m'ôter ma fille!

Son esprit n'osa aller plus loin, selon l'immortelle expression de madame de Sévigné.

— Votre fille?... oui.

— Tu seras donc bien heureux après, lorsque je n'aurai plus ma fille?

— Heureux! peut-être... satisfait au moins.

— Oh! Amédée, Amédée! briser ainsi le cœur d'une mère!

— Béatrix, ayez pitié de moi!... ce n'est pas tout encore.

— Mon Dieu! je tremble.. dis... dis...

— Vous m'offriez de rester à Monza quelques années, il faut y rester.

— A Monza sans ma fille! Avec toi, du moins!

Il eut encore un moment d'hésitation

— Sans moi, répondit-il si bas, qu'elle le devina plutôt qu'elle ne l'entendit.

— Sans toi s'écria-t-elle, sans toi, sans ma fille, ici, seule, et voilà ce que tu me demandes, ce que tu me proposes, et tu dis que tu ne veux pas me tuer! Mais tu es un monstre, un barbare : ce que tu m'imposes est mille fois pire que la mort. Seule! ici! Ah! jamais! Je ne veux pas, je ne puis pas. Adieu!

Et, prompte comme la pensée, elle s'élança du côté de la fenêtre demeurée ouverte; le marquis étendit les bras vers elle, en s'écriant :

— Béatrix!

XXXIX

LE CRIME

M. de Monza arrêta sa femme au moment où, poussée par le désespoir, elle atteignait le balcon pour se précipiter en bas. Il la retint dans ses bras, elle fit de vains efforts pour lui échapper; il la serra avec force, en répétant son nom, ce nom prononcé tant de fois jadis dans des transports de joie et d'amour. Ce fut le meilleur argument qu'il pût employer; elle céda, vaincue par la lassitude et par la douleur; il la reposa sur son fauteuil, se plaça devant la fenêtre qu'il ferma. Béatrix le suivit tristement des yeux.

— Pourquoi m'empêcher de mourir, Amédée? maintenant je ne souffrirais plus.

— Je ne veux pas que vous mouriez, Béatrix; je veux que vous viviez, au contraire, pour me prouver une tendresse sans bornes, pour acquérir mon éternelle reconnaissance, soyez-en persuadée.

Un des caractères particuliers de la passion, c'est de tout voir à son point de vue; c'est de croire possible ce qui l'arrange; c'est de construire le monde et la vie des autres à sa guise. Elle frappe des coups mortels et suppose ses armes émoussées, parce qu'elle ne les sent pas. Rien n'est fou, rien n'est déraisonnable, rien n'est cruel comme la passion, et cependant elle dirige souvent tout ici-bas. Nous lui obéissons en aveugles, en esclaves. Nous détruisons par elle et pour elle les existences qui nous entourent. Le cœur est un champ de bataille où les cadavres s'entassent sans compter.

Amédée, en concevant le projet le plus extravagant, en en admettant l'exécution facile, ne se considéra ni comme un coupable, ni comme un insensé. Tout au plus voulut-il convenir qu'une proposition semblable surpassait de beaucoup les ennuis qu'il éprouvait lui-même; il transformait presque cette expiation en œuvre de justice distributive, et se consolait avec ce raisonnement :

— C'est sa faute si je ne l'aime plus, elle doit en porter la peine.

Et les charmants fantômes de l'avenir imposaient silence aux voix importunes du passé; il tressait les couronnes pour la fiancée de son âme et foulait aux pieds les fleurs séchées de son premier amour. Ernest avait bien jugé cet homme, en lui accordant d'admirables dispositions pour l'imiter. De la passion sans frein au crime il n'y a qu'un pas.

Madame de Monza sentait sa raison prête à l'abandonner à l'aspect des maux effroyables qu'elle entrevoyait à peine. L'incertitude lui semblait un bienfait, elle attendit donc que le marquis reprit la parole.

— Voulez-vous me promettre de m'écouter tranquillement, Béatrix? Voulez-vous m'assurer encore de votre clémence, de votre amour? Quoi que vous en disiez, je ne suis ni un monstre, ni un barbare, je suis un malheureux, je mérite toute votre pitié.

— Ma pitié, à vous! la pitié de la victime pour son bourreau!

— Cela est possible, cela est vrai, si vous voulez, et pourtant si vous saviez ce que je souffre! Je vous dirai tout, mon amie, ce moment est solennel. Le bonheur de ma vie, de la vôtre, est à jamais perdu; je suis en proie à une passion sans nom, sans bornes; à une passion telle, qu'elle décidera de mon existence; je le sens, je ne suis plus digne de vous, enfin.

— Ah! tu l'aimes plus que tu ne m'as aimée! s'écria la marquise.

— Je l'aime plus qu'on n'aima jamais; je l'aime au point de sacrifier pour elle ma fortune, ma vie, mon honneur. Je l'aime comme un furieux, comme un frénétique. Il faut me plaindre, Béatrix ; un sentiment pareil est un fléau plus horrible que tous les supplices. Vous savez cela, vous, que j'ai tant fait souffrir, n'est-ce pas? pauvre femme!

— Mais c'est un rêve! Je ne vis pas; ce n'est pas possible; vous ne pousserez pas la cruauté jusque-là!

— Je vous l'ai dit, Béatrix; ce n'est plus moi qui parle, c'est la passion; ce n'est plus moi qui suis mon maître, c'est la passion. Je ne m'appartiens plus, je suis *possédé*, ainsi que ces misérables de l'Évangile. Christine ne m'aime pas, je le

crains; du moins, jusqu'ici, elle a repoussé mon amour; je ne l'aime que davantage par les obstacles qu'elle élève entre nous. Il faut qu'elle soit à moi, qu'elle m'appartienne; il faut que je satisfasse cette soif inextinguible d'*elle*, qui me fait délirer, et cela sera, entendez-vous, Béatrix; dussé-je mourir ensuite, dussé-je bouleverser le monde pour y arriver.

— Ah! elle ne t'aime pas?

— Non, elle ne m'aime pas! Elle a refusé, elle a dédaigné tout ce que je lui ai offert; elle me regarde comme indigne d'elle, elle ne veut pas être ma maîtresse; elle consentirait peut-être à devenir ma femme, il faut qu'elle soit ma femme!

— Et moi? s'écria la marquise, en se redressant de toute sa hauteur.

— Vous! eh bien! Béatrix, vous serez la plus noble, la plus généreuse des créatures, continua-t-il, en lui prenant la main, qu'elle essayait de retirer, vous m'abandonnerez ma vie, vous me rendrez mon avenir, qu'un lien fatal unit au vôtre. Vous vous sacrifierez enfin à mon bonheur. Vous resterez ici, cachée à tous les yeux, vous songerez à ce que je vous devrai de joies, vous n'existerez que pour moi, je viendrai vous voir et souvent, car je vous donnerai tout ce que mon cœur renferme de tendresse et de reconnaissance. Vous serez mon unique amie, je chercherai près de vous des consolations aux douleurs inévitables sous la griffe du démon qui me possède; vous serez vengée, soyez tranquille! Et plus tard, dans l'avenir... nous nous réunirons, Béatrix, nous fuirons vers des climats inconnus, nous finirons nos jours ensemble, nous dormirons ensemble pour l'éternité.

La marquise n'en pouvait croire ses oreilles. Elle écoutait comme dans un rêve. Quelque désordonnée, quelque égoïste même que fût sa propre passion, elle n'aurait jamais imaginé que le désordre, que l'égoïsme pussent aller si loin. Elle ne trouva point de réponse, l'orage grondant dans son cœur l'étouffait; son indignation fut si forte, qu'il lui sembla haïr Amédée.

— Aurais-je trop présumé de votre cœur? reprit celui-ci.

— Oui... je vois... mon rêve s'accomplit, la légende s'exécute, vous voulez faire de moi Irène, mais ne craignez-vous pas de rencontrer un Gunther?

Nos têtes de ce siècle farcies de roman et de romantisme mettent du roman partout, involontairement, jusque dans les circonstances les plus graves. Amédée, très positif, ne se laissait détourner de son but par rien, il le poursuivait sans relâche.

— Je ne m'occupe point de ces vaines fictions, madame, répondez-moi. Je vous offre l'avenir, et vous hésitez! je vous offre l'avenir, et vous dites que vous m'aimez! Oh! si Christine me le promettait, l'avenir, si j'entrevoyais cette espérance et qu'il me fallût l'acheter par des années d'exil, de prison, je n'hésiterais pas, moi!

— Comme il l'aime! pensa-t-elle.

Une jalousie poignante, horrible, s'empara d'elle; elle devint féroce, elle devint impitoyable, elle devint courageuse. Elle ne craignit plus ni la mort, ni les paroles qui tuent; armée d'un fer rouge, peu lui importaient ses blessures, pourvu qu'elle en fît de plus profondes. Dès lors la lutte s'engagea, égale et redoutable, elle ne pouvait finir que par la perte d'un des deux champions.

— Je vous écoute et je vous admire, monsieur, reprit-elle, avec une feinte tranquillité, plus dangereuse que la colère. Vous me demandez le sacrifice complet de tout, même de mon droit de vivre, et je ne vous en témoigne pas ma reconnaissance. Cela vous étonne! En vérité vous êtes si généreux! quoi! vous me laisserez à moi, à votre femme, à mademoiselle de Chamarante, la permission d'habiter cette tourelle, d'y passer pour folle sans doute aux yeux de vos nouveaux laquais qui ne me connaissent pas; pendant ce temps, vous donnerez mon nom, mon rang, ma place, ma fille, ma fille! à mademoiselle Christine Orthez, à la maîtresse de mon cousin, du comte Robert; c'est tout à fait naturel, réellement, monsieur, vous êtes atrocement fou!

Au nom de Robert, le marquis se leva, et poussant un hurlement de rage, il serra la main de sa femme à la meurtrir.

— La maîtresse de votre cousin! qu'en savez-vous? qui vous l'a dit?

— Demandez à tout le monde, monsieur, rappelez-vous Baden; regardez-les et vous saurez ce que tout le monde sait.

— Oh! non, non, ce n'est pas possible! c'est une calomnie.

— Pourquoi donc une calomnie? parce qu'elle n'a pas voulu de vous pour amant! Elle vous voulait pour mari, il fallait bien en prendre les moyens.

— Mon Dieu! cela n'est pas; dites, Béatrix, que cela n'est pas.

— Cela est, au contraire, et la meilleure vengeance que je puisse accepter serait de consentir à votre impossible roman. Mais je songe à ma fille, et...

— Et vous refusez ?

— Et je refuse.

— Voilà donc ce dévoûment, ces sacrifices que vous étiez si disposée à faire à mon bonheur ! c'est ainsi que vous m'aimez !

— C'est ainsi que je vous aime ! s'écria l'infortunée, poussée à bout par cette stupide personnalité, si révoltante et si injurieuse. Avez-vous donc oublié quinze années passées à vous adorer comme mon Dieu ; quinze années dont pas une minute n'a été distraite de votre souvenir. Avez-vous oublié mes douleurs, mes larmes, oublié mon silence, mes humiliations, vos mépris ? Avez-vous oublié à qui vous parlez enfin, qui je suis, quels sont mes droits et mes devoirs ? Dieu m'en est témoin, je vous aime encore, mais je ne vous aimerais pas, mais vous me seriez odieux que je n'abandonnerais point mon titre d'épouse et de mère, que je ne vous laisserais point introduire une étrangère dans ma maison, moi vivante. Ce serait une honte et non pas une faiblesse ; j'accepte la faiblesse, j'en subis la conséquence, mais la honte, jamais ! Voilà mon dernier mot. Maintenant, sortez d'ici, laissez-moi libre et seule dans mon appartement ; je suis chez votre noble père, monsieur, respectez-le, si vous ne me respectez pas.

Madame de Monza se leva, d'un geste souverain elle montra la porte à son mari ; belle et sublime de grandeur en ce moment, elle eût désarmé tout autre que le malheureux insensé, dominé par une passion implacable. Au lieu de le toucher, elle excita sa colère. Il s'était possédé jusque-là, désormais cela ne lui était plus possible. Il resta assis à la même place, et jetant sur sa femme un regard de haine :

— Si vous n'étiez pas ce que vous êtes, vous comprendriez qu'un entretien dont j'ai assuré la durée et l'isolement par tous les moyens possibles, ne peut se terminer ainsi ; il faut que vous cédiez, madame.

— Je ne céderai pas.

— Il faut que vous me laissiez libre, je veux, je dois l'être.

— Non ! pas tant que je vivrai.

— Prenez garde ! j'ai voulu vous offrir la possibilité de vous sauver, ne la repoussez pas !

— Je ne crains rien.

— Pourtant, pourtant !...

— Pourtant, nous sommes seuls, la nuit, le Danube est proche, l'abîme est profond, n'est-ce pas ?

— Ne me tentez point !...

— Je ne vous tente pas, je vous brave. Je vous défie, vous, gentilhomme, vous, marquis de Monza, je vous défie de vous souiller du sang d'une femme, de la vôtre. Et si vous êtes assez lâche pour le faire, eh bien, vous ne me verrez ni trembler, ni pâlir. Je ne suis plus faible, allez ! je suis forte, je suis votre maîtresse en ce moment, car sans moi, sans ma volonté, vous ne pouvez rien que par un crime.

— Madame !

— Oh ! je lis dans votre cœur, j'y lis votre impatience et votre rage. La victime se relève et vous frappe, l'insecte foulé aux pieds se redresse et vous jette son venin. Vous n'épouserez pas votre Christine, parce que je ne le veux pas, parce que je ne le voudrai jamais, parce que même si vous me tuez un obstacle imprévu s'élèvera de ma tombe, entre vous et elle, elle repoussera un assassin ; elle ne vous aime pas !

Le fiel le plus amer de la vengeance renfermé dans ces derniers mots pénétra les veines du marquis et le rendit implacable. Il s'enivra de sa passion, de la fermeté invincible qu'il rencontrait, semblable à Ernest auprès de Sophie Hervé ; il ne vit plus que le but, l'obstacle disparut.

— Je veux être libre, reprit-il d'une voix tonnante ; consentez.

— Non.

— Béatrix !...

— Je ne suis plus Béatrix, je suis la marquise de Monza, la mère de Flavie.

— Vous me pousserez à bout.

— Lâche ! menacer une femme !

— Consentez !

— Non, non, mille fois non, non, jusqu'à mon dernier soupir.

— Vous êtes sans pitié, madame, je serai comme vous.

— Que m'importe ! Elle ne t'aime pas !

— Mon Dieu !

— Elle ne t'appartiendra jamais ; tu mourras comme moi, misérable, haï, repoussé.

— Oh ! c'en est trop !

— Tu mourras seul entends-tu ? pas une main ne te fermera les yeux, pas une larme ne coulera sur ta tombe, car je n'y serai plus, et ta fille maudira le meurtrier de sa mère.

— Taisez-vous ! taisez-vous !

— Et pendant ce temps, elle sera heureuse ta Christine, heureuse par un autre, plus jeune, plus beau que toi, par un autre, innocent et honoré, entends-tu ?

— Béatrix ! au nom de votre vie, pas un mot !

— Je sais bien que je suis la plus forte, que je te torture, je sais bien que je retourne le poignard dans la plaie, à mon tour. C'est mon avantage, j'en use.

— Une dernière fois, voulez-vous me laisser libre ? voulez-vous séparer votre vie de la mienne ? Le voulez-vous ?

— Non.

Il caressait involontairement le manche d'un poignard caché dans sa poitrine ; il l'avait pris dans l'intention d'effrayer sa femme seulement, car son aveuglement était si immense, qu'il comptait sur son consentement à cette indigne comédie : il n'eût osé préméditer le crime encore : il lui restait quelques remords, quelque respect de lui-même et de son nom. Mais la résistance, mais les discours imprudents de Béatrix l'exaspérèrent jusqu'au délire. Il se dit seulement qu'en effet ils étaient seuls, la nuit, que l'abîme était profond et le Danube rapide.

— Il faut qu'elle cède ! se répéta-t-il.

S'encourageant contre le frisson qui paralysait ses membres, il s'approcha de la marquise et lui montra le poignard.

— Je suis décidé à tout ! vous le voyez.

— Et moi aussi.

— Quoi ! vous voulez me forcer...

— Tuez-moi ! interrompit-elle, la vie m'est odieuse et vous aussi.

Il recula.

— Lâche ! il me menace, et il n'a pas le courage d'achever son crime. Lâche ! lâche ! lâche !

Il la prit dans ses bras, appuya l'arme sur sa poitrine.

— Ma liberté ou ta mort !

— Non.

— Eh bien ! puisque tu m'y forces...

Il frappa !...

Combien d'heures se passèrent-elles ? Je ne sais ; le jour, en pénétrant à travers les vitraux, éclaira une scène lamentable et horrible. Le cadavre de Béatrix, portant encore la fatale couronne, était placé sur le fauteuil, appuyé et soutenu ; il conservait l'apparence de la vie, mais une large blessure, dont le sang s'échappait à flots et couvrait sa robe, révélait le meurtre et criait vengeance. A quelques pas d'elle, Amédée, immobile, les pieds ensanglantés, la tête basse, le regard fixe, ne se rendait pas compte encore de ce qu'il venait de faire. Affaissé sous le poids d'un épouvantable remords, il ne songeait ni à fuir, ni à cacher son crime, ni à en prévenir les conséquences. Le châtiment commençait dès lors pour lui, et c'en était fait à jamais, croyait-il, de son repos, de son avenir. Il restait là, muet, immobile, contemplant sa victime. Il eût donné sa propre vie pour lui rendre l'existence. Christine était alors bien loin de sa pensée. Mille images déchirantes se succédaient dans son esprit : il revoyait son mariage, ces temps de naïf bonheur, la naissance de Flavie, la mort de madame de Chamarante ; il se répétait ces terribles paroles de la mère lui confiant sa fille :

— Lorsque nous nous retrouverons là-haut, je vous demanderai compte de ce dépôt.

Puis le fantôme d'Ernest et sa *leçon de meurtre* arrivaient ensuite. Il l'avait tant méprisé ! maintenant, descendu plus bas que lui dans l'abîme, il lui fallait l'accepter pour son maître. Lui aussi avait offert à Béatrix le moyen d'éviter son sort ; lui aussi, sur son refus, l'avait sacrifiée. Oh ! il profitait admirablement de ses conseils ! Il ne lui restait rien à apprendre.

Cependant, après les premiers instants passés, les instincts sommeillant sous la voix inévitable de la conscience se réveillèrent. Il pensa à lui, il pensa à Christine, et un incommensurable éclat de joie s'élança de sa poitrine :

— Libre ! s'écria-t-il.

La passion reprit son empire ; dès ce moment, la pitié, la douleur s'envolèrent ; il devint un criminel ordinaire, il chercha à détourner des soupçons inévitables. En pays étranger, entouré de mercenaires presque inconnus, il aurait plus de chances. Il pouvait laisser la pauvre femme dans cette chambre, l'y enfermer, défendre à ses gens d'en approcher avant son retour, ainsi qu'il l'avait fait la veille, s'enfuir à Munich, emmener Christine et Flavie ; il se flattait d'échapper ainsi aux poursuites. Ce parti, le plus facile et le plus prudent, n'était pas le plus conforme à ses désirs. Il ne suffisait pas d'éviter le supplice, il fallait surtout n'être point soupçonné. Il connaissait assez Christine pour ne pas douter qu'en apprenant ce meurtre infâme, elle le fuirait avec horreur. Si, au lieu de perdre un temps précieux, il avait songé de suite à lui mê e, en préci i tant le corps dans le fleuve, il eût laissé croire à un suicide: mais à présent le jour brillait, cette tour isolée dominait la campagne à plus eurs lieues, des milliers de regards pouvaient le découvrir sans qu'il s'en doutât, la chose devenait impraticable: que faire alors?

Il ne renonça pas à l'idée du suicide : elle conciliait tout. Béatrix pouvait s'être frapp e dans un moment de désespoir, de jalousie. Tout Paris témoignerait, au besoin, de quoi elle était capable à cet égard. Il arrangea dans son esprit le drame qu'il allait raconter; il prit même quelque soin de mise en scène, auquel il présida avec une tranquillité dont son maître lui-même se fût fait honneur. On descend vite ces degrés d'infamie, surtout lorsque la passion et l'intérêt personnel nous guident.

Il laissa le cadavre où il était; il ne dérangea ni la couronne ni les cheveux; il n'effaça point le sang et ne cacha pas la blessure; il ne retira même point le poignard de la plaie. Il lui fallait tout cela. Pauvre Béatrix! elle restait belle malgré cette horrible mort! Ses yeux s'étaient fermés d'eux-mêmes sous le regard de son assassin: ses longues paupières ombrageaient ses oues de marbre. Ces diamants étincelant sur son front lui prêtaient un reflet de lumière, on eût dit Inès de Castro, tirée de la tombe et couronnée par son royal amant.

Le soleil dardait ses rayons à travers les vitraux aux mille couleurs, des oiseaux chantaient joyeusement sur le balcon; tout reprenait la vie; la nature splendide, se préparant aux fêtes du printemps, exhalait ses parfums les plus suaves. Le marquis ouvrit la fenêtre, les bougies brûlaient encore dans leurs bobèches et projetaient sur le cadavre ces rayons lugubres d'une clarté factice en face du roi de l'Empyrée. C'était, comme la veille, plus que la veille encore, un contraste déchirant entre la vie et la mort, entre la nature et les mauvais instincts de la race humaine. Le grillon chantait toujours!

Amédée se préparait à jouer son atroce comédie; déjà il s'avançait vers l'antichambre, marquant d'une trace sanglante chacun de ses pas, lorsqu'il entendit frapper à la porte de la galerie. Il eut peur, et se rejeta en arrière, bien résolu à ne pas ouvrir. On frappa de nouveau. M. de Monza, oub iant la fable qu'il devait raconter, se crut découvert et chercha une issue. Le criminel est toujours lâche devant le châtiment. On ne s'échappait point de la tour d'Irène. On frappa encore plus fortement. Il hésitait et tremblait davanta e, lorsque son no u, prononcé, le fit tressail ir, et provoqua dans tout son être un sentiment indéfinissable.

— Monsieur le marquis, disait le visiteur inconnu, ouvrezmoi sur-le-champ, je suis seule; vous n'avez rien à craindre; mais, si vous ne vous hâtez pas, je reviendrai accompagnée.

— Ah! s'écria-t il, en courant vers la porte, emporté par un mouvement irrésistible.

Il fit vivement tourner la clef dans la serrure, la porte s'ouvrit, et il se trouva en face de Christine.

XL

LA MAITRESSE

Mademoiselle Orthez parut haletante, pâle, brisée; elle étendit la main vers la tourelle, et dit d'une voix tremblante d'émotion:

— Monsieur, où est madame la marquise? je veux la voir.

— Par quel hasard ici, Christine? Comment avez-vous appris notre arrivée?

— Je veux la voir, je veux la voir! répéta Christine, en cherchant à repousser le marquis qui lui barrait le passage. Ah! s'écria-t-elle, ah! c'est horrib e!

Elle cacha ses yeux par un mouvement involontaire; elle venait d'apercevoir le sang dont les habits et les mains d'Amédée étaient couverts, celui qui coulait en rigole jusque sur le parquet de l'antichambre.

— Laissez-moi passer, reprit-elle presque aussitôt, retrouvant toute son énergie, il faut que j entre.

— Christine, épargnez-vous ce spectacle, il est déchirant. Je suis bien malheureux!

D'un geste impératif, elle l'éloigna, et fit quelques pas en avant.

— Vous l'avez donc tuée? murmura-t-elle, accablée de douleur: elle avait donc raison de craindre? Oh! je suis arrivée trop tard!

— Christine...

— Monsieur, ne m'approchez pas, ne me parlez pas dans cette chambre, c'est un sacrilège. Je ne suis point votre juge, mais ne me comptez jamais comme votre complice. Haïssezmoi, vous dis-je, je sais quel devoir j'ai à remplir.

L'ascendant de cette étrange créature sur M. de Monza était si complet qu'il ne chercha pas même à se défendre; il s'écarta pour lui livrer passage et n'osa pas la suivre. Le visage de la gouvernante offrait en ce moment une admirable expression de douleur et de pitié; après le premier moment, l'horreur et l'effroi disparurent, elle pénétra dans le lieu témoin d'un si grand crime comme dans un sanctuaire. Elle aperçut le cadavre toujours à la même place, environné d'une mare de sang, éclairé en plein par le soleil; elle s'arrêta à quelques pas, joignit les mains et plia lentement les deux genoux.

— Pauvre victime! dit-elle, sainte martyre! Dieu m'est garant que j'ai tout fait pour vous sauver. Priez pour moi; maintenant que vous savez tout, vous ne devez plus me haïr.

Amédée reprenait courage; il se montra derrière la jeune fille; elle l'entendit.

— Assassin! ne m'approchez pas; sortez d'ici, que je rende les derniers devoirs à celle...

— Christine, je ne l'ai pas tuée; vous vous trompez; vous m'accusez à tort.

— Vous ne l'avez pas tuée! Et comment est-elle donc ici sanglante et inanimée devant moi?

— C'est elle qui, dans un moment de désespoir, après une de ces jalousies que vous connaissez...

— Vous mentez! vous mentez en face de la mort, en face de celle que vous avez lâchement, traîtreusement assassinée. Oh! vous êtes un monstre!

— Non, non, Christine, éc utez-moi, écoutez...

— Que je vous écoute, vous! vous, parjure et meurtrier, lorsque j'ai dans ma main la preuve de votre crime; lorsque la pauvre mère, effrayée, craintive, a jeté vers sa fille un cri de détresse et l'a appelée à elle! Que je vous croie! Lisez, et vous verrez si je puis vous croire.

Le marquis saisit d'une main tremblante le papier que Christine lui présentait. Il lut ces quelques lignes, tracées la veille par la malheureuse qui ne vivait plus:

« Viens, Flavie, viens, ma fille, viens à Monza, sauver ta « mère; ne perds pas une minute, pas une seconde, un affreux « d nger me menace: toi seule tu peux le détourner de moi; « on veut m'assassiner! Viens, mon enfant, mon trésor, ma « vi ! »

Et Flavie est ici! s'écria M. de Monza d'une voix déchirante, et elle va voir...

— Flavie est à Munich, Flavie ignore que sa mère l'ait appelée; Flavie ne saura ni ne verra rien, monsieur. Mais vous, vous avez lu ces terribles lignes, n'est-ce pas?

— J'ai lu, répliqua t-il atterré.

— Et vous a ez fuir, vous allez soustraire votre tête à l'échafaud: vous allez sauver votre nom du déshonneur, car vous êtes perdu, monsieur!

— Je fuirai... avec vous.

— Avec moi! moi, Christine Orthez! moi, fuir avec vous! moi, compagne de l'assassin d'une femme! Avez vous oublié qui je suis, monsieur? Avez-vous oublié mon terrible passé, et croyez-vous que, de vous que je n'aime pas, j'accepterais la honte et l'infamie, lorsque j'ai brisé mon cœur pour les fuir?

— Elle m'avait bien dit que vous ne m'aimiez pas! reprit-il avec une expression déchirante.

— Non, je ne vous aime pas, je vous hais, je vous méprise; si vous n'étiez pas le père de Flavie, je vous livrerais de ma main au bourreau, car il n'existe pas de supplice assez grand pour vous punir. Mais Flavie, ma Flavie tant aimée, la tache retomberait sur elle, si pure, si innocente, et il ne le faut pas; fuyez! fuyez à l'instant, je me charge de tout.

— Mais ce billet?

— Je m'en charge, vous dis-je.

Et, le roulant en petites boules, elle l'avala.

— Etes-vous tranquille maintenant? voulez-vous partir? vous n'avez pas un instant à perdre.

— Et vous?

— Songez à Flavie.

— Je ne vous quitte pas.

— Songez à Flavie! c'est Flavie qu'il faut sauver. Partez, partez!

— Christine, je partirai si vous me promettez de me rejoindre, de me ramener ma fille, de vivre près de moi avec elle. Qu'irais-je faire seul en exil? ne vaut-il pas mieux mourir ici?

— Monsieur, vous me rendriez folle! ne pensez-vous pas à l'honneur? l'honneur de votre enfant, c'est le vôtre; c'est plus que le vôtre. Vous allez être accusé; il est impossible que vous ne le soyez pas; on vous condamnera peut-être... sans doute... regardez autour de vous; voyez cette sainte victime, son sang ne crie-t-il pas vengeance? n'en êtes-vous pas couvert? Vous me faites horreur, ne le sentez-vous pas? et vous osez me demander de vous rejoindre! Oh! fuyez, fuyez! ôtez-vous d'ici, dérobez-vous au supplice, à l'exécration générale, à la malédiction de votre fille. Vous ne comprenez donc rien?

— Je vous regarde, Christine, je regarde cette femme qui fut la mienne, cette femme qui est morte pour vous, pour vous qui me chassez, et j'oublie le reste!

— Pour moi! morte pour moi!

— Eh pour qui donc alors? N'êtes vous pas la cause première de tout en ma vie? A mon tour, je vous dirai : Vous ne comprenez donc rien? Qu'avais-je à faire de ma liberté sans vous? Ne m'avez-vous pas répondu, à Paris, dans cette nuit de douleurs et de joies : Si vous étiez libre, je vous accepterais. Je suis libre, Christine!

— Libre par un meurtre, grand Dieu!

— Libre par un suicide, je vous l'ai dit.

— Oh! suis-je assez malheureuse! j'ai causé... Non, je n'ai pas causé cette infamie, car je vous ai répété que je ne vous aimais pas, car 'ai cherché à vous ravir tout espoir. Oh! vous lisez dans mon cœur, vous, pauvre Béatrix; vous ne m'accusez pas, vous n'accueillez pas ce blasphème, ce parjure. Non, je n'ai pas causé votre mort. Je voudrais la racheter par ma vie.

— Christine! Christine! croyez-vous qu'un amour comme le mien recule devant les obstacles pour arriver à son but? Croyez vous que vos larmes m'attendriront? Croyez-vous que l'homme dont la passion parle encore devant un pareil spectacle s'arrêtera par vos refus? Non; d'aujourd'hui vous m'appartenez; d'aujourd'hui un lien fatal et indissoluble nous unit; où vous serez, je serai; ce que vous ferez, je le ferai. Si vous refusez de me suivre, je reste, dussent les bourreaux venir m'arracher de ce château, gage de la valeur de mon père, et nous ne nous quitterons pas même sur l'échafaud, car si l'injustice des hommes m'y conduit, vous y monterez avec moi, je le jure sur ce sang qui rougit nos pieds à tous les deux!

Christine était une de ces natures exceptionnelles que le danger trouve préparées à tout, que les menaces rendent plus fortes. Elle ne baissa point le regard, elle ne montra ni émotion ni crainte; redressant sa haute taille, assurant sa voix, donnant à son geste une suprême majesté, elle répondit :

— Dieu nous voit et nous juge, monsieur; il sait mon innocence. Si sa volonté est que je succombe, je succomberai; mais si sa main me soutient, vos calomnies et vos mensonges ne feront pas tomber un cheveu de ma tête. Vous n'avez plus rien à faire ici; retirez vous, profitez du temps qui vous reste pour effacer ces marques accusatrices et pour prendre un parti décisif. Je vais rendre à madame de Monza les pieux devoirs que mon respect et ma douleur me commandent; je vais veiller près de ces restes précieux, jusqu'à ce que vous ayez décidé de leur sort et du vôtre. Vous ne franchirez plus le seuil de cette porte, je vous le défends; la mort et la pudeur vous l'interdisent. Vous me connaissez assez pour savoir que le volonté est la mienne; je ne vous crains pas, entendez-vous? Vous ne m'égorgerez pas comme cet agneau si faible et si bon, qui a tendu le cou au sacrifice. Et puis c'est assez, ce me semble, pour un gentilhomme... Une femme! Oh! monsieur, c'est bien lâche et bien vil!

— Vous m'accablez, Christine, vous luttez par le sarcasme et vous brisez mon cœur. Moi aussi, je ne céderai point, moi aussi j'aurai ma volonté de fer, et vous m'appartiendrez, ou nous mourrons tous les deux.

En finissant ces mots, le marquis sortit de la chambre et rentra chez lui. Christine entendit tourner la clef dans la serrure.

— Il m'enferme! murmura-t-elle avec un sourire de dédain. Pauvre homme, qui croit me réduire ainsi!

Cette femme à l'âme de bronze ne sourcilla pas à l'idée de se trouver ainsi seule avec un cadavre. Les impressions ordinaires glissaient sur elle sans la pénétrer; elle dominait tout. Rien ne pouvait la faire dévier d'une ligne tracée. Elle réfléchit quelques instants, et chercha quelle attitude elle devait prendre en cette circonstance horrible. Les menaces du marquis ne l'effrayaient pas; elle pouvait prouver, croyait-elle, une indifférence si absolue, il lui semblait si impossible d'être accusée, qu'elle rejeta bien loin ces vaines bravades et ces folles injures. Robert d'ailleurs ne la défendrait-il pas? Ne fallait il pas le prévenir, l'appeler, remettre en ses mains la direction de cette affaire épouvantable? Elle se résolut à le faire aussitôt qu'elle aurait rempli les saints devoirs envers la marquise.

S'approchant donc sans terreur ni dégoût, elle enleva d'abord la couronne de brillants et la posa sur la table, au même endroit où la pauvre Béatrix la prenait la veille. Christine releva ses longs cheveux, les natta sur sa tête, et, ouvrant la robe de voyage dont elle était encore couverte, elle essaya de la déshabiller pour laver sa plaie. Quelque puissance qu'elle eût sur elle-même, elle ne put retenir ses larmes pendant qu'elle accomplissait ces pénibles et pieuses fonctions. Elle ne faiblit pas néanmoins, elle accomplit jusqu'à la fin la tâche qu'elle s'était imposée; elle étancha le sang, elle coucha le cadavre, le revêtit d'un costume de nuit; elle essaya même de nettoyer les dalles, de faire disparaître les traces flagrantes du crime, mais les moyens lui manquaient pour cela, et la tache accusatrice ne put être effacée.

Lorsqu'elle eut terminé ces douloureux détails, elle se rapprocha du lit, elle prit la main de la marquise et la baisa avec un respect et une affection qu'elle ne lui témoigna jamais pendant sa vie, et contempla longtemps le visage calme et pâle, si beau encore quelques heures auparavant. Ainsi mademoiselle de Chamarante, la veille de son mariage, avait contemplé Sophie Hervé, étendue sur sa couche funèbre. Comme Béatrix, Christine prit, en face de cette grande leçon de la mort, un pressentiment triste, qui ne devait plus la quitter. Elle ne céda point celui-ci, parce qu'elle ne cédait devant rien ici-bas, mais elle le sentit s'emparer de son âme et y répandre goutte à goutte le fiel de la méfiance, de la déception. Elle sentit ses espérances se briser. Comment prétendre au bonheur après une catastrophe aussi effroyable? Sur quoi compter, si celle qui dormait là du dernier sommeil avait vu fuir devant elle cette coupe de nectar que lui présentait la vie? Christine fit un effort pour bannir ces pensées importunes; elle s'approcha de la fenêtre et chercha un peu d'air; la fièvre la dévorait. Quelque vigoureuse que soit la nature, il n'est pas possible d'assister à de pareilles scènes sans en ressentir quelque choc.

Elle s'appuya sur le balcon, et porta ses regards distraits sur la vaste étendue du paysage, dont la beauté brillait alors de toute la splendeur du printemps. Elle ne remarqua d'abord ni le fleuve ni la verdure naissante, se mariant au feuillage sombre des sapins, ni la masse imposante du château s'élevant à sa droite, ni les roches s'amoncelant dans l'abîme au-dessous d'elle, ni les ruines de la chapelle de Rodolphe, se détachant, au milieu des fleurs, sur le bord du Danube. Cependant, sans y songer, ses yeux s'arrêtèrent à cette place, et elle aperçut un homme assis à la porte tombée, dont l'attention semblait fixée sur elle; à une distance aussi considérable, il lui fut impossible de distinguer ses traits; néanmoins, sa pensée se fixa machinalement sur lui, et elle suivit tous ses mouvements. Après l'avoir longtemps contemplée, à ce qu'elle imagina, du moins, il se leva et examina scrupuleusement les environs. La position inexpugnable de Monza l'occupa d'abord; il fit lentement le tour du mamelon sur lequel il était situé, cherchant un chemin pour le gravir, sans doute, et ne se laissa point rebuter par les obstacles.

Les allures de cet homme présentaient quelque chose d'étrange, de soupçonneux. Il ne faisait pas un seul pas en avant sans assurer d'abord sa retraite; il scrutait chaque buisson, explorait chaque pierre, chaque brin d'herbe. Bien qu'il portât avec beaucoup d'aisance le costume de paysan bavarois, quelque chose d'indéfinissable dans ses manières trahissait un homme bien élevé, un homme accoutumé à la bonne compagnie. Grand et svelte, d'une tournure éminemment distinguée, cet étranger ne pouvait être un laboureur ou un artisan.

— C'est quelque touriste original, pensa Christine, quelque Anglais, se croyant obligé de revêtir dans chaque pays les habits qu'on y porte. La situation de ce château, cette tour isolée, comme suspendue au-dessus du précipice, l'étonne. Pourvu qu'il ne finisse pas par trouver le chemin et par demander la permission de visiter l'intérieur! mon Dieu!

Ramenée, par cette réflexion, aux embarrassants dangers des circonstances, Christine pesa sérieusement dans son esprit les différents moyens de sortir d'une position si difficile. Aucun ne la satisfit complètement. Une responsabilité immense pesait sur elle; elle ne se le dissimulait pas. Il fallait instruire promptement les autorités bavaroises et l'ambassade française de la mort de Béatrix; il fallait prévenir sa famille; mais ne fallait-il pas aussi laisser à M. de Monza le temps de fuir les poursuites? Ne fallait-il pas éviter à cette noble maison un second malheur, plus terrible que le premier, le déshonneur? Et Christine, étrangère et suspecte même en tout ceci, se trouvait seule chargée de ces différentes missions, si difficiles et si périlleuses.

— Mon Dieu! éclairez-moi, dit-elle, ou j'y succomberai. Ah! si Robert était ici!

Lorsqu'on l'éveilla la nuit précédente pour lui remettre le billet de Béatrix, n'écoutant que son cœur et son désir d'accomplir les vœux de la marquise, elle se mit en route, sans en calculer les suites. Recommandant Flavie aux religieuses, elle les conjura de lui en donner des nouvelles tous les jours; mais elle sentit la nécessité de lui épargner, autant que possible, les dissensions de ses parents. Cette pure et douce enfant les ignorait jusque-là, et la tendresse de Christine cherchait à les lui cacher toujours. Maintenant la gouvernante, engagée dans une voie sans issue, pour ainsi dire, devait prendre un parti néanmoins; chaque minute qui s'écoulait le rendait plus impérieux. Elle se décida, malgré sa répugnance, à revoir le marquis, à lui signifier sa résolution bien arrêtée de retourner à Munich ou de prévenir les magistrats. Elle s'apprêta donc à quitter la croisée, mais auparavant elle chercha involontairement des yeux l'inconnu de tout à l'heure. A sa grande surprise, elle l'aperçut, gravissant d'un pas ferme et sûr la pente presque inaccessible qui conduisait au rocher de Gunther, à ce rocher situé en face de la tourelle, et d'où on en découvrait parfaitement le balcon.

— Où va cet homme? que veut-il? quel est-il? Pourquoi mon cœur bat-il ainsi à son approche? Il y a dans tout ceci quelque chose de mystérieux. Est-ce un espion? est-ce un voleur?

La tête de l'étranger parut tout entière au-dessus des arbres nains qui couvraient la montagne; il s'était de beaucoup rapproché, mais son grand chapeau bavarois, rabattu sur ses traits, les cachait entièrement et rendait impossible de les deviner même. Il disparut un instant, puis il se montra un peu plus loin, puis enfin, au bout d'un quart d'heure d'attente, mademoiselle Orthez ne le vit plus nulle part; elle supposa qu'il renonçait à son dessein et rentra dans sa chambre.

La grande mare de sang dont elle était couverte répandait une odeur nauséabonde qui soulevait le cœur. Christine ayait besoin de tout son courage pour s'en rapprocher de nouveau. Le corps de Béatrix, étendu sur ce lit de couleur foncée, semblait une statue sur un tombeau; elle ne pouvait en détourner les yeux; il lui semblait à chaque instant qu'elle s'éveillait, qu'elle l'appelait, qu'elle tendait la main vers elle, qu'elle lui pardonnait. Cette illusion devint vivante; elle en ressentit une telle impression qu'elle faillit se trouver mal.

— Ah! elle ne me parlera plus jamais! murmura-t-elle, sa voix est muette, son âme aimante est envolée, la pauvre Flavie n'a plus que moi au monde!

Christine se trouvait à côté de la table où elle avait déposé la couronne, où le coffre aux bijoux restait ouvert depuis la veille. Avant d'appeler des étrangers dans cette chambre, elle jugea convenable de serrer ces pierreries et d'en prendre la clef pour la remettre à qui de droit. Elle avait fait elle-même, autrefois, par l'ordre de la marquise, une note exacte de ce que contenait la boîte, et on avait collé cette note dans l'intérieur du couvercle. Elle renouvela soigneusement l'inventaire, rien n'en avait été distrait. Elle s'apprêtait à le fermer, lorsqu'un tiroir, inconnu à elle, dont le ressort ne s'ignorait pas, se présenta à sa vue. Elle le tira tout à fait; il contenait un papier, ployé à la hâte et sans cachet. Ce papier, de l'écriture de la marquise, portait pour suscription :

« A mademoiselle de Monza, à ma fille si chère, à ma Flavie.
« — Ceci est mon testament. »

Christine hésita: elle jugea néanmoins cette lecture essentielle, puisqu'elle devait seule diriger les démarches en cette fatale circonstance.

— Cela peut être utile à Flavie, et ce n'est point une indiscrétion. Ce papier est fait pour être lu. Pauvre femme! elle a pressenti sa fin dans toute son horreur!

Elle ouvrit tout à fait le billet et commença à en prendre connaissance. A mesure qu'elle avançait, sa main devenait tremblante, et son visage pâlissait encore. L'accusation portée contre elle la frappa au cœur, mais, lorsqu'elle arriva à la fin, la lettre s'échappa de ses doigts, et elle s'écria dans une angoisse inexprimable :

— Ah! c'en est fait, je suis perdue!

En même temps, une voix parvint à son oreille, une voix qui partait de la fenêtre, et qui la fit tressaillir dans tous ses membres; cette voix prononçait à demi-bas son nom :

— Christine! répétait-elle, Christine Orthez!

— Ah! mon Dieu! qui m'appelle?

Elle restait clouée à sa place par la terreur; cette voix sortait de la tombe, et tous les morts l'entouraient. Un bruit, du côté de la porte, des paroles, échangées vivement, la frappèrent de surprise; par là aussi on s'écriait :

— Christine! Christine Orthez!

La porte s'ouvrit.

XLI

LE DOIGT DE DIEU

Plusieurs personnes entrèrent à la fois dans la chambre, conduites par le marquis, entièrement habillé, pâle mais digne, mais calme en apparence. Il s'était façonné un extérieur capable de tromper même un œil exercé, et, certes, personne n'eût reconnu en lui l'homme qui, une heure avant, portait sur ses vêtements et sur son visage les stigmates du crime. Sa tenue irréprochable, parfaitement adaptée à l'heure et à la circonstance, montrait un cachet de naturel inimitable. Elle semblait aussi improvisée que possible, et pas un pli ne décelait la malle de voyage. Il marchait devant et s'avança vers Christine, en lui disant :

— Vous ne répondiez pas, mademoiselle, je craignais que votre courage n'eût suffi à votre douloureuse tâche.

— Mon courage suffit à tout, monsieur le marquis, répliqua-t-elle, en relevant la tête, car il ne fallait qu'une seconde à cette étrange fille pour dominer ses impressions les plus violentes.

— Ces messieurs sont des attachés de notre ambassade à Munich, le ciel nous les envoie en ce terrible moment. La curiosité les attire au château, où ils ne croyaient trouver personne, hélas! Mes gens, accoutumés à n'en pas refuser l'entrée aux visiteurs, les ont heureusement introduits. Ils vont nous aider de leurs conseils, je l'espère.

Les deux jeunes gens étaient restés terrifiés sur le seuil ensanglanté de cette chambre funèbre. Ils ne répondirent ni aux paroles du marquis, ni au salut d'encouragement dont il les accompagna. Tous les deux réfléchirent en même temps, sans se communiquer leurs réflexions néanmoins, qu'ils s'embarquaient dans une affaire des plus graves, dont toute la responsabilité pèserait sur eux, qu'ils devaient répondre des suites, et que leur partie de plaisir leur coûterait cher.

— Vous avez vu cet horrible spectacle, messieurs, vous comprenez pourquoi j'étais enfermé dans ma chambre, et vous apprécierez le dévoûment de mademoiselle Orthez.

Un des attachés, le plus rapproché de Christine, ramassa la lettre de la marquise, tombée à ses pieds et oubliée en ce moment de surprise. Il la lui remit respectueusement. Elle la prit d'un mouvement convulsif, devint d'une pâleur effrayante, puis le sang remonta vivement à son visage, pour en descendre encore. Enfin, mettant sa main sur son cœur et comprimant sa respiration étouffée, elle tendit au jeune homme ce papier accusateur, la ruine de toutes ses espérances.

— Vous allez, je pense, messieurs, commencer l'enquête sur cet horrible malheur; ce billet est un document précieux, je l'ai trouvé dans le coffre à bijoux de madame la marquise, dont voici la clef. Il ne m'est pas permis de le soustraire à la justice, quelles qu'en puissent être les conséquences.

— Mademoiselle, répondit le plus âgé des voyageurs, nous n'avons pas mission pour informer dans tout ceci. Mais notre devoir nous oblige à prévenir sur-le-champ M. le chargé d'affaires et à prendre ses ordres. D'ici là, nous devons aussi veiller à ce que personne ne quitte le château. M. le marquis et vous nous pardonnerez ces précautions: voici un cadavre, voici une chambre inondée de sang; madame de Monza l'a répandu elle-même, nous n'en doutons pas, cependant, il faut que cela soit prouvé, il le faut pour la morale publique et pour vous-même, monsieur. Vous portez un de ces noms que le soupçon ne peut atteindre, votre caractère et votre éducation vous mettent au-dessus d'une accusation impossible, cependant ils ne vous mettent pas au-dessus de la justice, je n'ai pas besoin de vous le répéter.

— C'est trop juste, messieurs, répondit le marquis sans se troubler, le château est désormais à votre disposition, donnez vos ordres, on les exécutera sans les commenter, je m'y soumettrais le premier. Me voilà prêt à répondre à vos questions.

— Nous n'avons ni le droit, ni la prétention de vous en adresser aucunes, encore une fois, monsieur le marquis, M. le chargé d'affaires décidera.

— Vous trouverez bon, je suppose, messieurs, à présent que vous êtes instruits, que nous quittions cet appartement. Je n'y saurais rester davantage, il me semble que mon cœur se brise. Puis-je le faire remettre dans un état plus convenable?

— Non, monsieur, il faut laisser toutes choses comme elles sont. Je vais envoyer ici une des personnes de la maison garder cette malheureuse dame. Je ne suppose pas que mademoiselle persiste à remplir ce soin, elle doit avoir besoin de repos.

Christine prit cette invitation pour un ordre, ainsi que cela était en effet. Elle salua et sortit en silence. Jamais dans sa vie agitée elle ne s'était sentie si près du découragement et du désespoir. Elle-monta dans sa chambre et s'y enferma, après avoir défendu à Lisbeth, qu'elle rencontra, de venir l'y troubler, sous aucuns prétextes, à moins que ce ne fût pour répondre à l'autorité.

Pendant ce temps les attachés, après s'être consultés quelques instants à voix basse, rassemblèrent tous les domestiques, leur enjoignirent, sous les peines les plus sévères, de rester au château, de n'en laisser sortir absolument personne, pas même leurs maîtres, et de réunir quelques paysans des environs qui aideraient à en faire la garde. Un des deux jeunes gens repartit sur l'heure, l'autre s'installa au salon, où M. de Monza lui demanda la permission de le laisser seul.

— Je n'ai pas besoin d'excuse, monsieur, ma douleur vous est connue, elle est trop légitime et trop naturelle pour que vous ne la compreniez pas.

Un silence mortel régna le reste du jour au château. Les domestiques et les paysans en surveillaient les issues. On en plaça un, à la nuit, sur la galerie de la tourelle; ces précautions, malgré le langage poli des attachés, dénonçaient peu de confiance. Amédée resta enfermé chez lui dans une agitation et une anxiété effroyables. Il alla plusieurs fois à l'appartement de Christine, elle s'obstina à ne pas lui répondre. Il n'osa pas en forcer l'entrée, la maison était pleine de gens, qu'une violence n'eût pas trouvés inactifs; il lui fallut donc attendre seul et souffrir, sans pouvoir même communiquer ses souffrances à personne. Nul ne peut dire quel drame d'épouvantables douleurs se déroula dans l'âme de cet homme et commença la punition de son crime. Dieu a ses heures!

Mademoiselle Orthez ne parut nulle part. Elle passa sans doute aussi par des angoisses affreuses, une lutte, et une lutte à mort dut s'établir dans cette âme si fortement trempée; elle ne se faisait aucune illusion, elle se trouvait compromise dans une accusation épouvantable; elle se sentait prise dans un réseau de soupçons, de chagrins, de déshonneur, peut-être, dont il lui deviendrait impossible de sortir; il fallait renoncer à ses chers projets; elle voyait fondre devant elle cet avenir tant rêvé, tant chéri : la triste célébrité qu'elle allait acquérir sans doute, lui interdisait à jamais le mariage. Quelle dot à porter que celle-là! La dernière volonté de Béatrix la séparait de Robert, et cette volonté, sacrée pour elle comme la loi de Dieu, ne serait pas enfreinte, dût-elle en mourir; elle fit donc promptement son sacrifice, elle adopta un dévoûment sans bornes, un dévoûment désintéressé; elle s'oublia elle-même; elle se raya de la vie, et ne voulut plus exister que pour les deux affections de son cœur, pour Robert, pour Flavie. Elle pesa les chances de leur bonheur et de leur position; elle jeta ses regards autour d'elle; elle chercha pour eux l'issue la plus favorable à la catastrophe qui frappait leur famille, et, après des réflexions nouvelles, après avoir acquis une conviction profonde, basée sur les faits eux-mêmes et sur les conséquences, elle prit sa résolution. Cette résolution, quelle qu'elle fût, commençait le rôle d'abnégation auquel elle se résignait désormais. Son caractère énergique et inflexible lui donnait tous les courages, même celui de se perdre. Elle n'eut qu'un instant d'abattement, elle se releva bien vite, et dès lors elle ne succomba plus.

Oh! c'était une admirable chose que la puissance de cette femme devant le malheur! Il y avait dans cette nature, très imparfaite sans doute, et très dangereuse même, une séduction irrésistible. Cette jeune fille, lancée seule et sans appui dans le monde, arrivant par sa seule volonté à vaincre même les impossibilités apparentes, inspirait d'abord une sorte de respect, que la violence de ses passions ne parvenait pas à effacer complètement.

Lorsque la nuit fut venue, elle quitta sa chambre d'un pas tremblant et se dirigea vers l'appartement du marquis. Elle s'efforça de reprendre son courage et frappa à sa porte en se nommant. Il ouvrit après un instant d'attente.

— Christine, dit-il, vous voilà donc enfin!

— Ne bénissez pas ma venue, monsieur, je ne viens point en messager de joie, j'apporte de tristes pensées et de douloureuses réflexions; mais il me reste un devoir à remplir envers vous. Je ne reculerai point devant lui, quelque pénible qu'il soit. Mon avenir est désormais fixé, j'ai voulu vous éclairer sur le vôtre, sur celui de votre fille, voilà pourquoi je suis ici, monsieur. Sommes-nous seuls?

— Une femme veille dans la chambre de... et il n'osa achever, et un paysan est assis à ma porte sur la galerie. Mais vous pouvez parler, il ne nous comprendra pas. Avez-vous enfin consenti à me suivre?

— A vous suivre, monsieur? en êtes-vous encore à cette étrange illusion de croire que cela soit possible? Ne voyez-vous pas que vous êtes perdu, perdu sans ressources, et qu'il ne s'agit même plus de sauver votre vie, mais de savoir seulement vous la perdrez?

— Imagination que tout cela, Christine, nous pouvons leur échapper encore. Vous êtes forte et hardie, ce château n'est pas tellement gardé que nous ne trouvions une issue.

— Vous croyez? Ouvrez votre fenêtre et voyez luire dans l'ombre les fusils de vos gardiens, formant une ceinture impénétrable. Essayez de sortir même de la cour, vous verrez quel accueil vous attend. Vous vous faites des chimères bien inouïes, monsieur.

— Comment! est-ce qu'on m'accuse? Est-ce qu'on ose penser...

— La vérité, oui. Il n'est plus temps de dissimuler ici, il faut tout dire. On vous accuse, on m'accuse aussi, on dit que je suis votre maîtresse et que je vous ai poussé à cette infâme action.

— On peut tout dire, mais prouver!

— On a une preuve : cette preuve, je l'ai remise moi-même entre les mains d'un de nos juges. Cette preuve, moi seule je la connaissais; cette preuve, c'est une nouvelle lettre de la marquise à sa fille, c'est son testament. Je l'ai trouvée en rangeant ses bijoux dans leur cassette, et j'achevais à peine de la lire lorsque vous êtes entré.

— Et vous ne l'avez pas détruite! Et vous l'avez donnée vous-même... Vous vouliez me perdre.

— Je me perdais plus que vous, car cette lettre m'accuse plus que vous encore; mais, fût-ce pour sauver ma vie, je n'aurais pas commis le sacrilège de détruire ce testament suprême, de priver mon élève chérie des dernières pensées de sa mère. Non, monsieur, vous ne me connaissez pas. Vous ignorez quelle autocratie le devoir exerce sur moi. Ce papier m'enlève plus que l'existence, il m'enlève l'espoir et le bonheur, mais je m'y soumets parce que je le dois. Si je me perds en ce monde, je me sauve dans l'autre. Dieu me voit.

— Quelle étrange fille êtes-vous donc? inaccessible à toutes les faiblesses, à tous les intérêts, à toutes les séductions.

— Je ne vous demande point d'éloges, monsieur, je n'en mérite pas, et si je vous fais connaître ce que j'ai cru devoir faire, c'est que cela est indispensable, c'est que j'acquiers ainsi la possibilité de vous imposer mon exemple, et que vous ne vous y soustrairez pas, je pense. Armez-vous de courage, vous allez entendre de pénibles et solennelles paroles.

— Mon Dieu! qu'avez-vous encore à m'apprendre?

— J'ai à vous apprendre que vous êtes perdu, que vos mensonges et vos dénégations ne peuvent pas trouver, ne trouveront ni foi ni créance. Votre crime est évident, tout vous accuse, tout vous convainc. Vous n'avez pas voulu fuir lorsqu'il en était temps encore, maintenant il ne vous reste plus qu'un moyen d'éviter l'échafaud et le déshonneur, le moyen est en vos mains, si vous n'êtes pas un lâche, si vous songez à votre fille, vous l'emploierez.

— Un moyen?... répéta-t-il en pâlissant.

— Un seul, je vous le répète. Et hâtez-vous d'y avoir recours, bien peu de temps, ils vont venir. Après, vous ne retrouverez plus cette occasion, et le père de ma Flavie mourra de la main du bourreau. Prenez vos armes, et que Dieu vous pardonne!

— Mais vous! vous, accusée comme moi, pourquoi n'acceptez-vous pas ce parti extrême?

— Parce que je n'ai point de nom à sauver, parce que je n'ai point d'enfant à qui le transmettre, parce que je n'ai point de famille à déshonorer. Parce que la pauvre Christine est seule au monde, ajouta-t-elle mélancoliquement. Il lui importe peu de se livrer à la justice des hommes : innocente, elle ne redoute que celle de Dieu. Vous, vous êtes coupable, il sera facile de vous le prouver; mais moi! je ne les crains pas, ils peuvent me tuer, s'ils le veulent.

Le marquis s'affaissait sur lui-même, dans son fauteuil; pour la première fois la vérité lui apparaissait sans voile; pour la première fois il entrevoyait le sort qu'il s'était préparé dans toute son horreur. Jusque-là, tout à sa passion, chassant les images importunes, il avait cru échapper à la vengeance des hommes comme à celle du ciel.

— Cette lettre de la marquise est-elle irrécusable? demanda-t-il en mots entrecoupés.

— Irrécusable! elle détruit complètement votre roman de suicide, et vous désigne comme le coupable, malgré le soin qu'elle met à vous justifier.

Amédée resta atterré sous ces paroles; mais Amédée n'était pas un homme de courage. L'idée de la mort le laissa sans énergie. Christine l'observait, elle le devina.

— Je ne voulais pas... mon Dieu! elle m'y a forcé, elle a

excité ma colère, elle m'a ré été à satiété que vous ne m'aimiez pas, que vous aimiez Robert; je n'ai plus été maître de moi, la jalousie, la rage... Vous voyez bien que c'est pour vous que je l'ai tuée !

—Mon Dieu! pardonnez-moi, murmura Christine, pardonnez-moi ce crime, dont je suis cause. Ne me punissez-vous pas assez !

— Et maintenant que pour vous je suis arri é à ce degré d'infamie, maintenant que j'ai commis un meurtre pour lequel il n'y a pas de miséricorde sur la terre, ni peut-être dans le ciel, vous me repoussez; vous voulez que je porte seul la peine d'un crime que nous avons commis ensemble, car j'ai été l'instrument et vous le bras. Vous voulez que je meure, et vous voulez vivre, vous, pour un autre sans doute ! Après m'avoir précipité dans l'abîme, vous refusez de m'y suivre? Non, de par le ciel, cela ne sera pas, mon sort deviendra le vôtre. Ne m'avez-vous pas dit qu'avec une femme telle que cette pauvre créature, ma carrière était bornée, finie? Ne m'avez-vous pas dit que vous eussiez rendu mon nom immortel? N'avez-vous pas fait germer dans mon esprit des pensées inconnues, des ambitions endormies, des désirs ignorés? Entre la réalisation de mes rêves, entre le bonheur et moi, il y avait un obstacle, vous me l'avez montré du doigt, je l'ai détruit, voilà tout. Et vous osez vous proclamer innocente!

— Monsieur, reprit Christine avec beaucoup de sang-froid, il ne s'agit pas de moi, mais de vous. Si les juges me déclarent coupable, je subirai ma peine, car je ne dois rien à personne. Mais vous, me faudra-t-il donc toujours vous ramener au véritable sujet de cet entretien? Ne voulez-vous pas de vous-même y songer? Ne comprenez-vous pas ce que vous êtes? oubliez-vous votre fille, enfin! Voulez-vous lui laisser le malheur et la honte? Orpheline et déshonorée! Tel est le sort que vous lui léguez. Et vous pensez que moi, sa mère désormais, je l'accepterai pour elle! Non, non, ma Flavie ne doit pas tout perdre à la fois : cet ange si pur ne souillera pas ses ailes dans la fange.

M. de Monza n'avait rien mangé depuis plusieurs jours, sa faiblesse était extrême. Les émotions de la nuit, celles de la journée achevaient de l'accabler. Pour se donner des forces, il buvait de temps en temps quelques gorgées de grog, très fort, en se promenant par la chambre. Mademoiselle Orthez le suivait des yeux et épiait ses résolutions avec une anxiété dont le reflet se peignait sur son visage. Il parlait en marchant, il s'animait de plus en plus, il commença a revenir sur son amour, sur sa résolution de vivre ou de mourir avec Christine, elle ne l'interrompait point et semblait plongée dans une profonde rêverie. Elle se mit à marcher aussi de l'au re côté de cette grande pièce, tout à coup elle s'arrêta et se retourna brusquement vers lui.

— Monsieur de Monza, pour la dernière fois, au nom de l'honneur, au nom de votre père, au nom de Flavie, voulez-vous prendre le seul parti qui convienne à un homme de votre nom, en pareille circonstance?

— Non. Vous ririez de moi avec votre amant !

— Vous êtes irrévocablement décidé? vous acceptez l'infamie, vous vous soumettez à la honte, vous êtes un lâche enfin !

— Mademoiselle...

— Vous êtes un lâche, je le répète... et il faut vous accoutumer à l'entendre, ce sera désormais votre nom : on le jettera à votre mémoire, et Flavie! Flavie ! assassin et lâche! c'est ton père !

— Vous me dites la vérité, vous êtes résolue, je le suis aussi. Je suis devenu coupable pour vous et par vous, je ne veux pas laisser à un autre le fruit de mon crime.

— Eh ! monsieur, soyez tranquille ! l'amour, le bonheur, sont perdus pour moi à jamais. Vous avez brisé ma vie, en même temps que vous avez tué... pauvre marquise ! Enfin votre décision est arrêtée, rien ne peut vous toucher; que votre sort s'accomplisse donc a ors, et que Dieu me pardonne!

M. de Monza répondit par des paroles brûlantes, par l'expres sion d'un amour insensé et capable de tout. Il se jeta aux pieds de Christine: après avoir menacé, il implora, puis il menaça de nouveau. Inflexible, froide, mais tremblante, mademoiselle Orthez opposa le dédain le plus insultant à cette exaltation. Elle laissa parler son cœur, pourtant elle n'avoua pas sa tendresse pour Robert, leurs engagements réciproques, ce secret devait descendre dans la tombe de la marquise, pour le bonheur de Flavie. La fureur du marquis ne connaissait plus de bornes : il s'approcha de la table et but un nouveau verre de grog. Christine, assise à l'autre bout de l'appartement se souleva, en levant les bras au ciel, et en poussant un cri terrible. Amédée crut qu'elle avait peur, il chercha à la calmer. — Ayez pitié de moi, Christine, je suis si malheureux !

— Pitié de vous, monsieur! Oh! oui, j'ai pitié de vous, je sais tout votre malheur, et parce que votre amour égoïste m'a perdue, parce qu'il me tuera peut-être, je ne vous en plains pas moins de toute mon âme.

Le ton affectueux et triste avec lequel elle prononça ces paroles, étonna le marquis. Accoutumé à la trouver si dure, si impérieuse, il imagina qu'elle s'attendrissait et se sentit un peu d'espérance.

— Vous ne me haïssez donc pas, Christine?

— Non, répondit-elle, je vous plains, encore une fois.

Il voulut prendre sa main, elle la retira vivement.

— Je ne puis toucher votre main, je ne puis, c'est impossible.

— Je vous fais horreur, hélas !

— Oh! non, non, dit-elle comme saisie d'un vertige, je ne puis y résister davantage, laissez-moi sortir.

— Ne m'abandonnez pas, ne me quittez pas, vous êtes toute ma force; ne m'abandonnez pas, je deviendrai fou, je crois, lorsque je ne vous verrai plus. Ne comprenez-vous pas que si je refuse de mourir, c'est pour vous voir encore? Que si j'accepte l'infamie, si je la lègue à ma fille, c'est pour vous, pour vous Christine, tout pour vous !

Il tenait ses deux mains qu'elle ne retirait plus, il les couvrait de baisers et de larmes. Celles de Christine coulaient lentement sur son visage.

— Je le sais, reprit-il tristement, je le sais, vous avez raison, le marquis de Monza, le fils de ce glorieux capitaine, dont le nom étincelle sur les pages de l'histoire, ne doit pas mourir de la main du bourreau. Je ne suis pas un lâche, Christine, quoi que vous puissiez croire, et lorsque j'écoute les instincts généreux de mon âme, je suis tout prêt à remplir mon devoir, à décharger la mémoire de Béatrix d'un crime dont elle est innocente, à assumer sur moi seul l'accusation qui nous poursuit tous les deux, car moi seul je suis coupable. Mais ma passion m'emporte encore, ma passion fait luire à mes yeux des espérances insensées ou des jalousies indomptables, et a ors, je ne puis plus ! je ne puis plus !

— Il le faut pourtant, monsieur, il le faut, et promptement, poursuivit Christine d'un ton mélancolique, car vos instants sont comptés maintenant.

— Comment!

Mademoiselle Orthez semblait défaillir, elle s'appuya sur le dos d'une chaise.

— Rendez justice à celle que vous avez tuée, monsieur, détournez de moi des soupçons que je ne mérite pas. Hâtez-vous ! Le temps vous presse Oh ! que de malheurs vous avez appelés sur nous tous ! Quels crimes! quels déplorables jours!

— Je ne sais ce que j'éprouve, ma vue se trouble, et je ressens des douleurs inconnues; ce grog m'a fait mal. Et depuis tant de mois ma vie est une torture !

— Mon Dieu! mon Dieu! pardonnez-moi, répétait Christine en joignant les mains. Ecrivez, monsieur, je vous en conjure!

— Oui, oui !... je le ferai demain... plus tard... Je souffre trop à présent... Vous me jurerez sur votre mère de n'appartenir à personne.. de vous dévouer à Flavie... de lui apprendre à ne pas me maudire. Ma pauvre enfant ! Mais vous ne pouvez vouloir que je meure sans avoir revu ma fille! Vous savez si je l'aime ; faites-la venir, que je passe encore quelques heures, quelques jours entre vous deux; que je puisse me faire l'illusion de vous croire sa mère, et alors, vous serez satisfaite, je vous le promets, Christine.

Mademoiselle Orthez s'apprêtait à répondre; déjà elle posait sa main sur l'épaule du marquis, que ce contact faisait tressaillir, malgré la douleur qui bouleversait de plus en plus sa physionomie, lorsque la porte donnant sur la tourelle s'ouvrit toute grande Le paysan qu'on y avait placé en sentinelle se montra sur le seuil, en jetant loin de lui son grand chapeau. A sa vue, M. de Monza et la gouvernante semblèrent frappés de terreur et restèrent immobiles ; il s'avança jusqu'au milieu de la chambre, et dit en très bon français:

— Si je ne m'en mêle pas l'explication n'arrivera pas à bonne fin. Comment ne comprenez-vous pas, mon pauvre marquis, que cette brave fille a épargné le déshonneur et la peine de votre lâcheté, et que vous n'avez plus que le temps d'achever sa besogne? J'ai vu cela tout de suite, moi, et j'en étais sûr d'ailleurs !

Deux gémissements de surprise et de douleur partirent à la fois.

Christine et M. de Monza n'en pouvaient croire leurs sens. Elle reconnaissait le paysan de la matinée, et dans ce paysan, tous les deux retrouvaient un homme qu'ils supposaient mort depuis plusieurs mois, Ernest de Saint-Serve. Dans l'état d'excitation où ils étaient, l'idée d'une apparition surnaturelle ne doit pas surprendre, elle frappa même mademoiselle Orthez, toute courageuse et éclairée qu'elle fût. Quant

Amédée. Il n'en douta pas, jusqu'à l'instant où la voix railleuse d'Ernest sonna à ses oreilles, et lui apprit son sort. Cette crainte chassa toutes les autres, il se tourna vers la gouvernante, et lui demanda impérieusement si elle avait osé commettre cet horrible attentat.

— Je ne sais si c'est un attentat, mais c'est une justice à coup sûr, c'est un sacrifice nécessaire, dussent le ciel et les hommes me juger autrement que je ne me juge moi-même, je ne mentirai point, je l'ai fait.

Le marquis s'élança vers sa sonnette, chancelant de frayeur et jetant sur Christine des regards d'épouvante ; avant qu'il fût parvenu à le joindre, Ernest, plus prompt que la pensée, et tirant son couteau de sa ceinture, coupa le cordon à une hauteur qu'on ne pouvait atteindre.

— Non, reprit-il avec le plus grand sang-froid ; non, cousin cela ne se peut pas. Le mari de la pupille de mon père ne mourra pas sur l'échafaud. Je dois cela à la famille et je remplirai au moins ce devoir-là.

Le marquis, sans répondre, courut vers la porte. Ernest le devança encore.

— Pas davantage, j'en suis désolé, et pour vous épargner des entreprises inutiles, je vous préviens que si vous ne vous tenez pas en repos, je vous tue comme un chien ; vous perdrez au moins deux heures à cette opération là.

Amédée se rassit, et mettant ses deux poings sur son front dans l'attitude de la rage impuissante, il s'emporta en cris, en jurements, en plaintes, qui ne produisirent aucun effet sur Ernest, mais qui glacèrent Christine jusqu'au fond de l'âme.

— C'est désagréable, cousin, je le sais, mais que voulez-vous ? Je vous avais prévenu, vous ne vous êtes pas fait faute de m'interroger, je vous ai promis que vous n'auriez ni mauvaises nuits, ni remords, mais je ne vous croyais pas assez niais pour vous faire prendre. Ceci, je ne l'aurais jamais souffert, moi qui vous parle, et à la première casaque de gendarme je me ferais sauter la cervelle.

— Mon Dieu ! que je souffre ! dit le marquis avec angoisse. Ah ! Christine, Christine !

— Je vais chercher du secours, monsieur ; je ne supporte pas ce spectacle. Oh ! pardonnez-moi, pardonnez-moi !

— Ne sortez pas, Christine, n'appelez personne. Vous avez employé sans doute le baume de Java, que je vous ai donné en Angleterre, il est inutile d'essayer même un remède.

À ces mots le marquis, au comble de la fureur, se leva droit en élevant la voix aussi haut que la faiblesse le lui permit :

— Au secours ! au secours ! s'écria-t-il. Ah ! je vais vous nommer, vous, Ernest, et vous faire arrêter aussi. Quant à vous, Christine... Oh ! Seigneur, venez à mon aide !

Mademoiselle Orthez, désespérée, mais forte encore, s'approche pour la première fois d'Ernest, dont la présence lui apportait de nouvelles et si grandes inquiétudes.

— Monsieur, au nom de tout ce qu'il y a de saint et de sacré au monde, laissez-moi le secourir, laissez-moi près de lui. J'ai cru remplir un devoir envers mon élève bien-aimée, j'en ai accepté d'avance le sentiment, mais je ne puis, je ne puis le voir souffrir sans lui apporter quelque soulagement.

— Christine, vous êtes un grand cœur, un esprit ferme, je vous admire et je vous jure que vous n'avez plus rien à craindre de moi. Si vous voulez être utile à ce malheureux, à sa fille, parlez-lui, décidez-le à mourir en gentilhomme, à accomplir la tâche que l'honneur lui impose. Allez, je ne vous écouterai pas, mais je vais rester ici, je ne vous laisserai point seule avec ce forcené. Les natures faibles se révoltent quelquefois et alors elles deviennent terribles.

Mademoiselle Orthez ne répliqua rien, elle retourna vers le marquis, toujours dans la même posture, et s'agenouilla à côté de lui. Cherchant dans son cœur des regrets touchants, des expressions attendrissantes, elle trouva de ces mots, de ces paroles, qui fondent les glaces les plus froides, qui éteignent les colères les plus ardentes ; elle évoqua l'image de sa fille, l'ombre de la marquise, elle alla remuer dans les replis profonds de son âme, et sa passion et ses espérances détruites, jamais éloquence ne fut aussi puissante et aussi persuasive, elle domina la douleur physique, elle domina les emportements, elle domina même l'amour de la vie. L'infortuné releva vers elle ses yeux pleins de larmes.

— Christine, dit-il, vous avez vaincu, j'accepte l'expiation que vous m'imposez, je l'accepte car elle est juste, vous avez fait ce que j'aurais dû faire. Il ne me reste maintenant qu'à détourner le coup qui vous menace, et à me séparer de vous. Je vais écrire mes dernières pensées, mes volontés suprêmes, mais avant que vous m'abandonniez, laissez-moi au moins une promesse de souvenir, un pardon. Ma funeste passion a détruit votre existence, je vous ai entraînée avec moi dans l'a-

bîme qui va m'engloutir, je suis un misérable, indigne de miséricorde et de pitié. Ma pauvre Béatrix prie pour moi là-haut, c'est elle qui m'inspire ces bonnes intentions ; elle veut que nous nous rejoignions pour veiller ensemble sur notre fille et sur vous. Vous ne pouvez pas m'aimer, Christine, mais vous pouvez me rendre la mort presque douce en m'assurant que vous ne me détestez pas, en m'accordant ma grâce. Le voulez-vous bien ?

— Monsieur, s'écria la jeune fille, en fondant en larmes, je vous le jure sur ma mère, je garderai votre souvenir toute ma vie. Dans la retraite où je vais vivre, dans l'isolement où je terminerai mes jours, je prierai pour vous du plus profond de mon cœur. J'ai aussi une expiation à faire, moi ! — Dans la solitude... dans l'isolement... demanda-t-il timidement.

— Oui, monsieur, je remettrai votre fille à son mari et ensuite le monde n'entendra jamais parler de la pauvre Christine. Soyez tranquille, je n'ai plus de bonheur à attendre ! Je compte que mon asile restera sacré pour tous.

— Sacré comme la tombe de mon père, dit Ernest. Vous étiez née pour porter un sceptre, mademoiselle. Il n'existe pas une seconde femme semblable à vous.

— Hé ! si, dit Amédée, donnez-moi ce qui est nécessaire, le temps me presse, vous avez dit que je souffrirais peu, Ernest, ce sera-t-il long ?

— Vous vous endormirez bientôt, et ensuite...

— Je comprends... je ne me réveillerai plus... Il faut me hâter, alors.

Il se plaça à son bureau, et écrivit d'une main assez ferme les quelques lignes suivantes :

« Je ne puis vivre après ce qui s'est passé dans ma vie ; je ne puis attendre l'issue d'un procès dont la honte retomberait sur ma fille. Qu'on n'accuse personne de ma mort, elle est volontaire, elle est inévitable. Qu'on n'accuse personne de l'horrible crime commis hier dans ce château ; au moment de paraître devant Dieu, je jure sur la tête vénérée de mon père, sur celle de mon enfant, je jure que toutes les personnes de ma maison ou de ma famille sont innocentes, que pas une d'elles n'a connu la mort de ma femme avant qu'elle fût connue de tous. Je désire que le comte Robert de Chamarante devienne le mari de Flavie de Monza, ce fut le vœu le plus ardent de la marquise, c'est le mien.

« Je désire que, jusqu'à son mariage, ma fille reste entre les mains de sa gouvernante actuelle, sous la direction de madame la duchesse d'Alagny, mon amie. Je demande pardon à Dieu et aux hommes du scandale que j'ai donné. Je souhaite que mon exemple serve à ceux qui, comme moi, sortiraient de la voie du devoir pour entrer dans celle des passions. La Providence m'avait prodigué tout ce qui fait le bonheur ; j'ai détruit son ouvrage ; j'ai méprisé ses dons ; j'ai abandonné une femme digne de toute ma tendresse, de tous les hommages, qui n'a jamais mérité le moindre reproche. Le ciel puisse-t-il m'absoudre ! moi je ne m'absoudrai jamais ! »

— Tenez, Christine, êtes-vous contente ? Pardonnez-moi de joindre ma volonté à celle de ma victime, pardonnez-moi de déchirer votre âme. Je suis coupable peut-être en doutant de vous, mais...

— Mais vous voulez vous rassurer plus encore, répliqua-t-elle avec le plus triste sourire. Ah ! je vous excuse, je sais ce que le cœur peut souffrir. D'ailleurs vous me laissez Flavie ! Merci, merci, c'est plus que je ne mérite.

— Maintenant adieu. Christine, je désire être seul ; adieu, vous que j'ai aimée plus que vous ne le serez jamais par personne. Nous ne nous reverrons plus. Vous avez été l'ange de mes derniers moments ; nous avons influé fatalement sur la vie l'un de l'autre, je suis le seul coupable, car seul j'ai creusé le gouffre. Adieu, Ernest, à mon dernier moment vous ne me refuserez pas une consolation : paix et oubli pour elle !

— Foi de gentilhomme, Amédée, Christine n'entendra plus parler de moi, à moins qu'elle ne me rappelle.

— C'est bien. Laissez-moi tous les deux alors. Je veux rester seul, je veux épargner à Christine de nouveaux regrets. Priez pour moi, Christine, ne m'oubliez pas tout à fait. Mon Dieu ! mon cœur se brise, ah ! comme je vous aimais !

Mademoiselle Orthez étouffait ses sanglots, elle se jeta à genoux à la porte, en murmurant :

— Pardon ! pardon !

— Allez, Christine, je ne veux plus vous regarder, car je ne vous quitterais plus. Priez, priez pour moi, encore une fois ne m'oubliez pas. Je vous recommande ma Flavie, pauvre ange ! Je ne la reverrai jamais... jamais... Oh ! combien mon crime me pèse !

La gouvernante se jeta dans le corridor, ses forces succombaient, le marquis et M. de Saint-Serve demeurèrent seuls ensemble. Ernest prit la main d'Amédée.

— Vous m'avez appris que je puis encore éprouver quelque chose, mon cousin. Les souvenirs de mon enfance, de ma famille se sont réveillés. Mon père, ma tante, Béatrix, je les ai tous revus, j'ai senti que, malgré tout, je suis un Saint-Serve. Je ne dois pas m'arrêter ici davantage, c'est à vous de diriger votre conduite, et ma présence peut vous amener de nouveaux embarras. J'étais venu encore chercher cette pauvre fille, a rès avoir échappé miraculeusement au naufrage. Vous m'avez cru mort ! Les gens de mon espèce ne meurent pas ainsi. A présent je m'exile tout à fait, je respecte votre Flavie, pauvre chère orpheline, et je ne lui apporterai pas le poids de notre parenté. Ayez du courage, tout sera fini bientôt.

M. de Monza se sentit faiblir de moments en moments.

— Vous ne reverrez plus Christine, vous me le jurez ?

— Je vous le jure.

— Adieu donc alors, mon maître en perversité. Priez le jeune Français que vous trouverez au salon de venir ici sur-le-champ, c'est le dernier service que vous puissiez me rendre. Adieu !

Il se retourna du côté de la muraille ; Ernest attendit un instant, attendant d'autres paroles. M. de Monza n'en prononça plus. — Eh bien ! adieu ! puisque cela doit être. Adieu ! et comptez sur moi !

Dix minutes après, l'attaché entrait dans la chambre ; il trouva M. de Monza sur son lit, en proie à une somnolence presque invincible et à des convulsions continuelles. Cependant il put encore se soulever et, tendant vers lui sa main défaillante, il lui remit son dernier écrit.

— Je me meurs, monsieur, dit-il, je me suis fait justice. Il est inutile d'appeler du secours. Faites-moi venir le curé seulement. Ouvrez la porte, que chacun m'entende, pendant que j'ai encore la possibilité de m'exprimer. Madame de Monza était un ange ; je suis le seul coupable, je le jure sur mon salut éternel, nul ne doit être inquiété ni pour ma mort, ni pour la sienne. Portez à ma fille ma bénédiction suprême, je meurs en l'aimant comme je l'ai toujours aimée. Chère et douce Flavie !

Il leva les yeux vers les domestiques assemblés à la porte, et découvrit parmi eux Ernest, leurs regards se rencontrèrent.

— Je souffre cruellement, dit-il, j'ai encore bien des combats à livrer. Ah ! je voudrais que tout fût fini.

— Bientôt ! répondit une voix que lui seul reconnut.

Christine remonta chez elle dans un état impossible à dépeindre. Elle cachait son visage avec son mouchoir et retenait ses sanglots, afin de ne pas attirer l'attention. Elle ne rencontra personne. Quand elle se trouva seule, quand elle se rappela de sang-froid ce qui venait de se passer, ce qu'elle avait accompli, il lui prit un tremblement général, une sueur froide, il lui semblait qu'elle allait mourir. Elle se jeta à genoux au milieu de la chambre et pria Dieu. Le repentir, le désespoir l'accablaient.

— Ah ! dit-elle, il a raison, je devrais faire comme lui. Je ne puis plus rester en ce monde, ma part de douleurs est trop forte, et j'y ai encore ajouté le remords ! Pour la première fois depuis que j'existe, je me sens au-dessous de ce que le ciel m'envoie, je succombe sous le poids ; si je m'abandonne moi-même, que me restera-t-il dans l'isolement où je suis ? Prions, prions, demandons à Dieu qu'il m'inspire, que sa volonté m'éclaire. En suivant mes propres lumières, et me croyant l'instrument de sa volonté, de sa justice, je me suis rendue aussi criminelle que le meurtrier. Et j'ose encore aspirer au bonheur, j'ose encore accepter la joie de vivre près de Flavie, moi... qui ai... ah ! c'est horrible. Mais je ne le puis pas, mais je ne le dois pas, mais après cette action il me faut embrasser une pénitence austère. Flavie, Robert ! ils sont perdus pour moi à jamais. Je me suis dévouée, j'ai accepté le sacrifice, j'ai couru au devant, il m'accable ! Ah ! que le Seigneur vienne à mon secours !

Mademoiselle Orthez passa ainsi quelques heures, les plus pénibles de sa vie certainement. Cet esprit supérieur ne se laissait gouverner par aucune influence, bien qu'elle les ressentît toutes. Elle se relevait toujours, plus grande et plus forte, et jamais personne ne poussa aussi loin qu'elle l'inflexibilité du devoir et du dévoûment. Elle les poussa jusqu'au crime ; on l'a vu tout à l'heure. Egarée par une exagération d'honneur, elle ne tarda pas à reconnaître la vérité ; de là à en subir les conséquences, à les accepter sans murmure, il n'y avait qu'un pas pour cette âme superbe, elle le franchit sans hésiter. Elle essuya ses larmes qu'elle ne pouvait retenir, elle se mit à son bureau et écrivit :

— « Robert, depuis que nous sommes séparés, la fatalité s'est étendue sur nous ; il faut renoncer à l'avenir d'amour et de bonheur que j'attendais ; il faut rester à jamais étrangers l'un à l'autre. Vous apprendrez bientôt les terribles malheurs arrivés dans votre famille ; vous apprendrez bientôt que vous êtes l'unique soutien, l'unique protecteur d'une orpheline que ses parents vous lèguent et à qui vous devez consacrer votre vie. Rendez-la heureuse, aimez-la, Robert, comme je vous aurais aimé, si Dieu me l'avait permis. Parlez de moi quelquefois, tous les deux, ne m'oubliez pas et croyez-le, en quelque lieu que vous soyez, mon cœur vous suivra. Un inflexible devoir m'ordonne de vous fuir, de remettre en d'autres mains mon élève chérie ; j'obéis, non pas sans murmure, je l'avoue, mais sans hésitation. Mon cœur est déchiré, mais mon âme est tranquille. J'emporte avec moi la certitude d'avoir sauvé Flavie et vous d'une des plus grandes peines de ce monde ; ce souvenir effacera mes regrets, il effacerait plus encore. Je vous aimerai tant que je resterai dans cet exil de la terre ; je vous aimerai encore après ; Dieu ne peut m'ôter cet amour en son paradis, il ne me l'a pas défendu. Je vous renvoie l'anneau de votre mère, je ne vous demande pas le reliquaire de la mienne, il vous portera bonheur, gardez-le, moi, je n'ai plus besoin de bonheur, puisque je ne le partagerai pas avec vous. Adieu, Robert, adieu, mon fiancé, adieu, le seul, l'unique amour de ma vie. Ne cherchez pas à me découvrir, ce serait inutie ; ne cherchez pas à me revoir, tout ce qu'il y a de plus sacré s'y oppose. Que Dieu vous bénisse, qu'il vous accorde tous les biens que vous méritez. En formant ma Flavie, je ne croyais pas vous préparer une compagne, la meilleure, la plus pure que vous puissiez choisir. C'est une consolation pour moi que de vous l'avoir rendue si bonne, si douce, si parfaite. Elle vous aimera et vous n'aurez rien à envier aux anges, chers et charmants enfants, auxquels je voudrais tenir lieu de mère, mais hélas !... adieu encore, je ne puis quitter ce papier, tout ce qui vous restera bientôt de moi, la dernière pensée qui vous parviendra de la triste Christine. Ne me regrettez pas, vous retrouverez plus que vous ne perdez. Flavie, ma Flavie, acquittera la dette de ma reconnaissance, elle vous paiera au centuple. Adieu ! — Je verrai encore l'enfant de ma tendresse, je la préparerai doucement au coup qui la menace ; vous ensuite, vous lui direz tout. Les circonstances affreuses où je me trouve jetée m'interdisent la triste joie de la consoler. Vous lui tiendrez lieu de tout ce qu'elle perd, n'est-ce pas, Robert ? Vous serez à la fois, pour elle, son père, sa mère, et moi !... »

Lorsqu'elle eut cacheté cette lettre, lorsqu'elle eut retiré de son doigt la bague des fiançailles, Christine se sentit soulagée, le reste lui semblait peu de chose en comparaison. Elle eût désiré quitter le château le plus tôt possible ; mais l'interdiction donnée depuis le matin rendait la chose difficile. Il fallait attendre l'arrivée du chancelier de la légation, celle des autorités bavaroises. Heureusement elle ne pouvait pas tarder. L'état du marquis la torturait aussi cruellement ; elle descendit en savoir des nouvelles ; peut-être aussi désirait-elle s'assurer du départ d'Ernest. Le curé et le médecin ne quittaient pas le malade. Il ne reconnaissait plus personne ; mais avant de tomber dans cette douloureuse position, il avait pu entendre le pasteur et lui confesser ses fautes. Christine arriva sans obstacles jusqu'à la chambre d'Amédée, mais elle s'arrêta à la porte, il lui semblait impossible d'y pénétrer de nouveau. Elle entendit la voix du prêtre, récitant les prières des agonisants, auxquelles les paysans et les domestiques répondaient. Cet aspect imposant et lugubre la pénétra encore davantage. Elle sentit plus vivement que jamais l'immensité de la faute qu'elle avait commise, et la nécessité de l'expier par tous les moyens possibles.

Parmi ces hommes assistant pieusement à la cérémonie, un seul restait debout, appuyé sur le chambranle, dans l'attitude d'une attention et d'une tristesse réelles. Mademoiselle Orthez reconnut Ernest, il l'avait déjà vue et lui fit signe de la précéder dans le corridor. Elle n'osa s'y refuser ; il ne tarda pas à la rejoindre.

— Je n'ai pas voulu partir sans vous revoir encore, Christine, sans vous rassurer de nouveau, sans vous prier aussi de ne pas garder de moi un trop mauvais souvenir. J'ai reçu de tout ceci une impression profonde, je ne vous le cache pas, mais dans une nature aussi pervertie l'impression s'effacera vite. Je reprendrai mes habitudes, je le crains. Vous en êtes désormais à l'abri : je ne me souviendrai du passé que pour vous protéger, si vous en éprouvez le désir ; que pour me montrer votre ami, si vous le voulez. Une femme telle que vous a droit au moins au repos après tant d'orages. Quand voul voudrez me revoir, écrivez à M. Ernest, poste restante, à Calcutta, la lettre m'arrivera, et si je n'y réponds pas, c'est que je serai mort. N'importe où vous vous cachiez, je saurai bien vous découvrir, pourtant vous ne vous en apercevrez jamais. Adieu! Ce malheureux n'a que fort peu de temps à vivre, il ne s'éveillera plus, son âme flotte incertaine en ce moment. N'ayez point de remords, vous avez bien agi.

Quelqu'un se montra auprès de la chambre, Ernest disparut dans les détours des corridors, qu'il semblait déjà connaître parfaitement. Christine remonta chez elle vers le matin, excédée de fatigue; elle s'endormit tout habillée ; le bruit de plusieurs personnes qui frappaient à sa porte la tira de son sommeil, elle se leva en sursaut en demandant qui venait ainsi.

— Ouvrez, mademoiselle, de par la loi.

— Ah! pensa-t-elle, voici le moment.

Elle ouvrit, et reçut les étrangers avec sa dignité native, sans exagération et sans embarras. On la fit asseoir, on l'interrogea sur ce qu'elle avait vu, sur ce qui s'était passé, sur la mort de la marquise et sur celle de M. de Monza Elle dit la vérité avec une extrême adresse, évitant ce qui pouvait compromettre la mémoire de Béatrix et même celle de son mari. Elle sentit un frisson glacial lorsqu'il lui fallut raconter son dernier entretien avec Amédée, elle ne nia point qu'elle n'eût contribué peut-être à son suicide, en lui représentant le déshonneur qu'un supplice honteux léguerait à sa fille ; mais les déclarations de M. de Monza, répétées jusqu'à son dernier moment, sauf à son confesseur, peut-être, écartaient d'elle tout autre soupçon de complicité. On la blâma d'avoir inspiré au coupable le désir de se soustraire à la justice, mais on ne lui en demanda pas davantage.

— Me sera-t-il permis, messieurs, de m'informer de M. le marquis? son état...

— Il ne souffre plus, répondit le chancelier, nous avons reçu son dernier soupir.

Ainsi s'accomplit l'anathème de Béatrix ; il mourut sans un ami, sans un parent, entre les mains de la justice des hommes, avant de passer à la justice de Dieu.

Christine baissa la tête et pria.

— Pourrai-je maintenant quitter ce château? demanda-t-elle.

— Pourvu que vous vous présentiez lorsque vous en serez requise, cela se peut.

— Il ne s'élève aucunes charges contre vous, vous êtes libre, mais vous ne pouvez cependant quitter la Bavière sans l'autorisation de l'autorité, vous êtes témoin dans l'instruction.

Restée seule, Christine fit ses petits préparatifs de départ. Sa fenêtre donnait sur la cour des écuries, de temps en temps elle suivait de l'œil les palefreniers, attelant les chevaux à sa voiture. L'avenue du château tournait autour des fossés, Christine en découvrait une partie; tout à coup un tourbillon de poussière s'éleva sur la route, les fouets et les trompes des postillons retentirent, un hôte d'importance arrivait certainement. Elle courut à la croisée de l'escalier d'où elle dominait le perron et la cour d'honneur : une calèche à quatre chevaux tourna la grille au galop, et s'arrêta bientôt devant elle: un voyageur ouvrit la portière et sauta, sans attendre qu'on descendît le marchepied. En le reconnaissant, Christine se retira vivement en arrière, murmurant à demi morte :

— Oh! mon Dieu! que faire maintenant?

XLIII

CONCLUSION

Ainsi qu'on a pu le remarquer plusieurs fois, une des dispositions particulières à Christine était une décision prompte et une résolution irrévocable. En apercevant le comte de Chamarante, car c'était lui, qui, prévenu par la duchesse d'Alagny du départ de sa cousine, accourait auprès d'elle; en l'apercevant, elle sentit qu'en le revoyant il lui faudrait combattre à la fois et contre lui et contre elle, et, malgré toute sa force, elle tremblait d'affronter cette lutte. Il ne lui restait donc qu'un parti à prendre, celui de s'enfuir sans être vue; elle descendit un des escaliers des tourelles, arriva à sa voiture tout attelée, et fut déjà bien loin avant que Robert, forcé de s'occuper des intérêts les plus graves avec les gens d'affaires, ait pu demander à la voir. Une fois entrée au couvent, elle ne craignait plus rien, les grilles la mettaient à l'abri de toute surprise, et le comte ne pourrait arriver jusqu'à elle si elle refusait de le recevoir, ainsi qu'elle y était décidée. Il n'y a pas de souffrance plus grande pour une femme aimante que celle-là. Le savoir si près d'elle, et ne pas lui dire au moins un dernier adieu; mais en amour, il n'y a de dernier adieu que celui qu'on ne se dit pas. Ceci est une des vérités les plus vraies du cœur.

Mademoiselle Orthez revint à Munich d'assez bonne heure, elle paya doubles guides, et dans tous les pays ce raisonnement resta sans réplique. En revoyant Flavie, elle eut besoin de toute sa puissance sur elle-même pour ne pas éclater. L'enfant se jeta dans ses bras, si joyeuse de la revoir. Ses questions empressées étaient si loin de l'affreuse réalité! L'absence de sa gouvernante l'inquiétait pour elle seulement; elle ne supposait même pas qu'elle eût aucun malheur à redouter pour sa famille. Aussi, lorsqu'après les premières paroles, elle examina Christine ; lorsqu'elle fut frappée de son changement, lorsqu'elle vit des larmes dans ses yeux :

— Qu'avez-vous, ma bonne amie? demanda-t-elle avec anxiété.

Christine ne répondit d'abord que par des caresses, puis elle la prépara lentement à ce qu'elle allait apprendre; enfin, elle lui avoua que son père et sa mère, fort malades tous les deux, à Monza, ordonnaient qu'elles restassent à Munich, leur maladie contagieuse ne permettait pas à Flavie de les voir et de les soigner, et ils chargeaient Christine de leurs bénédictions et de leurs tendresses. La jeune fille le crut, mais elle n'en versa pas moins bien des pleurs; son inquiétude ne connut plus de bornes, et sa gouvernante craignit que sa santé n'en souffrît également. Ainsi que toutes les âmes vigoureuses, mademoiselle Orthez supportait impatiemment les positions fausses. Elle ne pouvait rester près de Flavie, l'ombre de son père la séparait. Elle craignait surtout la visite de Robert, qui nécessairement viendrait voir sa cousine. Bien qu'elle eût laissé sur la table le paquet à son adresse, elle ne doutait pas qu'il ne voulût lui parler encore, et elle le craignait comme on craint ce qu'on aime, en le désirant.

Pour sortir d'un embarras si pénible, elle confia à la supérieure ce qu'elle pouvait savoir de son histoire, la pria de lui servir de caution vis-à-vis de l'autorité, et de veiller sur son élève jusqu'à ce que madame d'Alagny, à laquelle elle venait d'écrire, vînt la prendre ou l'envoyât chercher. Quant à elle, elle demandait à se retirer dans un couvent plus austère et plus inaccessible. La prieure compatit à sa peine, et lorsque M. de Chamarante vint au parloir demander Flavie, elle l'y conduisit elle-même, en excusant mademoiselle Orthez, qui ne pouvait voir personne. Robert fut frappé au cœur de ce refus. Il écrivit plusieurs fois sans recevoir de réponse; enfin, elle lui envoya quelques mots, dans lesquels l'amour et le devoir se balançaient pour ainsi dire également. Elle le conjurait de ne plus chercher à la détourner de la seule vie possible pour elle désormais, en ajoutant qu'elle ne lirait plus ses billets, mais que sa pensée ne la quitterait point.

Robert dut se soumettre. D'ailleurs les hommes finissent toujours par là, surtout quand la fortune et le bonheur suivent leur soumission. Le meilleur d'entre eux a toujours l'arrière-pensée qu'il faudra peut-être un jour sacrifier la femme qu'il aime, lorsqu'elle ne lui appartient pas légitimement, et, tout en repoussant cette idée, il s'y accoutume peu à peu. Un homme vit si facilement en dehors de l'amour! il lui est si facile de se rattacher à d'autres branches, le cœur est pour eux si peu de chose, jusqu'à ce qu'il entre dans leurs arrangements intérieurs, jusqu'à ce qu'il se partage entre leur compagne et leurs enfants! Les femmes sont bien folles d'espérer un bonheur quelconque, de la reconnaissance, même un souvenir! Elles perdent souvent leur existence et n'obtiennent en échange que l'oubli, l'indifférence, souvent bien pis encore. Il n'existe pour elles qu'une seule ligne, c'est le devoir. Hors de là ni salut, ni joies. Pourquoi ne sont-elles généralement convaincues de cette vérité que lorsqu'il n'est plus temps de la mettre en pratique?

La nouvelle de la mort tragique de M. et de madame de Monza arriva à Paris un peu après la révolution de Février, au milieu des craintes et des agitations générales ; cet événement ne produisit d'effet que dans un certain monde, il échappa à la publicité. La duchesse d'Alagny jeta les hauts cris ; elle fit, à cet égard, des observations très justes, que je ne répéterai pas à la place où ces lignes sont placées. Cependant elle voulut elle-même aller chercher Flavie, instruite des pertes affreuses qu'elle avait subies, mais en ignorant les horribles circonstances. Pour elle, ses parents avaient succombé à une fièvre typhoïde qu'ils s'étaient communiquée. Sa séparation d'avec sa bien-aimée gouvernante lui fut au moins aussi sensible que ses premiers malheurs. Christine lui fit les adieux les plus touchants et les plus douloureux. Il lui sembla abandonner en même temps Robert et sa future compagne, tout ce qu'elle aimait! Elle ne put supporter ce choc épouvantable et tomba sérieusement malade. Ses forces étaient épuisées. Madame d'Alagny voulut la voir pourtant; elle alla la chercher dans son nouveau cloître, et obtint la permission d'arriver jusqu'au lit où elle restait étendue. C'était le spectre de la belle Christine.

—Ah ! mon Dieu ! s'écria la duchesse, c'est vous, mon enfant, vous ainsi ! — Oui, madame la duchesse, et mon âme est encore plu changée que mon corps.

— Ma chère amie, vous étiez trop grande, trop noble, trop belle pour votre situation ; vous me représentiez un de ces gros diamants de l'Inde enfermé frauduleusement dans un écrin trop étroit ; vous y avez succombé : cela devait être. Une femme, quelque supérieure qu'elle soit, ne peut lutter seule contre la société ; c'est une yole de plaisance lancée sur un océan furieux, elle s'y brise. Et puis quand on est malheureux, on est toujours coupable. Ah ! j'ai souvent pensé que notre Sauveur, malgré son sublime dévoûment, aurait reculé devant l'idée de s'incarner dans un corps féminin. Sa passion, au lieu de durer quelques jours, eût duré toute sa vie. Pauvre Christine ! je n'ai pas d'autre consolation à vous donner.

— Hélas ! madame, je le sais bien.

— Vous avez agi en fille de cœur et d'esprit en vous retirant ; vous ne *pouviez* pas rester près de Flavie, par respect pour cette malheureuse Béatrix. Si elle m'avait crue ! Cependant je n'aurais jamais supposé le marquis capable d'une action de cette trempe. Assassiner une femme ! Un gentilhomme ! Heureusement ils ont eu la pudeur de supprimer la noblesse, nous n'aurons plus à rougir.

La duchesse revit plusieurs fois Christine ; elle s'engagea à ne révéler à personne le lieu de son exil, et à lui donner souvent des nouvelles de Flavie, c'était lui en promettre de Robert.

Dès que mademoiselle Orchez fut quitte des ennuis de la procédure, dès qu'elle put supporter la route, elle revint e France, et entra, à l'insu de tous, dans un couvent de trap pistines, où elle ne peut plus entendre parler du dehors. Ell y vit dans une sévère pénitence, toute à Dieu, à ses regrets, son repentir et à l'espoir d'une autre vie. Hors la supérieure tout le monde ignore son nom.

Flavie vient d'accomplir sa seizième année, c'est une bell personne, une charmante et excellente femme, un de ces cœur rares, qui n'oublient rien et qui tiennent compte de tout. Ell a épousé Robert, selon le vœu de ses parents. Une éducatio parfaite, l'habitude de vivre plus pour les autres que pour elle même, lui promettent un bonheur aussi complet qu'on peut l trouver sur cette terre. Elle parle souvent de Christine et l regrette ; elle parle souvent de sa mère, de son père, et toujours avec l'affection la plus tendre et la plus respectueuse Quelques personnes charitables ont insinué à son mari qu'il était inconvenant d'autoriser le souvenir de sa gouvernante que le monde, selon la justice de ses jugements, proclame comme la maîtresse du marquis et la complice du meurtre infâme dont il se rendit coupable. Robert ne peut dire toute la vérité, mais il a le courage de défendre Christine. Peut-être Dieu, pour la consoler, le lui a-t-il appris dans un rêve !

On n'a plus entendu parler d'Ernest ; on ignore ce qu'il est devenu.

FIN DE LA MARQUISE SANGLANTE

VERSAILLES. — IMPRIMERIE DE CERF, RUE DU PLESSIS, 50.

9 782019 622602